ONATURLIGT URVAL

MÖRK URBAN FANTASY OM JAKTEN PÅ
MONSTER – OCH RÄDSLAN ATT BLI ETT

CARYSSA COLE

SHENANIGANS PRESS

INNEHÅLLSFÖRTECKNING

KAPITEL ETT

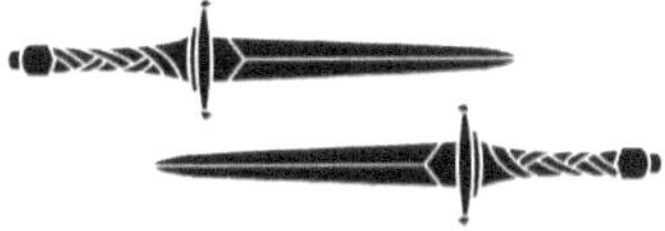

DET SJASKIGA MOTELLRUMMET ATTACKERAR mina sinnen – den unkna stanken av cigaretter genomsyrar de slitna gardinerna och blandas med en sliskig, citron-doftande luftfräschare på ett sätt som får min mage att vända sig. Jag provar försiktigt den klumpiga madrassen och grimaserar när de uråldriga fjädrarna knarrar och stöna under mig.

Utanför det smutsiga fönstret kastar det fladdrande röda skenet från motellets slitna neonskylt kusliga skuggor över den spruckna asfalts-parkeringen och påminner mig om stänk av färskt blod. Jag tvingar bort den obehagliga tanken, med nerverna fortfarande på helspänn efter vår knappa flykt.

Declan står vakt i dörröppningen, hans atletiska kropp spänd som en fjäder, med hasselnötsbruna ögon som oavbrutet sveper över vår trånga omgivning för minsta antydan till fara. Det kvardröjande adrenalinet från vår desperata flykt hit har oss båda på helspänn.

”De har verkligen rullat ut röda mattan för oss, va?” anmärker Declan sarkastiskt och nickar mot de blommiga tapeterna som flagnat och de mystiska fläckarna på mattan.

”Ursäkta bristen på lyxigt boende”, säger jag irriterat tillbaka och drar en hand genom mitt toviga silverhår. ”Ifall det undgått dig så är vi rymlingar på flykt. Det var fullbokat på Ritz.”

Declan suckar och drar frånvarande ett finger längs det upphöjda ärret som löper över hans underarm. ”Du har rätt, det här sjaskiga motellet är bättre än inget. Bättre än att sova under en bro eller vad nu vårt enda andra alternativ var.”

Jag ångrar genast att jag snäste åt honom. Vi är båda spända som fiolsträngar just nu efter att ha tvingats fly den enda fristad vi känt. Mitt tålamod börjar tryta.

Mina fingrar glider nästan omedvetet för att följa det bleka ärret som löper över min kind, en bestående påminnelse från strider jag överlevt långt före denna. Jag undviker medvetet att röra de nyare såren som på något sätt aldrig blev ärr. De som inte gör ont alls längre.

Den bärbara datorn på det ärrade nattduksbordet plingar till skarpt och rycker mig ur mina grubblerier. Jag öppnar snabbt den krypterade meddelandeappen och pulsen ökar när jag ser Athinas trötta och härjade ansikte fylla den gryniga videoskärmen.

”Artemis, tack gode gud”, flämtar hon, och hennes varma bruna ögon fylls av lättnad vid åsynen av mig, oskadd. ”Jag har tagit kontakt med resterna av Obsidiancirkeln. De skingrades och omgrupperade sig efter Dianas kupp.”

Jag fuktar spänt läpparna. ”Är det säkert för oss att återvända till staden? Har du säkrat en mötesplats?”

Athina nickar bestämt. ”Jag har en plats för ett säkert hus. Skickar koordinaterna till dig nu.”

Jag skriver snabbt ner informationen, med hopp och rädsla som krigar inom mig. Att återvända känns som att gå rakt in i lejonkulan, men att återförenas med Cirkeln verkar vara vårt enda alternativ nu. ”Vi är där så fort vi kan”, lovar jag.

När jag avslutar samtalet rätar Declan på sig från sin lutande position mot väggen och hans hasselnötsbruna ögon smalnar. "Ska vi åka tillbaka redan? Efter att knappt ha kommit undan med livet i behåll?" Hans röst är full av skepsis.

"Det verkar så", bekräftar jag bistert och rycker på mig min karaktäristiska röda skinnjacka. Den välbekanta tyngden lugnar mina nerver en aning. "Athina säger att hon har spårat upp Cirkeln. Vi måste möta upp med dem."

Declan rynkar pannan och drar på sig sina slitna jeans och utslitna militärjacka. "Toppen, de där anarkisterna igen. Inte för att vi har något val, eller hur?" Hans ton gör det tydligt vad han tycker om att förlita sig på andra.

"Aldrig", suckar jag dystert. Av gammal vana kontrollerar jag mina dolda vapen en sista gång innan jag nickar mot dörren åt Declan. "Vi ger oss av. Ju förr vi kommer tillbaka, desto förr kan vi planera vårt nästa drag."

Mina fingrar darrar svagt när jag griper tag i styret på min tomgångskörande motorcykel, den mullrande motorn som morrandet från ett väntande odjur. Ångest och bister beslutsamhet krigar inom mig. Jag vet att vi frivilligt kastar oss tillbaka in i faran, men att en gång för alla krossa Byrån gör risken värd att ta.

Declan sparkar igång sin motorcykel bredvid mig. "Redo för en ny omgång kaos?" ropar han över motorernas dån, med munnen i ett bistert streck.

Jag skäller fram ett humorlöst skratt. "Alltid." Och tillsammans river vi iväg från parkeringen under det blodröda skenet från den fladdrande skylten med lediga rum, och kör med gasen i botten mot vår ovissa framtid.

Det säkra huset ligger undangömt i ett nedgånget hyreshus som helt klart har sett betydligt bättre dagar. Inklämt mellan en sjaskig pantbank och en smutsig tvättomat verkar det vara den perfekta platsen att gömma sig obemärkt. Jag kan praktiskt taget känna historien av skumma affärer och kriminella hemligheter sippra ur dess förfallna tegelväggar.

"Ser ut som hem ljuva hem för sådana som oss", anmärker Declan sarkastiskt när vi parkerar våra motorcyklar utanför, hans ton drypande av falskt aristokratiskt förakt.

"Ja, så förtjusande charmigt", svarar jag med en överdriven förnäm ton och himlar med ögonen åt hans teater. Vårt käbbel hjälper till att distrahera från ångesten som maler inom mig. Enligt Athinas kodade instruktioner är vår mötesplats lägenhet 3C på tredje våningen.

Vi går försiktigt in i den smutsiga lobbyn, med sinnena på helspänn. Hissen är ur funktion – ingen överraskning direkt – så vi tar oss uppför den smutsiga trappan, steg för knarrande steg. Ljudet av varje fotsteg ekar kusligt i den trånga trappan.

"Var på din vakt", viskar jag till Declan när vi når avsatsen på tredje våningen. Han nickar kort, med hasselnötsbruna ögon som ständigt sveper över vår omgivning.

Vi närmar oss den blekgröna dörren märkt 3C. Den har lämnats lite på glänt, som avtalat. Ändå saktar försiktigheten ner mig när jag trycker upp den och avslöjar det dunkla inre.

Athina sitter och väntar på en skranglig trästol mitt i enrumslägenheten, hennes kaskad av silverhår faller över axlarna. En djup lättnad sköljer över mig vid åsynen av henne, levande och någorlunda oskadd. Men när vi kliver in ser jag att hennes vänstra arm är inlindad i en provisorisk mitella, med smuts och blod som fläckar hennes trasiga kläder.

"Herregud, Athina, är du okej?" utbrister jag och skyndar genast fram till henne. "Vad i helvete hände?"

Hon viftar bort min oro med sin friska hand. "Jag undkom med nöd och näppe att bli tillfångatagen av Dianas styrkor. Jävlarna lyckades få in några bra träffar innan jag smet undan." Hennes ton är lättsam, men smärta glimtar till i hennes ögon.

"Det är jävligt skönt att se dig helskinnad, mer eller mindre", anmärker Declan, även om hans röst är spänd av oro. Han tar en trasa för att hjälpa till att rengöra hennes synliga sår, med en mildhet som motsäger hans buttra ord.

"Jag har överlevt värre duster", säger Athina med ett blekt leende. Men hennes vanliga eldiga gnista verkar ha falnat. Hon grimaserar när hon rättar till den provisoriska mitellan.

"Lyssna noga", fortsätter hon allvarligt. "Jag upptäckte en del oroande information medan jag var i deras förvar som vi måste diskutera. Doktor Malcolm Kastler är inte den han utger sig för att vara."

Jag stelnar till och pulsen rusar. Kastler – vetenskapsmannen jag förförde under falska förespeglingar för att få information. "Vad menar du? Vem är han egentligen?"

Athinas min hårdnar. "Malcolm är Mr Smith. Och hans kodnamn är Diamond. Han är ledaren för motståndsrörelsen Obsidiancirkeln."

"Vänta, så killen jag förförde för att få information är också ledaren för motståndsrörelsen?" Jag höjer på ögonbrynen. "Det är... både otroligt pinsamt och en besvikelse."

"Tala inte om det", muttrar Declan, och jag sneglar på honom. Declan hade aldrig varit för att jag skulle förföra

Kastler för att få den information vi behövde. Då hade jag trott att han bara var en överbeskyddande skitstövel.

Nu när Declan har erkänt sina känslor för mig, inser jag att han faktiskt var en svartsjuk, överbeskyddande skitstövel.

"Så vår nya allierade har ljugit för oss från första början", säger jag bittert. "Förlåt mig om det inte direkt inger förtroende."

"Jag vet att det verkar omöjligt, men hans avsikter är verkligen goda", insisterar Athina uppriktigt. "Malcolm vill stoppa Dianas galna ambitioner lika mycket som vi. Han bröt sig loss och iscensatte sin egen död för att arbeta på ett botemedel mot vad Byrån gjorde mot paranormala som du."

Jag drar en hand hårt genom mitt toviga hår, medstridiga känslor inom mig. "Jag hoppas att du har rätt i att vi kan tro på honom. För vi börjar få farligt ont om alternativ och allierade just nu."

Athina griper min hand, hennes blick är vädjande. "Vi måste försöka, Artemis. För mycket står på spel för att låta gamla sår splittra oss."

Jag tar ett djupt andetag och nickar långsamt. Hon har rätt – vi har inte längre några valmöjligheter och tiden håller på att rinna ut. "Se då till att bli omplåstrad så att vi kan avsluta den här striden."

Declan och jag rengör och lägger försiktigt om Athinas skador så gott vi kan. Men en orolig känsla dröjer sig kvar, som om vi dras djupare in i ett nät av lögner och svek. I vår värld är förtroende skört som glas. Om Kastler kan hjälpa oss att stoppa Diana måste vi stänga undan våra tvivel och ta en chansning. Framtiden hänger på det.

Athina klättrar upp på baksidan av min motorcykel och slår försiktigt armarna om min midja medan jag försöker att inte stöta till hennes skadade axel. Hon guidar mig genom gatlabyrinten till ännu ett förfallet lager som Obsidiancirkeln har gjort till sitt högkvarter. Det verkar som att övergivna byggnader är en resurs som den här misslyckade staden har i överflöd.

Vi samlas kring ett skrangligt bord i det unkna inre, den ensamma fladdrande glödlampan i taket kastar våra ansikten i skarpa skuggor och ljus. Malcolm Kastler sitter mittemot mig, hans oroande violetta blick är genomträngande i halvmörkret när han granskar mina drag. Jag står emot impulsen att skruva på mig under den där intensiva blicken.

Jag kan känna den solida, betryggande tyngden av Declans närvaro bredvid mig, vilket stärker mitt naggade mod. Men ändå maler oron i magen av att vara så nära mannen jag förförde och förrådde för bara några nätter sedan, under täckmanteln av mitt alias Annabelle.

”Låt mig se till att jag har den här störande situationen klar för mig”, börjar jag, min röst låg och drypande av knappt återhållen sarkasm. ”Du anställde mig för att spåra upp och fånga övernaturliga hybrider så att du kunde, vad, leka galen vetenskapsman med dem? Försöka ’laga’ dem?”

Kastler lutar sig långsamt tillbaka i sin knarrande stol, med fingrarna hopflätade på det ärrade bordet. ”Jag skulle inte ha formulerat det fullt så grovt, men i huvudsak, ja”, erkänner han lugnt. För lugnt för min smak. ”Målet var tvåfaldigt – att samla underrättelser om Byråns hemliga operationer, och att hitta ett sätt att på ett säkert sätt upphäva de fruktansvärda skador de åsamkat dessa individer."

Han tystnar och håller min blick orubbligt. "Att ge de stackars själarna deras liv och mänsklighet tillbaka, om något sådant ens är möjligt."

Jag kämpar emot frestelsen att slå bort den där uppriktiga, förnuftiga minen från hans ansikte. Endast trycket från Declans ben mot mitt under bordet håller mig kvar i verkligheten.

"Tja, agent Diana Foxberry hade uppenbarligen helt andra planer", inflikar Athina skarpt. Hennes ansikte är blekt men härdat av beslutsamhet. "Hon infiltrerade den här organisationen under falska förevändningar och låtsades dela våra mål att hjälpa offren och stoppa Byrån."

En avsmak förvrider hennes uttryck. "När hon i själva verket siktar på att ta kontroll över hybridprogrammet och fortsätta sin fars galna experiment för sin egen vinning."

Malcolm nickar och en skugga faller över hans drag. "Mycket riktigt. Professor Terrence Foxberry, hennes far, var pionjär för denna förkastliga forskning och hjälpte Byrån att förvandla den till ett vapen. När de visade sig för moraliska för att stå ut med hans sanna vision bröt han sig loss. Diana är nu den listiga strategen bakom deras partnerskap."

Luften känns tung, tjock av den bittra smaken av svek. Jag tvingar ner mina stormande känslor för att hålla mig fokuserad. Vi behöver svar om våra fiender, inte fler mysterier.

"Diana antydde att hennes far använde sin forskning för att utveckla ett 'botemedel' som räddade henne från cancer som barn", invänder jag och kämpar för att hålla rösten neutral. "Jag har svårt att tro att det finns en rak linje mellan cancerbehandling och att tillverka övernaturliga monster."

Malcolms uttryck blir bistert, hans ovanliga violetta ögon är dolda. "Som jag sa, makt korrumperar. När Byrån insåg den destruktiva potentialen i Foxberrys arbete, uppmuntrade de honom att tänja på gränser som aldrig borde ha korsats." Han rynkar på munnen i avsmak. "När till och med det visade sig vara otillräckligt oetiskt för Terrence Foxberry, gav han sig av på egen hand, utan några hämningar."

Jag undertrycker en rysning vid tanken. Hur djupt går det här sjuka kaninhålet egentligen?

"Så." Jag tvingar in stadga i min ton. "Vad är vårt nästa drag då, eftersom Diana uppenbarligen har lurat oss alla?"

Malcolm betraktar mig uppmärksamt igen under ett långt ögonblick. "Vi måste snabbt skaffa konkreta bevis för Dianas planer och allierade, och avslöja dem innan hon kan orsaka ytterligare skada. Tiden håller snabbt på att rinna ut."

"Briljant plan", säger jag uttryckslöst, oförmögen att hålla tillbaka min sarkastiska sida. "Enkelheten själv."

Ena mungipan på Malcolm rycker uppåt en aning. "De mest värdefulla målen är sällan det. Men jag har tilltro till våra gemensamma förmågor."

Jag står emot lusten att himla med ögonen. Hans orubbliga arrogans är nästan lika påfrestande som hans lögner genom utelämnande hittills. Men att utmana honom nu kommer inte att leda någon vart.

"Ja, ja, okej då", svarar jag istället överlägset och knäcker med knogarna. "Låt oss bränna ner den här satkärringens sjuka operation en gång för alla."

Medan vi gör förberedelser för att ge oss av, gnager tvivlet i mitt sinne. Rusar vi blint in i en annan fälla? Eller ännu värre – allierar oss med ännu ett monster som gömmer sig bakom en tilltalande fasad? Men med liv som hänger i en skör tråd har vi inget annat val än att fortsätta framåt.

Utanför drar Declan mig åt sidan, hans hasselnötsbruna ögon är grumlade av oro. "Är du säker på att vi kan lita på Kastler?" frågar han rakt på sak. "Varje instinkt skriker att han fortfarande döljer något."

Jag skakar trött på huvudet. "Självklart inte. Men vi har inga alternativ längre."

Declans käke spänns, men han nickar. Vi har inget annat val än att dansa med demoner och hoppas på att inte bli fördömda. "Bara... var försiktig", mumlar han.

Jag lyckas få fram ett skört flin. "Alltid."

Men när vi rusar iväg in i natten plågar tvivlet mig. Kanske har vi, i vårt försök att undvika ett ormbo, helt enkelt snubblat in i ett annat. Allt jag kan göra är att be att denna obekväma allians inte blir vårt fall.

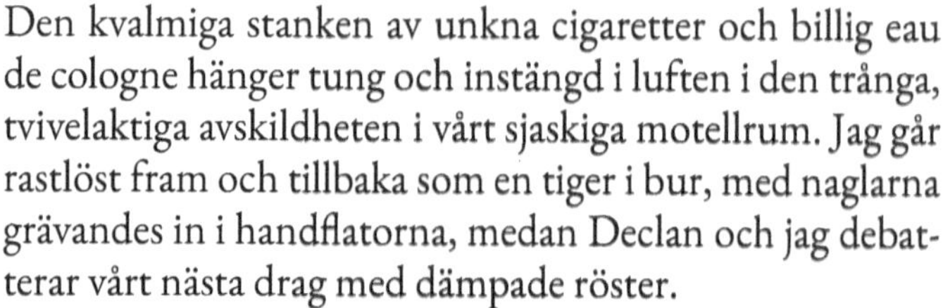

Den kvalmiga stanken av unkna cigaretter och billig eau de cologne hänger tung och instängd i luften i den trånga, tvivelaktiga avskildheten i vårt sjaskiga motellrum. Jag går rastlöst fram och tillbaka som en tiger i bur, med naglarna grävandes in i handflatorna, medan Declan och jag debatterar vårt nästa drag med dämpade röster.

"Ska vi berätta för dem?" frågar Declan med oroliga hasselnötsbruna ögon. "Athina och de andra, menar jag. Om injektionen Diana gav oss och ... förändringarna vi har upplevt sedan dess?"

Jag tvekar, fylld av motstridiga känslor. En del av mig vill bekänna allt för Athina. Hon har varit en orubblig mentor och det närmaste jag har kvar av en familj. Men den logiska delen av min hjärna skriker försiktighet.

"Athina verkar helt inställd på att följa Malcolms ledning för tillfället", svarar jag långsamt. "Och jag vet fortfarande inte om vi faktiskt kan lita på honom eller resten av Obsidiancirkeln." Jag sväljer hårt. "Om vi avslöjar sårbarheter för fel personer ..."

Jag låter meningen hänga i luften, men Declan nickar i bister förståelse. I vår värld är kunskap det mest potenta och dödliga vapnet av alla. Avslöja dina svagheter och du ger dina fiender ett laddat vapen.

"Du har rätt", säger han till slut med sänkta axlar. "Tills vi vet vem vi verkligen kan lita på, är det säkrare att hålla det här för oss själva."

Jag släpper ut ett skakigt andetag, tacksam för hans samtycke. "För tillfället håller vi det mellan oss. Men i samma sekund som det blir knivigt är alla kort på bordet."

Declan lägger en hand på min axel, hans blick borrar sig in i min. "Vi är i det här tillsammans, Artemis. Jag står bakom dig, oavsett vad som händer härnäst."

Det villkorslösa löftet lättar lite på den förlamande spänningen som knyter sig i mina muskler. Oavsett vad som kommer, kommer jag åtminstone inte att behöva möta det ensam. "Detsamma", lovar jag och täcker hans hand med min egen.

Vi står så där i tung tystnad en lång stund och hämtar styrka från varandra för de prövningar som väntar. Utanför vår bräckliga motellrumsdörr väntar en farlig övernaturlig värld, fylld av fiender och förräderi. Men innanför dessa fyra väggar har vi varandra. Och just nu måste det räcka.

Jag tvingar ner den bittra smaken av svek och påminner mig själv om att det är ett nödvändigt ont för att överleva. Om Malcolm och de andra visste den instabila naturen hos de paranormala förmågor som Dianas serum låste upp inom Declan och mig, skulle de utan tvekan se oss som en belastning snarare än en tillgång.

Declan verkar läsa mina tankar och ger min axel en lugnande kläm. "Våra förmågor är fortfarande nya, oförutsägbara. När vi väl får bättre kontroll över dem, då kan vi omvärdera vem vi ska anförtro oss åt."

Jag nickar långsamt, en gnista av hopp som flimrar i mitt bröst. Han har rätt – vi behöver bara tid för att bemästra dessa flyktiga nya krafter och bättre förstå deras kapacitet. Kunskap är trots allt makt.

"Okej", samtycker jag och rätar på ryggen med nyvunnen övertygelse. Jag möter Declans blick stadigt. "Vi arbetar tillsammans för att finslipa kontrollen och hålla det här hemligt."

Declan ger mig det där välbekanta kaxiga leendet som aldrig misslyckas med att ingjuta mod även i mig. "Vad som än händer härnäst, så klarar vi det här. Dianas hejdukar gör bäst i att se upp."

Jag besvarar hans vilda leende, vår ordlösa pakt är beseglad. Vad som än må komma, kommer vi att möta den farliga vägen framför oss sida vid sida, och hämta styrka från det okrossbara band vi nu delar. Förenade vet jag att vi kan klara vilken storm som helst.

Kapitel två

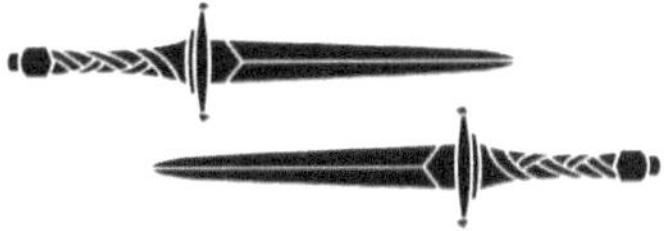

"Jag trodde aldrig jag skulle se det här stället igen", muttrar jag när vi går nerför den svagt upplysta underjordskorridoren. Luften är fuktig och tung, som att andas i en möglig svamp. Skuggorna verkar klamra sig fast vid oss när vi följer dr Malcolm Kastler nerför den smala underjordiska korridoren. Jag sväljer hårt för att få ner klumpen i halsen och försöker ignorera oron som virvlar inom mig.

Längre fram lyser den enda flimrande taklampan upp Kastlers vita labbrock, som böljar ut bakom honom som en illa sittande kappa. Han kastar en blick på oss över axeln, och hans ögon glimmar i halvmörkret.

"Välkomna till mitt lilla hörn av underjorden", tillkännager han med påtvingad lättsamhet när vi närmar oss en tjock ståldörr. Den knarrar motvilligt upp när han skjuter på den, och gångjärnen protesterar högljutt i korridorens trånga utrymme.

Jag knyter nävarna och trycker ner den sarkastiska repliken som ligger på tungspetsen när vi följer efter honom in. Den kaotiska labbmiljön inger inte direkt något förtroende, den ser mer ut som en lya för en skurk i en B-film än någon respektabel forskningsanläggning. Min blick sveper runt och tar in röran av utrustning – bubblande bägare som avger frän rök, prekärt staplade högar av skrynkliga papper och böcker, och en rad olycksbådande maskiner som liknar förvriden rekvisita från en gammal skräckfilm.

"Känn er som hemma", säger Kastler med en svepande gest, och sparkar några tomma matbehållare under en arbetsbänk belamrad med papper och kolvar.

"Mysigt ställe du har här, doktorn", anmärker Declan och höjer ett skeptiskt ögonbryn när han ser sig omkring i det sjaskiga labbet. Trots att hans ton är lättsam kan jag känna underströmmen av spänning som sjuder under ytan. Han flyttar sig lite närmare mig, och jag är osäker på om det är en omedveten beskyddarinstinkt eller hans egen oro över att vara tillbaka i en laboratoriemiljö. Oavsett vilket är jag tacksam för den subtila tryggheten i hans närhet.

"Varje briljant vetenskapsman behöver en lya", proklamerar Kastler dramatiskt och slår ut med armarna. Men hans försök till bravado faller platt i det flimrande lysrörsljuset och landar någonstans mellan udda och obehagligt. Han sysselsätter sig med att rensa bort bokhögar från en ranglig pall och undviker att möta våra blickar direkt.

Jag biter mig i tungan och motstår lusten att avfyra en sarkastisk replik. Att reta upp Kastler kommer inte att leda oss någonstans just nu. Jag tar ett långsamt, djupt andetag och påminner mig själv om varför Declan och jag är här – för trots de tvivelaktiga omständigheterna kan Kastler mycket väl ha nyckeln till att vända de förvridna experiment som utförts på oss och oräkneliga andra offer. Om jag måste vara trevlig mot honom för tillfället, så får det vara.

"Du nämnde inne i stan att ditt mål här är att utveckla en process för att på ett säkert sätt vända de påtvingade hybridförvandlingarna?" frågar jag och håller rösten noga i schack och fri från anklagelser.

Kastler livar upp lite vid frågan, en entusiastisk glimt bryter igenom hans annars trötta uttryck. "Ja, precis! Ett sätt att göra skadan ogjord utan att ytterligare skada de stackars själar som fastnat som försökspersoner."

Han blir ivrig av ämnet och glömmer för ett ögonblick sitt obehag över vår närvaro. "Jag vill hitta en metod för att återställa deras ursprungliga mänskliga jag, eller ge dem kontroll över sina nya förmågor om en återställning visar sig vara omöjlig. Oavsett vilket, befria dem från att vara bönder eller fångar som används av Byråns gelikar."

"Och hur går det på den fronten hittills, doktorn?" frågar Declan och lutar höften ledigt mot en av de belamrade bänkarna. Trots att hans ton förblir lättsam kan jag höra den knivskarpa eggen under den. Jag vet att även han är försiktig med falska löften och vackra ord efter allt vi har uthärdat.

Kastlers entusiastiska leende vacklar en aning. "Jag måste erkänna att framstegen hittills har varit ganska långsamma. Mina preliminära tester med återställningsbehandlingar har hittills bara gett partiell framgång", bekänner han med en grimas och undviker att möta våra blickar.

Han vrider sina händer oroligt innan han fortsätter. "Jag måste erkänna att bristen på robust data från ett brett spektrum av försökspersoner har försvårat ansträngningarna att förfina återställningsformlerna."

Det vrider sig i magen av obehag och avsky när jag genast läser mellan de kliniska raderna i hans bekännelse. Han har inte tillräckligt med ofrivilliga försökspersoner än. Jag måste motstå lusten att kräkas när gallan stiger i halsen vid tanken på de stackars själar som Declan och jag, som redan har utsatts för liknande sadistiska experiment mot vår vilja.

"Tja, kanske Dianas lilla våldsamma kupp mot Byråns ledning kommer att skaka loss några av deras förtryckta offer så att du kan rädda dem", anmärker jag syrligt, oförmögen att hålla tillbaka min avsmak.

Kastlers min blir mörk vid omnämnandet av Diana. "Hon må ha vänt sig mot Byrån, men missta er inte – hennes mål nu är sannolikt lika förvridna som någonsin", säger han allvarligt, och oro får hans panna att rynkas. "Diana Foxberry är inte att lita på."

Jag måste motstå lusten att rulla med ögonen. Som om Malcolm med sitt hemliga underjordiska labb skulle vara mer pålitlig. Men jag kväver det bittra skrattet som stiger i halsen. Aggressivitet kommer inte att föra mig närmare att befria de oskyldiga som är fångade av båda sidor i denna meningslösa konflikt.

"Låt oss bara hålla fokus på att faktiskt hjälpa folk, inte spela tankespel", fräser jag och känner hur min sjudande ilska och frustration börjar koka över. Tanken på att någon annan ska utstå mer lidande i händerna på Byrån eller dess utbrytarfraktioner tänder min vrede. "Vi är här för offrens skull, inte för politik."

Kanske känner Declan av den prekära situationen, för han lägger en mild, stadig hand på min axel. "Hon har rätt, doktorn. Vår prioritet är att befria de där människorna, inte maktspel", bekräftar han, även om hans blick förblir vaksam och sveper över labbet efter dolda hot.

Malcolm drar en upprörd hand genom sitt redan rufsiga svarta hår och ser nervöst från den ena till den andra av oss. "Ja, absolut. Jag ber om ursäkt, det var inte meningen att tappa fokus", säger han snabbt. "Kanske är det bäst att vi går vidare så kan jag visa er min hittills mest lovande formel. Vi har verkligen mycket att diskutera om hur vi ska gå vidare härifrån."

Jag ger en tyst, kort nick som svar. Hur mycket jag än föraktar Malcolms tvivelaktiga metoder har vi för närvarande inga bättre alternativ om vi vill ha tillgång till labbresurser med någon förhoppning om att motverka

Byråns sjuka experiment. Och därför, för tillfället, måste det bli en skakig allians.

"Häråt", säger Malcolm och vinkar oss mot den bakre delen av det vidsträckta laboratoriet. Han stannar vördnadsfullt framför ett stort glasskåp som rymmer rader av svagt glödande ampuller i olika onaturliga nyanser. När han betraktar formelproverna får hans märkliga violetta ögon en nästan vördnadsfull glimt.

"Detta", förkunnar han stolt, "är mitt mest förfinade och koncentrerade serum hittills. Destillerat och renat från intensiva studier av DNA skördat från tidigare försökspersoner från Byrån under årens lopp."

Avsky väller upp inom mig vid hans kliniska formulering. "Låt mig gissa, framställt från blodet och benen från stackars själar som torterats av Byrån mot sin vilja?" spottar jag bittert ur mig.

Malcolm har anständigheten att se skamsen ut. "Ursprunget är visserligen... moraliskt tvivelaktigt", erkänner han med en plågad grimas. "Men genom att analysera de unika genetiska egenskaperna och mutationerna hos försökspersonerna kunde jag isolera de specifika faktorer som möjliggör de paranormala förvandlingarna och förmågorna."

Han knackar nästan kärleksfullt på glasskåpet. "Detta serum representerar kulmen på den outtröttliga forskningen. Jag tror att det är nyckeln till stabilisering och återställning av de påtvingade mutationerna."

"Javisst, toppen, så det är destillerat från utnyttjande då", fräser jag kaustiskt, med avsmak som kokar inom mig. "Vadå, ofrivilliga försök på människor härnäst? Varför inte fullborda skräckföreställningen?"

"Nej, aldrig!" utbrister Malcolm och håller upp händerna i försvar. "Jag svär vid er, jag skulle aldrig ens överväga att testa på ofrivilliga fångar eller fortsätta med Byråns förkastliga experiment."

Men även när han säger orden ser jag ett svagt flimmer av tvivel bakom hans ögon, ett ögonblicks tvekan som motsäger hans löften. Kallt obehag slingrar sig nerför min ryggrad.

Declan flyttar sig närmare mig, svävar skyddande med sin skarpa blick fäst på Malcolm. "Vi kommer att hålla ett mycket nära öga på ditt arbete här, doktorn", säger han, en outtalad varning sjuder under de lediga orden. "Denna situation kräver helt klart noggrann granskning."

"Självklart, jag skulle inte förvänta mig något annat med tanke på omständigheterna", instämmer Malcolm snabbt och försöker släta över den plötsligt explosiva stämningen. "Jag menade inte att antyda att jag skulle upprepa Byråns omoraliska handlingar. Mitt enda syfte är att hjälpa offren att ta tillbaka kontrollen över sina öden."

Men djupt inom mig fruktar jag att vi redan kan vara alldeles för djupt nere i detta, att vi beträder mörka stigar och förlitar oss på tvivelaktig vetenskap och moral. Vägen till helvetet är ju stenlagd med goda avsikter. Och om vi inte är extremt försiktiga kan Malcolm dra ner oss rakt med honom, trots alla altruistiska mål.

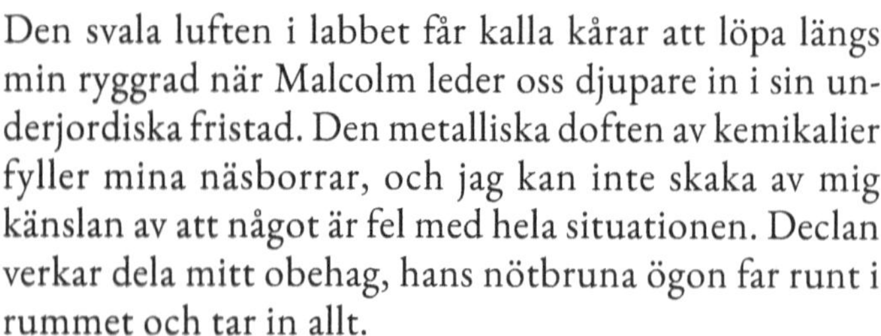

Den svala luften i labbet får kalla kårar att löpa längs min ryggrad när Malcolm leder oss djupare in i sin underjordiska fristad. Den metalliska doften av kemikalier fyller mina näsborrar, och jag kan inte skaka av mig känslan av att något är fel med hela situationen. Declan verkar dela mitt obehag, hans nötbruna ögon far runt i rummet och tar in allt.

"Artemis", viskar han och lutar sig närmare så att Malcolm inte hör oss. "Är du säker på att vi kan lita på honom? Han döljer något. Jag vet det."

"Tro mig, jag är inte hans största fan heller", svarar jag lågt och håller ett vaksamt öga på Malcolm. "Men vi har inte mycket till val just nu."

Declan nickar motvilligt men förblir orolig, med spänd käke. Vi följer Malcolm i tystnad, och spänningen mellan oss växer för varje steg.

"Ah, här är vi", tillkännager Malcolm och stannar framför ett bord belamrat med papper och ampuller. "Nu, låt oss prata om Diana."

"Just det, för den förrädiska ormen är definitivt någon vi vill hålla ett öga på", muttrar jag.

"Verkligen", instämmer Malcolm, oberörd av min sarkasm. "Baserat på den information jag har samlat in verkar det som om Diana planerar att fortsätta hybridprogrammet när Byråns ledning är eliminerad. Hon vill använda deras forskning för sina egna syften."

"Toppen, så hon är precis lika skruvad som de är", muttrar jag och drar en hand genom håret och sliter frustrerat i det.

"Tyvärr, ja", bekräftar Malcolm, och hans ögon mörknar. "Det är absolut nödvändigt att vi stoppar henne innan hon kan göra mer skada."

"Okej då", suckar jag, väl medveten om att vi sitter i en rävsax. "Vi samarbetar med dig för tillfället, men om jag får reda på att du har ljugit för oss..."

"Förstått", avbryter Malcolm och höjer en hand för att tysta mig. "Jag försäkrar dig, mina avsikter är rena."

"Låt oss hoppas det", skjuter Declan in, fortfarande skeptisk.

"Vänta lite", säger jag försiktigt, medan kugghjulen i mitt huvud snurrar. "Tänk om Diana har utvecklat mer avancerade hybrider? Såna som perfekt kan imitera människor och användas som infiltratörer?"

Malcolms ögon smalnar. "Det är en möjlighet vi inte kan ignorera. Men jag försäkrar dig att min forskning är ägnad åt att vända Byråns oetiska experiment, inte att skapa nya monster."

"Säkert", flikar Declan in, med en ton som dryper av sarkasm. "Men hur hittar du ens försökspersoner till din forskning? Vilken typ av människor talar vi om här?"

"Frivilliga", svarar Malcolm och kastar en blick på raderna av ampuller på sin labbänk. "De som har lidit i händerna på Byrån och söker en chans till normalitet."

"Verkligen?" fnyser jag och korsar armarna över bröstet. "Och de bara köar utanför din dörr, redo för dig att sticka och peta på dem som labbråttor?"

"Artemis", säger Malcolm med fast röst. "Jag skulle aldrig testa mina behandlingar på ofrivilliga personer. Människorna som kommer till mig har gått igenom fasor du inte ens kan föreställa dig. De förtjänar en chans till ett bättre liv, och jag är fast besluten att ge dem det."

"Förlåt om jag inte är helt övertygad", svarar jag, med tyngden av mina misstankar vilande på mina axlar, även när ett försiktigt hopp börjar växa. Kan Malcolm göra ogjort... vad det nu är Diana har gjort mot mig och Declan? Vågar vi lita på honom tillräckligt för att berätta sanningen? Jag låg med den här mannen, men jag känner honom inte alls, och tillit har aldrig kommit lätt för mig.

"Artemis, jag förstår din oro", säger Malcolm och ser mig rakt i ögonen. "Men du ska veta detta – jag kommer aldrig att låta min forskning bli ett vapen för de med ondskefulla avsikter. Mitt arbete är menat att hela, inte skada."

"Okej", ger jag med mig, även om tvivlet fortfarande dröjer sig kvar i bakhuvudet. "Men om vi ska stoppa Diana, måste vi veta allt som finns att veta om hennes planer. Det betyder inga fler hemligheter eller halvsanningar."

"Enig", nickar Malcolm allvarligt.

"Okej då", avbryter Declan, och hans nötbruna ögon möter mina. "Vi samarbetar med dig för tillfället. Men om vi får reda på att du inte är helt ärlig mot oss, då blir det ett helvete."

"Förstått", säger Malcolm, med en antydan till ett leende på läpparna. "Nu, låt oss sätta igång."

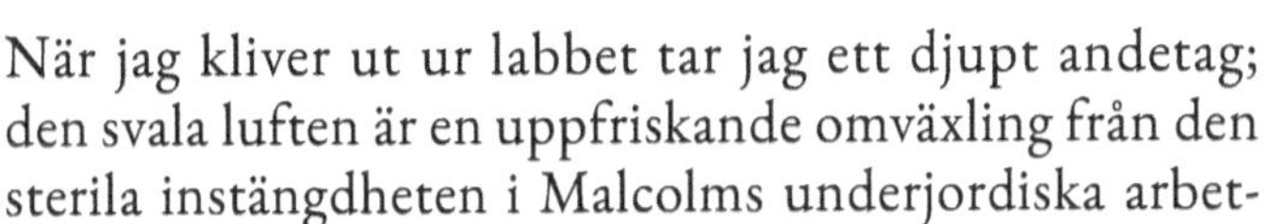

När jag kliver ut ur labbet tar jag ett djupt andetag; den svala luften är en uppfriskande omväxling från den sterila instängdheten i Malcolms underjordiska arbetsplats. Declan går bredvid mig, med händerna i fickorna på sin arméjacka och en fundersam rynka i pannan.

"Okej, Artemis", säger han och hans blick möter min. "Vi samarbetar med honom, men vi håller garden uppe. Och våra hemligheter för oss själva."

"Enig", svarar jag och tänker på serumet som rusar genom våra ådror, de okända krafter vi kanske utvecklar. Det sista vi behöver är att Malcolm får reda på det och behandlar oss som ett av sina experiment.

"Hans kunskap om Diana är oroande", tillägger Declan med spänd käke. "Det betyder att hon är farligare än vi trodde."

"Självklart är hon det", muttrar jag, och mina fingrar kliar efter det trygga greppet om min pistol. "Hon har alltid varit en orm i gräset. Men nu när vi vet vad hon är kapabel till har vi inte råd att sänka garden."

”Sant”, nickar Declan och spänner sig vid tanken på Dianas förräderi. ”Men vi måste komma ihåg att Malcolm kanske inte är så oskyldig som han påstår heller.”

”Tro mig, det har jag inte glömt”, säger jag, med minnet av hur jag förförde honom för information fortfarande färskt i minnet. ”Jag litar inte på honom längre än jag kan kasta honom.”

”Bra”, flinar Declan, och mungiporna dras upp. ”Då är vi två.”

”Låt oss bara fokusera på att stoppa Diana”, föreslår jag. Tanken på att hon infiltrerar Byrån med avancerade hybrider får blodet att isa sig i mina ådror. ”Vad som än krävs.”

”Enig”, svarar Declan, med beslutsamhet etsad i varje drag i hans ansikte. ”För om inte vi stoppar henne, kommer ingen att göra det.”

”Det kan du ge dig fan på”, säger jag, och mina gröna ögon blixtrar till av beslutsamhet. ”Vi har ett krig att vinna.”

När vi går från labbet, med tyngden av vårt uppdrag vilande över oss, kan jag inte låta bli att känna att vi balanserar på en slak lina mellan två farliga fiender – Diana och dr Kastler. Men oavsett hur förrädisk vägen framför oss än må vara, är Declan och jag fast beslutna att skipa rättvisa för de som har utsatts för Byråns förvridna experiment.

Och om det innebär att spela ett farligt spel med svek, så får det vara. Vi måste bara se oss över axeln varje steg på vägen.

Kapitel Tre

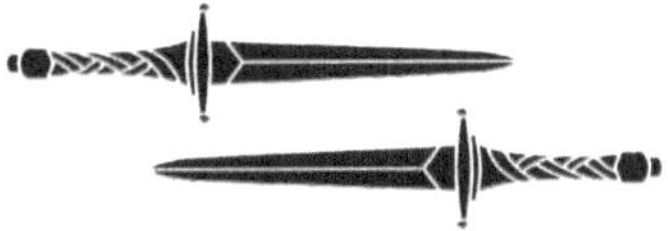

Det svaga skenet från laptopskärmen kastar kusliga skuggor över Malcolms ansikte när han går igenom sin forskning. Jag iakttar honom ett ögonblick och ser koncentrationsrynkorna i pannan, hans violetta ögon som far fram och tillbaka med en intensitet som gör mig nervös. Insatserna är för höga och tiden håller på att rinna ut.

"Okej", säger han slutligen och ser upp på oss. "Jag tror att jag har listat ut det. Diana planerar att slå till mot Byråns högkvarter i natt."

"Självklart gör hon det", muttrar Declan med förakt i rösten. "Hon känner till stället bättre än någon annan. Jag slår vad om att hon har en hemlig gång eller två i rockärmen."

"Vilket är anledningen till att vi måste slå till mot henne först", säger Malcolm, trycker på några tangenter på laptopen och tar fram en satellitbild av Byråns fästningsliknande anläggning – en anläggning som för övrigt inte finns med på någon officiell lista över Byråns egendomar. "Vi genskjuter hennes insatsstyrka innan de når anläggningen, slår ut dem och tar oss in själva genom att utge oss för att vara dem."

"Det låter riskabelt", säger jag med bultande hjärta vid tanken på att infiltrera själva hjärtat av fiendens verksamhet. "Men jag antar att det inte finns så många andra alternativ, eller hur?"

"Inga som ger oss överraskningsmomentet", instämmer Malcolm. "Om vi lyckas med det här kan vi använda kaoset till vår fördel. Smyga oss in och slå ut hela deras skruvade verksamhet innan de ens vet vad som drabbade dem."

"Räkna med mig", morrar Declan med sammanbiten käke. "Det är på tiden att vi slår till mot de där jävlarna där det känns som mest."

"Håller med", flikar Athina in med beslutsamhet i sina mörka ögon. "Men låt oss vara försiktiga så att vi inte hamnar i korselden, okej? Det här är ett farligt spel vi spelar."

"Då ser vi till att vi spelar det bättre än Diana", säger jag och försöker låta mer självsäker än jag känner mig. "Så, hur får vi tag på hennes insatsstyrka?"

"Överlåt det till mig", säger Malcolm med en mörk glimt i ögonen. "Jag har några idéer. Se bara till att ni är redo när det är dags."

"Det är jag alltid", svarar jag med ett snett leende, även om rädslan som knyter sig i magen säger något annat.

Medan rummet fylls av mumlet från viskade planer och tysta förberedelser kan jag inte låta bli att undra om vi redan har tagit oss vatten över huvudet. Men nu finns det ingen återvändo. Tärningen är kastad, och allt vi kan göra är att spela våra roller och hoppas på det bästa.

"Nu kör vi", säger Declan med bister beslutsamhet i rösten.

"Absolut", instämmer jag och stålsätter mig för striden som väntar. "Låt oss för en gångs skull vara de som tar striden till dem."

Vinden biter i mina kinder när jag ser Declan försvinna in i mörkret, hans gestalt smälter sömlöst samman med skuggorna. Han är på väg för att infiltrera en anläggning tillhörande Byrån och samla information inför vår stundande maskerad. Jag kan inte låta bli att känna en oroande knut i magen, men jag tränger undan den. Vi har större problem just nu.

"Artemis", Athinas röst skär genom mina tankar, och jag vänder mig mot henne. Hennes en gång blonda hår lyser silvrigt i månskenet, och hennes varma bruna ögon bär på en aning oro. "Kom ihåg vad jag sa: lita på dina instinkter när tiden är inne."

Jag nickar och sväljer tungt. Lättare sagt än gjort, särskilt när de instinkterna är fördärvade av övernaturligt serum och en känsla av svek.

"Tack, Athina", mumlar jag och försöker låta mer självsäker än jag känner mig. Hon klappar mig varsamt på axeln innan hon återgår till sina egna förberedelser och lämnar mig ensam med mina tankar.

Jag kastar en blick på Malcolm, som är försjunken i koncentration när han finjusterar vår strategi. En del av mig vill vräka ur mig sanningen, strunt i konsekvenserna. Men nej, inte än. För tillfället ska jag följa Athinas råd och hålla hårt i hemligheten som skulle kunna störta oss alla.

Min telefon vibrerar i fickan och bryter min drömvärld. Det är ett meddelande från Declan – en serie foton han har tagit inne på Byråns anläggning. Den skarpa belysningen kastar kusliga skuggor på sterila vita väggar, vilket förstärker den olustiga atmosfären. Jag ryser till när jag bläddrar igenom bilderna och känner en kyla som inte har något att göra med nattluften.

"Fick du något användbart?", frågar Malcolm, plötsligt vid min sida. Hans violetta ögon flimrar över skärmen och tar in varje detalj med ett rovdjurslikt fokus.

"Declan har lyckats få fram lite information åt oss", svarar jag och försöker hålla rösten stadig. "Det borde hjälpa med våra förklädnader."

”Bra”, säger han och nickar kort. ”Vi behöver alla fördelar vi kan få.”

När jag studerar bilderna igen kan jag inte låta bli att känna en våg av stolthet över Declan. Trots riskerna, trots monstret som lurar inom honom, kämpar han fortfarande för det som är rätt. Det är en bitterljuv påminnelse om varför jag föll för honom från första början.

”Nu sätter vi igång”, säger jag och stålsätter mig för striden som väntar. Vi har ett uppdrag att slutföra och en korrupt organisation att störta. Och om det innebär att riskera mitt liv, eller till och med mitt förstånd, då får det vara så.

Jag tar itu med efterdyningarna när allt har lagt sig.

När vi är på väg ut för att samlas med de andra tar Athina tag i min arm och ger mig en forskande blick. ”Du är orolig, Artemis”, säger hon mjukt. ”Det strålar från dig som värmevågor.”

Jag blir torr i halsen och för ett ögonblick överväger jag att erkänna allt. Men nej, inte än. Jag tvingar fram ett stelt leende. ”Bara nerver, Athina. Inget jag inte kan hantera.”

”Okej då”, säger hon, men jag ser oron dröja kvar i hennes varma bruna ögon. Vi har känt varandra för länge för att hon inte ska känna när något är fel.

Vi samlas kring Malcolm, som klottrar ner sista minuten-detaljer på en provisorisk karta. Hans violetta ögon flimrar upp mot oss, frånvarande och beräknande. ”Kom ihåg, vi måste genskjuta Dianas insatsstyrka för att komma in obemärkt. Håll er till planen, så avslöjar vi Byråns korruption en gång för alla.”

”Nu kör vi”, förklarar jag och försöker undertrycka det gnagande tvivlet i maggropen om att vi gör ett enormt taktiskt misstag. Men nu finns det ingen återvändo. Vi har liv att rädda och en värld att förändra, åt helvete med övernaturliga förvandlingar.

Och för tillfället är det allt som betyder något.

"Okej, låt oss se vad vi har här", muttrar jag medan jag sorterar igenom förrådet av uniformer som Declan lyckades sno från Byråns anläggning. Tyget känns stelt och strävt under mina fingrar, långt ifrån de slitna jeans och läderjackor som har blivit vårt teams inofficiella uniform. Men skenet är allt i det här spelet, och om att klä sig som en övervuxen pojkscout hjälper oss att rädda liv, då får det vara så.

"Är den här min?", frågar Malcolm och håller upp en uniform som är nästan komiskt stor för hans smala kroppsbyggnad. Hans violetta ögon glittrar av bus, vilket för ett ögonblick lättar upp den tunga stämningen som har lagt sig över vårt provisoriska högkvarter.

"Prova den här", föreslår Athina och kastar en mindre storlek till honom. Hennes röst är mild, men hennes min förblir allvarlig, en tyst påminnelse om de insatser vi spelar med.

"Tack", säger Malcolm och fångar uniformen med lätthet. Han inspekterar den ett ögonblick innan han ser tillbaka på mig. "Jag tror att jag skulle kunna se ganska bra ut i den här. Färgen framhäver mina ögon. Vad tycker du?"

Jag skrattar, överrumplad trots spänningen som gnager i mig. Vi behöver det här skämtandet, dessa flyktiga stunder av lättsinne för att hålla oss jordade inför faran. Malcolm kanske inte är så tokig trots allt.

"Artemis, kolla här." Declan dyker upp ur skuggorna med väskan slängd över ena axeln. Han kastar mig en uppsättning passerkort och en säkerhetsbricka, båda prydda med Byråns logotyp. "Vi kan använda dessa för att ta oss förbi de första säkerhetskontrollerna."

"Snyggt jobbat", säger jag och försöker undertrycka rysningen som far längs ryggraden vid tanken på att infiltrera just den organisation som har orsakat oss så mycket smärta. "Nu behöver vi bara ett fordon från Byrån för att ta oss in genom grindarna utan att väcka misstankar."

"Redan på det", svarar Athina, medan hennes fingrar dansar över skärmen på sin surfplatta. "Diana har gjort jobbet åt oss. En hel flotta av Byråns lastbilar, vem vet var hon fick dem ifrån, men det spelar ingen roll. När vi har stoppat hennes team tar vi lastbilarna och använder dem själva."

"Perfekt." Jag nickar med hjärtat bultande när vår plan börjar ta form. "Låt oss samla ihop allt vi behöver och ge oss av. Ju tidigare vi genskjuter det där teamet, desto bättre."

"Håller med." Malcolm drar på sig sin uniform och grimaserar när tyget skaver mot hans hud. "Nu kör vi – för dem som är fångade där inne, för de oskyldiga som har lidit på grund av Byrån."

"Absolut", tillägger Declan med ögonen brinnande av beslutsamhet. Han studerar mig ett ögonblick, som om han letar efter något tecken på tvekan eller tvivel. Men han kommer inte att hitta något, inte i natt.

"Okej, teamet", säger jag, drar på mig min egen uniform och rätar på axlarna. "Nu går vi och räddar några liv."

När vi förbereder oss för att ge oss av kan jag inte låta bli att tänka tillbaka på Athinas råd om att lita på mina instinkter. Sanningen om vår förvandling hänger fortfarande över oss som ett mörkt moln och hotar att svälja oss hela när som helst. Men för tillfället kommer jag att hålla den hemligheten för mig själv och istället fokusera på uppdraget.

För i den här världen av fara och svek är tillit allt vi har kvar. Och jag är inte redo att släppa det än.

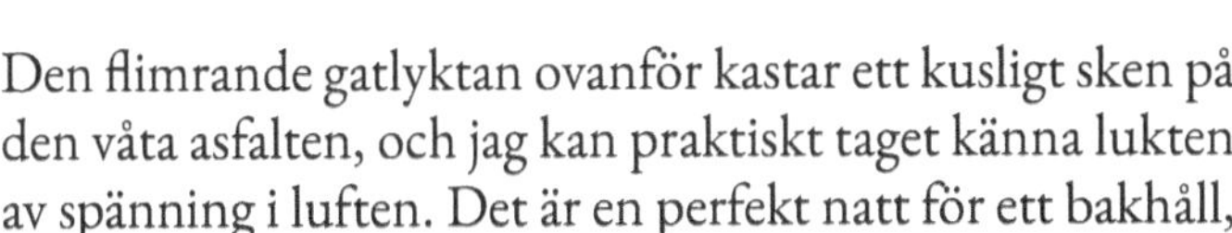

Den flimrande gatlyktan ovanför kastar ett kusligt sken på den våta asfalten, och jag kan praktiskt taget känna lukten av spänning i luften. Det är en perfekt natt för ett bakhåll, om jag får säga det själv.

”Declan, har du uppsikt över dem?”, viskar jag i min öronsnäcka.

”Bekräftat”, svarar han, hans röst knappt hörbar genom bruset. ”De är på väg nerför gatan nu.”

Jag kikar runt hörnet och ser Dianas insatsstyrka närma sig vår position. En liten flotta av bepansrade lastbilar, vars svarta exteriörer smälter samman med skuggorna, rullar olycksbådande förbi oss. Varje lastbil är bemannad av soldater som bär masker som döljer deras föraktliga ansikten. Bara tanken på de grymheter de har begått får mitt blod att koka.

”Okej, teamet, låt oss göra det här snabbt och snyggt”, säger jag med en röst som dryper av sarkasm. ”Vi vill ju inte såra deras känslor, eller hur?”

”Uppfattat”, kommer svaret från flera röster, var och en fylld av beslutsamhet och en antydan till mörk humor.

När den sista lastbilen passerar mitt gömställe tar jag ett djupt andetag och räknar tyst till tre.

”NU!”, skriker jag i komradion, samtidigt som cementbilen, som körs av medlemmen i Obsidiancirkeln känd som Garnet, kör in i konvojens väg, och bromsar skriker när lastbilarna tvingas stanna.

”KÖR!”, skriker Declans röst i mitt öra, och vi kastar oss över de stoppade lastbilarna som en flock vargar.

Inom några sekunder är vi över dem. Föraren av den första lastbilen stelnar till när jag riktar min pistol mot hans ansikte. Ljudet av krossat glas fyller luften när vi slår sönder lastbilsfönstren, rycker ut de maskerade soldaterna med hänsynslös effektivitet och sticker nålar fulla av snabbverkande lugnande medel i varje bar hudfläck vi kan hitta. De hinner inte ens skrika innan de är utslagna, deras medvetslösa kroppar sjunker ihop på den kalla marken.

"Snyggt jobbat, allihop", säger jag och överblickar blodbadet.

"Jag visste att vi var ett bra team." Declan ger mig ett brett leende.

"Byt om, gott folk", beordrar jag, medan vi sliter av de medvetslösa soldaterna deras uniformer. Den svarta utrustningen är fortfarande varm från deras kroppar, och jag kan inte låta bli att känna en rysning av avsmak när jag drar på mig kläderna som tillhörde dem som deltog i outsägliga handlingar.

"Usch, de här maskerna luktar rädsla och dåliga beslut", muttrar jag och justerar den obekväma passformen runt mina ögon. "Det antar jag är passande."

"Fokusera, Artemis", tillrättavisar Declan mig, hans nötbruna ögon blixtrar av beslutsamhet bakom sin mask. Han har rätt, förstås. Det här är inte tid för skämt. Liv står på spel.

"Okej, teamet, låt oss ge oss av innan någon märker att vi har tagit över den här konvojen", säger jag, min röst knappt mer än en viskning. Vi hoppar in i lastbilarna, motorerna spinner mjukt under oss när vi tar oss mot Byråns högkvarter.

Kapitel fyra

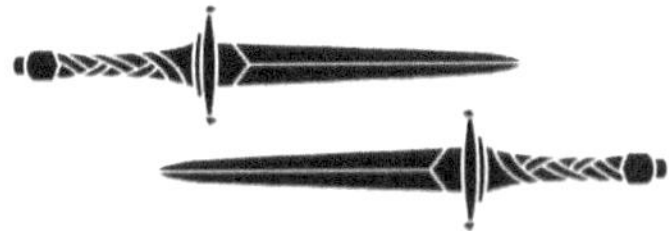

Tjutet från larmen och blinkande nödljus attackerar våra sinnen när vi närmar oss Byråns belägrade anläggning. Den vanligtvis fläckfria fasaden ser nu ut som en sparkad myrstack, med personal som springer omkring i ett knappt kontrollerat kaos. Jag utbyter oroliga blickar med Athina och magen knyter sig av spänning.

"Vad i helvete har hänt här medan vi var borta?" undrar jag högt. Den här nivån av pandemonium verkar överdriven, även för Dianas fräcka angrepp.

Athinas uttryck hårdnar av beslutsamhet. "Det spelar ingen roll nu. Vi måste ta oss in och bedöma situationen själva. Diana kan ha inlett en attack på två fronter, och vi stoppade bara en våg."

Hon gestikulerar skarpt mot anläggningens ingång. "Hon var inte med i den konvojen vi överföll, och som jag känner henne satt hon inte bara och rullade tummarna. Vi måste ligga steget före vad hon än har planerat härnäst och säkra viktig information medan vi kan."

Jag tvekar; varje instinkt skriker att vi borde avbryta den här våghalsiga planen. Men Athina griper tag i min axel och hennes violetta ögon borrar sig in i mina. ”Vi har redan kommit så här långt. Är du med mig eller inte?”

Jag sväljer mina farhågor och nickar kort. Athina ler vildsint. ”Då kör vi.”

Vi smiter obemärkt in i den skenande folkmassan, med ångesten gnagande inom mig. Havet av okända ansikten och det rena kaoset får mig att känna mig exponerad och sårbar. Jag måste motstå frestelsen att fly ut i säkerhet igen.

”Håll er nära och var på er vakt”, påminner jag de andra och försöker låta mer självsäker än jag känner mig. Mina ord verkar skrattretande otillräckliga mitt i det tumult som virvlar runt oss.

Declan rör sig närmare, med vaksamma nötbruna ögon. ”Vi klarar det här”, viskar han. Men jag uppfattar antydan till oro bakom hans försäkran.

Med ett sista djupt andetag kastar vi oss in i den panikslagna folkhopen, med sinnena spända för varje tecken på Dianas dödliga styrkor som lurar därinne. De tjutande sirenerna och de blinkande ljusen tär på mina nerver när vi kämpar oss igenom strömmen av människor.

”Ni där, stanna!” dundrar plötsligt en barsk röst. Jag stelnar till och pulsen bultar som en slagborr. En kraftig vakt går mot oss med ena handen på sitt hölstrade vapen. ”Vad har ni för ärende här?”

”Följer order, sir”, svarar Declan smidigt, även om hans leende ser ansträngt ut. En strimma av fasa rinner nerför min ryggrad vid den vaksamma blicken i hans ögon. Något känns fel med honom.

Vakten blänger och tar ett steg närmare. ”Order? Vems order?”

I en suddig rörelse griper Declan tag i mannens stridsväst och slänger upp honom mot väggen. Vaktens ögon spärras upp i chock och fötterna dinglar hjälplöst.

”Declan, sluta!” ropar jag, men han reagerar inte. Med ansiktet förvridet av raseri klämmer Declan åt runt vaktens hals och tystar hans kvävda böner.

Hjärtat hoppar till och jag rusar fram precis när mannen fumlar efter sin radio. ”Inkräktare ... sektor fyra ...” flämtar han innan jag sliter den ifrån honom.

”Helvete, Declan, skärp dig!” beordrar jag genom sammanbitna tänder. Med Athinas hjälp drar vi bort honom från den nu medvetslösa vakten. Sirenernas tjut intensifieras och skär i mina nerver.

Declan blinkar förvirrat som om han vaknat ur en trans. ”Vad ... vad hände?” stapplar han fram och stirrar ner på sina darrande händer i fasa.

”Ingen tid att förklara”, fräser jag kort, medan tankarna rusar. Vi gömmer vakten i en städskrubb. ”Vi måste röra på oss, nu!”

Ropen från tillkallade säkerhetsstyrkor ekar i korridorerna när vi springer djupare in i den komprometterade anläggningen. Mitt hjärta bultar mot revbenen och andetagen kommer i panikartade flämtningar.

Håll dig bara vid liv, säger jag till mig själv. *Oroa dig för Declans utbrott senare.* Vi sladdar runt ett hörn och trycker oss platt mot väggen när stöveltramp dundrar förbi.

Efter en plågsam väntan smyger vi in i en öde passage och tar oss ner till de lägre labbvåningarna. Den aggressiva steriliteten i vår omgivning gör inget för att lindra min ångest. Om något så får det mig att bli ännu mer på helspänn.

”Där”, väser Athina och pekar mot en omärkt dörr. En tung känsla av onda aningar sänker sig över mig när vi närmar oss. Vad som än väntar oss på andra sidan finns det ingen återvändo nu.

Jag möter Declans blick och ser min egen fasa återspeglas i hans ögon. ”Redo för det här?” frågar jag skakigt. Han nickar stumt med spänd käke.

Med darrande fingrar griper jag handtaget och drar upp dörren. Skuggorna tycks grina åt oss när de sväljer tröskeln och utmanar oss att kliva in i det okända.

Jag tar ett djupt andetag och kastar mig in i mörkret, med sinnena på helspänn. Och när vi tar oss djupare ner i detta skräckens hus vet jag att ingenting någonsin kommer att bli sig likt igen.

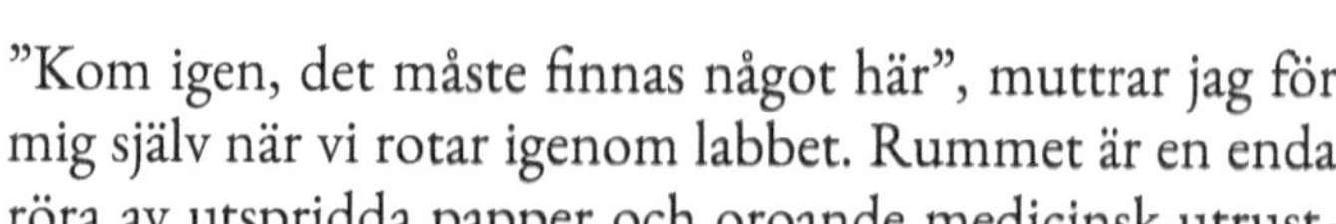

"Kom igen, det måste finnas något här", muttrar jag för mig själv när vi rotar igenom labbet. Rummet är en enda röra av utspridda papper och oroande medicinsk utrustning. En känsla av brådska fyller luften när vi desperat letar efter några bevis på Byråns förvridna experiment.

"Artemis, titta på det här", utbrister Declan med ansträngd röst. Han håller upp en akt med darrande händer. Hans knogar vitnar när han knyter näven om mappen och jag kan höra det välbekanta knastrandet från papper som hotar att slitas sönder. "Är det det här vi letar efter?"

"Försiktigt med det där greppet, Declan", varnar jag och tar akten från honom innan den förvandlas till konfetti. När jag bläddrar igenom innehållet ser jag bilder på vanställda försökspersoner och fruktansvärda beskrivningar av deras hybridförmågor. Fullträff.

"Exakt vad vi behöver", säger jag och stoppar in akten under armen. "Men håll fokus, okej? Vi behöver inte en repris av det som hände tidigare."

"Just det. Förlåt", svarar Declan med blicken fäst i golvet. Han kämpar uppenbarligen för att hålla sig i styr och ansträngningen börjar synas. Han är en tickande bomb som väntar på att explodera – och vi har inte mycket tid kvar. Vad gör serumet med honom?

Vad håller vi på att bli, och hur länge dröjer det innan jag också tappar kontrollen över mig själv?

"Håll ihop det, Declan", säger jag till honom och försöker låta lugnande. Men inte ens jag är säker på om jag tror på det. "Vi reder ut det här när vi kommer härifrån."

"Låt oss hoppas det", muttrar han, knappt hörbart.

Medan vi fortsätter att genomsöka labbet kan jag inte skaka av mig känslan av obehag som kryper upp längs ryggraden. Visst, allt verkar gå smidigt, men jag vet bättre än att sänka garden. I det här yrket kan man aldrig vara för försiktig.

"Artemis, här är en till", säger Declan och ger mig en annan akt. Hans grepp är fortfarande för hårt, kanterna på mappen är skrynkliga under hans fingrar.

"Tack", svarar jag och försöker dölja min oro. "Var bara medveten om din styrka – vi vill inte skada något av det här."

"Just det ... förlåt", mumlar han, tydligt frustrerad över sin oförmåga att kontrollera sina förmågor. Jag vet att han gör sitt bästa, men det är svårt att inte oroa sig när man är partner med en labil hybrid på helspänn.

"Fokusera, Declan", påminner jag honom i hopp om att min röst bär på någon gnutta självförtroende. "Vi är nästan klara här."

"Förstått", svarar han med beslutsamhet i ögonen. Han tar ett djupt andetag och knyter nävarna och anstränger sig synligt för att hålla sig i schack.

När vi är klara med att samla de sista bevisen lägger sig tyngden av vårt uppdrag tungt på mina axlar. Vi har kommit så här långt, men det finns fortfarande så mycket som kan gå fel. Och med Declan som kämpar för att kontrollera sina nyvunna krafter kan jag inte låta bli att känna en överväldigande känsla av fasa.

Men för tillfället har vi åtminstone gjort vad vi kom hit för att göra. Utmaningen blir att ta sig härifrån levande –

och att hålla huvudet kallt när vi navigerar den förrädiska vägen framför oss.

När vi joggar tillbaka samma väg vi kom finner vi Athina och Malcolm stoppade vid en datorterminal. Malcolm är hukad över tangentbordet medan Athina håller utkik efter annalkande problem. Jag ser Malcolms fingrar flyga över tangentbordet, hans violetta ögon låsta på skärmen. Jäveln är ett geni, och jag kan inte låta bli att beundra honom trots mig själv. För en man som har för mycket att göra för att klippa eller kamma sig, vet han verkligen hur man hackar sig in i säkra servrar som om det vore en barnlek.

"Någon lycka?" frågar jag och försöker hålla rösten stadig trots adrenalinet som forsar genom mig.

"Nästan där", svarar han utan att bry sig om att titta upp. "De här krypterade filerna är knepiga, men jag har nästan knäckt dem."

"Bra", säger jag och sveper med blicken över vår omgivning med andan i halsen. Vi har ont om tid och jag kan känna hur spänningen skruvas upp för varje sekund som går.

Slutligen släpper Malcolm ut ett belåtet andetag. "Jag har det."

"Toppen, ladda ner allt vi behöver för att avslöja de här jävlarna", beordrar jag och håller ett öra öppet för annalkande fotsteg.

"Redan igång", säger han och knackar på tangentbordet medan informationen börjar överföras.

"Malcolm", trycker jag på, "hur är det med försökspersonerna? De som de har torterat och experimenterat på?"

Han tystnar och suckar sedan. "När Byråns ledning har fallit kan vi befria dem."

Det är inte tillräckligt bra för mig. "Är de fortfarande vid liv? Kan vi hjälpa dem?"

"Artemis, fokusera", fräser han och hans ögon smalnar. "Vi har ett jobb att göra. Ett steg i taget."

"Okej då", muttrar jag och lägger armarna i kors över bröstet. Jag vet att han har rätt, men jag kan inte låta bli att oroa mig för de stackars själar som är instängda i det här helveteshålet.

Medan informationen laddas ner går jag fram och tillbaka, och mina stulna, Byrå-utfärdade kängor gnisslar vid varje steg. Mitt hjärta rusar och jag kan inte låta bli att tänka på allt som kan gå fel. Om Declan tappar kontrollen igen, eller om larmet går innan vi är redo ...

"Artemis", säger Malcolm och avbryter mina tankar. "Det är klart. Vi har vad vi behöver."

"Bra", svarar jag och försöker tränga undan mina rädslor och fokusera på uppgiften. "Låt oss se till att komma härifrån."

"Jag är precis bakom dig", säger han.

Vi tar oss igenom labbet, så snabbt och försiktigt vi kan. Insatserna är ännu högre nu – vi har inte råd med några misstag. Vi måste få ut den här informationen.

"Var på din vakt", viskar jag till Malcolm, mina fingrar kliar efter ett vapen jag inte vågar dra fram än, av rädsla för att väcka misstankarna hos säkerhetsvakterna som fortfarande surrar omkring som bålgetingar. De kastar en blick på oss, men vi rör oss som en grupp, med blicken fokuserad rakt fram när vi marscherar, och ser ut som om vi hör hemma här, som om vi vet exakt vart vi är på väg och vad vi ska göra.

Mitt hjärta bultar som ett tryckluftsborr när vi tar oss fram genom de svagt upplysta korridorerna, och varje steg ekar i mina öron. Spänningen i luften är så tjock att man praktiskt taget skulle kunna skära den med en av mina knivar.

"Artemis", viskar Declan tvekande bakom mig, hans röst spänd av ångest. "Jag ... jag är ledsen. För det som hände förut, menar jag."

”Spara det”, fräser jag utan att bry mig om att titta på honom. Men jag kan känna hans blick borra sig in i bakhuvudet på mig, sökandes efter något – förlåtelse, kanske? Ingen risk att det händer just nu.

”Lyssna”, fortsätter han, orubblig av mitt kalla svar. ”Jag vet inte vad som flög i mig där bak, men jag svär, det kommer inte att hända igen.”

”Det hoppas jag fan inte”, muttrar jag för mig själv och försöker trycka ner rädslan som gnager inom mig. Om Declans vilda sida bestämmer sig för att visa sig igen är vi alla körda.

”Titta”, säger han och glider upp bredvid mig när vi rundar ett hörn. ”Jag lovar att jag ska göra vad som än krävs för att hålla mig under kontroll. För din skull, och alla andras.”

”Se till att du gör det”, svarar jag kort och ger honom en blick från sidan. ”Vi har inte råd med fler överraskningar.”

”Håller med”, mumlar han och faller tillbaka i samma takt bakom mig. Hans stridskängor skrapar mot det kalla, sterila golvet och påminner mig om hur nära faran vi är vid varje sväng.

”Håll fokus, Declan”, tänker jag och önskar att han på något sätt kunde höra mig. ”Vi behöver dig i toppform om vi ska klara det här.”

”Just det”, viskar han, som om han har läst mina tankar. ”Inga fler misstag.”

”Bra”, säger jag, min röst knappt hörbar ens för mig själv. ”Låt oss nu få det här gjort och komma fan härifrån.”

Men när vi fortsätter vår förrädiska resa genom Byråns näste kan jag inte skaka av mig känslan av att något är på väg att gå väldigt, väldigt fel – och Gud hjälpe oss alla när det gör det.

KAPITEL FEM

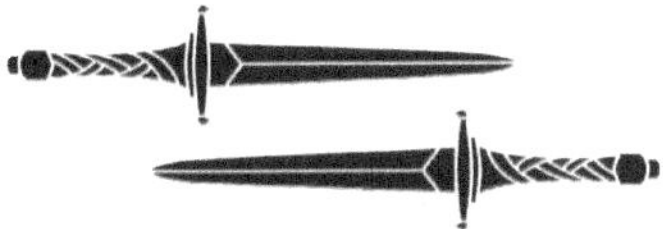

LUKTEN AV SVETT OCH järn fyller luften när Declan och jag möts i det dunkelt upplysta träningsrummet. Det var nära ögat under vårt senaste uppdrag och vi är båda skakade, och jag kan inte skaka av mig bilden av hur han nästan dödade den där säkerhetsvakten när vi bara försökte prata oss förbi honom. Byrån för paranormala affärer må vara ett gäng sadistiska svin, men det betyder inte att vi ska döda folk som bara gör sina jobb medan vi försöker fälla själva Byrån. Så här är vi nu och försöker kontrollera besten inom oss.

”Okej, vi försöker igen”, säger jag och kliver tillbaka i en stridsposition. ”Fokusera på att kontrollera din styrka, inte bara släppa lös den.”

Declan nickar, och hans nötbruna ögon smalnar i koncentration. Hans muskler spänns under hans trasiga jeans och arméjacka, ett tydligt tecken på ansträngningen han gör för att hålla tillbaka. Det är som att titta på ett djur i en bur som kämpar mot sina egna instinkter.

”Lätt för dig att säga”, muttrar han och tar ett steg mot mig.

"Hallå, vi är i det här tillsammans", påminner jag honom och försöker hålla tonen lättsam trots spänningen som sjuder mellan oss. "Kom an bara."

Det gör han, och hans knytnäve far mot mitt ansikte med en alarmerande hastighet. Jag lyckas med nöd och näppe undvika den och känner vinddraget när den susar förbi min kind. Mitt hjärta slår snabbt, adrenalinet pumpar genom mina ådror när jag kontrar med en snabb spark mot hans sida.

"Bra", berömmer jag honom, i hemlighet lättad över att han visar mer återhållsamhet än tidigare. "Nu..."

Jag avbryts när en plötslig våg av kraft sliter genom mig, och mina tatueringar lyser i ett kusligt grönt sken under min hud. Fan, vad är det här?

"Artemis?", frågar Declan, och hans stiliga drag är präglade av oro. "Vad är det som händer?"

"Ingenting", fräser jag, och ilskan kokar inom mig som smält lava. "Fokusera bara på din egen jävla träning."

"Det är uppenbart att något är fel", insisterar han, hans röst dryper av frustration. "Låt mig hjälpa dig."

"Hjälpa mig?", fnyser jag. "Det här är ingen saga, Declan. Du kan inte bara kyssa monstret inom mig och göra allt bra igen."

"Artemis..."

"Lämna mig ifred!", morrar jag och slår igen dörren bakom mig när jag stormar iväg, och lämnar Declan stirrandes efter mig. Ilskan som forsar genom mig är som en löpeld som hotar att förtära allt i sin väg. Det känns trångt i bröstet och min andning är ansträngd – jag måste lugna ner mig innan jag tappar kontrollen helt och hållet och något händer som jag inte gillar.

Jag marscherar in i ett tomt rum och sliter upp håret i en slarvig knut för att hålla det borta från ansiktet. Athinas läror ekar i mitt sinne: *Hitta ditt centrum, Artemis. Fokusera på din andning; låt dina känslor flöda som vat-*

ten. Jag försöker följa hennes råd, tar ett djupt andetag och sluter ögonen, och tvingar mig själv att andas ut långsamt.

"Kom igen, Artemis", muttrar jag för mig själv och försöker minnas de lugnande övningarna Athina lärde mig. "Andas in... andas ut..."

Men det är lönlöst. Ilskan böljar fram som en tidvattenvåg och dränker varje sken av lugn. Jag kan känna hur mina tatueringar bränner konstigt under huden, och det krävs allt av mig för att inte slå ut och göra ett hål i väggen.

"Fan i helvete!", skriker jag, och frustrerade tårar sticker i ögonvrårna. Vad händer med mig? Varför kan jag inte få grepp om det här?

Mina tankar glider tillbaka till Declan – hans bekymrade nötbruna ögon och rynkade panna, hur han försökte hjälpa mig även när jag knuffade bort honom. Han förtjänar inte det här; han förtjänar inte att bli utskälld av någon som inte ens kan kontrollera sina egna känslor.

"Artemis?", ropar en röst mjukt bakom dörren. Det är inte Declan – det är Athina. Hennes moderliga närvaro är oftast tröstande, men just nu påminner den mig bara om hur långt jag har avvikit från hennes läror.

"Försvinn!", skriker jag och kväver en snyftning. "Jag vill inte prata!"

Men istället för att gå öppnar Athina dörren och kliver in, hennes varma bruna ögon fyllda av medkänsla. "Barn lilla, du behöver inte göra det här ensam", säger hon mjukt och stänger dörren bakom sig. Jag kan se att hon vill sträcka ut handen och röra vid mig, men hon vet bättre än att inkräkta på mitt personliga utrymme när jag är så här.

"Artemis", fortsätter hon, hennes röst mjuk men bestämd. "Du måste släppa taget om vad det än är som orsakar denna ilska och hitta ditt centrum igen. Du kan inte fortsätta så här."

"Kan jag inte?", fräser jag, min röst dryper av sarkasm. "Kanske borde jag bara omfamna monstret inom mig och bli klar med det. Det skulle vara så mycket enklare än att försöka bekämpa det varje sekund av varje dag.”

”Är det vad du verkligen vill?”, frågar Athina, med orubblig blick.

Hon vet inte vad jag har att göra med. Vet inte att jag håller på att förvandlas till ett monster. Jag biter ihop tänderna och säger ingenting. Hon står Malcolm för nära – tror på honom för mycket. Jag kan inte berätta sanningen för henne.

”Hitta ditt centrum, Artemis”, uppmanar Athina mjukt. ”Kom ihåg vem du är, och låt det förankra dig.”

Hennes ord ekar i mitt sinne när hon lämnar mig ensam igen. Jag tar ett skakigt andetag och försöker fokusera på vad som helst förutom ilskan som hotar att förtära mig. Men hur hårt jag än försöker kan jag inte hitta den frid jag så desperat längtar efter – och tanken skrämmer mig.

Ilskan inom mig ringlar sig som en orm, redo att hugga när som helst. Jag knyter nävarna och försöker hålla fast vid de sista resterna av kontroll som finns kvar. Min andning är ytlig och snabb, och varje utandning bildar små moln i luften.

”Fan också”, muttrar jag för mig själv, oförmögen att hålla tillbaka ilskan som bubblar upp inom mig.

Det är lönlöst – jag kan inte trycka ner den längre. Energin strömmar genom mig, elektrifierar mina sinnen och överväldigar mina tankar. Med ett gutturalt skrik släpper jag ut det uppdämda trycket, och ett märkligt blått ljus exploderar utåt från mig. Föremål runt omkring mig exploderar i splitter och skärvor. Glas från krossade fönster regnar ner som dödlig konfetti, och trälådor splittras med öronbedövande knakanden.

”Artemis!”, skär Declans röst genom kaoset, och hans ansiktsdrag är präglade av oro när han rusar mot mig.

”Håll dig borta!”, morrar jag, medan rädsla och självförakt virvlar genom mina ådror tillsammans med den flyktiga psykiska energin. ”Jag behöver inte din hjälp!”

Han tvekar en bråkdels sekund innan han motvilligt backar undan, hans nötbruna ögon fyllda av oro. Jag står inte ut med att se på honom, rädd för att min instabilitet kan äventyra allt vi har byggt upp tillsammans – både vår relation och vår kamp mot Byrån för paranormala affärer.

”Okej”, mumlar han, hans röst färgad av sårad stolthet. ”Men du vet var du hittar mig om du ändrar dig.”

När han drar sig tillbaka får jag en glimt av min spegel-bild i en skärva av krossat glas. Flickan som stirrar tillbaka på mig är en främling, med vilda och plågade gröna ögon. En djup känsla av obehag sätter sig i bröstet när jag inser hur nära jag är att tappa kontrollen fullständigt.

”Ta dig samman, Artemis”, viskar jag för mig själv och försöker trycka tillbaka känslorna. Men de vägrar att låta sig kuvas längre, och de klöser vid kanterna av mitt med-vetande och kräver att bli hörda.

”Fokusera”, befaller jag och biter ihop tänderna medan jag försöker återfå kontrollen över mina tankar. Men det är som att försöka hålla vatten i händerna – ju hårdare jag klämmer, desto snabbare rinner det mellan fingrarna.

”Kom igen, Artemis”, muttrar jag med sammanbitna tänder. ”Du är starkare än så här.”

Men när ännu en våg av känslor sköljer över mig kan jag inte låta bli att undra om det fortfarande är sant. Kanske har mörkret inom mig äntligen segrat, och det finns inget annat för mig än att ge efter för det helt och hållet.

”Artemis”, bryter en röst genom mina tankar, mjuk och lugnande som balsam för mina trasiga nerver. ”Du behöver inte göra det här ensam.”

Jag vänder på huvudet och ser Declan stå några meter bort, hans ögon fyllda av beslutsamhet och orubbligt stöd. Trots tumultet som rasar inom mig kan jag inte låta bli att känna en strimma av hopp – kanske, bara kanske, kan vi hitta en väg genom det här tillsammans.

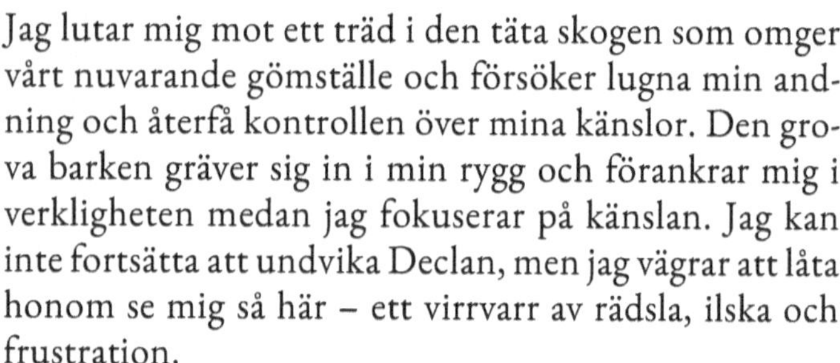

Jag lutar mig mot ett träd i den täta skogen som omger vårt nuvarande gömställe och försöker lugna min andning och återfå kontrollen över mina känslor. Den grova barken gräver sig in i min rygg och förankrar mig i verkligheten medan jag fokuserar på känslan. Jag kan inte fortsätta att undvika Declan, men jag vägrar att låta honom se mig så här – ett virrvarr av rädsla, ilska och frustration.

"Artemis", skär Athinas röst genom tystnaden, hennes oro påtaglig redan innan hon syns. "Du har varit frånvarande den senaste tiden. Vad är det som pågår?"

"Ingenting", muttrar jag, stirrar på marken och sparkar på en liten sten med tån på min känga. "Jag är bara... stressad."

"Över Diana?", frågar hon mjukt och kliver närmare. Hon känner mig för väl, men jag måste försöka hålla sanningen dold.

"Självklart", fräser jag, min röst högre än nödvändigt. "Det har gått flera veckor. Vi är inte närmare att hitta henne än när vi började, och varje dag som går ger henne en ny chans att glida oss ur händerna."

"Artemis." Athina lägger en hand på min axel, och jag rycker till vid den oväntade beröringen. "Att gå in i strid ofokuserad kan visa sig vara katastrofalt. Du måste vara förankrad först."

"Förankrad?", fnyser jag och knuffar bort hennes hand. "Jag behöver inte bli daltad med, Athina. Jag kan ta hand om mig själv."

”Kan du det?”, utmanar hon, hennes bruna ögon låser sig i mina. ”För från där jag står ser det ut som att du är på väg att implodera.”

”Okej då!”, slår jag ut med händerna i frustration och blänger på henne. ”Du vill att jag ska öppna mig? Då ska jag öppna mig! Jag är arg hela tiden, Athina. Varenda liten sak får mig att tända till, och jag vet inte hur jag ska få det att sluta. Nöjd nu?”

”Ilska är en naturlig reaktion på stress”, säger hon sakta, hennes ton nu mild och förstående. ”Men du måste hitta ett sätt att hantera den, Artemis. Du kan inte låta den kontrollera dig.”

”Tack för rådet”, muttrar jag sarkastiskt och himlar med ögonen. ”Mycket insiktsfullt.”

”Artemis.” Athinas röst får en strängare kant, och jag vet att hon inte kommer att låta sig blidkas av min sarkasm. ”Jag menar allvar. Dina känslor är kraftfulla, men du är starkare. Glöm inte det.”

När hon går därifrån och lämnar mig att sjuda i min egen frustration, kan jag inte låta bli att känna en strimma av tacksamhet. Athina må vara irriterande skarpsynt, men åtminstone tror hon på mig – även när jag inte är säker på att jag tror på mig själv.

”Hantera det”, viskar jag för mig själv och knyter händerna medan jag tvingar ner ilskan som hotar att bubbla över igen. ”Du klarar det här.”

Och kanske, bara kanske, kan jag börja tro på det också.

Den fuktiga luften klibbar mot min hud, stanken av mögel och rost fyller mina näsborrar när Declan och jag tyst smyger genom de dunkelt upplysta korridorerna i en av

Byråns dataanläggningar. Väggarna, kantade med smutsiga rör, verkar sluta sig om mig och matar ilskan som sjuder precis under ytan. Varje steg vi tar känns som att vada genom en pöl av frustration, men vi har inte råd med några misstag.

"Håll dig nära", viskar Declan, hans andedräkt varm mot mitt öra. "Vi vill inte varna vakterna."

"Verkligen?", muttrar jag och himlar med ögonen. Han har rätt, förstås, men det hindrar inte min irritation från att blossa upp, desperat efter ett utlopp. Mitt hjärta slår snabbt, dunkar i bröstet som ett instängt djur redo att bryta sig fritt.

"Artemis, du måste ha tålamod", varnar han, hans nötbruna ögon fyllda av oro när de borrar sig in i mina. "Håll dig till planen."

"Tålamod har aldrig varit min starka sida", fräser jag, min röst låg och hård. Orden fastnar i halsen, giftiga och spydiga, och jag hatar mig själv för det. Men jag kan inte hjälpa det; jag drunknar i detta hav av raseri, och det är allt jag kan göra för att hålla huvudet ovanför ytan.

"Fokusera, Artemis", säger Declan, hans ögon lämnar aldrig mina. Hans hand snuddar vid min arm och lämnar ett spår av värme i sitt kölvatten. Jag sväljer hårt och kämpar emot den bittra smaken av agg som hotar att kväva mig.

"Okej", pressar jag fram och sliter blicken från honom för att fokusera på uppgiften vi har framför oss. Vi närmar oss vårt mål, och brummandet från maskiner blir allt högre ju närmare vi kommer. Jag tar ett djupt andetag och kämpar för att hitta mitt centrum så som Athina lärde mig, men mina tankar är en virvelvind av kaos som vägrar att låta sig tämjas.

"Artemis", varnar Declan, hans röst knappt en viskning när vi rundar ett hörn. "Vakter längre fram."

"Uppfattat", väser jag, med tänderna så hårt sammanbitna att de kunde spricka. Mina fingrar rycker av begäret att sträcka mig efter min kniv, att känna den trygga tyngden av dess skaft mot min handflata. Men jag vet att det inte skulle hjälpa – inte nu, när varje fiber i min kropp skriker efter befrielse.

”Följ mig”, mumlar Declan, hans kropp spänd när han förbereder sig för att agera. Jag nickar, med låst käke, och ser hur han glider framåt och skickligt undviker vakternas blickar.

”Håll ihop det nu, Artemis”, tänker jag, mitt sinne en slagfält mellan ilska och beslutsamhet. ”Du klarar det här.”

Anläggningen tornar upp sig framför oss, en labyrint av hemligheter och lögner dolda bakom sina imponerande murar. Och någonstans där inne väntar svaren vi behöver – om jag bara kan hålla mina känslor i schack tillräckligt länge för att hitta dem.

Mitt hjärta bultar fortfarande när vi äntligen flyr från dataanläggningen, adrenalinet forsar genom mina ådror. Nattluften omsluter oss som en kall filt, men den gör ingenting för att släcka elden inom mig.

”Artemis”, säger Declan, hans röst spetsad med oro när han ser mig vanka fram och tillbaka. ”Vi måste prata om vad som hände där inne.”

”Okej”, fräser jag, oförmögen att möta hans blick. ”Jag tappade kontrollen, okej? Det är den här jävla förvandlingen – den jävlas med mina känslor, och jag vet inte hur jag ska hantera det.”

”Hallå”, svarar han mjukt och kliver närmare. ”Vi kommer att lösa det tillsammans. Du är inte ensam i det här. Jag kämpar också, vet du.”

”Verkligen?”, frågar jag skeptiskt med höjda ögonbryn.

”Ja”, erkänner han och gnuggar sig i nacken. ”Jag har haft svårt att hantera min styrka, och den där vilda sidan... den blir svårare att undertrycka.”

”Toppen, vi är båda helt körda”, muttrar jag bittert, mer för mig själv än för honom.

”Kanske det”, medger Declan, hans nötbruna ögon möter mina med en beslutsam glimt. ”Men vi kan hjälpa varandra, eller hur? Vi kan lära oss att kontrollera våra krafter och dölja dem för andra.”

”Förenade i vår gemensamma missfosterstatus”, säger jag ironiskt och försöker lätta upp stämningen.

”Något i den stilen”, skrattar han och sträcker ut handen för att röra vid min arm försiktigt. Värmen från hans hand sänder en rysning längs min ryggrad, och för ett ögonblick glömmer jag tumultet som rasar inom mig.

”Declan...”, viskar jag, och andan fastnar i halsen när han lutar sig närmare. Våra läppar möts, först trevande, sedan med växande desperation, drivna av outtalade begär och delade rädslor.

När vi skiljs åt, med flämtande bröst, vilar jag min panna mot hans. ”Vi kan inte låta det här förtära oss”, mumlar jag, min röst knappt hörbar. ”Vi måste hålla fokus på uppdraget.”

”Håller med”, svarar Declan, hans andedräkt varm mot min hud. ”Men vi behöver också varandra, nu mer än någonsin.”

”Sant”, medger jag och slingrar armarna om honom medan vi står där i skuggorna.

Spänningen mellan oss lättar gradvis och ersätts av en skör känsla av trygghet. Vi är båda för uppskruvade för något mer intimt ikväll, men det här räcker för nu – att bara bli omhållen och förstådd.

Till slut hinner utmattningen ikapp oss och vi sjunker ner på den kalla marken, våra lemmar sammanflätade som rankor. När sömnen tar mig finner jag tröst i den stadiga höjningen och sänkningen av Declans bröst, en påminnelse om att i denna värld av kaos och fara förblir åtminstone en sak konstant: vi har varandra. Och för tillfället räcker det.

När sömnen väl kommer är den alltför flyktig. Jag vet inte hur länge jag har varit borta – en timme, kanske två – men plötsligt slår jag upp ögonen och stirrar ut i mörkret i vårt provisoriska gömställe, med hjärtat bultande i halsen.

"Något stämmer inte", viskar jag för mig själv och trasslar mig ur Declans armar. Luften känns laddad, befläckad med något bekant men ytterst ovälkommet.

"Artemis?", mumlar Declan, fortfarande halvt sovande. "Vad är det som händer?"

"Schh", väser jag och trycker ett finger mot hans läppar. "Stanna här. Jag kollar."

"Glöm det", muttrar han, men jag känner hur hans grepp lossnar när utmattningen hotar att dra ner honom igen. Motvilligt lämnar jag honom kvar och smyger mot källan till min oro.

Det tar inte lång tid för mig att upptäcka Dr. Malcolm Kastler – den avhoppade vetenskapsmannen själv – som lurar precis utanför ingången till vårt gömställe. Han är så försjunken i vad han än gör att han inte märker mig förrän jag är nästan inpå honom.

"Herregud, Malcolm!", morrar jag och får honom att hoppa till. "Vad i helvete gör du här?"

"Jag... jag letade efter dig", stapplar han fram, hans violetta ögon far nervöst omkring. "Jag hade en fråga om datan vi hämtade, men... jag ser att du är upptagen."

”Upptagen?”, upprepar jag, och inser sedan hur det måste se ut: Artemis Blackwell, känd förförerska, inbäddad i sin partners armar. ”Det här är inte vad du tror att det är.”

”Självklart inte”, svarar han, hans röst dryper av sarkasm. ”Ni tog bara en... tupplur.”

”Exakt”, svarar jag snabbt och ignorerar hettan som stiger till mina kinder. ”Ställ din jävla fråga nu, eller stick.”

”Faktiskt, det kan vänta”, säger han hastigt och backar ett steg. ”Jag vill inte avbryta något viktigt.”

”Viktigt?”, upprepar jag, och min ilska blossar upp vid hans insinuantion. ”Tror du att det här är någon slags lek, Malcolm? Vi riskerar våra liv här ute och försöker fälla samma korrupta organisation som du en gång var en del av!”

”Jag vet”, mumlar han och sänker blicken mot golvet. ”Det är därför jag hjälper er nu – för jag tror på det ni gör. Men om du inte är fokuserad, om du låter dina känslor ta överhanden...”

”Spara på föreläsningen”, fräser jag och avbryter honom. ”Jag behöver inte dina råd, eller ditt dömande.”

”Okej”, muttrar han och håller upp händerna i en gest av kapitulation. ”Jag lämnar er ifred. Bara... var försiktig, okej?”

”Det är jag alltid”, svarar jag, även om hans ord sänder en rysning längs min ryggrad. För sanningen är att jag inte är säker på hur mycket längre jag kan hålla uppe den här fasaden – dölja mina instabila krafter, låtsas att allt är bra när det är allt annat än det.

”Artemis?”, ropar Declan inifrån vårt gömställe, hans röst färgad av oro. ”Är allt okej?”

”Lugnt”, upprepar jag och tvingar fram ett leende för hans skull. ”Bara ett litet... missförstånd.”

”Javisst”, säger han, uppenbart inte övertygad. ”Nåja, kom tillbaka och lägg dig. Vi har en lång dag framför oss.”

"Sömn", suckar jag och kryper tillbaka i hans armar. "Det enda som alltid verkar undfly mig."

"Kanske blir det annorlunda i natt", mumlar han och trycker en mjuk kyss mot min panna. "Vi har ju redan mött våra demoner. Vad mer kan de göra oss nu?"

"Låt oss hoppas att vi aldrig får reda på det", svarar jag, men när sömnen slutligen tar mig igen kan jag inte låta bli att undra om vår tur är på väg att ta slut.

Kapitel sex

Den ruttnande stanken av förruttnelse sipprar in i mina näsborrar när jag kliver in i den övergivna anläggningen, och mina kängor krasar mot krossat glas. Underrättelsetjänsten ledde oss hit, men någonting känns fel. Mörkret tycks klamra sig fast vid varje hörn som en liksvepning, och det får det att krypa i skinnet på mig.

"Artemis, är du säker på det här stället?", viskar Athina med en lätt darrning på rösten. Hon försöker låta modig, men jag kan höra tvekan under hennes ord.

"Underrättelserna sa att det här var deras nästa mål", muttrar jag och griper hårdare om mitt vapen. "Vi har inget annat val än att kolla upp det."

"Det kan vara en fälla", flikar Declan in, medan hans blick sveper över dunklet. Hans skepticism är inget nytt – han har alltid varit misstänksam mot våra så kallade allierade.

"Tack för uppmuntran, Declan", fräser jag och himlar med ögonen. "Kom igen nu, rör på er."

Gruppen följer mig genom de mörka korridorerna, och varje fotsteg ekar kusligt i tystnaden. Det är nästan för tyst, som lugnet före stormen. Håren på nacken reser sig och skickar kårar längs min ryggrad.

"Är det bara jag, eller känns det som att vi är iakttagna?", frågar jag, utan att längre anstränga mig att hålla rösten nere. Skit i finessen; om någon lurar i skuggorna vet de redan att vi är här.

"Det känns som att vi kliver rakt in i ett spökhus", anmärker Athina, och hennes oro blir alltmer uppenbar för varje steg.

"Toppen. Precis vad vi behöver – spöken att hantera utöver allt annat", fnyser jag, även om jag i hemlighet hoppas att hon har fel. Att handskas med paranormala varelser är en sak, men jag har aldrig varit förtjust i det övernaturliga. Ge mig något handfast att slå på, vilken dag som helst.

Ett plötsligt brak ekar genom byggnaden, följt av det skärande ljudet av metall mot metall. Hjärtat gör ett skutt, och mitt grepp om vapnet hårdnar.

"Något är här", viskar jag och stannar tvärt. "Var beredda."

"En fälla?", väser Declan och höjer sitt vapen. Spänningen i luften är påtaglig, som om vi alla balanserar på en knivsegg.

"Det verkar så", medger jag och sväljer min stolthet. Det är aldrig lätt att erkänna när Declan har rätt, men det går inte att förneka den sjunkande känslan i magen. Vi gick rakt i Dianas fälla.

"Då är det väl dags att vi ställer till med lite oväsen", morrar Athina, och hennes rädsla förvandlas till stålsatt beslutsamhet inför mina ögon.

"Håller med", säger jag och tar ett djupt andetag. "Vi må ha gått i den här fällan, men det betyder inte att vi inte kan ta oss ur den. Håll ihop och håll varandra om ryggen."

Mörkret pressar sig inpå oss som en levande varelse, och skuggorna tycks slingra och vrida sig med ondskefull avsikt. Jag vet att det bara är min fantasi, men jag kan inte hejda rysningen som löper längs ryggraden. Athina rör sig däremot med självförtroendet hos någon som har gjort det här i årtionden, hennes vita hår glimmar som månsken när hon söker av vår omgivning.

"Var på er vakt", varnar hon med låg röst, och hennes varma bruna ögon är vaksamma. "Något känns inte rätt."

"Århundradets underdrift", muttrar Malcolm, och hans violetta ögon flackar mellan de trasiga fönstren och de sönderfallande väggarna. Han ser ut som om han hellre skulle vara var som helst utom här, och rycker till vid varje ljud.

"Du kanske skulle ha stannat på basen, doktorn", föreslår jag med ett flin, oförmögen att motstå en pik på hans bekostnad. "Du ser ut som om du är på väg att hoppa ur skinnet."

"Artemis, fokusera", tillrättavisar Athina mig, även om det finns en antydan till munterhet i hennes röst. "Vi måste vara beredda på allt."

"Beredda" är en underdrift när de första skotten smäller av och ekar genom de förfallna salarna som ljudet av tusen smällare. Byråns agenter svärmar fram från dolda positioner och överrumplar oss.

"I skydd!", skriker Athina och knuffar mig bakom en hög med bråte medan kulor viner förbi mitt huvud. Det är totalt kaos, luften fylld av det öronbedövande dånet från skottlossningen, rök och stanken av rädsla.

"Malcolm, ner!", ropar Athina när hon får syn på vetenskapsmannen som fortfarande står som fastfrusen i chock. Hon kastar sig mot honom för att försöka skydda honom från kulregnet, men det är för sent.

"Argh!", skriker Malcolm när en kula borrar sig in i hans sida, och blodet blommar ut över flanken som en makaber blomma. Han faller ihop på marken med smärtan ristad i ansiktet, och jag kan inte låta bli att känna en våg av skuldkänslor för att jag retade honom tidigare.

”Malcolm!”, ropar Athina och drar honom i skydd bakom en sönderfallande mur. ”Håll ut!”

”Förlåt”, flämtar han och biter ihop tänderna mot smärtan. ”Såg inte den komma.”

”Fan”, muttrar jag för mig själv, medveten om att vi måste vända situationen – snabbt. Men med vårt team fastnålat av skottlossning och en av våra egna allvarligt skadad, är oddsen inte på vår sida.

”Stanna hos honom”, säger jag till Athina, min röst spänd när jag söker av slagfältet efter en öppning. ”Jag ska hitta på något.”

”Var försiktig”, varnar hon, och hennes ögon bönfaller mig att hålla mig i säkerhet.

”Fortsätt trycka mot såret”, beordrar jag, medan min hjärna rusar av möjligheter. Jag blundar för en bråkdels sekund och sträcker mig djupt inom mig själv för att komma åt mina nya och instabila förmågor. Jag vet inte vad som kan hända om jag släpper lös det blå ljuset igen, eller om jag ens kan mana fram det på befallning. Men just nu har vi inget annat val.

”Gör er redo att springa”, varnar jag, och känner hur energin forsar genom mig. Jag blundar när det blå ljuset flammar upp runt mig, och plötsligt attackerar inte Byråns agenter oss längre. Deras skrik blandas med ljudet av krossat glas och smulande bråte när de slungas mot väggarna i den övergivna anläggningen.

”Spring!”, skriker jag, med adrenalinet pumpande i ådrorna. ”Jag täcker er!”

”Vad gjorde du?”, flämtar Athina, men hon kämpar redan för att komma på fötter med Malcolms tyngd vilande mot henne. Jag håller ett öga på de desorienterade agenterna, medveten om att de inte kommer att ligga kvar länge.

”Rör på er!”, fräser jag åt resten av gruppen och manar dem att följa Athina och Malcolm mot vår flyktväg. Mitt hjärta bultar i bröstet som en tryckluftsborr, och varje slag driver mig framåt medan jag skyddar vår reträtt.

"Kom igen, Artemis!", ropar Athina, hennes röst ansträngd av att bära Malcolms slappa kropp. "Vi är nästan framme!"

"Precis bakom dig", säger jag med sammanbitna tänder och kastar en sista blick på våra förföljare. De börjar omgruppera sig, men det kommer att ta dem ett tag att återhämta sig från den chockvåg jag släppte lös. Förhoppningsvis köper det oss tillräckligt med tid för att försvinna in i stadens skuggor.

"Äntligen", pustar jag ut när vi når vår provisoriska bas i en övergiven lagerlokal. Athina lägger ner Malcolm på en brits, hans ansikte blekt och tärd av blodförlusten. Svetten pärlar sig på hans panna, och han grimaserar vid varje ytligt andetag. Hans labbassistent Zara springer fram, med skakande händer, och knäböjer vid hans sida för att titta på såret. Åtminstone har vi någon annan än Malcolm själv med ordentlig medicinsk utbildning.

"Stanna hos oss, Malcolm", vädjar Athina, och hennes fingrar griper hårt om hans hand. "Du är stark. Du kan klara det här."

"Fan", muttrar jag, och bröstet drar ihop sig i en blandning av ilska och hjälplöshet. Vi skulle ha haft kontrollen, men Dianas svek ledde oss rakt i en fälla. Och nu får en av våra egna betala priset.

"Ta hand om honom", beordrar jag, och min röst hårdnar när jag vänder mig bort från scenen. Hur mycket mitt hjärta än värker för Malcolm har vi inte råd att låta våra känslor styra våra handlingar. Vi måste hålla fokus, hitta den som förrådde oss till Byrån och få ett slut på det här förvridna spelet.

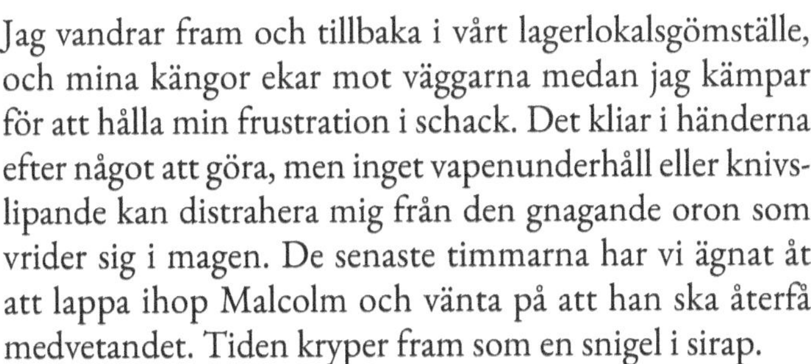

Jag vandrar fram och tillbaka i vårt lagerlokalsgömställe, och mina kängor ekar mot väggarna medan jag kämpar för att hålla min frustration i schack. Det kliar i händerna efter något att göra, men inget vapenunderhåll eller knivslipande kan distrahera mig från den gnagande oron som vrider sig i magen. De senaste timmarna har vi ägnat åt att lappa ihop Malcolm och vänta på att han ska återfå medvetandet. Tiden kryper fram som en snigel i sirap.

"Artemis", ropar Declan och drar min uppmärksamhet till sin hörna av rummet. Han sitter hopsjunken över en bärbar dator, omgiven av högar med papper och räddad utrustning. "Jag tycker du ska kolla det här."

"Säg att det är något användbart", suckar jag och stövlar bort till honom. "Vissa dagar svär jag på att Diana spelar oss som en billig fiol."

"Kanske", säger han, med pannan i djupa veck när han trycker på en serie tangenter. "Men det här kan vara vår chans att vända på steken."

"Fortsätt", manar jag, och min otålighet tar överhanden.

"Malcolms informationsdump", förklarar Declan och pekar på skärmen. "Jag hittade kodad kommunikation med en okänd källa. Sättet den är skriven på... det verkar som att Malcolm har en intern informatör som matar honom med information om Dianas aktiviteter."

"Toppen, precis vad vi behöver – en dubbelagent." Sarkasmen dryper från mina ord när jag gnuggar mina tinningar och försöker förstå allt. "Eller kanske...", tanken slår mig som ett godståg, och jag kämpar för att hålla rösten stadig. "Tänk om Diana själv är Malcolms hemliga källa?"

”Vänta, vad?”, Declan ser upp på mig, hans nötbruna ögon är vidöppna av chock. ”Tror du att hon försöker manipulera honom? Men varför? Vad skulle hon vinna på det?”

”Kontroll.” Jag lutar mig mot bordet och korsar armarna. ”Om hon kan hålla oss gissande, hålla oss sysselsatta med att jaga våra egna svansar, ger det henne utrymme att manövrera. Utrymme att genomföra sina planer utan inblandning.”

”Helvete”, muttrar Declan och drar en hand genom sitt ovårdade hår. ”Hur ska vi ens börja nysta i den här röran?”

”Först låter vi Malcolm återhämta sig”, säger jag och kastar en blick på hans medvetslösa gestalt. ”Sen konfronterar vi honom om de här kodade meddelandena. Kanske har han någon insikt som vi inte har.”

”Visst”, instämmer Declan och nickar bistert. ”Och under tiden gräver vi djupare i den här informationen. Se om vi kan hitta några andra ledtrådar till Dianas slutmål.”

”Låter som en plan”, säger jag och klappar honom på axeln innan jag återgår till mitt rastlösa vandrande.

Medan vi arbetar i spänd tystnad kan jag inte skaka av mig känslan av att något stort är på väg. Och med en förrädare bland oss är vi mer sårbara än någonsin. Det är dags att dra åt tumskruvarna, hitta Dianas mullvad och sätta stopp för det här farliga spelet en gång för alla. Jag litar inte på någon annan än Declan och Athina, så vi måste se till att bara vi tre utreder. Jag kan nästan smaka paranoian; den är sur som skuren mjölk.

Det är Athina som kommer på planen, så klart, när Declan och jag kallar henne till ett hemligt möte bara för oss tre.

Hennes vita hår är uppsatt i en stram, praktisk knut, och hennes varma bruna ögon är stålsatta av beslutsamhet. ”Vi har en råtta bland oss, och vi ska röka ut den.”

”Tänker du inviga oss i din geniala plan?”, frågar jag, korsar armarna och höjer ett ögonbryn.

”Enkelt”, svarar Athina med ett flin. ”Vi matar dem med falsk information. Får dem att tro att vi planerar attacker mot olika platser. Den plats som Dianas hejdukar slår till mot är den som vår mullvad har läckt.”

”Svekfullt”, medger jag och nickar gillande. ”Jag gillar det.”

”Tänkte väl det”, säger Athina och blinkar åt mig.

Under de följande dagarna spelar vi våra roller med Oscarsvinnande precision. Våra samtal är späckade med subtila antydningar om våra falska mål, precis tillräckligt för att lägga ut betet för vår förrädare.

Precis när jag börjar tro att vår plan har misslyckats, når nyheten oss att en av våra bluffplatser har attackerats – en övergiven lagerlokal utanför staden. En bister tillfredsställelse vrider sig i magen.

”Satt”, muttrar jag för mig själv.

”Artemis, samla alla”, beordrar Athina, hennes röst spänd men triumferande. ”Det är dags att konfrontera vår mullvad.”

Vi samlas alla i mötesrummet, spända och rastlösa. Athina står framför oss med armarna i kors och ett triumferande sken i ögonen.

”Vi har identifierat läckan”, meddelar hon, och hennes blick sveper över var och en av oss. Jag kan inte låta bli att hålla andan i väntan på avslöjandet.

”Zara”, spottar Athina fram, och hennes ögon smalnar mot den unga kvinnan som står längst bak i rummet. ”Du arbetar för Diana.”

Rummet exploderar i ett kakofoni av chockade flämtningar och arga mumlanden. Zaras ansikte blir spöklikt blekt, och hennes långa svarta hästsvans svänger när hon skakar på huvudet i förnekelse.

”Nej, ni förstår inte–”, börjar hon, men hennes röst darrar och spricker under anklagelsernas tyngd.

”Bespara oss”, fräser jag och avbryter henne. ”Vi har dig på bar gärning. Det är bäst att du börjar prata, annars blir det otrevligt.”

”Artemis, låt henne tala”, inflikar Athina, hennes ton är bestämd men inte ovänlig. ”Kanske finns det mer i det här än vi förstår.”

”Okej då”, morrar jag och sänder Zara en mordisk blick. ”Prata.”

Zara sväljer tungt, rädslan samlas i hennes ögon som mörkt bläck. Hon öppnar munnen för att förklara, men innerst inne vet jag att inget hon säger kommer att förändra det faktum att hon förrådde oss. Förtroende är en dyrbar vara, och hon slösade bort sitt utan att tveka.

”Okej, jag blev rekryterad av Diana”, säger Zara plötsligt. ”Men jag svär, jag vill hoppa av. För rätt pris.”

”Pris?”, fnyser jag, och min ilska kokar över. ”Tror du att vi tänker betala dig för att ha huggit oss i ryggen?”

”Artemis”, varnar Declan med skarp ton.

Men jag kan inte hålla tillbaka. Den här tjejen har matat våra fiender med information med ett leende på läpparna, och nu vill hon att vi ska ge henne en chans?

”Lyssna, ni vet inte hur det är att arbeta för Diana”, vädjar Zara. ”Jag hade inget val. Hon hotade min familj–”

”Alla har en snyfthistoria, älskling”, avbryter jag. ”Det ändrar inte det faktum att du lurade oss.”

”Nu räcker det”, avbryter Athina. ”Vi bestämmer vad vi ska göra med henne senare. För nu, låt oss hålla henne inlåst.”

”Håller med”, säger Declan, hans nötbruna ögon är kalla. ”Lås in henne.”

Medan två av våra teammedlemmar släpar iväg Zara, ser jag henne kämpa, och all förställning av oskuld är borta.

Luften känns tung av svek, och jag undrar hur många fler överraskningar Diana har i beredskap för oss.

"Declan, vi måste ta reda på hur mycket skada hennes information kan ha gjort", säger jag och försöker fokusera om våra ansträngningar.

"Förhör", svarar han utan att tveka. "Utan handskar. Vi behöver svar, Artemis, och vi behöver dem snabbt."

"Är inte det lite... extremt?", frågar jag, och det vrider sig i magen vid tanken på att tortera information ur Zara.

"Extrema tider kräver extrema åtgärder", replikerar Declan, hans röst är hård som stål. "Du sa det själv: vi är i krig. Och i krig måste man ibland smutsa ner händerna."

"Declan har rätt", flikar Athina in, hennes vanligtvis milda ögon är grumlade av oro. "Vi har inte lyxen att vara snälla."

"Okej då", ger jag med mig, och ordet smakar aska i min mun. "Men låt oss inte förlora oss själva på kuppen. Vi är bättre än så... eller hur?"

"Självklart", svarar Declan, och hans röst mjuknar en aning. "Men vi måste göra vad som krävs för att skydda vårt folk. Vi har inte råd med fler motgångar."

"Håller med", suckar jag och stirrar på platsen där Zara hade stått ögonblick tidigare. En skuldtyngd vrider sig inom mig när jag undrar om segerns pris kommer att vara vår mänsklighet. Men insatserna är för höga, och vi har inte längre råd att spela enligt reglerna.

"Sätt igång", säger jag och stålsätter mig för striden som väntar. "Och må gudarna hjälpa oss alla."

KAPITEL SJU

DET VÄRKER I SKELETTET och synen blir suddig när jag stapplar in i Malcolms laboratorium efter ännu ett misslyckat uppdrag, knappt förmögen att hålla mig upprätt. Rummet luktar av besvikelse och desinfektionsmedel. Declan svävar bakom mig, med oro ristad i ansiktet.

"Artemis, sätt dig ner", beordrar han och leder mig till en stol. "Du kan knappt stå."

"Tack för upplysningen", muttrar jag och faller ner på stolen med ett plågat stön. Mina fingrar darrar när jag försöker knäppa upp spännena på min jacka, men de vägrar att samarbeta.

"Låt mig", säger Declan och hans varma händer ersätter mina när han arbetar med spännena. Han ser upp på mig, hans nötbruna ögon söker efter svar. "Vad är det som pågår, Art? Du har inte varit dig själv på sista tiden."

"Jaså, du har märkt det?", fräser jag och ångrar mig omedelbart. Han förtjänar inte min bitterhet. "Förlåt, jag bara... jag vet inte hur länge till jag orkar med det här."

"Orkar med vadå?"

"Att spela människa." Jag suckar och drar en hand genom mitt silverfärgade hår och grimaserar åt hur sandigt och smutsigt det känns. "Jag tror att det är dags att inviga Malcolm i vår lilla hemlighet."

"Är du säker?", tvekar Declan, hans röst knappt en viskning. "När vi väl har berättat för honom finns det ingen återvändo."

"Tro mig, jag vet." Jag sväljer tungt och möter Declans blick. "Men om jag inte får hjälp snart kommer jag inte att klara mig mycket längre."

Declan nickar, klämmer om min axel innan han kliver åt sidan för att kalla på Malcolm. Den avhoppade forskaren kommer in ögonblicket senare, och hans violetta ögon far nyfiket mellan oss.

"Artemis, Declan, vad kan jag göra för er?", frågar Malcolm med en röst som låter genuint bekymrad.

"Malcolm, vi måste berätta något för er", säger jag med ansträngd röst. Declan griper tag i min axel för att stötta mig medan jag pressar fram orden.

"När vi infiltrerade Byråns högkvarter överföll Diana oss. Hon... hon injicerade oss med någon sorts experimentellt serum."

Malcolms ögon vidgas och han tar ett ofrivilligt steg bakåt. "Vad? Vad gjorde det med er?"

Jag kastar en blick på Declan. Hans käke är spänd, kroppen likaså. "Inget till en början", fortsätter jag. "Men under de senaste veckorna har saker och ting börjat förändras. Vi har utvecklat... förmågor."

"Vilken sorts förmågor?", frågar Malcolm försiktigt.

Jag demonstrerar genom att låta strimmor av blå psykisk energi stråla ut från mina handflator. Malcolm stirrar, med munnen på vid gavel.

"Jag kan manipulera energi", förklarar jag. "Men jag har inte särskilt mycket kontroll."

Därefter kliver Declan fram och krossar utan ansträngning en metallcylinder i sina bara händer.

"Förstärkt styrka. Men också mer djuriska tendenser. Det blir allt svårare att förbli... mänsklig."

Malcolm är tyst i flera ögonblick medan han bearbetar informationen. Till sist talar han. "Diana måste ha använt ett experimentellt serum från Byrån på er. Detta förklarar era krafters instabilitet."

Han börjar gå fram och tillbaka, uppenbart oroad. "Varför berättade ni inte för mig tidigare?"

"Vi var inte säkra på att vi kunde lita på er", erkänner jag.

Malcolm slutar gå och ser intensivt på oss. "Självklart. Med tanke på mitt förflutna inom Byrån är förtroende inget som kommer lätt. Men ni ska veta detta – min lojalitet ligger hos er båda nu. Jag kommer att göra allt i min makt för att stabilisera era tillstånd."

"Så ni kan hjälpa oss?", frågar Declan hoppfullt.

"Kanhända." Malcolms min blir bister. "Men att motverka effekterna av ett okänt serum kommer att bli en utmaning. Trots det ska jag börja köra diagnostik och se vad jag kan få fram."

Jag släpper ut luften jag hållit inne. "Tack. Vi behöver svar innan de här krafterna förtär oss helt och hållet."

Han lägger en hand på min axel, lugnande. "Vi ska lösa detta mysterium. Ni har mitt ord."

Medan Malcolm börjar förbereda sin laboratorieutrustning utbyter jag och Declan en trevande, hoppfull blick. Kanske kan vi med Malcolms hjälp återfå kontrollen och återta vår mänsklighet. Men bara tiden kan utvisa om skadan är permanent, om Byrån har förvandlat oss till monster för alltid. För stunden sätter vi vår bräckliga tillit till Malcolms vetenskap, även när mörkret inom oss växer.

Lysrören i Malcolms laboratorium flimrar ovanför och kastar kusliga skuggor på de kalla, sterila ytorna. Jag kan inte låta bli att känna mig som ett provobjekt på utställning när Malcolm spänner fast mig på undersökningsbordet.

Läderremmarna skaver mot mina handleder och vrister och lämnar arga röda märken på min bleka hud.

"Är detta verkligen nödvändigt?", fräser jag och rycker i bojorna.

"Tyvärr, ja", svarar Malcolm, hans violetta ögon fokuserade på skärmen framför honom. "Era förmågor kan vara oförutsägbara under testerna."

"Toppen", muttrar jag för mig själv och känner mig mer som en försöksråtta än en människa. Jag sneglar bort mot Declan, som redan är fastspänd vid ett annat bord tvärs över rummet. Hans nötbruna ögon möter mina, fyllda av oro och beslutsamhet.

"Låt oss få det överstökat", säger jag och fäster blicken på Malcolm. "Vad är först på tur?"

"En magnetkameraundersökning för att bedöma omfattningen av era hybridförvandlingar", förklarar han och rullar en stor maskin mot mig. Maskinens surrande får det att isas längs ryggraden på mig när den vaknar till liv.

"Försök att ligga stilla", instruerar Malcolm och justerar inställningarna på bildskärmen.

"Visst, doktorn", svarar jag och biter ihop tänderna. Jag sluter ögonen och försöker lugna mitt rusande hjärta medan maskinen surrar runt mig. Jag fokuserar på ljudet av min egen andning och försöker stänga ute oväsendet och rädslan som hotar att förtära mig.

"Klart", tillkännager Malcolm plötsligt och drar mig ur mina tankar. Han granskar bilderna på skärmen med pannan djupt veckad i koncentration. En tung tystnad fyller rummet medan vi väntar på hans dom.

"Nå?", kräver Declan, otålig och spänd. "Vad hittade ni?"

"Cellulär degeneration", konstaterar Malcolm bistert, hans röst utan känslor. "Det verkar som att ingen av er kanske överlever mutationerna på lång sikt."

"Fantastiskt", säger jag sarkastiskt och känner hur hjärtat sjunker. "Så, vad är planen, doktorn? Hur fixar vi det här?"

"Först måste jag utföra fler tester för att förstå era tillstånd bättre", förklarar Malcolm och samlar redan ihop sin utrustning. "Sedan kan vi utveckla stabiliserande behandlingar."

"Fler tester?", morrar Declan, med frustration tydlig i rösten.

"Om ni inte har en bättre idé", kontrar Malcolm och möter hans blick.

"Okej", avbryter jag innan de kan börja tjafsa igen. "Gör vad ni måste göra, men skynda er. Vi har inte mycket tid på oss."

"Förstått", nickar Malcolm och ställer upp olika maskiner och apparater runt omkring oss. Medan han utför test efter test försöker jag hålla tankarna borta från smärtan och obehaget, och fokuserar istället på vårt uppdrag att störta Diana och hennes förvridna hybridarmé.

För varje ögonblick som går blir insatserna högre, och jag kan inte låta bli att känna tyngden av vår annalkande undergång sluta sig kring oss. Men för nu är allt vi kan göra att sätta vår tillit till Malcolm och hoppas att han kan hitta ett sätt att rädda oss från oss själva.

Rummet känns kallare än vanligt när Malcolm granskar resultaten från den senaste omgången tester. Han rynkar pannan, djupt försjunken i tankar, innan han vänder sig mot oss.

"Baserat på mina upptäckter", börjar Malcolm, hans röst stadig och precis, "verkar det som att Diana har använt de instabila serumen som vapen, inte bara för att skapa sin hybridarmé utan också för att försvaga sina fiender inifrån."

"Toppen", muttrar jag och knyter nävarna. "Så vi är vandrande tidsinställda bomber också?"

"I grund och botten", bekräftar han med bister min i sina violetta ögon. "Särskilt när ni använder era krafter."

"Perfekt. Bara helt perfekt." Min sarkasm dryper av ilska och rädsla.

Declan står bredvid mig, med käken hårt sammanbiten, och jag kan känna den knappt tyglade ilskan stråla från honom som hetta från en eld. Jag har sett den blicken förut – den bådar inte gott för den som hamnar i dess väg.

"Finns det något vi kan göra?", frågar jag och söker desperat i Malcolms ansikte efter minsta antydan till hopp.

"Jag arbetar på det", säger han utan att släppa skärmen med blicken. "Men för tillfället föreslår jag att ni båda avstår från att använda era krafter om det inte är absolut nödvändigt."

"Okej", fräser jag, och frustrationen kokar över. "Vi sitter väl bara här och rullar tummarna medan Diana och hennes freakshow löper amok. Låter som en solid plan."

"Artemis", varnar Declan och lägger en hand på min arm för att försöka lugna ner mig.

"Förlåt", frustar jag och gnuggar tinningarna. "Det är bara det att... tiden rinner ut, och varje sekund vi slösar bort här känns som en evighet."

"Tro mig, jag förstår", svarar Malcolm tyst, hans fingrar flyger över tangentbordet medan han matar in mer data. "Men vi måste gå försiktigt fram. Om vi agerar mot Diana utan att först lösa detta problem, kan vi bara påskynda vår egen undergång."

"Malcolm har rätt", instämmer Declan, hans röst låg och stadig. "Vi måste lita på att han hittar en lösning."

”Lita”, fnyser jag och skakar på huvudet. ”Det är ett lustigt ord nuförtiden, eller hur?”

”Artemis...”, suckar han, och hans ögon bönfaller mig.

”Okej”, ger jag med mig, min röst knappt mer än en viskning. ”Jag ska försöka.”

Medan vi väntar på att Malcolm ska utföra sin vetenskapliga magi kan jag inte låta bli att känna att jag utkämpar en strid på två fronter – en mot Diana och hennes förvridna skapelser, och en annan mot den tickande tidsinställda bomben inom mig, där varje hjärtslag för mig närmare ett osäkert öde.

”Skynda er, doktorn”, mumlar jag för mig själv och ber att vår tur inte har tagit slut den här gången.

Ett svagt pipande rycker mig tillbaka till verkligheten, och jag blinkar bort dimman av utmattning. Malcolm ser upp från sin datorskärm, de där ovanliga violetta ögonen granskar de senaste resultaten. ”Behandlingarna verkar fungera”, säger han försiktigt. ”Er cellulära degeneration har saktat ner, men jag är inte säker på att det är tillräckligt.”

”Självklart inte”, morrar jag och knyter händerna till nävar i mitt knä. ”För ingenting kan någonsin vara enkelt, eller hur?”

”Artemis”, tillrättavisar Declan milt, men jag orkar inte bry mig.

”Hör här”, fortsätter Malcolm, uppenbart obekväm med min fientlighet, ”jag behöver mer data. Fler försökspersoner, närmare bestämt. Om jag kan fastställa vad som får era tillstånd att förvärras, kan jag kanske finslipa behandlingen.”

”Försökspersoner?”, höjer jag ett ögonbryn. ”Ni menar folk som oss? Folk som har förvandlats till tickande bomber av den där galningen Diana?”

”Tyvärr, ja”, medger Malcolm och hans blick flackar bort från min. ”Det är inte idealiskt, men det är det bästa alternativet vi har just nu.”

”Bästa alternativet?” Min röst darrar av ilska, och minnen av Byråns förvridna experiment väller upp i mitt medvetande. ”Ni börjar låta förskräckligt lik de där sjuka jävlarna på Byrån, doktorn.”

”Artemis, det är inte rättvist”, invänder Declan och försöker medla. ”Malcolm försöker bara hjälpa oss. Han är inte som dem. Han lämnade dem.”

”Är han inte?”, skjuter jag tillbaka, och min ilska blossar upp. ”Han vill experimentera på folk, Declan. Precis som de gjorde.”

”Endast om de samtycker”, lägger Malcolm snabbt till, hans röst knappt hörbar. ”Jag skulle aldrig göra något utan en försökspersons fulla förståelse och medgivande.”

”Visst”, fnyser jag, oförmögen att dölja bitterheten i min ton. ”För det gör ju saken så mycket bättre.”

”Artemis, det räcker!”, fräser Declan, och hans tålamod brister till slut. Jag rycker till av skärpan i hans röst men biter mig i tungan.

”Hör på”, säger Malcolm mjukt, hans fingrar dansar över tangentbordet medan han tar fram ny information på skärmen. ”Jag vet att detta inte är idealiskt, och jag förstår er oro. Men jag försöker rädda era liv, båda två. Om det fanns något annat sätt, tro mig, skulle jag ta det.”

”Okej”, morrar jag och tvingar mig själv att titta bort från honom. ”Gör vad ni måste. Men förvänta er inte att jag ska gilla det.”

”Förstått”, mumlar han, hans ögon låsta vid mina för ett ögonblick innan de återvänder till skärmen.

Medan timmarna släpar sig fram iakttar jag Malcolm när han arbetar, en växande oro gnager i mitt inre. Han rör sig runt i labbet med en nästan öm omsorg, kontrollerar mina vitala funktioner, justerar droppet som rinner in i min arm, och borstar till och med bort en vilsekommen slinga silverhår från mitt ansikte. Det är minst sagt oroande.

"Doktorn", rosslar jag och rycker undan huvudet från hans beröring. "Vad gör ni?"

"Ursäkta", stammar han och en rosa rodnad sprider sig över hans kinder. "Jag försökte bara se till att ni har det bekvämt."

"Bekvämt?", fnyser jag, oförmögen att dölja min misstro. "Ifall ni inte har märkt det så är jag ungefär så långt från bekväm som jag kan komma just nu."

"Artemis, ge honom en chans", invänder Declan, hans röst ansträngd. "Han försöker bara hjälpa till."

"Hjälpa till?", fnyser jag och vänder mig om för att blänga på honom. "Eller så kanske han bara blir lite väl närgången för en så kallad professionell."

"Hallå där", morrar Declan, hans ögon mörknar av svartsjuka. "Akta dig."

"Annars då?", utmanar jag, mitt hjärta bultar i bröstet. "Tänker du försvara hans heder?"

"Det räcker!", skriker Declan och slår näven i bänken. "Vi slösar tid på att bråka när vi borde lista ut hur vi ska stoppa Diana från att släppa lös sin hybridarmé!"

Han har rätt, men det gör inte situationen mindre frustrerande. Allt är ett enda kaos, och det känns som om vi balanserar på katastrofens rand.

Senare, när Malcolm lämnar oss ensamma för att uträtta några ärenden, sitter jag och Declan i spänd tystnad. Tyngden av vår svåra situation hänger tungt mellan oss och hotar att krossa oss under sin enorma vikt.

"Declan", viskar jag, min röst spricker. "Tänk om... tänk om vi inte kan fixa det här? Tänk om vi har offrat allt – vår hälsa, vår mänsklighet – för ingenting?"

"Artemis..." Hans nötbruna ögon är fyllda av en outsagd smärta, och jag vet att han tänker på samma sak.

”Kanske var vi för dumdristiga”, fortsätter jag, min röst knappt hörbar. ”Kanske borde vi bara ha låtit saker vara, istället för att kasta oss huvudstupa in i den här striden.”

”Hallå”, säger Declan mjukt och sträcker ut handen för att röra vid min arm. ”Vi gjorde det vi trodde var rätt. Och vi kommer att fortsätta slåss till slutet, vad det än må vara.”

Hans beröring är en tröstande värme mitt i laboratoriets sterila kyla, men djupt inom mig kan jag inte låta bli att undra om vår kamp har varit värd det. Om vi, i slutändan, kommer att överleva tillräckligt länge för att se konsekvenserna av våra handlingar.

”Lova mig en sak?”, frågar jag med blicken fäst på hans.

”Vad som helst”, svarar han utan att tveka.

”Lova mig... om någon av oss börjar förlora sig själv till de här mutationerna, så gör vi vad som än krävs för att stoppa det. För att rädda varandra från att bli monster.”

”Artemis...” Han tvekar, tyngden av löftet vilar tungt på hans axlar.

”Snälla”, viskar jag, min röst darrar av en blandning av rädsla och beslutsamhet. ”Jag måste veta att vi kommer att slåss för varandra, även om det innebär...”

”Okej.” Declan avbryter mig innan jag hinner avsluta tanken och drar mig in i en hård omfamning. ”Jag lovar, Artemis. Vi kommer inte låta varandra bli monster. Oavsett vad.”

”Tack”, mumlar jag mot hans bröst och hämtar styrka från den stadiga rytmen av hans hjärtslag.

Där vi står, omslingrade i varandras armar, överskuggas allvaret i vår situation tillfälligt av den kärlek och tillit som binder oss samman.

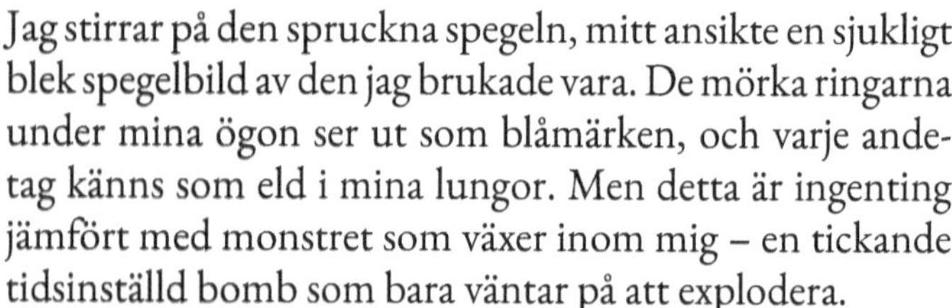

Jag stirrar på den spruckna spegeln, mitt ansikte en sjukligt blek spegelbild av den jag brukade vara. De mörka ringarna under mina ögon ser ut som blåmärken, och varje andetag känns som eld i mina lungor. Men detta är ingenting jämfört med monstret som växer inom mig – en tickande tidsinställd bomb som bara väntar på att explodera.

”Artemis?”, Declans röst bryter igenom mina tankar, hans ögon söker i mina efter något tecken på rädslan som klor sig fast i mitt inre.

”Hej”, säger jag och tvingar fram ett leende. ”Vad gör du här?”

”Samma som du, antagligen”, svarar han och lutar sig mot det kalla badrumskaklet. ”Försöker låtsas som att vi inte håller på att falla isär.”

”Tala för dig själv”, fräser jag, och skärpan i min röst avslöjar mitt desperata försök till humor.

”Hör på, Artemis”, Declans röst mjuknar, hans blick lämnar aldrig min. ”Vad som än händer, kan vi inte låta oss själva bli monster. Vi måste förbli mänskliga, oavsett vad det kostar.”

”Även om det dödar oss?”

”Även då.” Han sträcker ut handen, lägger en hand på min axel, och värmen från hans beröring gör mig stadig som ett ankare i stormiga hav. ”Lova mig, Artemis. Om jag någonsin förlorar kontrollen... om jag börjar bli en av de där varelserna... så stoppar du mig. Du låter mig inte skada någon.”

”Bara om du lovar att göra samma sak för mig”, svarar jag, och tyngden av våra ord lägger sig tungt över mitt bröst.

”Avtalat”, säger han, och något i hans ögon säger mig att han menar det.

KAPITEL ÅTTA

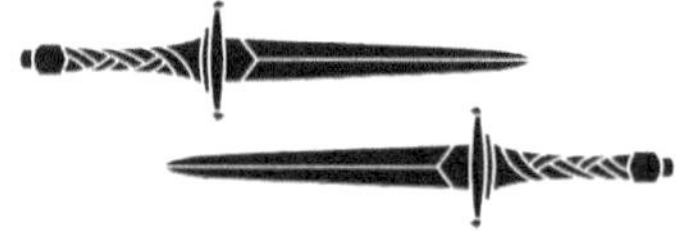

Jag ligger på det kalla bordet, med lemmarna stela och tunga efter den senaste behandlingen. Den metalliska lukten av antiseptiskt medel fyller mina näsborrar när jag vrider på huvudet mot Malcolm. Han är böjd över sina anteckningar och klottrar på som en galen vetenskapsman. Tja, det är han ju på sätt och vis, så det passar bra.

"Malcolm", väser jag fram, med rå hals. "Vi måste prata om de här hybridförsökspersonerna."

Han ser på mig, med de violetta ögonen hopknipna av misstänksamhet. "Vad är det med dem?"

"Att använda dem mot Diana ... är vi verkligen bättre än hon om vi sänker oss till den nivån?" frågar jag med en röst som knappt är mer än en viskning.

"Desperata tider kräver desperata åtgärder, Artemis", svarar Malcolm och återgår till sina anteckningar med samma frånvarande likgiltighet som får mig att vilja ge honom en smäll.

"Men det finns en gräns vi inte borde korsa, Malcolm. Vi måste behålla våra principer och vår empati när vi slåss mot monster, annars riskerar vi att själva bli monster." Jag pressar mig upp på darrande armar, fast besluten att få honom att ta reson.

”Artemis, du är naiv.” Han suckar och slänger ner pennan. ”Du vet vad Diana är kapabel till, vad Byrån har gjort. Vi har inte råd att spela enligt regler som de inte följer.”

”Rättfärdigar det att vi använder oskyldiga människor som med våld har förvandlats till hybrider? De bad inte om det här livet, Malcolm. Det är inte rätt att använda dem som brickor i vårt krig mot Diana.”

”Rätt eller inte, det är nödvändigt”, fräser han och slår handen i bordet bredvid mig. ”Tror du att jag gillar det här? Jag försöker rädda liv, Artemis, inklusive ditt.”

”Genom att offra andra? Det är inte att rädda liv, det är att leka med dem!” Jag knyter nävarna, och frustrationen kokar inom mig.

”Ibland måste uppoffringar göras för det allmännas bästa”, argumenterar Malcolm, med en röst kall som is. ”Vi har inte lyxen att vara idealister.”

”Visst”, spottar jag fram, och ordet smakar galla i munnen. ”Men kom ihåg, Malcolm, när du stirrar ner i avgrunden stirrar avgrunden tillbaka på dig. Och du är farligt nära kanten.”

Han möter min blick för ett ögonblick, och något flimrar till bakom hans ögon innan han vänder sig bort. Men det är för sent. Jag har redan sett det. Mörkret inom honom, som förtär honom med varje oetiskt beslut han fattar.

Och jag kan bara hoppas att det inte förtär oss alla.

Den kalla luften biter i huden när jag följer Malcolm nerför den svagt upplysta korridoren, vars väggar är kantade av tunga ståldörrar. Han har varit fåordig sedan vårt gräl, och jag kan inte skaka av mig den gnagande känslan av att han döljer något.

”Vart är vi på väg?” frågar jag, och min röst ekar mot betonggolvet.

”För att visa dig hur dina principer ser ut i praktiken”, svarar han kryptiskt, utan att bemöda sig med att se på mig. Magen knyter sig i förväntan på vilken fasa som än väntar.

Han stannar tvärt vid en av dörrarna och fumlar med en nyckelknippa innan han låser upp och sliter upp den. Lukten slår emot mig först – en stark blandning av rädsla och förtvivlan, insvept i den omisskännliga doften av blod. Jag kliver in, och mina ögon kämpar för att anpassa sig till mörkret, men även utan att se klart vet jag vad det här är för ställe: en fängelsecell.

”Möt Nadia”, säger Malcolm, med en röst utan känslor. ”Hon är en kraftfull hybrid vi tillfångatog från en av Byråns anläggningar.”

När min syn skärps ser jag henne sitta på golvet i ett hörn, med matta och likgiltiga ögon som stirrar på oss. Jag tror att hon kan vara drogad, kanske för att hålla henne foglig. Hon ser inte ut som ett farligt monster. Hon ser ut som en medelålders kvinna som borde sitta vid sidlinjen på sina barns idrottsträning eller arbeta som volontär på en matbank.

”Släpp henne”, kräver jag, och min röst darrar av ilska.

”Det går inte”, svarar Malcolm krasst. ”Hon är för farlig. Vi behöver henne som påtryckningsmedel mot Diana.”

Jag försöker hålla rösten stadig. ”Ni har ingen rätt att hålla henne här mot hennes vilja!”

”Hennes vilja? Tror du att hon hade något att säga till om när hon blev vad hon är?” fräser Malcolm, och hans violetta ögon blixtrar av irritation. ”Hon tvingades, förvandlades till ett vapen av Byrån och deras sjuka experiment. Att släppa henne fri skulle bara riskera otaliga liv.”

"Hjälp henne då, för fan!" skriker jag och knyter nävarna. "Lås inte bara in henne som en försöksråtta!"

"Hjälpa henne?" hånler han. "Jag gör vad som är nödvändigt för att skydda alla, inklusive dig."

"Genom att tortera henne?" spottar jag fram, och ilskan stiger inom mig som en storm.

"Testar", rättar Malcolm kallt, som om den distinktionen gör allt okej. "På levande försökspersoner, ja. Men allt är för det allmännas bästa."

"Allmännas bästa?" morrar jag, och min ilska kokar över. "Du är inte ett dugg bättre än Diana eller Byrån!"

"Artemis, du förstår inte—" börjar han, men jag avbryter honom.

"Förstår vad? Att du också har blivit ett monster?"

Något inom mig brister, och jag känner en våg av rå energi forsa genom mina ådror. Luften runt oss sprakar av elektricitet när jag släpper lös mina psykiska förmågor, krossar glödlamporna i taket och försänker rummet i mörker.

Malcolm stirrar chockat på mig, med ögonen uppspärrade av misstro. "Vad ... hur ...?"

"Känns inte så bra att vara på den mottagande sidan, eller hur?" väser jag, och hela min kropp darrar av raseri. "Kanske du tänker dig för en extra gång innan du leker Gud med någon annans liv."

När insikten om vad jag har gjort – och avslöjat – börjar sjunka in, vänder jag på klacken och stormar ut ur rummet, och lämnar Malcolm och hans förvridna experiment bakom mig.

Jag kan inte andas. Bröstet känns trångt, och mitt hjärta bultar mot revbenen när jag famlar mig blint fram genom Malcolms svagt upplysta labbkorridorer. Tyngden av vad som just hände pressar ner mig och gör det svårt att tänka klart.

”Artemis!” ropar en röst bakom mig, men jag stannar inte. Istället tvingar jag mina ben att röra sig snabbare, desperat att fly både mina egna tankar och de människor som har sett vad jag har blivit. Jag är ett monster. Precis som de vi bekämpar.

”Artemis, vänta!” Rösten är närmare nu, och jag känner igen den som Athinas, min mentor och surrogatmamma. Skuldkänslor gnager i mig för att jag oroar henne, men jag kan inte möta henne – inte just nu.

”Lämna mig ifred!” skriker jag över axeln, i hopp om att hon ska förstå och ge mig utrymme. Men istället blir hennes steg bara högre när hon skyndar för att hinna ikapp mig.

”Artemis, snälla”, vädjar hon och hinner slutligen ifatt mig när jag når den tunga metalldörren som leder ut. ”Du måste prata om det här.”

”Prata?” skrattar jag bittert och känner tårarna svida i ögonvrårna. ”Vad finns det att prata om? Jag tappade precis kontrollen!”

”Vilket säger mer om Malcolms metoder än om dig”, avbryter Athina försiktigt och lägger en hand på min arm. ”Han pressar folk till deras gränser, Artemis. Ibland kan det leda till oväntade resultat.”

”Oväntade? Kallar du att slita stället i stycken med psykiska krafter för oväntat?” fräser jag, och min röst skakar av ilska och rädsla.

”Artemis, lyssna på mig”, bönfaller Athina, hennes varma bruna ögon fyllda av oro. ”Malcolm är inte perfekt, och det är inte du heller. Vi har alla våra demoner, men det är hur vi väljer att möta dem som definierar oss.”

”Genom att själv bli en?” fnyser jag, sliter mig loss från hennes grepp och vänder mig mot dörren.

”Genom att visa medkänsla och förståelse, även när det är svårt.” Athinas röst är nu knappt mer än en viskning, hennes ord tunga av känslor. ”Särskilt när det är svårt.”

Jag svarar inte, utan stirrar tomt på den kalla metalldörren framför mig. Jag vet att hon har rätt, men det är för mycket att bearbeta just nu. Mina tankar rusar, slitna mellan lusten att konfrontera Malcolm och behovet av att vara ensam med mina tankar.

"Ta lite tid", säger Athina mjukt, och känner av min inre oro. "Men låt inte det här förtära dig, Artemis. Du är starkare än så."

Jag nickar förvirrat och känner hur tyngden av hennes ord lägger sig i mitt bröst. "Tack, Athina", mumlar jag, trycker upp dörren och kliver ut i natten.

När den kyliga luften omger mig inser jag att det här inte är slutet på resan – det är bara början på en ny strid. En som jag måste utkämpa inifrån.

Den kalla nattluften skär genom mig och kyler mig in i märgen när jag går fram och tillbaka utanför byggnaden och försöker lugna mina slitna nerver. Mörkret sveper in mig som en filt, men det är långt ifrån tröstande. Det är kvävande.

"Artemis", ropar Declan, hans röst mild men ändå bestämd. Han kommer fram ur skuggorna, hans nötbruna ögon fyllda av oro.

"Försvinn", fräser jag och vänder honom ryggen. Det sista jag behöver är en till person som talar om för mig vad jag borde eller inte borde göra.

"Hallå, kom igen", säger han och kliver närmare. "Jag är inte här för att läxa upp dig."

"Varför är du här då?" frågar jag och korsar armarna över bröstet i försvar.

"För att jag bryr mig om dig", säger han enkelt. "Och jag vill inte se dig klandra dig själv för det här."

"För vad?" svarar jag och vänder mig om för att möta honom. "För att jag håller på att bli ett monster?"

”Artemis, du är inte ett monster”, insisterar Declan, och hans blick lämnar aldrig min. ”Du är fortfarande mänsklig. Du är bara ... annorlunda nu.”

”Ska det få mig att må bättre?” fnyser jag och tar ett steg tillbaka. ”Viktigt meddelande, Declan: det gör det inte.”

”Jag vet”, medger han och drar en hand genom sitt rufsiga bruna hår. ”Men du kan inte fortsätta skylla på dig själv för det som hände med Malcolm. Du var under press.”

”Att vara under press ursäktar inte ...” avbryter jag mig själv, oförmögen att sätta ord på den skuld och skam som tynger mitt hjärta.

”Lyssna på mig”, säger Declan, tar tag i mina axlar och tvingar mig att se på honom. ”Du är inte perfekt, Artemis. Ingen av oss är det. Men du är inget monster. Och du kan inte låta det här förtära dig.”

”Lätt för dig att säga”, muttrar jag och sliter blicken från hans. Det är svårt att möta uppriktigheten i hans ögon när jag drunknar i självtvivel.

”Artemis, du måste vila”, uppmanar Declan, och hans grepp om mina axlar mjuknar. ”Du är utmattad, både fysiskt och känslomässigt. Du kan konfrontera Malcolm när du haft lite tid att återfå balansen.”

”Okej”, ger jag med mig med en suck, medveten om att han har rätt. ”Jag behöver rensa huvudet i alla fall.”

”Bra”, säger han och nickar gillande. ”Jag finns här om du behöver mig.”

”Tack, Declan”, mumlar jag och tvingar fram ett svagt leende innan jag släpar mig tillbaka in.

När jag återvänder till den svagt upplysta korridoren inser jag att Declans ord, även om de var smärtsamt ärliga, har gett en liten strimma av hopp mitt i mörkret. Kanske är jag inte helt förlorad. Kanske finns det fortfarande en chans för mig att återfå kontrollen över detta kaos inom mig.

Men först måste jag vila. Och sedan ska jag konfrontera Malcolm – på mina egna villkor.

Jag ligger på den tunna madrassen i det knappt privata båset och stirrar upp i taket, när ett prassel vid draperiet som fungerar som dörr får mig att resa mig på armbågarna.

”Vem är där?” fräser jag, innan jag inser att jag vet precis vem det är, även i mörkret. Mina sinnen är definitivt skarpare sedan Diana gav oss det där aldrig-tillräckligt-fördömda serumet, och jag kan känna hans doft, den där varma, obestämbara Declan-blandningen av trärök, läder och kryddor.

”Bara jag.” Han står med händerna i fickorna på sin arméjacka, med axlarna lätt hopsjunkna. ”Jag ... undrade om du kanske ville ha lite sällskap.”

Jag tar ett djupt andetag och känner hur pulsen ökar vid åsynen av honom. Det är inte det att jag inte vill vara i närheten av honom – tvärtom, faktiskt. Det är bara det att jag inte är säker på om jag klarar av att vara så nära någon just nu. Inte efter allt som har hänt.

”Visst”, säger jag och försöker hålla rösten stadig när jag sätter mig upp. ”Du kan komma in.”

Declan nickar, kliver in i det lilla båset och drar för draperiet bakom sig. Luften mellan oss sprakar av spänning, och jag kan känna hans blick på mig när han sätter sig på sängkanten.

”Är du okej?” frågar han med låg och mild röst.

Jag rycker på axlarna och försöker spela oberörd. ”Ja, jag mår bra. Behövde bara vila lite.”

Declan ser inte övertygad ut, men han pressar inte frågan. Istället sträcker han sig ner i fickan och tar fram en liten plunta,

och räcker den till mig med ett snett leende. "Här, tänkte att du kanske behövde den här."

Jag tar pluntan, skruvar av locket och tar en klunk av den eldiga vätskan. Den bränner i halsen, men det är en välkommen distraktion från tumultet i mitt sinne.

"Tack", säger jag och räcker tillbaka pluntan till honom.

Vi sitter tysta i några ögonblick, båda försjunkna i våra egna tankar. Jag kan känna Declans ögon på mig även om jag knappt kan se honom, och det är nervöst. Jag vill säga något, vad som helst, för att bryta spänningen mellan oss, men jag vet inte vad jag ska säga.

Till slut talar han. "Du vet, det är okej att inte vara okej."

Jag höjer på ett ögonbryn, överraskad av hans ord. "Vad menar du?"

"Jag menar", säger han, med lugn och jämn röst, "att det är okej att vara rädd. Att känna att du håller på att förlora kontrollen. Det gör dig inte svag, Artemis."

"Det var väl fina ord från dig, tuffing", fnyser jag, men hjärtat är inte med i det, och vi vet båda varför. Jag rycker tillbaka pluntan ur hans hand och tar en klunk till, och plötsligt vill jag inte prata mer.

"Ta av dig kläderna", beordrar jag, och även i mörkret kan jag se hans flin.

"Trodde aldrig du skulle fråga."

Declans händer rör sig mot fållen på hans tröja, drar av den med lätthet och kastar den åt sidan. Jag tittar, som förtrollad, när hans tonade muskler och tatueringar blir synliga. Han är en syn att skåda, och jag undrar hur jag någonsin lyckades motstå honom förut.

När han börjar knäppa upp sina jeans ställer jag mig upp och skalar av mig mina egna kläder. Luften är kylig mot min nakna hud, men jag bryr mig inte. Allt jag kan tänka på är hur Declans andning fastnar när han tar in min kropp.

Utan ett ord drar han mig tätt intill sig och kysser mig djupt. Våra tungor flätas samman, och jag stönar in i hans mun när hans händer vandrar över mina kurvor.

Han bryter kyssen, låter sina läppar glida nerför min hals och lämnar ett spår av heta kyssar i sitt kölvatten. Jag är som vax i hans händer, och jag vet det. Men jag bryr mig inte.

"Gud, jag har saknat dig", mumlar han innan han tar min bröstvårta i sin mun.

"Jag har varit här hela tiden", viskar jag tillbaka, men vi vet båda att det inte är sant. Jag har varit här fysiskt, ja, bara gått på rutin, men jag var inte i något skick för någon form av känslomässig intimitet.

Det är jag fortfarande inte. Och förmodligen är inte han det heller ... men kommer vi någonsin att bli det? Varför nekar vi oss själva vad som kan vara vår sista smak av lycka, innan vi förvandlas till monster vi inte ens känner igen?

Tanken dröjer sig kvar, men Declans händer arbetar sig ner längs min kropp, och alla rationella tankar flyr mitt sinne. Jag är redan våt för honom, och jag kan känna hans egen upphetsning pressa sig mot mig. Jag nafsar honom i nacken, vilket framkallar ett lågt morrande, innan jag knuffar honom på rygg och grenslar honom.

Declans händer glider uppför mina bara lår, vilket får min andning att fastna i halsen. "Tror du att du bestämmer nu, va?" frågar han, och hans händer vilar på mina höfter.

Jag skakar på huvudet, lutar mig ner för att kyssa honom och gnider mina höfter mot hans. "Jag bestämmer inte. Det är du som gör det."

Hans flin är ren synd. "Jaså?"

Hans händer kommer upp för att kupa mina bröst, och jag ger ifrån mig ett stön när han nyper mina bröstvårtor.

Det är hans tur att flina när han fortsätter sitt angrepp, och jag låter honom ta ledningen.

Det dröjer inte länge innan jag slutar tänka helt, och jag bara känner – känner honom, känner hettan mellan oss, känner njutningen av detta ögonblick och vet att det kan vara min sista chans att njuta av det.

Och sen är det över. Vi kommer båda, stönande i varandras munnar, och smälter samman till en enda varelse för ett ögonblick av ren lycksalighet.

När det är över ligger vi båda utslagna och tysta.

Slutligen bryter Declan tystnaden. ”Tror du att det här förändrar något?”

Jag vet vad han frågar, och för en gångs skull har jag faktiskt ett svar. För en gångs skull är jag inte rädd för att vara ärlig mot honom. ”Ja”, säger jag. ”Det förändrar allt.”

”Jag med”, säger han, och jag ler. Ingen av oss säger orden, men vi behöver inte. Vi vet båda vad som kommer.

Några minuter senare sover Declan bredvid mig. Jag iakttar honom ett tag, nöjd med att bara vara tillsammans. Hans ansikte är avslappnat i sömnen, och för ett ögonblick glömmer jag nästan vad han håller på att bli.

Vad vi båda håller på att bli.

De monster vi har ägnat våra liv åt att jaga och förinta.

Kapitel nio

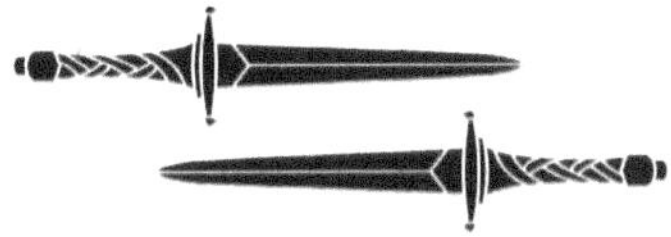

Jag lutar mig mot den svala tegelväggen och ser på när mitt team gör sig redo för attacken mot ännu en av Byråns baser. Deras beslutsamhet och fokus är beundransvärda, men jag kan inte skaka av mig den gnagande känslan i magen. Malcolm har betett sig undvikande på sistone och jag kan inte låta bli att vilja veta varför.

"Artemis?" ropar Declan och rycker mig ur mina tankar. "Är du redo?"

"Självklart", svarar jag med ett snett leende, även om mina tankar är på annat håll. Malcolm försvinner runt ett hörn och jag fattar mitt beslut. "Jag måste bara hämta en sak från motorcykeln snabbt."

"Okej, men skynda dig." Declans röst tonar bort medan jag smiter iväg och följer efter Malcolm. Det är dags att få lite svar.

Jag skuggar Malcolm, noga med att inte göra ett ljud. Jag har finslipat de här smygfärdigheterna i åratal – det vore synd att inte använda dem nu.

När jag smiter in genom den tunga metalldörren bakom honom tar det ett ögonblick för mina ögon att vänja sig vid det svaga ljuset. Luften är unken, tjock av doften av kemikalier och rädsla. Rader av glaskammare kantar väggarna, var och en med en orörlig gestalt inuti. Andan fastnar i halsen på mig när jag smyger närmare.

Hybridförsökspersoner. De är tungt nedsövda och deras ansikten är fårade av smärta och elände, även i deras drogframkallade dvala. Mänskliga och paranormala drag smälter samman på onaturliga sätt, vilket får en kår att löpa längs ryggraden på mig. Jag känner igen en – den medelålders kvinnan Nadia, som Malcolm hade sagt var farlig. På något sätt ser hon ännu sorgsnare ut i sin nedsövda sömn än hon gjorde hopkrupen i hörnet av en cell.

”Malcolm, ditt sjuka svin”, muttrar jag tyst för mig själv medan ilskan bubblar under ytan. De här människorna, de här ofrivilliga försökskaninerna – de förtjänade inte det här.

”Din nyfikenhet kommer att bli ditt fall, Artemis”, fnyser en röst från skuggorna.

”Någon har läst för många klyschiga skurkrepliker”, kontrar jag och kisar mot gestalten som kliver fram i ljuset. Det är Malcolm, med kalla och beräknande violetta ögon. ”Vad i helvete är det här för ställe?”

”Är det inte uppenbart?” Han breder ut armarna med ett förvridet leende på läpparna. ”Det här är framtiden.”

”Mer som en mardröm”, morrar jag och knyter nävarna. ”Du ljög för oss. För mig.”

”Gjorde jag?” Malcolm höjer på ett ögonbryn. ”Eller ställde du bara inte de rätta frågorna?”

”Malcolm, din jävel!” skriker jag, och ilskan kokar över. Luften runt omkring mig sprakar av energi och temperaturen stiger när mina psykiska krafter flammar upp utom kontroll.

Malcolm ser uppenbarligen vad som är på väg att hända, för medan jag står där och försöker att inte slita mig själv i stycken innan jag kan förgöra honom, drar han iväg, flyr genom en tung ståldörr och smäller igen den bakom sig. Fegis.

Min syn blir suddig och ersätts av en dimma av glödhet ilska. Jag kan inte tänka klart, kan inte fokusera på något annat än raseriet och sveket som fyller varje del av min varelse. Malcolms bedrägeri är för mycket att bära och murarna jag har byggt för att hålla inne mina krafter splittras som glas och släpper lös ett inferno av psykisk eld.

Explosionen skakar laboratoriet och skickar skärvor av metall och glas flygande åt alla håll. Lågor slickar väggarna och taket, hettan så intensiv att det känns som om köttet smälter från benen. För ett ögonblick är jag förlorad i kaoset, oförmögen att skilja på upp och ner eller vän från fiende.

"Skärp dig, Artemis", säger jag strängt till mig själv och biter ihop tänderna mot den brännande smärtan. "Du måste fixa det här."

Jag uppbådar varje uns av disciplin jag någonsin har haft och tvingar mitt sinne att fokusera, och kanaliserar mina krafter för att undertrycka branden. Det är en herkulisk ansträngning, men gradvis dör lågorna ner och lämnar efter sig ett förkolnat, urblåst skal av ett rum.

I efterdyningarna av förstörelsen tar hybridfångarna – inte längre nedsövda och nu mycket alerta – chansen att fly. De snubblar genom rasmassorna, desorienterade och skräckslagna, och försvinner in i det hemliga laboratoriets labyrintiska korridorer innan jag hinner reagera.

"Fan", svär jag och förbannar både min brist på kontroll och Malcolms svek. "Det här är inte bra."

Jag tvingar min trötta kropp i rörelse och tränger undan smärtan för att följa efter de förrymda fångarna. Mina instinkter skriker åt mig att gripa dem, att föra dem tillbaka till vilken förvriden form av rättvisa som än väntar dem.

Men när jag smyger genom de pyrande korridorerna kan jag inte låta bli att undra: är det verkligen de som är monstren här? Eller är det Malcolm, med sina grymma experiment och lögner?

"Fokusera, Artemis", muttrar jag för mig själv och knyter nävarna. "Det där kan du oroa dig för senare. Just nu måste du hitta hybriderna."

Och så, med tungt hjärta och ett sinne fullt av obesvarade frågor, fortsätter jag min jakt genom det förstörda laboratoriet, fast besluten att ställa till rätta de oförrätter jag har upptäckt – oavsett vad det kostar.

Larmen tjuter över hela basen, deras skrik skär genom luften som en kniv. Jag biter ihop tänderna och pressar mig hårdare, mina kängor dunsar mot de kalla metallgolven. Hybriderna kan inte ha kommit långt – jag måste hitta dem innan någon annan gör det.

"Var i helvete är ni?" muttrar jag tyst för mig själv och söker av de dunkelt upplysta korridorerna efter minsta tecken på rörelse.

"Letar du efter oss?" viskar en röst från skuggorna. Jag far runt och min hand far instinktivt mot pistolen vid min höft.

"Vem är där? Visa dig!" kräver jag med kisande ögon medan jag söker i mörkret.

"Lugn", säger rösten, och en gestalt kliver in i det svaga ljuset. Det är en av hybriderna – en ung kvinna med plågade ögon och en flimrande, spöklik svans som försvinner och återkommer på ett ögonblick.

"Hör här, jag vill inte skada dig", säger jag och sänker mitt vapen långsamt. "Men det finns inte en chans i helvetet att jag låter Malcolm fortsätta sina sjuka experiment med dig."

"Vem har sagt att vi vill tillbaka?" frågar hon utan att släppa mig med blicken. "Vi vill bara vara fria."

"Jag förstår det", erkänner jag och känner tyngden av min skuld pressa ner mig. "Och jag kanske kan hjälpa er.

Men först måste jag veta att ni inte kommer att skada någon.”

”Ingen av oss vill skada någon”, inflikar en annan röst, och plötsligt dyker fler gestalter upp från skuggorna – fler hybrider, alla med ärren från sin fångenskap. Det är Nadia som har talat denna gång, hennes plågade ögon fästa på mina. ”Och du vill inte skada oss heller, eller hur? Jag såg dig förut. Du var arg *för* vår skull. Inte *på* oss.”

”Okej”, säger jag och biter tillbaka mina kvarvarande tvivel. ”Stick härifrån då medan jag tar hand om efterdyningarna av mina handlingar. Lova mig bara att ni håller er undan tills hela den här röran är uppklarad.”

”Avtalat”, instämmer Nadia och ger mig ett litet, tacksamt leende. ”Tack.”

”Stick”, uppmanar jag och ser på när de vänder sig om och försvinner in i mörkret. ”Och lycka till.”

Med hybriderna på väg mot säkerhet vänder jag min uppmärksamhet tillbaka till uppgiften: att hantera den jävla storm jag just har startat. Medan larmen fortsätter att tjuta smiter jag iväg oupptäckt, med tungt hjärta.

”Dum, vårdslös, idiotisk”, skäller jag på mig själv och dyker runt ett hörn för att undvika flera medlemmar från Obsidiancirkeln som rusar förbi. ”Vad i helvete tänkte du på, Artemis?”

Trots kaoset som omger mig kvarstår en tanke klar i mitt sinne: Jag kan inte låta Malcolm komma undan med sitt bedrägeri. Även om det innebär att slita sönder allt jag trodde att jag visste om honom – och mig själv.

”Herregud, det här kommer att bli en jävla röra att städa upp”, muttrar jag och stålsätter mig för de konfrontationer som väntar. Men oavsett hur mycket det smärtar vet jag att jag måste möta konsekvenserna av mina handlingar med huvudet högt.

När allt kommer omkring, är det inte vad hjältar gör?

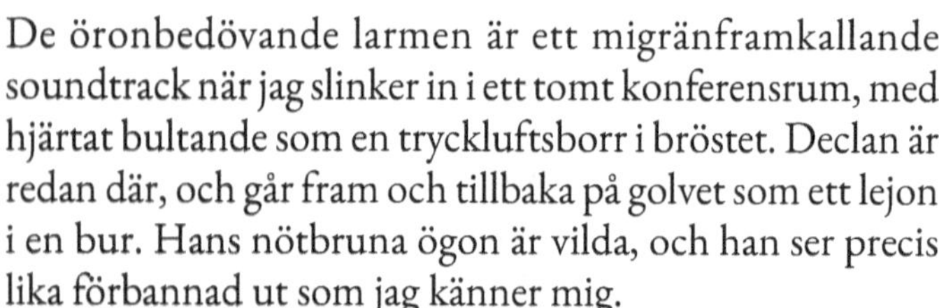

De öronbedövande larmen är ett migränframkallande soundtrack när jag slinker in i ett tomt konferensrum, med hjärtat bultande som en tryckluftsborr i bröstet. Declan är redan där, och går fram och tillbaka på golvet som ett lejon i en bur. Hans nötbruna ögon är vilda, och han ser precis lika förbannad ut som jag känner mig.

"Artemis", fräser han och ger mig knappt en chans att stänga dörren bakom mig. "Vad i helvete hände där inne?"

"Malcolm ljög, det var det som hände", spottar jag ur mig och blänger ner på papperen som ligger utspridda över bordet. "Han har experimenterat på hybrider, Declan – fängslat och torterat dem."

"Jävlar", morrar han och slår näven i väggen. Smällen lämnar en liten buckla och jag kan inte låta bli att undra om det är hans växande vilda sida som visar sig.

"Hör här, jag vet att vi måste göra något åt Malcolm", säger jag, och min röst darrar när skulden vrider sig inom mig som en giftig orm. "Men jag bara... jag tappade kontrollen, Declan. Jag kunde ha dödat alla i det labbet."

"Hallå", säger han mjukt, kliver närmare och lägger en lugnande hand på min axel. "Vi löser det här, okej? Tillsammans."

"Kanske borde vi ge honom en chans att förklara sig innan vi dömer honom", föreslår Athina från dörröppningen, hennes varma bruna ögon fyllda av oro. Jag hörde inte ens henne komma in. Fan, hon är bra.

"Förklara?" morrar Declan och spänner sig. "Det finns ingen ursäkt för vad han har gjort!"

"Alla förtjänar en chans", invänder Athina, hennes ton är mild men bestämd. "Men i slutändan är det upp till er två. Det är ni som kommer att behöva leva med konsekvenserna av era handlingar."

"Artemis?" Declan tittar på mig och väntar på mitt beslut. Jag känner mig sliten mellan att vilja ha rättvisa och att frukta konsekvenserna av att gå för långt.

"Okej", ger jag med mig och knyter nävarna längs sidorna. "Vi ger honom en chans att förklara sig. Men om han inte kan rättfärdiga sina handlingar tar vi saken i egna händer."

"Överens", nickar Declan med beslutsamhet etsad i ansiktet.

"Då går vi och konfronterar honom", säger jag och sväljer klumpen i halsen.

När vi hittar Malcolm är han i sitt labb och försöker frenetiskt rädda det som är kvar av hans sjuka experiment. Hans violetta ögon blir stora av förvåning när han ser våra förbannade miner.

"Artemis, Declan, jag kan förklara", stapplar han fram och höjer händerna i försvar.

"Verkligen?" fräser jag och går mot honom. "Du har bäst en jävligt bra förklaring, Malcolm. För där jag står ser du precis lika illa ut som Byrån, eller till och med Diana."

"Lyssna, jag vet att det ser illa ut, men jag försökte bara hjälpa dem", insisterar han, med desperation i varje ord. "Deras krafter är instabila; de är en fara för sig själva och andra. Jag tänkte att om jag kunde förstå hur de fungerade, kanske jag kunde hitta ett sätt att hjälpa dem att kontrollera sina förmågor."

"Genom att låsa in och tortera dem?" morrar Declan, hans röst dryper av förakt. "Det låter som en bekväm ursäkt för mig."

"Declan har rätt", säger jag och blänger på Malcolm. "Du hade ingen rätt att leka Gud med deras liv, Malcolm. Oavsett vad dina avsikter var."

"Snälla, bara… ge mig en chans att ställa det här till rätta", vädjar han och hans ögon söker i mina efter minsta antydan till förlåtelse.

"Låt oss inte förhasta oss här", säger jag och försöker hålla humöret i styr den här gången. "Jag tror att det är viktigt att vi förstår hela vidden av vad som hände innan vi fattar några beslut."

Declan fnyser, hans nötbruna ögon blixtrar av ilska. "Förhasta oss? Är du seriös, Artemis? Han har experimenterat på oskyldiga människor och du vill ge honom en smäll på fingrarna?"

"Självklart inte!" fräser jag tillbaka och känner hur mitt humör flammar upp. "Men om det ens finns en chans att han kan hjälpa till att reparera skadan han har gjort, borde vi inte åtminstone överväga det?"

"Reparera skadan?" Declan skakar på huvudet i misstro. "Det här går inte att reparera, Artemis. De stackars hybriderna kommer aldrig att bli desamma på grund av honom."

"Nu räcker det!" avbryter Athina, hennes genomträngande blick landar på oss båda. "Vi kommer ingenstans med att bråka. Vi måste bestämma hur vi ska hantera Malcolm."

"Okej", medger jag och drar en frustrerad hand genom mitt silverfärgade hår. "Låt oss rösta om det. Samla resten av Obsidiancirkeln så ska vi berätta för dem exakt vad vi hittade här nere, och så låter vi dem bestämma."

Malcolm liksom vissnar, mitt framför ögonen på mig. Han vet att det han har gjort är oförsvarligt.

Det tar inte lång tid att samla resten av cirkelns ledarskap i det krossade laboratoriet. Garnet, Topaz och Sapphire ser alla chockade ut när jag ger dem en sammanfattning, och till hans förtjänst försöker Malcolm inte att förneka eller rättfärdiga något jag säger. Plötsligt börjar jag tvivla på den väg jag har valt.

När allt kommer omkring är jag ingen vetenskapsman. Vad vet jag egentligen om Byråns experiment? Malcolm är den enda som verkligen förstår vad vi har haft att göra med. Och den enda som kanske kan hjälpa Declan och mig, inte för att han har haft någon framgång på den fronten hittills.

Athina tar över, eftersom jag har kört fast och börjat ifrågasätta mina egna beslut. "Alla som är för att omedelbart avsätta Malcolm från sin position, räck upp en hand."

Till min förfäran räcker nästan alla upp sina händer, inklusive Declan. Jag sväljer hårt och kämpar med att acceptera att jag är i minoritet här.

"Okej", andas jag ut, med läpparna sammanpressade till ett smalt streck. "Malcolm, du är entledigad från din position som vetenskaplig ledare. Med omedelbar verkan."

"Artemis, snälla...", börjar Malcolm, men jag avbryter honom med en blängning.

"Spara det, Malcolm. Du har gjort tillräckligt med skada. Nu är det dags för oss andra att försöka städa upp din röra."

Han ser fullständigt förkrossad ut, och trots min ilska mot honom kan jag inte låta bli att känna en gnutta skuld. Men jag tränger undan den och påminner mig själv om att det här handlar om mer än bara våra personliga känslor. Det här handlar om rättvisa för hybriderna han skadade.

"Alla, låt oss samlas och fundera ut våra nästa steg", säger jag och försöker återfå kontrollen över situationen. "Vi måste fokusera på att reparera skadan och se till att något liknande aldrig händer igen."

När vi lämnar rummet kastar jag en blick tillbaka på Malcolm. Han står där och stirrar ner i golvet, med axlarna hopsjunkna i nederlag. Jag vänder mig bort, sliten mellan ilska och sympati, när vi lämnar honom bakom oss.

KAPITEL TIO

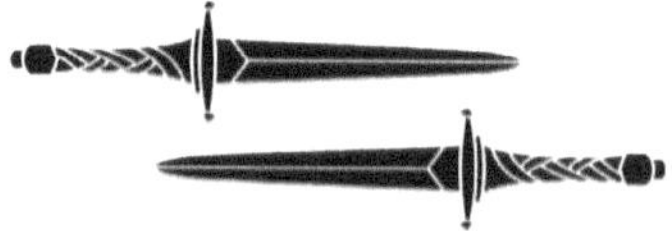

"MALCOLM FÖRTJÄNADE VAD HAN fick", väser jag och vandrar ursinnigt genom det svagt upplysta rummet. Mina händer knyts och öppnas vid mina sidor och gnisslet från mina svarta läderbyxor ekar i den spända tystnaden.

"Artemis, du måste lugna ner dig", bönfaller Declan med sina nötbruna ögon uppspärrade av oro när han ser på mig. "Du håller på att tappa kontrollen."

"Gör jag?" fnyser jag hånfullt och känner ilskans hetta stiga inom mig och hota att när som helst bryta ut i ett inferno. Det brännande grälet om Malcolms avsättning som ledare för Obsidiancirkeln har gjort mig fullständigt förtvivlad och upprörd, mer än jag någonsin skulle vilja erkänna högt.

"Artemis!" skriker Declan uppgivet och griper tag i min arm i ett försök att hålla mig tillbaka. Men den oönskade kontakten gör mig bara ännu rasande och ger ytterligare bränsle åt mitt sjudande temperament.

"Släpp mig!" exploderar jag, och mina ord åtföljs av en kraftfull våg av psykisk energi som slukar Declan i flammande blå lågor. Han skriker av smärta, faller baklänges ner på golvet och griper frenetiskt efter sin brända hud.

Jag stirrar ner på honom med gryende fasa medan den fräna lukten av förkolnat kött angriper mina sinnen. "Declan ... Åh gud, Declan!" flämtar jag, och en förkrossande våg av skuld och självförakt hotar att överväldiga mig. Det var inte min mening att skada honom så svårt i mitt tanklösa raseri. Jag håller snabbt på att förlora all antydan till kontroll över de giftiga känslorna som stormar inom mig. Vilken vidrig styggelse har jag blivit?

"Artemis, vänta!" ropar Declan i en desperat bön när jag vänder tvärt på klacken och flyr från platsen för mitt förkastliga våld. Jag kan höra hans plågade böner eka efter mig när jag rusar blint nerför den mörka korridoren, men jag står inte ut med att möta honom. Inte efter vad jag har gjort i min oförlåtliga brist på återhållsamhet.

"Snälla, kom tillbaka!" Värken i hans röst skär genom mig som en kniv, men ändå springer jag vidare med tårar av ångest som strömmar nerför mitt ansikte.

"Håll dig borta från mig, Declan!" skriker jag över axeln genom sammanbitna tänder, med en röst som är rå av plåga. "Jag är ett monster!"

Jag slår igen den tunga dörren bakom mig med en olycksbådande, genljungande krasch som verkar skaka själva byggnadens grundvalar. Jag har låst in mig i cellen som Nadia en gång hade, avsedd att hålla de farligaste hybriderna instängda. Och inte ens här i det trånga, kalla mörkret kan jag undfly det ekande minnet av Declans rop eller radera mitt avskyvärda våld från mitt sinne.

Min kropp skakar okontrollerat när jag kurar ihop mig till en boll i det bortre hörnet av det kalla, avskilda rummet, som om jag försökte vika ihop mig själv och försvinna helt. Andan kommer i ansträngda flämtningar som ekar hårt i den gravlika tystnaden. Mina tankar rusar febrilt, uppslukade av skrämmande visioner om framtiden. Tänk om jag aldrig kan återfå kontrollen över dessa farliga psykiska förmågor? Tänk om jag lemlästar eller mördar någon annan i ett anfall av okontrollerat raseri? Mina händer skakar våldsamt vid det störande minnet av Declans råa, smärtfyllda skrik, vars ljud ekar oändligt i min skalle.

"Artemis?" Den oväntade, lätta knackningen på min dörr stoppar tillfälligt den obevekliga spiralen av mina självplågande tankar.

"Är du okej?" ropar Malcolm genom det tunga träet, med en röst som är lugn och stadig och som motsäger det kaos jag har ställt till med.

"Försvinn!" fräser jag bittert och torkar ursinnigt bort de heta tårarna som fortfarande rinner ohämmat nerför mina kinder. "Lämna mig bara ifred!"

"Artemis, det är Malcolm", förklarar han i onödan och behåller sin lugna ton. "Jag vill bara hjälpa till."

"Hjälpa?" Jag utstöter ett hårt, otroligt skratt, vars ljud skär och är fult i mina öron. "Du har redan försökt hjälpa till, och uppenbarligen misslyckats kapitalt! Jag tror att dina så kallade behandlingar bara har påskyndat min förvandling till den här ... den här saken!"

"Artemis, snälla lyssna", vädjar Malcolm milt. "Du är inte ett själslöst monster. Declan lät mig behandla hans brännskador med mina avancerade läketekniker. Hans unika regenerativa förmågor innebär att han kommer att återhämta sig helt inom några dagar."

"Fint!" morrar jag ilsket, utan att vilja möta Malcolm eller den kvävande skulden som fortfarande gnager oavbrutet inom mig. "Du hjälpte Declan, bravo. Men håll dig för helvete borta från mig, förstår du?"

"Uppfattat", mumlar Malcolm efter en tung paus, och jag hör de svaga, retirerande ljuden av hans fotsteg som motvilligt försvinner nerför korridoren.

Under de följande dagarna blir jag ännu mer av en eremit och lämnar knappt mitt mörka rum när jag isolerar mig ytterligare, uppslukad av den skrämmande tanken på vilket nytt våld jag skulle kunna utöva om jag vågar tappa kontrollen över mina instabila känslor och ostadiga psykiska krafter igen. De fyra väggarna i det trånga rummet förvandlas till både en ointaglig fästning och ett fängelse jag själv skapat, som håller omvärlden på avstånd medan jag ständigt brottas med mina inre demoner.

”Artemis?” Ännu en oönskad knackning avbryter mina rastlösa tankar, följt av Declans oroliga röst som sipprar genom den tunga dörren. Trots mina avskyvärda handlingar mot honom kan jag fortfarande höra den inneboende omsorgen i hans röst, och mitt hjärta värker som svar. ”Kan vi prata?”

”Prata?” fräser jag defensivt när hans begäran återigen tänder min sjudande ilska. ”Vad finns det överhuvudtaget att prata om? Jag dödade dig nästan, Declan! Jag har blivit alldeles för farlig att vara i närheten av!”

”Artemis, vi vet väl båda att du aldrig menade att skada mig allvarligt”, insisterar Declan milt, och hans röst mjuknar som för att lugna ett tillfångataget vilddjur. ”Malcolms intensiva behandlingar har lyckats läka de värsta av mina brännskador. Han är också djupt oroad för dig, ska du veta.”

”Malcolm kan dra åt helvete för min del”, spottar jag ur mig hätskt, och mina händer knyts ofrivilligt till hårda nävar, medan ilskan och skammen fortfarande flödar i en obeveklig loop genom mina ådror.

”Artemis, jag bönfaller dig, snälla lyssna”, vädjar Declan sorgset. ”Du är inte ett omänskligt monster utan samvete eller moral. Du har en slags sjukdom, och med rätt hjälp och stöd kan du övervinna den här skuggan som har fallit över dig.”

”Spara din värdelösa medömkan”, väser jag, och mitt hjärta krossas på nytt för varje grymt, skärande ord jag slungar mot honom som vapen. ”Jag vill inte ha den.”

”Som ... som du vill”, medger Declan så småningom med bruten röst, som spricker av undertryckta känslor och smärta. "Men jag vill att du ska veta att jag inte har gett upp hoppet om dig, inte för ett ögonblick. Jag kommer att vara här stadigt närhelst du är redo att låta mig hjälpa dig."

"Ja, lycka till med din fruktlösa väntan då", muttrar jag bittert, och bävar redan för nästa oundvikliga knackning på min dörr som förebådar ännu ett oönskat intrång. Denna kvävande rädsla för att förlora kontrollen över mina farliga psykiska förmågor har blivit en självuppfyllande undergångsprofetia, och jag ser ingen väg ut ur den djupa, mörka grop av förtvivlan som jag har grävt åt mig själv genom mitt avskyvärda våld.

Dagar blir till veckor, och jag förblir instängd i mitt själv-valda fängelse, ensam med mina tankar och rädslor. Jag har tappat räkningen på tiden, så det kommer som en chock när jag hör en knackning på dörren som varken är Declan eller Malcolm.

"Artemis?" En kvinnoröst ropar, tveksam och osäker. "Det är Athina. Får jag komma in?"

Jag svarar inte genast, osäker på om jag är redo för besök.

"Okej", svarar jag till slut, med en röst som är hes av oanvändning. "Kom in."

Dörren knarrar när den öppnas, och jag ser Athina stå där med sitt vita hår som ramar in hennes ansikte. Hon håller i en bricka med mat, och jag inser med ett ryck att jag inte har ätit på flera dagar. Både Declan och Malcolm har kommit med mat, men förpackningarna ligger orörda i hörnet av min cell.

"Jag tog med lite soppa till dig", säger hon och ställer ner brickan på det lilla bordet. "Och lite te. Jag tänkte att du kanske ville ha något varmt."

"Tack", mumlar jag och känner en våg av tacksamhet skölja över mig.

Athina sätter sig bredvid mig och hennes ögon granskar mitt ansikte. "Hur mår du?" frågar hon med mjuk röst.

"Jag vet inte", erkänner jag.

"Det är inte likt dig att vältra dig i självömkan", säger hon efter att ha låtit mig sjuda i min egen tystnad i några minuter till. Hon lutar sig tillbaka och lägger anklarna i kors och ser tankfullt på mig. "Du har alltid varit mer för handling än eftertanke, även om gudarna ska veta att jag försökte få dig att se dig för innan du hoppade."

Ett litet leende spricker upp i mitt ansikte när minnena flödar över mig. Vilken prövning jag måste ha varit, till och med för hennes nästan oändliga tålamod.

"Förlåt", säger jag, och jag vet inte vem som är mest chockad, hon eller jag.

"Jag tror att det är första gången jag någonsin har hört dig säga det", säger hon, och plötsligt skrattar vi båda och spänningen rinner av mig som vatten ur ett avlopp.

Athinas närvaro är en lisa för själen, och jag känner hur en tyngd lyfts från mina axlar. För första gången på veckor känns det som om jag kan andas igen. Vi pratar i timmar, tar igen gamla tider och minns våra äventyr tillsammans.

När solen börjar gå ner utanför inser jag att jag inte är så ensam som jag trodde. Athinas besök har gett mig hopp om att jag kanske, bara kanske, kan övervinna detta mörker inom mig.

När Declan knackar på min dörr en timme senare släpper jag in honom.

"Förlåt." Jag säger det till honom också, och han ser ännu mer förbluffad ut än Athina gjorde. "Jag glömde att du också går igenom det här. Att vi är i det här tillsammans."

"Alltid." Hans hand är varm på min, och jag kurar instinktivt ihop mig mot honom. Han lägger en stark arm om mina axlar och det är så frestande att luta sig mot hans styrka, men jag vet att hans bördor är tunga nog att bära utan att jag lägger till mina.

"Berätta vad som händer med dig", säger jag. "Hjälper Malcolms behandlingar överhuvudtaget?"

Han suckar och ser ut mot stadens neonsken utanför det lilla, smutsiga fönstret. "Jag vet inte. Kanske? Jag känner mig inte lika arg längre, har bättre kontroll över mitt temperament, men jag känner mig fortfarande inte helt bekväm i min egen kropp. Som om något är på väg att bryta sig ut ur mig. Är det så det känns för dig?"

Vi har aldrig riktigt pratat om hur hybridserumet påverkade just oss, inser jag, och känner en plötslig våg av förnyat intresse.

"Nej", erkänner jag. "Jag har aldrig känt så. Den blå elden som kommer från mina händer, det är som ett tryck som byggs upp. Som att blåsa luft i en ballong tills den exploderar."

Declans nötbruna ögon är fästa vid mitt ansikte när han lyssnar, och han rynkar pannan fundersamt. "Jag undrar", säger han långsamt, "om Diana gav oss samma serum."

"Eller två olika saker?" Det hade aldrig slagit mig. "Hon verkade antyda att det var samma, men om det är det, varför förändras vi inte på samma sätt?"

Han rycker på axlarna. "Det är en fråga för Malcolm. När jag tänker på det." Han lutar huvudet åt sidan. "Har du sett två hybrider som är exakt likadana? Eller ens exakt som någon av de vanliga paranormala som du och jag har stött på under åren?"

Min mun hänger öppen när jag stirrar på Declan, och jag skakar långsamt på huvudet när jag tänker tillbaka. "Nej. Nej, de – vi – är alla unika."

"Exakt", säger Declan, och spänning smyger sig in i hans röst. "Kanske manifesteras våra krafter olika eftersom vi är olika människor med olika erfarenheter och känslor.

Kanske är det inte serumet i sig som orsakar förändringarna, inte helt och hållet, utan hur våra kroppar och sinnen reagerar på det.”

Jag kan känna min puls öka när möjligheterna flödar genom mitt sinne. ”Om det är sant, då kanske det finns ett sätt att kontrollera det. Att förstå det.”

Declan nickar ivrigt, hans ögon lyser av hopp. ”Och om vi kan förstå det, kan vi hjälpa andra som oss. Vi kan se till att ingen annan behöver gå igenom det vi har.”

Jag känner en gnista av beslutsamhet tändas inom mig, och för första gången på veckor känner jag att jag har ett syfte. ”Vi gör det”, säger jag med ett leende. ”Vi reder ut det här.”

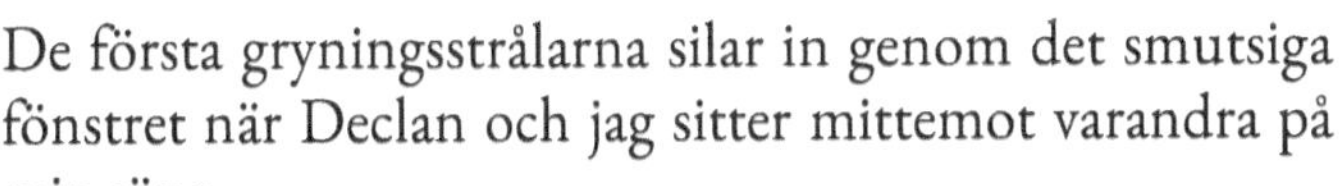

De första gryningsstrålarna silar in genom det smutsiga fönstret när Declan och jag sitter mittemot varandra på min säng.

”Inga fler kontrollförluster”, säger jag och möter hans stadiga blick. ”Vad som än händer, möter vi det tillsammans. På rätt sätt.”

Declan nickar, med beslutsamhet ristad i ansiktet. ”Överenskommet. Inga fler utfall eller eftergifter för mörkret.”

Jag tar ett djupt andetag och känner mig förankrad av hans orubbliga stöd. Med Declan vid min sida vet jag att jag kan övervinna vad som helst.

Några timmar senare tar vi oss till Malcolms laboratorium. Han ser förvånat upp när vi kommer in.

”Artemis, Declan. Vad har jag nöjet att tacka för?” frågar Malcolm försiktigt.

Jag utbyter en blick med Declan innan jag talar. ”Vi har en teori om serumet som Diana gav oss. Vi tror att det påverkar varje person unikt baserat på deras sinne och erfarenheter."

Malcolms ögon vidgas. "Fascinerande. Det skulle förklara de varierande förmågor jag har observerat." Jag kan se att hans vetenskapliga nyfikenhet är väckt.

"Vi vill att du ska utföra kontrollerade tester på oss", fortsätter jag. "Med vårt fulla samtycke. Men ingen annan blir experimenterad på."

Malcolm öppnar munnen för att protestera, men jag avbryter honom. "Jag menar det. Endast villiga deltagare från och med nu." Min ton lämnar inget utrymme för invändningar.

Han suckar. "Mycket väl. Tills vidare kommer jag att fokusera min forskning på er två."

Jag nickar, nöjd. Medan Malcolm förbereder sin utrustning klämmer Declan min hand stödjande.

"Vi klarar det här", försäkrar han mig. "Tillsammans."

Jag ler och känner en ny känsla av mening. Vi kommer att behålla vår mänsklighet oavsett kostnad. Och med Declans orubbliga lojalitet och min beslutsamhet att göra gott, vet jag att vi kommer att klara oss igenom vad som än väntar.

Kapitel elva

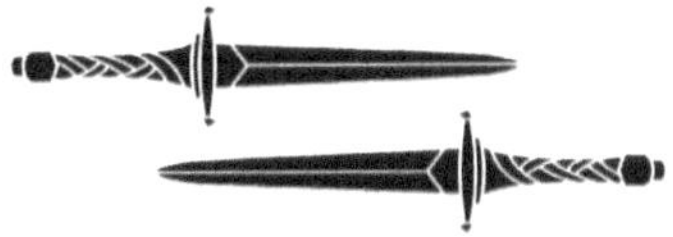

Det skarpa klirrandet av metall mot metall ekar i träningsrummet när Declan och jag övar på våra knivfärdigheter. Våra eggar blänker under de skarpa lysrören och svetten glänser på vår hud. Vi har hållit på i timmar nu, och pressar varandra hårdare och snabbare.

”Kom igen, Artemis”, pikar Declan med ett flin på läpparna. ”Du kan bättre än så.”

”Håll tyst, Reed”, fräser jag tillbaka, och irritationen kokar inom mig. Mina psykiska förmågor surrar under huden som ett instängt vilddjur, rastlösa och ivriga att bryta sig fria. Ju mer upprörd jag blir, desto svårare är det att hålla dem i schack.

”Någon börjar bli lättretlig”, säger han och kliver närmare med en farlig glimt i sina nötbruna ögon. ”Du kanske behöver en paus, prinsessan.”

”Prinsessan? Verkligen?” morrar jag och gör ett utfall med min kniv. Han parerar lätt min attack, men jag tänker inte backa. Inte den här gången. Ilskan som flödar genom mig är för stark för att hålla tillbaka, och jag känner hur mina krafter börjar darra vid gränsen av min kontroll.

”Art, lyssna på mig”, varnar Declan med allvarlig ton och backar undan. ”Du måste lugna ner dig innan du tappar kontrollen.”

”För sent”, muttrar jag för mig själv. En plötslig våg av energi rusar genom mig och jag skriker till när mina psykiska förmågor exploderar utåt i en våg av förödelse.

Glas splittras, utrustning skrynklas ihop och själva väggarna verkar stöna som av smärta. Mitt i kaoset hör jag ett smärtfyllt grymtande från Declan. När jag ser på honom hoppar mitt hjärta över ett slag då jag ser en bit förvriden metall inbäddad i hans arm, och mörkt blod sipprar fram runt såret.

”Declan!” flämtar jag, med skräcken ristad i mitt ansikte. Förödelsen runt omkring oss är en brutal påminnelse om hur farlig jag kan vara när mina krafter spinner utom kontroll.

”Artemis, stick härifrån”, pressar han fram mellan sammanbitna tänder. ”Stick – jag känner hur det försöker slita sig loss – stick!”

Jag tvekar inte, trots att jag vet att det är mitt fel. Med en sista blick på den skadade mannen framför mig vänder jag mig om och springer ut ur rummet, desperat att fly från förödelsen jag just skapat. Medan jag springer gör heta tårar min syn suddig, och jag kämpar för att kväva snyftningarna som hotar att bryta fram. Ljudet som följer mig är inte mänskligt, det är ett urtidsvrål, ett djuriskt rytande, och jag ryser av plötslig skräck över vad jag kanske just har släppt lös i Declan.

Ensam i en övergiven korridor kollapsar jag mot väggen och glider ner tills jag sitter på det kalla betonggolvet. Mina händer skakar när jag pressar dem mot pannan och desperat försöker stilla stormen som rasar inom mig.

”Ta dig samman, Artemis”, viskar jag för mig själv och tvingar mig att andas djupt in och ut. ”Du ska inte tappa kontrollen igen. Du ska inte skada någon annan.”

Jag hoppas bara att detsamma gäller för Declan. Det finns något inom honom som försöker ta sig ut. Något vildare än de psykiska krafterna i mig, något som till och med jag inser är farligt.

Den kalla betongen under mig är en ovälkommen omfamning, men den gör föga för att distrahera mig från min skuld och skam. Min andning saktar ner, men stormen inom mig rasar fortfarande. Jag kan inte möta någon – inte än. Inte förrän jag vet att Declan mår bra.

”Artemis?” Athinas röst skär genom tystnaden, och plötsligt är hon vid min sida, med handen på min axel. Hennes ögon är fyllda av en blandning av oro och rädsla, vilket bara förstärker min egen bävan. ”Är du okej?”

”Aldrig mått bättre”, muttrar jag sarkastiskt och försöker knuffa bort henne. ”Jag dödade nästan Declan, förstörde halva träningsrummet och tappade kontrollen över mina förbannade krafter. Men visst, allt är toppen.”

”Artemis, var inte så hård mot dig själv”, säger Athina mjukt och ignorerar mina försök att skaka av mig henne. ”Vi har alla stunder då vi tappar kontrollen. Du är bara mänsklig.”

”Är jag det, verkligen?” fräscr jag och blänger på henne. ”Eller är jag bara något missfoster, för farlig för att vara nära någon annan? Jag kanske borde låsa in mig tills jag kan kontrollera det här … vad det nu än är inom mig.”

”Att isolera dig kommer inte att lösa någonting”, insisterar Athina och hennes grepp om min axel hårdnar. ”Du behöver vår hjälp, Artemis. Och vi behöver dig.”

”Declan behövde mig också, och se hur det slutade”, säger jag bittert, och nya tårar hotar att falla. ”Jag kan inte riskera att skada någon annan, Athina. Inte igen.”

Athinas min mjuknar, och hon knäböjer framför mig, med handen fortfarande vilande på min axel. ”Jag förstår att du är rädd, Artemis. Men du kan inte ge upp. Du har kommit så långt redan, och du har folk som bryr sig om dig. Declan bryr sig om dig."

Jag fnyser och skakar på huvudet. "Jag vet inte ens om han lever just nu."

Athinas ögon vidgas, och jag kan se oron ristad i hennes ansikte. "Vad menar du?"

Jag tar ett djupt andetag och försöker samla mig. "När jag tappade kontrollen hände något med honom. Han blev skadad, och jag kunde känna... jag vet inte, något annat. Något mörkare. Det var som om mina krafter utlöste något i honom."

Athinas uttryck blir allvarligt. "Vi måste hitta honom. Och snabbt."

"Låt mig gå först", varnar jag, med minnet av det där urtidsvrålet färskt i minnet när jag leder vägen tillbaka till träningsrummet.

Där inne råder total tystnad. Jag öppnar försiktigt dörren och kikar in, och ryggar tillbaka vid åsynen av förödelsen jag oavsiktligt orsakat.

Declan ligger mitt på golvet, oroväckande stilla. Hans kläder är underligt slitna, som om något verkligen försökt tränga sig ut genom hans hud, som han sa.

"Dec." Jag knäböjer bredvid honom, sträcker mig för att försiktigt röra vid hans tatuerade underarm. "Reed! Vakna!"

Han blinkar sömndrucket och jag drar en lättnadens suck. Han lever, åtminstone.

"Vad hände?" frågar han, och jag skakar på huvudet medan jag ser över honom. Det finns absolut inga tecken på ett sår på hans underarm, där för inte ens en halvtimme sedan en vass metallbit brutalt hade spetsat den.

Det var en otrolig läkningsförmåga.

"Jag hoppades att du kunde berätta det för mig." Jag försöker le, och han måste se oron bakom leendet, för han sätter sig snabbt upp, även om jag kan se ansträngningen det kostar honom i den grimas han inte riktigt lyckas dölja.

”Jag minns inte.” Han rycker smärtsamt på axlarna och tittar på sina händer som om de förbryllar honom. Som om de inte är vad han förväntar sig att se.

Jag vet inte hur jag ska hjälpa honom mer än jag vet hur jag ska hjälpa mig själv, men jag får min axel under hans arm och leder honom ut ur det förstörda träningsrummet.

När vi är på väg tillbaka till våra bostadskvarter vacklar Declans steg, och jag kan se förvirringen ristad i hans ansikte. ”Vad händer med mig, Artemis?” frågar han med låg röst, och hans hand griper om bröstet som om han har ont.

”Jag vet inte”, erkänner jag mjukt och mitt hjärta värker för honom. ”Men vi ska ta oss igenom det här tillsammans.”

När vi når vårt rum möter Athina oss vid dörren med en orolig min. ”Hur är det med honom?” frågar hon, och hennes blick flackar mellan oss.

”Jag vet inte”, erkänner jag och hjälper Declan att lägga sig på den tunna madrassen. ”Han minns ingenting.”

Athina nickar, med ett allvarligt uttryck. ”Vi måste ta reda på vad som händer med honom, Artemis. Det kan vara farligt.”

”Jag vet”, säger jag, min röst knappt mer än en viskning medan jag ser Declan krypa ihop på madrassen. ”Kanske till och med farligare än jag.”

Senare, när jag går fram och tillbaka som ett instängt djur – utanför vårt rum för att inte väcka Declan, som sover som en stock – dyker Malcolm upp och ställer sig framför mig, hans violetta ögon lyser med en oroande intensitet.

”Artemis”, säger han utan omsvep, ”jag kan ha hittat något som kan hjälpa dig.”

”Hjälpa mig?” Jag höjer ett ögonbryn skeptiskt. ”Du menar hjälpa mig att inte döda alla omkring mig?”

"Potentiellt", svarar han, oberörd av min sarkasm. "I några av de hemligstämplade filer vi stulit från Byråns anläggningar under våra räder har jag hittat några intressanta studier om psykiska förmågor och deras stabilisering. Det kan finnas ett sätt att lugna ner dina krafter, så att du kan återfå kontrollen."

"Lugna ner?" Ordet smakar bittert på tungan. "Det låter ... extremt."

"Extremt eller inte, det kan vara nyckeln till att hjälpa dig, Artemis", insisterar Malcolm. "Men i slutändan är valet ditt."

"Inte just nu", säger jag för att vinna tid. Minnet av Nadias döda ögon, av lättnaden när jag lät henne och de andra hybriderna gå, är för färskt i mitt minne. Jag litar inte på att Malcolm inte kommer att förvandla mig till exakt det han gjorde henne till.

Jag litar inte på honom överhuvudtaget.

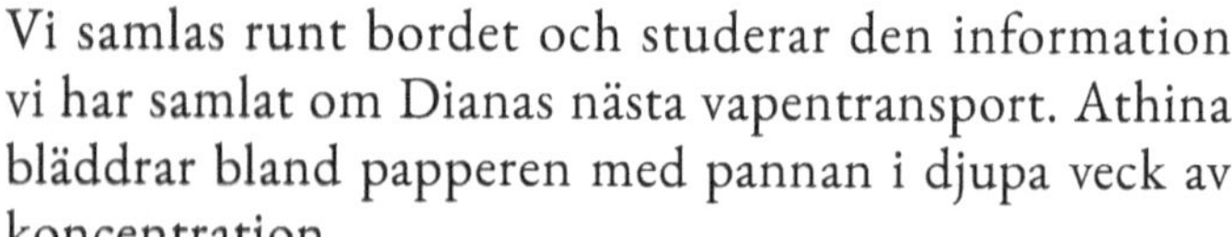

Vi samlas runt bordet och studerar den information vi har samlat om Dianas nästa vapentransport. Athina bläddrar bland papperen med pannan i djupa veck av koncentration.

"Okej", börjar hon med spänd röst. "Konvojen är tungt bevakad, vilket innebär att vi måste planera noggrant. Några idéer om hur vi kan sabotera den utan att bli fast?"

"Sprängämnen?" föreslår Garnet, men möts av ogillande från resten av oss.

"För riskabelt", argumenterar Declan. "Vi behöver något mindre uppenbart."

”Vi kanske skulle kunna mixtra med deras bränsle-
försörjning”, föreslår Sapphire eftertänksamt. ”Sakta
ner dem utan att spränga alltihop i luften.”

”Intressant idé”, funderar Athina och trummar med
fingrarna på bordet. ”Det skulle kunna ge oss tillräck-
ligt med tid för att genskjuta sändningen.”

”Eller så kan vi kapa hela jävla skiten”, inflikar jag,
och mitt huvud snurrar av möjligheter. ”Ta kontroll
över transporten och köra den rakt in genom Dianas
ytterdörr.”

”Artemis”, varnar Declan, med låg och spänd röst.
”Det skulle kunna döda oss alla.”

”Bättre det än att sitta och vänta på att de ska komma
och hämta oss”, svarar jag vasst, och min ilska blossar
upp igen.

”Nu räcker det!” utbrister Athina, och hennes ögon
blixtrar av frustration. ”Vi måste samarbeta, inte slita
varandra i stycken. Låt oss fokusera på att hitta en lös-
ning som inte dödar oss alla.”

Tystnad sänker sig över rummet medan vi väger våra
alternativ. Insatserna är högre än någonsin, och ett fel-
steg kan innebära slutet för oss alla. Men mitt i spän-
ningen och rädslan är en sak säker – vi gör det här
tillsammans, oavsett vad.

Ljudet av prasslande papper fyller luften när vi
granskar underrättelserna som ligger utspridda över
bordet. Mina fingrar följer linjerna på kartan och mark-
erar rutten Dianas transport kommer att ta.

”Okej”, säger Athina och bryter tystnaden som lagt
sig över oss. ”Vi behöver en plan som neutraliserar den
här sändningen utan att orsaka några dödsoffer.”

”Håller med”, säger jag med fast röst. ”En icke-dödlig
lösning är vårt bästa alternativ.”

”Verkligen?” fnyser Declan och hans nötbruna ögon smalnar. ”Jag säger att vi förstör alltihop. Last och soldater.”

”Declan, du kan inte mena allvar”, fräser jag och känner hur humöret blossar upp av hans förslag. ”Det står människoliv på spel här!”

”Bättre deras än våra”, replikerar han och lägger armarna i kors över bröstet. ”Vi har inte råd att visa barmhärtighet. Inte när vår egen överlevnad står på spel.”

”Nu räcker det!” avbryter Athina, hennes röst befallande och sträng. ”Det här är inte rätt tid för käbbel. Vi måste samarbeta för att hitta ett sätt att stoppa den här transporten utan att ta till blodspillan.”

Min käke spänns när jag kämpar för att tygla min ilska. Declans envishet skulle kunna äventyra allt vi har arbetat för. Men att argumentera löser ingenting, så jag tvingar mig själv att fokusera på uppgiften framför oss och försöker ignorera spänningen mellan oss.

”Okej, då”, muttrar jag och letar efter potentiella svaga punkter i transportens rutt på kartan. ”Om vi kan genskjuta dem vid den här bron skulle vi kunna använda en riktad EMP för att slå ut deras fordon utan att skada personalen. Vi fick tag på några i den senaste Byrån-räden och har inte använt dem än.”

”En EMP?” frågar Declan skeptiskt. ”Det är riskabelt, Artemis. Om vi missar vårt fönster är de långt borta innan vi kan komma ikapp.”

”Riskablare än att slakta oskyldiga människor?” kontrar jag, min röst dryper av sarkasm. ”Vi ska vara bättre än så, Declan.”

”Nu räcker det!” skriker Athina igen, med tydlig frustration. ”Ni båda måste lägga er stolthet åt sidan och fokusera på uppdraget. Vi kör på Artemis plan. Det är vår bästa chans att stoppa den här transporten utan onödigt våld.”

Declans käke spänns, men han argumenterar inte vidare. Jag vet att han inte är nöjd med beslutet, men för tillfället verkar han villig att gå med på det. När vi slutför detaljerna i vår plan kan jag inte låta bli att oroa mig för vad som kommer att hända om vi misslyckas. Insatserna har aldrig varit högre, och ett felsteg kan innebära slutet för oss alla.

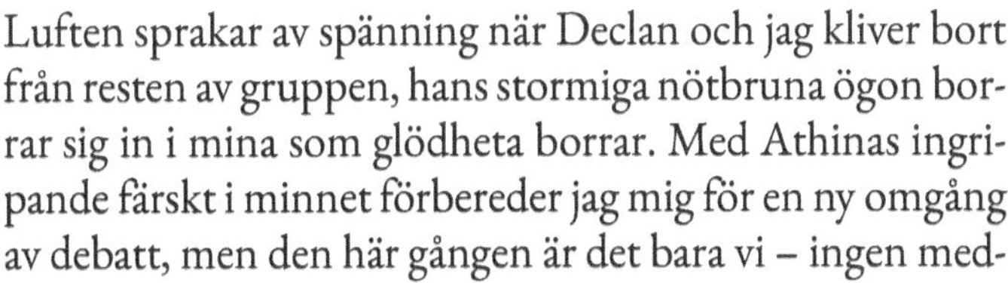

Luften sprakar av spänning när Declan och jag kliver bort från resten av gruppen, hans stormiga nötbruna ögon borrar sig in i mina som glödheta borrar. Med Athinas ingripande färskt i minnet förbereder jag mig för en ny omgång av debatt, men den här gången är det bara vi – ingen medlare som kan rädda oss från oss själva.

"Artemis", börjar han, hans röst låg och sträv som grus under fötterna, "jag vet att du vill göra det här utan blodspillan, men ibland... ibland är det bara inte möjligt."

"Ge mig en enda bra anledning till varför vi skulle ta till dödligt väld när det finns ett annat sätt", fräser jag. "Vi ska vara bättre än så, Declan."

"Lyssna, jag fattar", säger han med frustration i rösten. "Jag vill inte heller döda folk om vi kan undvika det. Men vår prioritet måste vara att stoppa Diana och hennes beväpnade hybrider. Om vi låter den här möjligheten glida oss ur händerna för att vi är för rädda för att ta risker, vad gör det oss till då?"

"Hjältar med principer?" replikerar jag, och orden är som gift på min tunga. "Vi kan lyckas utan att sänka oss till deras nivå, Declan. Vi måste bara vara smarta."

Han stryker en hand genom sitt rufsiga bruna hår, en gest som jag vet betyder att hans irritation växer. "Och om din plan misslyckas, Artemis? Tänk om vi blir upptäckta eller om någon blir skadad? Är du villig att ta det ansvaret?"

"Självklart är jag det", svarar jag med fast och orubblig röst. "Men jag kommer inte att kompromissa med mina övertygelser för bekvämlighetens skull."

Declan stirrar på mig en lång stund, och spänningen mellan oss är påtaglig. Till slut drar han en tung suck och nickar motvilligt. "Okej. Vi gör det på ditt sätt. Men om saker och ting går snett måste vi vara beredda på att anpassa oss snabbt."

"Håller med", säger jag, och mitt hjärta bultar i bröstet när jag inser att vi har nått en orolig vapenvila.

När vi återförenas med de andra kan jag inte låta bli att oroa mig för konsekvenserna av vårt beslut. Kommer mitt insisterande på icke-dödliga metoder att sätta vårt team i fara, eller kommer det att visa sig vara det rätta valet i slutändan? Endast tiden kan utvisa det, och när vi ger oss ut i natten ber jag att vår etik inte dömer oss alla till undergång.

Kapitel tolv

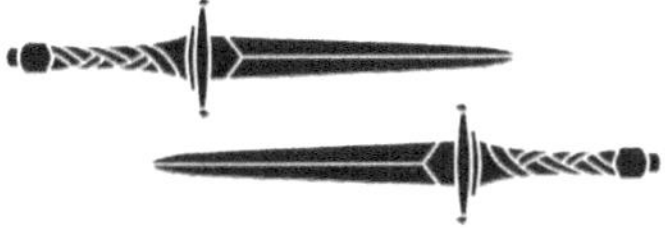

Månen hänger lågt och kastar kusliga skuggor över det övergivna lagerområdet som om den viskade en varning. Perfekt. Det var på tiden att något gick vår väg. Jag leder mitt team av hängivna Obsidiancirkelns agenter för att genskjuta Dianas hybridkonvoj, med varje muskel i kroppen spänd och alert. Vi intar bakhållspositioner i skydd av mörkret, och var och en hittar en dold plats som bäst passar våra individuella talanger.

"Kom ihåg", säger jag i min komradio, "det är hybriderna vi är ute efter. Tveka inte, men se upp var ni skjuter."

"Det gör jag alltid", kommer Athinas spydiga svar. Jag ler snett; hon är en jävel till skytt – och det vet hon.

"Jag är redo när du är det, chefen", flikar Declan in med stadig och lugnande röst. Gode gamle Declan, alltid på min sida.

"Alla andra, rapportera in", beordrar jag. En efter en bekräftar de att de är redo. Vi väntar i tystnad medan spänningen stiger och ångesten kryper uppför min ryggrad som murgröna på en gammal tegelvägg.

Jag hör det innan jag ser det: dånet från annalkande motorer. Konvojen rundar kröken och strålkastarna skär genom mörkret. Lastbilar fyllda med Dianas sjuka vetenskapsprojekt, redo för vem vet vad för slags blodbad.

"Nu kör vi", andas jag, medan hjärtat bultar i öronen. När de närmar sig lyfter jag handen, fingrarna rycker av förväntan. Nu ... nu!

"Anfall!", signalerar jag och låter handen falla som bladet på en giljotin.

Kaos utbryter runt omkring mig när skottlossning sliter sönder natten och kulor river genom metall och kött. Mitt team rör sig som en väloljad maskin och plockar Dianas styrkor en efter en med dödlig precision. Men hennes folk är sega och de gör motstånd med allt de har.

"Artemis!", ropar Declan och rycker mig ur min koncentration. "Inkommande!"

"Uppfattat!" Jag kastar mig fram från mitt gömställe med en silverdolk som snurrar från mina fingertoppar. Den glöder med ett oväntat blått sken i luften – jag försökte inte genomsyra den med psykisk eld – och skär in i en av hybriderna. Varelsens monstruösa anletsdrag förvrids i smärta innan den kollapsar till marken.

"Snyggt kast", säger Athina spydigt i komradion. "Jag är nästan imponerad."

"Spara smickret till senare", fräser jag tillbaka med hjärtat bultande som en tryckluftsborr. "Vi har jobb att göra."

"Uppfattat, chefen", säger Declan, och jag kan praktiskt taget höra hans leende.

Medan eldstriden rasar kan jag inte låta bli att känna en våg av stolthet över mitt team – vi bjuder på rejält motstånd mot Dianas styrkor. Men samtidigt finns det en gnagande röst i bakhuvudet som påminner mig om priset. Faran vi alla svävar i. Och jag vet att jag kommer att göra vad som än krävs för att hålla dem säkra, även om det innebär att jag måste möta varenda ett av Dianas monster på egen hand.

”Håll fokus, allihop”, säger jag och försöker lugna mina egna nerver. ”Det här klarar vi.”

En efter en dyker lastbilarna upp i synfältet, och Athina plockar dem som ett proffs. Men hur mycket vi än försöker lyckas några slinka förbi vårt bakhåll, deras förare väjer vårdslöst för att undvika skottlossningen. Min frustration växer när jag ser dem försvinna längs vägen.

”Fan också!”, svär jag tyst och biter ihop tänderna. ”Vi måste stoppa de där lastbilarna!”

”Jobbar på det”, fräser Athina, hennes fokus orubbligt.

Plötsligt ekar ett gutturalt vrål genom natten, och jag får en skymt av en rörelse i ögonvrån. En hybridsoldat kastar sig mot Athina, med klorna vinande genom luften.

”Athina, se upp!”, skriker jag i en desperat varning, men mitt rop kommer en bråkdels sekund för sent.

I fasansfull slow motion överbryggar hybriden avståndet och river våldsamt sina klor över Athinas överarm i ett brett stänk av chockerande klarrött blod. Hon skriker till hest av överraskning och smärta innan hon slappt säckar ihop på marken, och hennes prickskyttegevär glider ur hennes försvagade grepp.

Mitt hjärta förvandlas omedelbart till is i bröstet vid den mardrömslika synen av min svårt sårade mentor och närmaste följeslagare. ”Nej! Athina!”, skriker jag i komradion, medan rå panik översvämmar mitt system.

”Ögonen framåt, Artemis! Fokusera på att stoppa lastbilarna!” Declans enträgna rop i mitt öra rycker mig tacksamt nog tillbaka från randen av blind hysteri. Jag tar ett djupt, lugnande andetag.

”Ja, du har helt rätt”, lyckas jag flämta fram, och försöker desperat svälja ner den nästan överväldigande paniken som hotar att fullständigt ta över mig. ”Vi måste omedelbart dra oss tillbaka till säkerhet så att vi kan ge Athina snabb läkarvård. Men innan vi gör det måste vi absolut se till att vi stoppar de återstående lastbilarna, oavsett vad som krävs.”

"Uppfattat", svarar Declan, och hans röst hårdnar till stål med tydlig beslutsamhet och fokus. "Låt oss avsluta det här, ikväll."

Jag tvingar mig själv att slita blicken från Athinas skrämmande askgrå ansikte och den växande blodröda fläcken som långsamt sprider sig på hennes jacka. Istället vänder jag mig mot den väldiga hybridsoldaten och känner hur en järnhård beslutsamhet börjar slå rot inom mig, och stärker min ryggrad. Athina är så mycket mer för mig än bara en mentor. Hon är det närmaste jag har kvar av en riktig familj i den här världen. Och att misslyckas, just ikväll, är helt enkelt inte ett alternativ.

Hybridsoldaten tornar nu hotfullt upp sig framför mig, och ett fult, förvridet flin breder långsamt ut sig över dess groteska, missformade drag. Luften omkring mig verkar spraka av samlad energi när jag förbereder mig på att utnyttja mina flyktiga psykiska krafter, åt helvete med konsekvenserna. "Du valde helt fel grupp att jävlas med ikväll, din styggelse", väser jag upp mot varelsen.

"Artemis, avsluta det nu!", skriker Declan.

Driven av desperation och raseri släpper jag lös en förödande kraftfull explosion av blå eld, som träffar hybridsoldaten rakt i bröstet med varje uns av styrka jag kan uppbåda. Den vacklar bakåt med ett gällt skrik, och faller sedan livlös till marken, dess monstruösa kropp sönderfaller snabbt till fin aska som skingras i den tilltagande vinden. Men det finns ingen tid eller energi kvar för att fira ens en liten seger.

"Håll ut, Athina", bönfaller jag brådskande, mitt hjärta drar ihop sig av rädsla när jag rusar för att knäböja vid hennes sida. Hennes ansikte är nu spöklikt, pergamentblekt, och hennes andning har blivit farligt ansträngd och ytlig. Blod fortsätter att stadigt droppa från de djupa såren i hennes arm och bildar en ständigt växande röd pöl på marken under henne. "Vi ska få ut dig härifrån, håll bara ut!"

Athina lyckas på något sätt fortfarande ge mig ett litet, svagt leende till svar, hennes varma bruna ögon är grumliga av smärta men utstrålar fortfarande trygghet. "Tvivlade ... aldrig ... på dig ... för en sekund", flämtar hon fram mellan ansträngda andetag.

"Vi lämnar ingen bakom oss, oavsett vad", lovar jag henne ilsket och blinkar bort de heta tårarna som plötsligt svider i mina ögon. Jag knyter snabbt ett provisoriskt tryckförband runt hennes arm och drar åt det hårt för att försöka bromsa den skrämmande blodförlusten.

Declan ställer sig bredvid mig och nickar allvarligt och tyst instämmande, hans ansiktsdrag är spända av tydlig beslutsamhet. "Låt oss evakuera teamet och föra Athina i säkerhet omedelbart."

Jag är tacksam för Declans extraordinära nya styrka när han utan ansträngning lyfter Athina och bär henne därifrån. Allt jag kan göra är att se på när hennes ögonlock fladdrar upp och igen, medan hennes huvud då och då svagt lutar åt sidan.

Monstret inom mig rör på sig, dess viskningar mumlar att jag borde ha slaktat varenda en av Dianas hybridsoldater där bak, fått dem att lida ofattbart för att de vågade såra en av våra egna allvarligt. För att de vågade skada min Athina. Jag biter ihop käkarna hårt och tvingar ner den blodtörstiga impulsen djupt inom mig. Ikväll handlar det om att få Athina i säkerhet så att vi kan behandla hennes skador. Hämnd och våld kan komma senare.

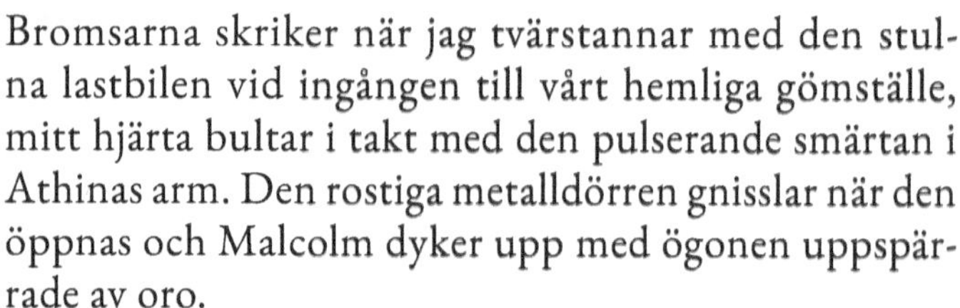

Bromsarna skriker när jag tvärstannar med den stulna lastbilen vid ingången till vårt hemliga gömställe, mitt hjärta bultar i takt med den pulserande smärtan i Athinas arm. Den rostiga metalldörren gnisslar när den öppnas och Malcolm dyker upp med ögonen uppspärrade av oro.

"Få in henne", beordrar han och kastar en blick på det blodiga bandaget på Athinas arm. "Sjukvårdare!"

Med vana händer flyttar de försiktigt över Athinas slappa kropp till en väntande, provisorisk bår och börjar bedöma hennes skador med lugn men knivskarp precision. Synen av allt blod som fläckar deras handskar får min mage att vända sig av förnyad rädsla.

"Hon har redan förlorat en extremt betydande mängd blod", muttrar en av sjukvårdarna bistert till Malcolm utan att titta upp. "Vi måste stabilisera henne omedelbart och påbörja en transfusion innan hon går in i hypovolemisk chock."

"Påbörja transfusionen omedelbart", beordrar Malcolm i en kort, känslolös ton som omedelbart irriterar mig. Men jag vet att det inte är rätt tidpunkt att starta ett meningslöst gräl, oavsett hur känslokall han än låter. Athinas liv hänger fortfarande på en skör tråd.

Sjukvårdarna arbetar outtröttligt genom natten och in i de tidiga morgontimmarna med att behandla Athinas allvarliga sår och återställa hennes förlorade blodvolym. Så snart de försäkrar mig om att hon är helt stabil och utom omedelbar livsfara, drar jag Malcolm åt sidan utom hörhåll från de andra. Jag kan inte hindra den nakna desperationen från att flöda in i min röst när jag hest kräver: "Hur lång tid tror du det kommer att ta för Athina att återhämta sig helt?"

Malcolm stryker en hand genom sitt evigt rufsiga hår och andas ut kort, uppenbarligen med tanke på sitt svar. "Förutsatt att inga oförutsedda komplikationer uppstår, och med tanke på allvaret i hennes skador, förväntar jag mig att det sannolikt kommer att ta minst några veckor innan Athina är stark nog att vara ute i fält igen."

Jag nickar sammanbitet och kämpar för att tygla stormen av ilska, skuld och hjälplöshet som virvlar inom mig. Några veckor kanske inte verkar länge, men i vår bransch är det en evighet. Det finns fortfarande så mycket som måste göras för att stoppa Diana och Byråns ondskefulla planer. Men Athinas liv och välbefinnande måste prioriteras.

"Tack", svarar jag, oförmögen att helt dölja den besegrade tonen som sipprar in i min röst. Malcolm nickar och vänder sig om för att se till den sovande Athina utan ett ord till.

Jag drar mig tillbaka till ett skuggigt hörn av rummet, vågor av skuld och självförebråelse sköljer över mig när jag äntligen låter nattens händelser sjunka in fullt ut. Jag borde ha varit mer alert, borde ha skyddat Athina bättre. Som gruppledare är hennes skador i slutändan mitt misslyckande, ett som kunde ha kostat Athina livet ikväll.

Declan verkar känna av mina snurrande tankar och ställer sig stödjande bredvid mig och griper försiktigt tag i min hopsjunkna axel. "Du måste veta att du gjorde absolut allt i din makt där ute för att hålla Athina och resten av teamet säkra, Artemis. Det vet hon också, jag lovar dig."

Jag skakar bara bittert på huvudet, oförmögen att slita blicken från Athinas nu fridfullt vilande gestalt, hennes bröstkorg som höjs och sänks stadigt igen tack vare teamets outtröttliga ansträngningar. Men faktum kvarstår att hon ligger där medvetslös och allvarligt skadad just nu för att jag misslyckades med att leda och skydda mitt folk ordentligt. Och det är ett misstag jag inte vet om jag någonsin kan förlåta mig själv helt för.

”Artemis, lyssna på mig”, vädjar Declan mjukt. ”Du är bara en person, och ingen av oss kunde någonsin ha förutsett exakt hur överväldigande starka Dianas hybridstyrkor skulle vara ikväll. Men trots att du blev överraskad höll du ändå huvudet kallt och räddade i slutändan Athinas liv när det verkligen gällde. Ingen hade kunnat göra mer.”

Jag öppnar munnen reflexmässigt, redo att ilsket motbevisa hans ord, men stänger den sedan långsamt när jag motvilligt överväger att han kan ha en poäng. Att fortsätta älta mina förmodade misstag kommer inte att hjälpa Athina nu, och inte heller vår sak. Kanske krävs det lite sval introspektion när råheten från detta trauma har mattats av. Så jag ger honom en liten, kort nick istället, fortfarande oförmögen att tala runt den hårda knuten i min hals.

Declans hand på min arm klämmer lätt, trygghet och tröst i den enkla beröringen. ”Vi finns alla här för dig, Artemis. För Athina. Du behöver inte bära dessa bördor ensam.”

Jag ser honom gå iväg, mitt hjärta är tungt av bördan av mina förmodade misslyckanden. Surret från medicinsk utrustning fyller rummet, en ständig påminnelse om kampen för Athinas liv som fortfarande hänger på en skör tråd. Men under allt detta finns det något annat – en gnutta hopp. Om Athina kan ta sig igenom det här, har vi kanske fortfarande en chans att vända utvecklingen mot Diana och hennes sjuka planer.

”Krya på dig snart, Athina”, viskar jag, min röst knappt hörbar över det stadiga pipandet från monitorerna. ”Jag behöver dig. Det gör vi alla.”

När jag kliver tillbaka in i skuggorna och svär att ställa allt till rätta, kan jag inte skaka av mig känslan av att tiden håller på att rinna ut, både för oss och för den ovetande staden som ligger strax bortom vårt hemliga gömställe.

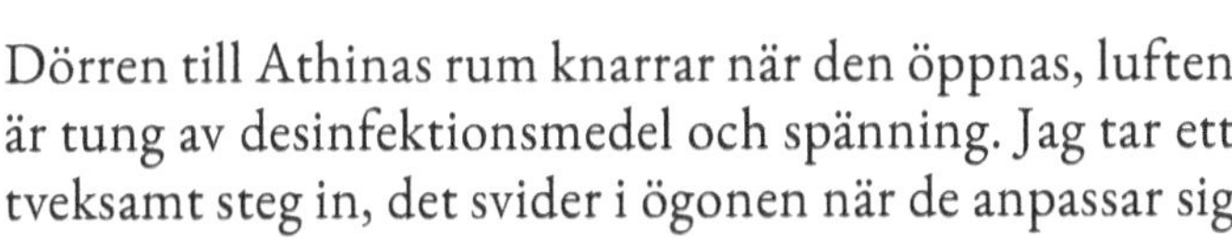

Dörren till Athinas rum knarrar när den öppnas, luften är tung av desinfektionsmedel och spänning. Jag tar ett tveksamt steg in, det svider i ögonen när de anpassar sig till det svaga ljuset.

"Artemis?" Athinas trötta röst bryter tystnaden. "Kom närmare, stå inte och häng i dörröppningen som något slags spöke."

"Förlåt", mumlar jag och hasar med fötterna när jag närmar mig hennes säng. Hennes vita hår är klibbigt av svett i pannan, men de där varma bruna ögonen har fortfarande sin vanliga gnista. Hon är inte utom fara än, men hon kämpar.

"Hör här, unge", säger Athina med svag men fast röst. "Jag vet att du skyller på dig själv för det som hände, men det är bara korkat. Vi båda visste vilka risker vi tog."

"Ändå ...", jag låter meningen hänga i luften, skulden gnager i mig. "Om jag hade varit försiktigare –"

"Nu räcker det", avbryter hon med en genomträngande blick. "Du kan inte bära hela världens tyngd på dina axlar, Artemis. Dessutom, medan jag är fast här och återhämtar mig, kan jag se över vår strategi. Det är inte som att jag kommer att ha så mycket annat för mig."

"Är du säker?", frågar jag, sliten mellan lättnad och oro. "Du måste fokusera på att bli bättre."

"Självklart är jag säker. Nu finns det något annat vi måste diskutera." Hennes röst sänks till en konspiratorisk ton. "Har du märkt hur folk har börjat viska om Byrån?"

"Viskningar?" Jag höjer ett ögonbryn, osäker på vart hon vill komma.

”Rykten, misstankar, tvivel”, säger Athina och hennes ögon smalnar. ”Folk börjar ifrågasätta Byråns handlingar – och det är något vi kan använda till vår fördel.”

”Hur då?” Idén fängslar mig, men vi måste gå varsamt fram. Vårt teams säkerhet står på spel.

”Den allmänna opinionen kan vara ett kraftfullt vapen”, förklarar Athina med en röst som är tung av erfarenhet. ”Om vi kan avslöja Byråns hemligheter och samla allmänheten på vår sida, blir det så mycket svårare för dem att fortsätta med vilka sjuka experiment de än har planerat.”

”Vända staden mot dem”, mumlar jag, kugghjulen i mitt huvud snurrar redan med möjligheter. ”Jag gillar det.”

”Bra.” Hon nickar, och ett svagt leende leker på hennes läppar. ”Sluta nu sura och gå och vila dig. Vi har en lång väg framför oss.”

”Okej”, instämmer jag, även om sömn verkar som ett omöjligt mål just nu. När jag lämnar Athinas rum och återvänder till mörkret i gömstället, blir en sak kristallklar: Diana och Byrån står inför en uppgörelse, och det är vi som kommer att leverera den.

KAPITEL TRETTON

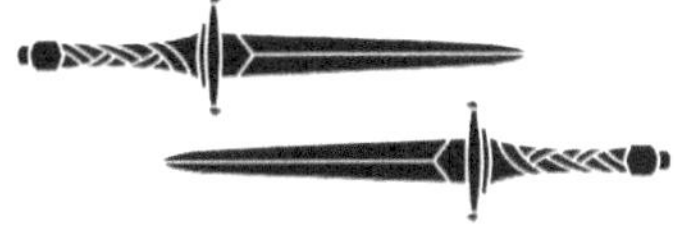

JAG KAN KÄNNA SPÄNNINGEN i luften medan Athina
går fram och tillbaka i det svagt upplysta rummet, hennes
vandringskängor knastrar mot betonggolvet. Hon har
haft många sådana på sistone – hemliga möten med folk
hon inte borde prata med. Men den här gången har hon
information som äntligen kan leda oss till Byråns hjärta.

"Artemis, Declan", säger hon med hård och beslut-
sam blick. "Det kommer att hållas en sammankomst för
Byråns högre personal. Diana är inblandad och jag tror
att doktor Graves kommer att närvara."

Namnet sänder en våg av ilska längs ryggraden. Dok-
tor Graves: chef för Byrån och mannen som gav order
om att experimentera på paranormala varelser som om
de vore labb-råttor. Jag knyter nävarna så att naglarna
gräver sig in i handflatorna, men jag tänker inte låta det
synas. Inte än.

"Okej. Vi går in", säger jag bestämt, och Athina nickar
gillande. Declan står i närheten, med armarna i kors över
bröstet och den nötbruna blicken fäst på mig. Han vet
hur gärna jag vill slita Graves i stycken, och han är orolig
för vad som kan hända när vi står öga mot öga.

Vi infiltrerar evenemanget utan problem och smälter in i skuggorna som de rovdjur vi har blivit. Stället vimlar av både Byråns agenter och paranormala hybrider. Alla bär civiliserade masker och låtsas som att de inte avskyr varandra. Det är vidrigt.

”Artemis, titta”, viskar Declan och pekar tvärs över rummet. Och där är han – doktor Victor Graves, med kalla ögon som granskar folkmassan medan hans blankpolerade skor knackar mot marmorgolvet.

”Vi går närmare”, föreslår jag, medan adrenalinet rusar genom kroppen. Vi rör oss närmare, håller oss utom synhåll, tills jag bara är några meter från mannen som är ansvarig för all smärta och allt lidande som Byrån har orsakat.

”Artemis, kom ihåg vårt uppdrag”, varnar Declan med låg, kontrollerad röst. ”Vi måste samla information och ta oss ut.”

”Informationen kan vänta”, morrar jag och håller med nöd och näppe tillbaka min ilska. Mina hybridkrafter rör sig inom mig och tigger om att få släppas fria. ”Jag har en oavslutad affär med Graves först.”

”Artemis, gör inte det...”, men jag är redan i rörelse.

”Doktor Graves!” ropar jag och stormar fram mot honom med vrede i varje steg. Hans ögon vidgas när han ser mig komma, men det finns ingen rädsla i det kalla djupet. Han har beräknat varje drag, övertygad om att han kommer att vinna det här förvridna spelet.

”Och du skulle vara?” hånar han avfärdande, hans bakåtslickade hår glänser under ljuset från takkronorna.

”Håll käften!” fräser jag, oförmögen att längre hålla tillbaka min ilska. Mina hybridkrafter flödar utom kontroll, en störtflod av psykisk energi som hotar att sluka allt i sin väg. Rummet skakar, glas splittras och folk skriker av skräck.

”Artemis, sluta! Du kommer att döda alla!” skriker Declan och griper tag i min arm. Hans beröring är varm, jordande, och mina krafter börjar avta. Men hans grepp hårdnar när han drar mig tillbaka, bort från kaoset som breder ut sig omkring oss.

”Släpp mig, Declan!” skriker jag, medan desperationen river i bröstet. ”Han förtjänar det!”

”Kanske det, men vi kan inte förlora oss själva på kuppen”, säger han med ansträngd men stadig röst. ”Vi är bättre än så här, Artemis.”

”Grip henne”, beordrar Graves kallt, men ingen vågar närma sig mig, inte med de blå lågorna som skimrar vid mina fingertoppar. Jag stormar ut ur byggnaden och ut i den kalla nattluften, och söker tröst i ensamheten. Stadens ljus flimrar omkring mig, en hård påminnelse om att jag inte längre är säker bland dem. Jag hoppar upp på min motorcykel och dundrar iväg ut i natten, rasande på mig själv. Min brist på kontroll har just förspillt en av våra bästa chanser att få information... och jag fick inte ens slita Graves i stycken.

”Artemis, vänta!” ropar Declan efter mig när jag hoppar av motorcykeln och kliver in i vår nuvarande fristad. Men jag kan inte låta honom se mig så här, svag och labil.

”Låt mig vara”, väser jag, och orden smakar bittert på mina läppar. Vinden piskar mitt silverfärgade hår, som om den ekade min inre oro.

”Artemis, vi måste prata om det här!”

”Prata om vad? Hur jag nästan dödade alla i det där rummet? Hur jag är en tickande bomb som bara väntar på att brisera?” Min röst spricker och känslorna hotar att svämma över. ”Bara... låt mig vara.”

”Helvete heller, Artemis, du är inget monster”, insisterar Declan, och hans nötbruna ögon söker efter något i mina – vad som helst – för att bevisa att han har rätt.

”Kanske inte än, men det är bara en tidsfråga”, mumlar jag och ryggar tillbaka från hans beröring. Jag har blivit en fara för alla, inklusive mig själv.

”Artemis, det finns ett annat sätt.” Athina dyker upp bredvid oss, hennes varma bruna ögon utstrålar visdom. ”Du behöver inte lida i tysthet. Vi hjälper dig att hitta balans, men du måste lita på oss.”

”Lita på er?” fnyser jag bittert. ”Det var det som försatte oss i den här röran från första början.”

”Sant”, medger Athina, med tålmodig och medkännande röst. ”Men vi har kommit för långt för att ge upp nu. Du är starkare än du tror, Artemis, och tillsammans kan vi övervinna vad som helst.”

”Till och med... vad jag än håller på att förvandlas till?” frågar jag, med en röst som knappt är en viskning.

”Särskilt det”, svarar Athina med ett beslutsamt leende. ”Men först måste du släppa in oss.”

Jag tvekar ett ögonblick, tyngden av mitt beslut vilar tungt på mina axlar. Men när jag ser från Declan till Athina vet jag att det inte finns något annat val. Det här är en strid jag inte kan utkämpa ensam.

”Okej då”, säger jag till slut och känner en orolig känsla av lättnad skölja över mig. ”Jag ska försöka.”

”Bra”, nickar Athina och lägger en tröstande hand på min axel. ”Vi ska möta det här tillsammans, Artemis. Du är inte ensam.”

”Tack”, lyckas jag få fram med darrande röst. Men även när vi går tillbaka mot gruppen kan jag inte skaka av mig det gnagande tvivlet i mitt sinne – tänk om jag verkligen är bortom all räddning?

Nattluften biter i min hud när jag står utanför dörren till Malcolms labb, vinden piskar mitt silverfärgade hår runt mitt ansikte som arga tentakler. Helvete vad kallt det är.

Vad gör jag här? Jag gnuggar armarna i ett lönlöst försök att hålla värmen och kastar en vaksam blick över axeln för att försäkra mig om att ingen följde efter mig. Det sista jag behöver är att Declan eller Athina upptäcker vad jag håller på med.

"Artemis." En bekant röst skrämmer mig när Malcolm öppnar dörren och mönstrar mig från topp till tå, hans ögonbryn höjs av nyfikenhet. "Varmed har jag förtjänat äran?"

"Lägg av med skitsnacket, Malcolm", väser jag. "Jag behöver din hjälp."

"Intressant." Han höjer på ett ögonbryn, tydligt road av min desperation. "Och vad får dig att tro att jag kommer att hjälpa dig?"

"För att du är skyldig mig det", fräser jag. "Tänker du hjälpa mig eller inte?"

"Mycket väl." Han suckar dramatiskt och sträcker sig in i sin jackficka och tar fram en liten ampull fylld med en glödande blå vätska. "Det här är ett experimentellt läkemedel utformat för att undertrycka paranormala krafter. Det är oprövat, så jag kan inte garantera att det fungerar eller att det inte kommer att finnas några biverkningar."

"Biverkningar?" Jag rynkar på pannan och försöker ignorera den sjunkande känslan i magen.

"Potentiellt allvarliga sådana", varnar han med låg och allvarlig röst. "Men eftersom du var desperat nog att fråga antar jag att du är villig att ta den risken."

"Ge mig den", kräver jag och rycker åt mig ampullen från hans hand. Mitt hjärta slår snabbare när jag stirrar på vätskan, medveten om att detta antingen kan rädda mig eller förgöra mig. Ljuvliga tider.

"Kom ihåg, Artemis", säger Malcolm allvarligt, "du valde den här vägen."

”Tack för påminnelsen”, muttrar jag sarkastiskt, vänder mig bort från honom och marscherar tillbaka mot min motorcykel. Hur mycket jag än hatar att erkänna det har han rätt: detta är mitt val, och jag måste ta konsekvenserna.

Tillbaka i fristaden sveper jag innehållet i ampullen i en klunk och grimaserar åt den bittra smaken. Det dröjer inte länge innan biverkningarna sätter in. Mitt huvud bultar som en tryckluftsborr och min kropp skakar av febriga darrningar. Med krafterna försvagade men förlamad av feber kan jag knappt stå, än mindre fokusera på något omkring mig.

”Toppen”, kraxar jag och sjunker ner mot väggen medan världen snurrar omkring mig. ”Bara helt jävla toppen.”

Jag vet att jag inte kan hålla detta hemligt för evigt, men just nu är allt jag vill ha en gnutta kontroll över mitt liv – även om det kommer med ett farligt pris. När jag lutar mitt bultande huvud mot den kalla väggen bävar jag för den oundvikliga konfrontationen när Declan och Athina upptäcker vad jag har gjort.

”Hjälp mig”, viskar jag ut i mörkret, osäker på om jag frågar Malcolm, mina teamkamrater eller universum självt. Men när skuggorna sluter sig omkring mig, är det enda svaret jag får ekot av mitt eget desperata rop.

Jag ligger på det kalla golvet och skakar okontrollerat när Declan stormar in i fristaden. Hans ögon vidgas när han ser mitt försvagade tillstånd, och jag har knappt energi att lyfta på huvudet.

”Artemis”, flämtar han och rusar fram till mig. ”Vad i helvete har du gjort?”

”Trevligt att se dig också, Dec”, lyckas jag kraxa fram och försöker se modig ut trots min darrande kropp. ”Bara lite feber, det är allt.”

”Lägg av med skitsnacket, Artemis”, väser han, hans nötbruna ögon fyllda av oro. ”Du glöder. Vad gav Malcolm dig?”

”Declan, det var mitt val”, viskar jag defensivt, oförmögen att möta hans blick. ”Jag bara … jag behövde något som kunde hjälpa mig att kontrollera mina krafter.”

”Genom att förgifta dig själv?” morrar han argt. ”Trodde du att jag inte skulle märka det? Trodde du att vi inte skulle bry oss?”

”Dec, jag är ledsen”, säger jag, och min röst spricker. ”Jag ville inte dra in dig i den här röran. Jag trodde att jag kunde hantera det på egen hand.”

”Artemis, vi ska vara ett team”, säger han mjukt och knäböjer bredvid mig. ”Du kan inte fortsätta att stänga oss ute så här. Vi är här för att hjälpa dig, inte döma dig.”

”Okej”, erkänner jag motvilligt. ”Från och med nu lovar jag att vara mer öppen. Men bara om du lovar att sluta behandla mig som en ömtålig docka.”

”Deal”, samtycker han och hans hand griper hårt om min. ”Vi hittar ett annat sätt, tillsammans.”

”Tack”, mumlar jag och känner en liten strimma av hopp mitt i kaoset inom mig.

Vårt ögonblick av förståelse varar dock inte länge. Så snart Athina ansluter sig till vårt lilla möte flyger gnistorna och arga ord fyller luften.

”Artemis, vad i helvete tänkte du på?” väser hon, hennes gröna ögon blixtrar. ”Att ta oprövade droger från Malcolm? Är du galen?”

”Tydligen”, muttrar jag och himlar med ögonen. ”Jag visste inte att vi skulle lufta all vår byk idag.”

”Nu räcker det!” skriker Declan och skär genom spänningen. ”Vi måste fokusera på att hitta en lösning, inte peka finger.”

”Declan har rätt”, säger jag och biter ihop tänderna mot smärtan. ”Vi måste hitta ett sätt att stabilisera mina krafter utan att offra vilka vi är.”

"Okej", medger Athina motvilligt. "Men vi har inte råd att fatta fler hänsynslösa beslut. Vi balanserar på en tunn lina här, och ett felsteg kan innebära slutet för oss alla."

"Tack för peptalket", väser jag sarkastiskt och känner hur ilskan blossar upp. "Vad skulle vi göra utan dina upplyftande tal?"

"Artemis!" varnar Declan, då han känner min stigande vrede.

"Förlåt", mumlar jag och knyter nävarna för att hålla mina krafter i schack. "Jag bara ... jag kan inte rå för det."

"Det kan ingen av oss", säger Athina tyst. "Men vi måste försöka. För varandras skull, och för dem som inte har lika tur som vi."

"Håller med", säger jag och nickar svagt. "Vi gör det här. Tillsammans."

Men redan när orden lämnar mina läppar känner jag en våg av okontrollerbar energi välla upp inom mig. Paniken stiger i bröstet när jag kämpar för att hålla tillbaka den, men det är lönlöst – innan jag vet ordet av bryter mina psykiska krafter fram och får alla att vackla.

"Artemis!" skriker Declan när han kastas bakåt mot väggen, hans ansikte präglat av smärta och svek.

"Helvete!" flämtar jag, förfärad över mina egna handlingar. "Det var inte meningen..."

"Artemis, skärp dig!" skriker Athina, hennes röst fylld av lika delar rädsla och beslutsamhet. "Vi har inte råd att förlora dig!"

"Jag försöker", viskar jag desperat, min blick suddig av tårar. "Jag svär, jag försöker."

"Det är en dålig natt." Jag ligger vaken större delen av natten, plågad av omväxlande frossa och brännande feber. Någon gång före gryningen smiter Declan ut, och när han kommer tillbaka är Kaiser med honom.

”En dålig reaktion”, mumlar Malcolm, knäböjer bredvid mig och rör lätt vid min panna. ”Jag varnade dig faktiskt.”

”Jag vet.” I det ögonblicket kan jag inte hålla ögonen öppna, alltför svag för att göra något mer än att bara ligga stilla och fokusera på att försöka andas.

”Det kan finnas ett annat sätt att hjälpa Artemis”, säger Malcolm tyst, och jag öppnar ett öga på glänt för att se att han pratar med Declan. ”Din unika hybridsammansättning skulle kunna vara nyckeln till att syntetisera en ny sats serum som är särskilt utformad för henne.”

”Verkligen?” frågar Declan, hans ansikte en blandning av hopp och misstänksamhet. ”Och hur exakt skulle det fungera?”

”Enkelt”, rycker Kaiser på axlarna och flinar. ”Jag har prover på ditt förändrade DNA. Jag kan skapa en anpassad formula som är skräddarsydd för Artemis specifika behov.”

”Okej”, medger Declan motvilligt, uppenbarligen sliten mellan oron för min säkerhet och den gnagande misstanken att han blir manipulerad. Eller så är det bara min gnagande misstanke. ”Men bara om hon går med på det. Jag kommer inte att tvinga henne till något.”

”Förstått”, nickar Kaiser, redan på väg mot dörren, antagligen för att gå tillbaka till sitt labb och börja arbeta med det nya serumet. Men när skuggorna blir längre och natten mörknar blir en sak allt tydligare: tiden rinner ut för oss alla, och våra lojaliteter kommer att prövas som aldrig förr.

<hr>

”Artemis?” Athinas röst tränger igenom mina tankar, hennes moderliga närvaro ger lite tröst mitt i kaoset.

”Hej”, mumlar jag och lyckas vända på huvudet och möta hennes blick. ”Hur mycket hörde du?”

”Tillräckligt”, säger hon försiktigt. ”Men jag tror att det kan finnas ett annat sätt att hjälpa dig att återfå kontrollen.”

”Verkligen?” fnyser jag. ”Och vad skulle det vara?”

”Träningsövningar och känslomässig vägledning”, föreslår hon och lägger armarna i kors. ”Inga droger, inga serum. Bara du och jag, som arbetar tillsammans för att hitta din inre balans.”

”Låter bra i teorin”, mumlar jag, fortfarande tveksam. ”Men tänk om det inte fungerar? Tänk om jag skadar någon?”

”Då tar vi itu med det när det händer”, svarar Athina bestämt. ”Men du kan inte fortsätta att fly från det här, Artemis. Du måste möta det rakt på.”

”Okej”, ger jag med mig, medveten om att hon har rätt. ”Vi kör. När jag kan stå upp igen, i alla fall.” Jag försöker mig på ett snett leende, men det kan inte se bra ut, för hennes min fylls med oro igen och hon lägger en varsam hand på mitt huvud och stryker mitt hår.

”Kom bara ihåg att det här inte kommer att bli lätt. Det kommer att kräva tid, tålamod och en hel del självdisciplin.”

”Okej”, suckar jag. ”Låt oss fokusera på den här icke-medicinska metoden först. Om den inte fungerar...” Jag avbryter mig och vill inte tänka på alternativet.

”Då tar vi den bron när vi kommer till den”, säger Athina bestämt.

Fåglar kvittrar i fjärran medan jag sitter med benen i kors på det daggvåta gräset och försöker fokusera på min andning. Athina står i närheten, hennes ögon är slutna medan hon demonstrerar meditationstekniken vi har arbetat med. Mina tankar rusar, och jag kan inte låta bli att undra om detta är ett stort slöseri med tid.

"Artemis", Athinas röst skär genom mina tankar som en kniv. "Dina tankar vandrar. För tillbaka dem till din andning."

"Visst, visst", muttrar jag för mig själv, irriterad över att hon kan märka det. Att försöka tömma mitt sinne känns som att försöka fånga rök med bara händerna – omöjligt och frustrerande.

"Kom ihåg", råder Athina, hennes röst är lugnande trots min sarkasm, "målet är inte att undertrycka dina krafter eller känslor, utan att förstå och kontrollera dem."

"Lätt för dig att säga", muttrar jag. Min frustration byggs upp inom mig och hotar att svämma över och orsaka kaos. Jag tar ett djupt andetag, andas ut långsamt och försöker återfå någon form av kontroll.

"Fokusera, Artemis", manar Athina. "Du har gjort framsteg de senaste dagarna. Låt inte din otålighet rasera allt."

"Okej", fräser jag, även om jag vet att hon har rätt. Jag har sett en viss förbättring i min förmåga att kontrollera mina krafter, men det är långt ifrån tillräckligt. Det är som att hålla tillbaka en tidvåg med ett bräckligt paraply.

När jag återfokuserar på min andning ser jag Declan luta sig mot ett träd i närheten, med armarna i kors över bröstet. Han betraktar mig med en blandning av oro och beslutsamhet i sina nötbruna ögon. Även om han vill hjälpa till vet han att jag behöver utrymme för att arbeta igenom detta själv. Men löftet om hans orubbliga stöd hänger i luften mellan oss.

”Artemis!” Athinas skarpa röst för mig tillbaka till nuet. ”Du gör det igen.”

”Förlåt”, mumlar jag och känner hur hettan stiger i mina kinder. Det är svårt att koncentrera sig när tyngden av vår situation tornar upp sig så stort.

”Försök igen”, instruerar Athina försiktigt. ”Känn energin inom dig, förstå dess ebb och flod.”

Jag sluter ögonen, tar ett djupt andetag och försöker fokusera på de kraftslingor som bor inom mig. Långsamt börjar jag känna mig mer tillfreds, och mina krafter verkar mindre som ett otämjt odjur redo att bryta sig loss. Det är något jag kan arbeta med, något som kanske inte kommer att förgöra mig trots allt.

”Bra”, mumlar Athina och nickar gillande när hon känner av mina framsteg. ”Du är snart där, Artemis. Du behöver bara ha tålamod och fortsätta öva.”

”Tack”, säger jag och får fram ett litet leende. När hoppet flimrar inom mig som en liten låga, sneglar jag bort mot Declan. Hans läppar rycker till i ett halvt leende, hans ögon är varma av uppmuntran.

Jag vet att det här inte kommer att bli lätt, och jag är långt ifrån ute ur faran. Men med Athinas vägledning och Declan vid min sida, kanske – bara kanske – kan jag hitta ett sätt att verkligen bemästra mina förmågor och möta vilka utmaningar som än väntar. Tillsammans kommer vi att navigera denna förrädiska stig, ett steg i taget.

KAPITEL FJORTON

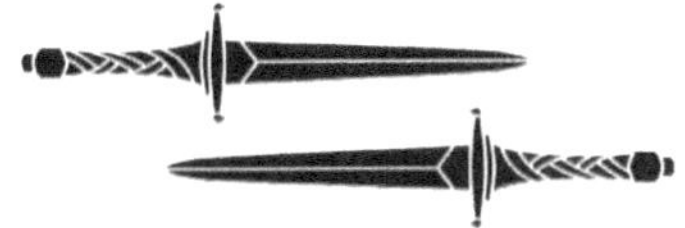

EN SVAG SKRIVBORDSLAMPA KASTAR flimrande skuggor över den kaotiska röran av akter och dokument som ligger utspridda över min provisoriska arbetsplats. Jag känner hur tröttheten sänker sig över mig, men sömn är en lyx jag inte har råd med. Tusentals liv står på spel och jag är deras enda hopp. Suckande drar jag en hand genom mitt silverfärgade hår och andas ut spänningen när jag fördjupar mig i efterforskningarna igen.

”Artemis”, ropar en röst bakom mig. Declan har alltid vetat hur man smyger sig på mig obemärkt, även när jag försöker rädda världen.

”Declan, vad vill du?” frågar jag, irriterad över avbrottet. Ser han inte att jag försöker rädda de här människorna?

”Har du hittat något nytt?” frågar han med mjuk och bekymrad röst. Jag biter ihop tänderna och fokuserar på papperen framför mig igen.

”Tusentals blev tvångsinkallade, deras journaler förfalskades för att förklara dem avlidna”, säger jag med bitter ton. ”Byråns svek känner inga gränser.”

”Herregud”, mumlar Declan och drar en hand genom sitt mörka hår. Han lutar sig över min axel och ögnar igenom informationen jag samlat ihop. "Hur långt sträcker det här sig?"

"För långt", muttrar jag och griper tag i skrivbordskanten så att mina knogar vitnar. "Jag vet inte vad vi ger oss in på, men jag är rädd att det inte kommer att bli vackert."

"Artemis, vi löser det här", försäkrar Declan och lägger en mild hand på min axel. Men inte ens hans beröring kan lindra ilskan och rädslan som forsar genom mina ådror.

"Gör vi?" fräser jag och vänder mig om för att möta honom med eld i blicken. "För just nu är allt jag ser en ändlös avgrund av korruption och lögner. Byrån har begravt sina brott så djupt att jag tvivlar på att vi någonsin kommer att nå botten."

De skarpa lysrören i taket flimrar och kastar ett sjukligt sken över de dussintals akter som är utspridda över bordet. Mina fingrar darrar när jag slår upp ännu en mapp och känner hur det vrider sig i magen av det fasansfulla innehållet. Men jag kan inte titta bort, för det här är viktigt – det är vårt uppdrag att avslöja Byrån och deras avskyvärda experiment.

"Lyssna på det här", säger jag med darrande röst medan jag ögnar igenom dokumenten. "De här försökspersionerna var inte bara slumpmässiga människor som plockats från gatan. De var politiska dissidenter, uttalade kritiker av Byrån eller helt enkelt ... lämpliga måltavlor."

"Lämpliga hur då?" frågar Declan och hans ögon smalnar misstänksamt när han bläddrar igenom en annan hög med papper.

"Oönskade", spottar jag fram, och blodet kokar av ilska. "Människor som inte skulle bli saknade. Hemlösa, missbrukare, till och med barn från trasiga hem – alla de enkelt kunde manipulera till att bli deras försökskaniner utan att lämna spår efter sig."

”De jävlarna”, väser Declan och slår näven i bordet. ”Vi måste offentliggöra den här informationen, Artemis. Vi måste sätta dit dem.”

”Håller med”, nickar jag och pressar ihop käkarna medan jag tvingar mig själv att fortsätta läsa. Men ju mer jag får veta, desto mer känns det som att jag drunknar – kvävd av en flodvåg av skuld som hotar att sluka mig hel.

”Artemis”, säger Declan mjukt, märkandes min upprördhet. ”Du måste inte göra det här ensam. Låt oss hjälpa dig.”

”Hjälpa mig?” skrattar jag bittert och kramar ihop ett papper i handen. ”Hur kan någon hjälpa mig när det är jag som har skadat dem? De här fångarna ... jag stred mot dem, Declan. Och nu får jag veta att de bara var bönder i Byråns förvridna spel?”

”Artemis, vi visste inte”, insisterar han och griper min hand i ett försök att jorda mig. ”Vi kunde inte ha vetat. Men nu när vi vet kan vi ställa det till rätta.”

”Kan vi?” frågar jag med liten och besegrad röst, medan tyngden av vår uppgift hotar att krossa mig. ”Hur ska vi kunna fixa det här? Hur ska vi kunna läka skadan jag har gjort och rädda alla de här människorna?”

”Genom att göra det vi alltid har gjort”, svarar Declan övertygat och trycker min hand. ”Ta ett steg i taget, kämpa för rättvisa och se till att sanningen kommer fram – oavsett hur ful den än må vara.”

Jag ser in i hans ögon och letar efter en gnista av hopp i förtvivlan. Och långsamt, medan lysrörens fladdrande sken kastar brutna skuggor över våra ansikten, hittar jag den.

”Okej”, andas jag och stålsätter mig för den fasansfulla resan som väntar. ”Låt oss ställa det här till rätta.”

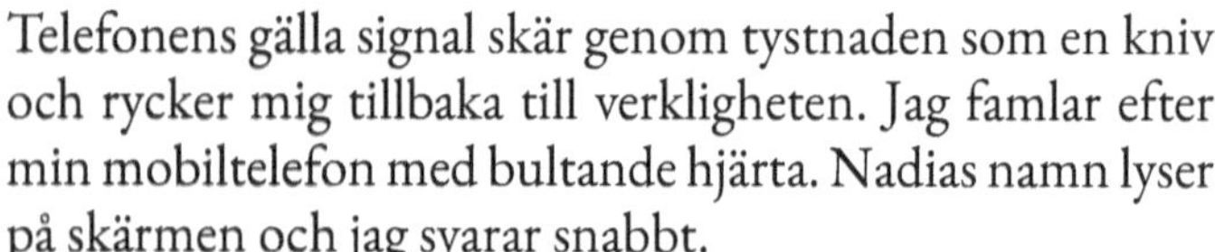

Telefonens gälla signal skär genom tystnaden som en kniv och rycker mig tillbaka till verkligheten. Jag famlar efter min mobiltelefon med bultande hjärta. Nadias namn lyser på skärmen och jag svarar snabbt.

"Artemis, några av hybriderna behöver din hjälp", förklarar hon med ansträngd röst. "De jagas av Byrån och vet inte vart de ska vända sig."

Jag känner tyngden av Declans och Athinas blickar när jag vidarebefordrar informationen. De utbyter oroliga blickar och jag vet att vad som än händer med de här hybriderna så är det något vi inte kan ignorera.

"Självklart hjälper vi till", säger jag, och beslutsamheten lägger sig som en rustning runt mitt hjärta. "Vi kommer att hitta ett sätt att gömma dem, lära dem att kontrollera sina krafter. Ge oss bara lite tid."

"Tack", säger Nadia med tydlig lättnad i rösten. Hon rabblar upp en adress nära hamnen. "Men var försiktig, Artemis. Några av de här hybriderna ... deras krafter liknar inget vi sett förut."

"Toppen, precis vad vi behövde", muttrar jag tyst för mig själv. Jag vet inte ens vilka krafter Nadia har. Hon har inte nämnt det, och Malcolm kommer definitivt inte att berätta det för mig. Högre säger jag: "Vi tar hand om det, Nadia. Oroa dig inte."

"Lycka till", säger hon innan hon lägger på.

Malcolm, som hade varit tyst fram till nu, höjer plötsligt rösten. "Är du galen?" fräser han, och hans violetta ögon flammar av ilska. "Du kan omöjligt tro att det är en bra idé att låta de här ... avkommorna använda sina nyfunna krafter."

”Avkommor?” morrar jag, och ilskan bubblar inom mig. ”De är människor, Malcolm. Människor som torterades och utsattes för experiment mot sin vilja. Vi är skyldiga dem vår hjälp.”

”Artemis”, säger han med farligt låg röst, ”att använda de här nya krafterna kan riskera att hybriderna – och vi själva – förlorar vårt sköra grepp om mänskligheten.”

Luften sprakar av spänning, en storm brygger upp mellan Kaiser och mig. Jag försöker hålla rösten stadig, trots ilskan som forsar genom mina ådror. ”Vi borde lära dem hur de kontrollerar sina förmågor på ett säkert sätt, inte försöka undertrycka dem.”

”Kontroll”, fnyser Kaiser, och misstro färgar hans ton. ”De här hybriderna är för farliga för att hjälpas. Deras krafter är instabila, och vi har ingen aning om vad de verkligen är kapabla till.”

”Precis min poäng”, fräser jag. ”Om vi inte hjälper dem att lära sig kontrollera sina förmågor, vem vet vilken katastrof som skulle kunna bli följden? Vi kan inte bara sopa dem under mattan och låtsas som att de inte existerar.”

”Nu räcker det, Artemis.” Malcolms violetta ögon smalnar och han korsar armarna över bröstet. ”Jag tänker fortsätta arbeta på det undertryckande serumet. Det är det enda sättet att garantera allas säkerhet.”

”Malcolm, din envisa jävel”, väser jag och knyter händerna vid sidorna. ”Tror du verkligen att fler experiment är svaret? Efter allt de har gått igenom?”

”Ibland måste man offra sig för allas bästa. Det borde du om någon förstå”, kontrar han, och hans ord dryper av nedlåtenhet.

Mitt hjärta rusar när jag möter Malcolms blick, mina gröna ögon flammar av beslutsamhet. ”Jag tänker inte tillåta det, Kaiser. Jag vägrar låta dig utsätta de här hybriderna för fler experiment utan deras samtycke. Särskilt inte något som potentiellt kan beröva dem deras fria vilja.”

”Artemis, du är naiv”, fräser Malcolm. ”De här människorna är farliga och oförutsägbara. Vi har inte råd att dalta med dem.”

”Nu räcker det!” fräser jag med is i rösten. ”Vi tänker inte förvandla de här människorna till försökskaniner bara för att du tror att det är den enda lösningen, Kaiser.”

”Artemis, du kan omöjligt tro att svaret är att låta dem hantera sina nyfunna krafter utan några som helst begränsningar”, kontrar han.

Mina nävar knyts vid sidorna när jag möter hans utmanande blick. ”Jag har inte alla svar, men jag vet att det vi gör nu inte fungerar. Vi måste hitta ett bättre sätt.”

”Kanske har Artemis rätt”, flikar Athina in, hennes varma bruna ögon fyllda av beslutsamhet. ”Vi borde åtminstone pröva en annan metod innan vi tar till något så drastiskt som att undertrycka deras förmågor.”

”Exakt”, lägger Declan till, och jag är tacksam för hans orubbliga stöd. ”Det måste finnas en annan lösning. Vi är skyldiga dem att försöka allt som står i vår makt för att hjälpa.”

Malcolms käke spänns när han blänger på mig, och för ett ögonblick är jag rädd att han ska vägra ge sig. Men sedan suckar han och drar en hand genom sitt ostyriga svarta hår. ”Okej”, medger han, även om hans ton fortfarande har en udd av trots. ”Vi avvaktar med serumet. För tillfället.”

”Tack”, svarar jag och försöker hålla sarkasmen borta från rösten. Det är en liten seger, men det är tillräckligt för att ge mig hopp om att vi kanske kan göra skillnad för de här stackars själarna.

”Men”, fortsätter Malcolm och lyfter ett finger för att betona sin poäng, ”om det spårar ur, om de visar sig vara för farliga, återgår vi till min plan. Överens?”

”Överens”, säger jag motvilligt, medveten om att det är den bästa kompromissen vi kan nå för tillfället.

”Låt oss fokusera på att lära dem att kontrollera sina krafter”, föreslår Athina med stadig och lugn röst. ”Vi tar det ett steg i taget.”

”Okej”, upprepar jag Malcolms tidigare ord, med en bitter smak i munnen. Men för tillfället är det allt jag har. ”Då sätter vi igång.”

Med en motvillig nickning från Malcolm skingras spänningen i rummet äntligen, och jag känner hur jag långsamt andas ut. Vi ska göra det här – vi ska faktiskt hjälpa de här hybriderna utan att ta till fler plågsamma experiment.

”Okej, då sätter vi igång”, säger Declan beslutsamt, och hans gröna ögon speglar målmedvetenhet. ”Vi börjar med att sätta ihop ett team av tränare. Människor som har erfarenhet av övernaturliga förmågor.”

”Det låter som en plan”, svarar Athina, och hennes röst är varm och uppmuntrande. Det är fantastiskt hur hon lyckas behålla sitt lugn mitt i den påtagliga osäkerhet som hänger i luften.

”Vilka känner vi som passar in på den beskrivningen?” frågar jag och letar febrilt i minnet efter namn och ansikten.

”Mellan oss fyra borde vi kunna komma på en stabil grupp”, försäkrar Declan mig. ”Och Artemis, du borde leda teamet.”

”Jag?” fnyser jag. ”Varför skulle någon vilja att jag leder?”

”För att du har modet att stå upp för det som är rätt”, svarar han med orubblig blick. ”Det har du bevisat gång på gång.”

”Okej då”, muttrar jag och sväljer mina tvivel. ”Jag gör det.”

”Bra”, nickar Athina, hennes ögon glittrar av stolthet. ”Då spånar vi fram några namn.”

När vi försjunker i våra diskussioner kan jag inte låta bli att känna en gnista av hopp tändas i bröstet. Kanske kan vi verkligen göra skillnad för de här hybriderna. Kanske finns det fortfarande en chans till upprättelse för den skada jag har gjort.

"Glöm inte säkerhetsåtgärderna också", flikar Kaiser in, alltid skeptikern. "Vi vill inte att några incidenter ska inträffa under träningspassen."

"Håller med", säger jag och håller min ton neutral. Trots våra meningsskiljaktigheter har han en poäng. "Vi måste säkerställa säkerheten för alla inblandade."

"Då är det avgjort", meddelar Declan med ett leende. "Vi börjar samla resurser och folk för det här uppdraget."

"Kom ihåg", varnar Athina med visdom i rösten, "framstegen kan gå långsamt och det kommer utan tvekan att bli bakslag. Men det är vår uthållighet som kommer att göra skillnad."

"Hoppas vi ror det här i land", mumlar jag och tillåter mig ett litet leende. Trots skuggorna av osäkerhet och fara som lurar i mitt medvetandes hörn känner jag för första gången på länge en känsla av trevande hopp slå rot.

Tillsammans, som ett team, ska vi hjälpa de här hybriderna att finna sig till rätta i den här världen – ett steg i taget. Oavsett hur skrämmande vägen framför oss än verkar, vet jag att vi måste försöka. För deras skull, och för vår.

KAPITEL FEMTON

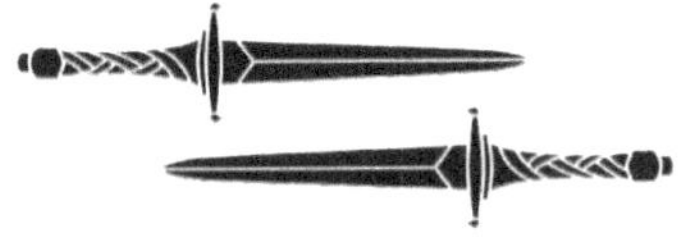

JAG SER SPÄNT PÅ när Declan tar ett djupt andetag. Han verkar så levande, mer än jag någonsin sett honom förut. Hans ögon lyser av upphetsning och kraft. Jag kan nästan känna energin som strålar från honom.

"Okej, Declan", muttrar han för sig själv. "Då ska vi se vad du går för."

Han knyter nävarna hårt, och jag kan se hur armarna darrar. Det är tydligt att han försöker kontrollera vilka nya förmågor det än är som väcks inom honom. Jag vill sträcka ut handen till honom, hjälpa honom på vägen, men jag vet att han måste göra det här själv.

Declan morrar mellan sammanbitna tänder, och ansträngningen är tydlig i hans ansikte. Och sedan, plötsligt, ser jag hur hans ansiktsuttryck förändras. Axlarna slappnar av när han ger ifrån sig ett urvrål. Ljudet ger mig en rysning längs ryggraden.

"Fan", säger han lågt. Han vänder på händerna, spänner och sträcker på fingrarna för att pröva sin styrka.

Jag kan inte slita blicken från honom. Han verkar självsäkrare, farligare. Men också mer fullständig. Som om han håller på att upptäcka vem han verkligen är.

”Det här är inte så illa trots allt”, mumlar Declan. Hans blick sveper över skogen runt omkring oss, och jag kan se begäret att utforska sina nya krafter brinna i hans ögon.

Innan jag hinner tala ger han sig iväg i full fart. Varje språng bär honom längre, snabbare. Han rör sig med en graciös smidighet som jag aldrig tidigare sett. Hjärtat bultar när jag ser på honom.

Declan sladdar till ett stopp, och andningen är kontrollerad trots upprymdheten. ”Dags att lägga i en högre växel”, säger han.

Jag flämtar till när hans kropp börjar förvandlas rakt framför ögonen på mig. Päls växer fram längs armarna och klor skjuter ut från fingrarna. Han ger ifrån sig ett primitivt morrande, men förvandlingen är inte fullbordad. Ändå verkar han mer best än människa nu.

”Wow”, viskar han vördnadsfullt och granskar sina beklädda händer. ”Det här är helt sjukt.”

Han går ner på alla fyra och stryker omkring med nyfunnen instinkt. Det blir torrt i munnen på mig, och en blandning av åtrå och rädsla stiger inom mig.

Declan skjuter iväg med förbluffande hastighet och river sig fram genom snåren. Han rör sig med en vildsint elegans, och varje sinne är fokuserat på jakten. Jag vill ropa på honom, men jag förblir tyst, som fastfrusen.

Skogen som en gång var en fristad förvandlas nu till en jaktmark, med Declan som jägaren. Han ger ifrån sig ett gutturalt morrande, och självförtroendet strålar från honom när han smyger framåt och omfamnar besten inom sig.

”Är det här vad det innebär att vara sant levande?” Hans röst ekar, vild av upprymdhet när han plöjer fram genom snåren. ”I så fall vill jag aldrig tillbaka.”

Men när jag ser på honom kryper en känsla av onda aningar fram i bakhuvudet. Med sådan makt kommer alltid en kostnad. En mörk, farlig egg som hotar att uppsluka honom helt. För tillfället verkar han villig att ta den risken. Men jag undrar, hur länge?

Jag står vid kanten av träningsrummet med hjärtat bultande i bröstet. De fladdrande lågorna från facklorna längs väggarna hånar mig och utmanar mig att tappa kontrollen. Jag kan känna hettan slicka mot min hud, elden inom mig som tigger om att släppas fri, men jag gör motstånd. Inte idag.

"Artemis, du måste träna", insisterar Athina med sträng och obeveklig röst. "Ju mer du undviker det, desto mindre kontroll kommer du att ha."

"Lätt för dig att säga", fräser jag tillbaka, utan att ta blicken från de dansande lågorna. "Det är inte du som skulle kunna råka förvandla alla i rummet till aska."

"Sant, men jag litar på dig." Athina lägger en lugnande hand på min axel, men jag rycker bort den.

"Tillit räddar oss inte om jag tappar kontrollen", muttrar jag och vänder mig bort från eldhavet.

"Declan har börjat omfamna sina nya förmågor", påpekar Athina med en ton som är mild men bestämd. "Han lär sig att bemästra dem, så varför kan inte du?"

"För att Declan inte är en tickande bomb!" väser jag, och min ilska blossar upp hetare än elden som omger oss. "Han är inte ett felsteg från att bli ett monster!"

"Det är inte du heller, Artemis", säger Athina mjukt. "Men rädslan kommer att hålla dig tillbaka."

"Rädsla är kanske det som håller mig mänsklig", svarar jag och korsar armarna i en försvarsgest.

"Artemis...", börjar Athina, men jag avbryter henne.

”Nej. Jag är klar för idag.” Med de orden vänder jag på klacken och stormar ut ur träningsrummet, med frustrationen sjudande precis under ytan.

När jag går med snabba steg genom de dunkelt upplysta korridorerna i vår hemliga bas kan jag inte låta bli att tänka på Declan. Hur lätt han verkar acceptera sina nya krafter, hur ivrig han är att omfamna mörkret inom sig. Jag avundas hans mod och beslutsamhet, men samtidigt skrämmer det mig.

”Är det här vad vi är menade att vara?” undrar jag högt, och min röst ekar i de tomma hallarna. ”Monster i skuggorna som kämpar mot vår egen natur?”

”Artemis”, ropar en välbekant röst bakom mig, och jag virvlar runt och får se Malcolm närma sig. ”Jag vet att du kämpar med dina krafter, men att undvika träning är inte lösningen.”

”Vad är det då?” kräver jag, och mina gröna ögon blixtrar av ilska. ”Säg mig, hur hindrar jag den här elden från att förtära mig?”

Han tvekar ett ögonblick med pannan bekymrat rynkad. ”Vi arbetar med att utveckla nya behandlingar som skulle kunna hjälpa till att förstärka dina förmågor samtidigt som vi begränsar biverkningarna”, säger han till slut med en röst fylld av försiktig optimism. ”Men det är fortfarande på experimentstadiet.”

”Toppen”, fnyser jag och skakar på huvudet. ”Mer osäkerhet. Precis vad jag behöver.”

”Artemis, du måste lita på dig själv”, uppmanar Malcolm och tar ett steg närmare. ”Tro på att du kan kontrollera elden innan den kontrollerar dig.”

”Tillit och tro”, mumlar jag bittert och tänker tillbaka på Athinas ord. ”Det verkar vara allt ni har att erbjuda.”

”Ibland är det allt vi har”, svarar Malcolm mjukt, med stadig och uppriktig blick. Och hur mycket jag än hatar att erkänna det, så vet jag att han har rätt. Men om det räcker

för att rädda mig från att bli just det jag fruktar mest ...
det får tiden utvisa.

Solen sjunker under horisonten och kastar kusliga skuggor genom träden när jag återigen ger mig djupare in i skogen som omger vårt gömställe. Jag måste rensa tankarna, samla mig bort från Malcolm och hans så kallade hjälpsamma behandlingar. Men jag kan inte bli av med den gnagande känslan av att något är fel.

"Artemis", skär Declans röst genom mina tankar, och hans nötbruna ögon smalnar av oro när han närmar sig. "Du har undvikit träningen. Du kan inte fortsätta fly från dina krafter."

"Lätt för dig att säga", fräser jag, och mina gröna ögon blixtrar av irritation. "Du behöver inte oroa dig för att bränna allt du rör vid."

"Kallar du mig för en fegis?" blir Declan stött, och hans rufsiga bruna hår faller ner över pannan när han tar ett steg närmare. "Jag har omfamnat mina förmågor, Artemis. Det är dags att du gör detsamma."

"Omfamnat dem?" fnyser jag, och händerna darrar vid mina sidor. "Snarare förlorat dig själv i dem. Jag har åtminstone inte förlorat mina principer och min mänsklighet."

"Förlorat min...?" Declans ögon mörknar, och hans atletiska kropp spänns som om han förbereder sig för en strid. "Är det vad du tror?"

"Absolut", spottar jag fram och tar ett steg tillbaka. "Du låter din vilda sida ta över. Tänk om du tappar kontrollen helt och hållet?"

"Då får jag kämpa emot", morrar han och knyter nävarna. "Jag tänker inte låta mig själv bli ett monster, Artemis. Jag är inte rädd för att möta mina rädslor."

"Vad bra för dig", fräser jag, med hjärtat bultande i bröstet. "Du kanske kan lära mig hur man gör en vacker dag."

”Du kanske borde lära dig att lita på dig själv”, svarar han, och hans ögon flammar av ilska. ”Sluta vältra dig i självömkan och gör något åt det.”

”Lita på mig själv?” skrattar jag bittert, och ljudet ekar genom skogen. ”Hur kan jag lita på mig själv när jag inte ens vet vem jag är längre?”

”Ta reda på det då”, utmanar Declan med låg och intensiv röst. ”Vi har gått igenom ett helvete, Artemis. Vi har kämpat mot monster, avslöjat Byråns förvridna experiment... Tror du verkligen inte att du klarar av det här?”

”Klarar av det här?” upprepar jag, och ilskan blossar upp som en löpeld i mina ådror. ”Jag försöker skydda alla från vad jag kan bli, Declan!”

”Genom att fly?” Han tar ett djupt andetag, och hans nötbruna ögon söker mina. ”Du är starkare än så, Artemis. Och du är inte ensam.”

”Kanske inte”, medger jag med mjukare röst. ”Men jag måste hitta mitt eget sätt att hantera det här ... monstret inom mig.”

”Okej”, säger han med en röst som är tjock av känslor. ”Men glöm inte att du har människor som bryr sig om dig, Artemis. Och vi kommer att finnas här för dig, oavsett vad.”

”Tack, Declan”, viskar jag med värkande hjärta. ”Lova mig bara en sak: förlora dig inte i dina djuriska instinkter. Håll fast vid din mänskliga sida, okej?”

Han nickar, med blicken låst vid min. ”Jag lovar.”

Vinden visslar genom träden när vi står där, två förlorade själar som kämpar mot mörkret inom oss.

Jag lutar mig mot dörrkarmen och ser på medan Malcolm minutiöst radar upp sina sprutor och ampuller på det sterila labbordet. Jag kan inte låta bli att känna hur en knut av fasa dras åt i bröstet.

”Artemis”, säger han utan att vända sig om, ”är du redo för din behandling?”

”Ungefär så redo jag någonsin kommer att bli”, svarar jag och korsar armarna hårt över bröstet. Min blick flackar nervöst mellan raderna av kemikalier och de kalla stålinstrumenten som blänker under lysrörsljuset.

”Kom igen nu”, säger han och vänder sig slutligen mot mig med ett leende som inte når hans oroveckande violetta ögon. ”Det är inte som om jag inte har gjort det här förut.”

”Det är precis det jag är rädd för”, mumlar jag för mig själv, oförmögen att dölja den sarkastiska tonen i min röst.

”Vad sa du?” Han höjer ett ögonbryn och låtsas vara oskyldig.

”Ingenting”, fräser jag, skjuter ifrån dörrkarmen och närmar mig motvilligt bordet. ”Låt oss bara få det här överstökat.”

”Mycket väl.” Han väljer en spruta fylld med en bärnstensfärgad vätska och vänder sig mot mig, nu helt professionell i sitt uppträdande. ”Du vet hur det går till. Rulla upp ärmen, är du snäll.”

”Usch, visst.” Jag himlar med ögonen och lyder, och blottar armen för den kyliga luften i labbet. Jag har aldrig gillat nålar, och idag är inget undantag.

”Artemis, jag måste påminna dig”, säger Malcolm medan han förbereder injektionsstället, ”om du inte lär dig att kontrollera dina gåvor kommer de att kontrollera dig.”

”Tack för uppmuntran”, muttrar jag och biter ihop tänderna när nålen tränger igenom huden. ”Men jag skulle nog hellre förbli mänsklig än att riskera att bli ett monster.”

”Din mänsklighet…”, börjar han, men jag avbryter honom.

”Är det enda jag har kvar, Malcolm. Våga inte predika för mig om vad jag borde eller inte borde göra med den.” Hjärtat bultar i bröstet, en blandning av ilska och rädsla som rusar genom mig.

”Mycket väl”, säger han tyst, drar ut nålen och sätter på skyddshylsan. ”Men kom ihåg, utan kontroll kommer dina krafter bara att bli mer oförutsägbara.”

”Toppen, ännu en sak att se fram emot”, knotar jag och gnuggar injektionsstället medan jag drar ner ärmen igen. Jag ser honom kassera den använda sprutan, och tankarna rusar av tvivel och rädslor.

”Försök att ha lite tro på dig själv, Artemis”, säger han med en nästan mild röst. ”Du är starkare än du tror.”

”Tro stoppar inte bränder, Malcolm”, svarar jag med en bitsk ton när jag vänder mig om för att lämna labbet. ”Men tack för försöket, i alla fall.”

”Artemis”, ropar han efter mig, men jag ignorerar honom. Ljudet av mina kängor ekar högt mot det kalla klinkergolvet när jag går därifrån, fast besluten att bevisa att han har fel – eller dö på kuppen.

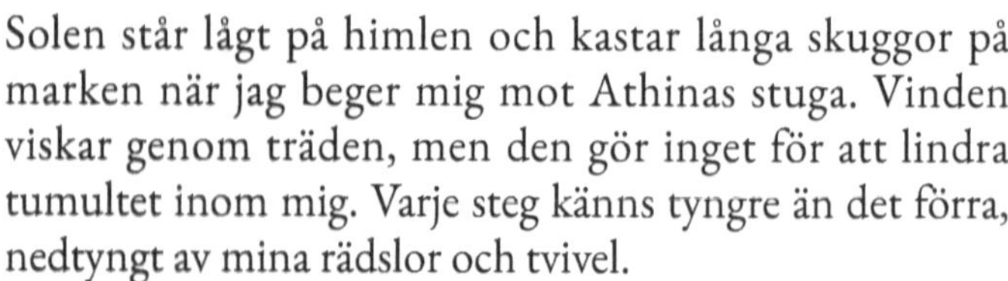

Solen står lågt på himlen och kastar långa skuggor på marken när jag beger mig mot Athinas stuga. Vinden viskar genom träden, men den gör inget för att lindra tumultet inom mig. Varje steg känns tyngre än det förra, nedtyngt av mina rädslor och tvivel.

"Artemis", hälsar Athina mig, och hennes varma, bruna ögon tar in mitt spända ansiktsuttryck. "Du ser ut som om du har sett ett spöke."

"Känns som om jag är ett", muttrar jag och stoppar händerna i fickorna. "Kan vi prata?"

"Självklart, kom in." Hon kliver åt sidan och gör en gest för att jag ska stiga in i hennes mysiga hem som är fyllt av doften av örter och gammalt läder.

"Tack", säger jag och sjunker ner i den slitna fåtöljen mittemot henne. Mina fingrar pillar med en lös tråd på tyget medan jag samlar tankarna. "Athina ... jag är rädd."

"För dina krafter?" frågar hon med en mjuk och förstående röst.

"Ja", erkänner jag och hatar hur sårbar jag känner mig. "Malcolm säger hela tiden att jag måste lära mig kontrollera dem, men tänk om jag inte kan det? Tänk om jag blir som de där monstren vi slåss mot?"

"Artemis, du är inte som dem", säger Athina bestämt med stadig blick. "Du har ett gott hjärta och starka principer. De sakerna kommer att vägleda dig, även när allt annat verkar mörkt."

"Kanske", svarar jag, inte övertygad. "Men det är svårt att lita på mig själv när jag knappt kan hålla tillbaka elden inom mig. Det är som en konstant kamp, och jag vet inte om jag vinner eller förlorar."

"Lyssna på mig, Artemis", säger hon, lutar sig fram och griper mina händer i sina. "Du är stark, starkare än du inser. Lita på dig själv och lita på dem som tror på dig. Vi skulle inte ha tro på dig om vi inte trodde att du kunde hantera det här."

Jag sväljer hårt och försöker ta till mig hennes ord. "Men tänk om..."

"Sluta med 'tänk om'", avbryter Athina och klämmer mina händer för att understryka. "Du måste fokusera på nuet, inte på någon hypotetisk framtid som kanske aldrig inträffar. Ha tro på din egen styrka och dina principer, Artemis."

"Okej", viskar jag och nickar medan jag försöker tysta tvivlen i mitt sinne. "Jag ska försöka."

"Bra", säger Athina, släpper mina händer och lutar sig tillbaka i stolen. "Då så, nu går vi ut och jobbar på den där kontrollen."

"Låter som en plan", instämmer jag och tvingar fram ett leende när jag reser mig ur fåtöljen. När vi kliver ut i kvällsljuset tar jag ett djupt andetag och tvingar mig själv att tro på min egen styrka – även när det känns som om allt glider mig ur händerna.

KAPITEL SEXTON

"Häng med, prinsessan!", ropar jag till Declan medan jag undviker ännu ett av hans slag. Svetten rinner nerför ryggen, men adrenalinet håller mig igång. Vi är mitt uppe i ett hetsigt träningspass för att försöka finslipa våra nyfunna förmågor. Men det är svårt att fokusera när luften mellan oss är så spänd.

"Artemis, du måste kontrollera din eld", fräser Declan och duckar under en av mina vilda svingar. Hans nötbruna ögon är fyllda av oro och frustration.

"Tack för upplysningen, kapten Självklar", replikerar jag och biter ihop tänderna. Mina händer fattar eld och jag känner den välbekanta vågen av kraft forsa genom mina ådror. Det är upphetsande, men också skrämmande. Ju mer jag använder mina pyrokinetiska förmågor, desto mer instabila blir de – och desto svårare är de att kontrollera.

"Nu räcker det!", ropar Declan och griper tag i mina handleder för att hindra mig från att slå ännu ett eldigt slag. Värmen strålar från mig och han ryggar tillbaka av smärta. "Du satte nästan eld på hela jävla stället förut!"

"Släpp mig!", skriker jag och rycker mina armar från honom. Han släpper mig och jag snubblar bakåt, med hjärtat bultande i bröstet. Jag kan se ilskan brinna i hans ögon, och jag hatar att jag är orsaken till den.

”Hörru, vi vet båda att du inte har varit dig själv på sista tiden”, säger han med spänd röst. ”Men att utsätta alla andra för fara kommer inte att hjälpa.”

”Vad föreslår du då att jag ska göra, ditt geni?”, fräser jag och knyter händerna längs sidorna. Jag känner hur hettan byggs upp inom mig och hotar att explodera.

”Hitta ett sätt att kontrollera den”, säger han helt enkelt. ”Innan någon blir skadad – eller värre.”

”Tack för pepptalken”, muttrar jag sarkastiskt och stormar iväg från honom. Jag känner tyngden av hans blick i ryggen när jag går, men jag vägrar att se tillbaka.

* * *

Vårt nästa uppdrag kommer fortare än jag hade velat. Vi har fått i uppgift att infiltrera en anläggning som tillhör Byrån, och insatserna kunde inte vara högre. När vi närmar oss byggnaden känner jag elektriciteten i luften – och det är inte bara från Athinas krafter.

”Håll er till planen”, påminner Malcolm oss och ser på var och en av oss. ”Och inga dumdristiga drag.”

”Förstått”, säger jag, men orden smakar som aska i min mun. Declan ger mig en vaksam blick men säger inget. Han vet att jag fortfarande kämpar med att kontrollera mina instabila förmågor, och jag kan se att han inte litar på att jag ska hålla situationen under kontroll.

Trots mina bästa avsikter kan jag inte låta bli att ta risker när vi tar oss igenom anläggningen. Det är som om det finns en eld inom mig som behöver näring – och jag har inget annat val än att elda på lågorna.

”Artemis!”, väser Declan när jag skickar ytterligare en eldstöt mot en intet ont anande vakt och slår ut honom innan han hinner larma. ”Du kommer att se till att vi blir upptäckta!”

”Lugna ner dig”, fräser jag och viftar bort hans oro. ”Jag har det här under kontroll.”

Men hans ord ekar i mitt huvud och jag kan inte skaka av mig känslan av att han har rätt. Min dumdristighet har konsekvenser, och det är bara en tidsfråga innan de hinner ikapp oss.

Och sedan händer det.

”Declan!”, skriker jag när en grupp av Byråns agenter svärmar honom från alla håll och drar bort honom från mig. Jag sträcker ut mina krafter för att försöka hjälpa honom, men hettan är för mycket, till och med för mig. Det är som ett flammande inferno som förtär allt i sin väg – inklusive min självkontroll.

”Artemis, vi måste dra!”, skriker Athina och drar mig bort från kaoset. ”Vi är i underläge!”

”De har Declan”, kväver jag fram, min röst sprucken av rå känsla. ”Jag kan inte bara lämna honom.”

”Tänk på uppdraget”, påminner Malcolm mig strängt. ”Vi kommer tillbaka för honom. Jag lovar.”

Men när jag ser Declan försvinna in i mörkret vet jag att det inte är tillräckligt. Skulden gnager i mig, obeveklig och oförlåtlig. Det var jag som utsatte honom för fara – och nu är jag den enda som kan få ut honom.

Nattluften piskar runt mig när jag rusar mot Byråns anläggning på min motorcykel, med hjärtat bultande i bröstet. Den här gången finns det inget team bakom mig – bara jag och elden som brinner inom mig och kräver att få släppas fri.

"Förlåt, hörni", viskar jag när jag parkerar motorcykeln och smyger in i byggnaden, jag trotsar order och riskerar allt för en enda persons skull. "Men jag måste göra det här."

Jag använder mina instabila eldkrafter till fullo och låter raseriet förtära mig när jag sliter mig igenom anläggningen. Vakter faller framför mig som löv i en höststorm, och deras skrik ekar i mina öron när jag förintar dem utan en andra tanke.

"Declan!", ropar jag, min röst knappt hörbar över lågornas dån. "Jag kommer för att hämta dig!"

Men när kropparna hopar sig runt mig kan jag inte låta bli att undra om det är för sent – om monstret jag har blivit är bortom all räddning. Och även om jag räddar Declan, kommer han någonsin att förlåta mig för den förödelse jag har lämnat i mitt kölvatten?

"Artemis, sluta!", skär Declans röst genom kaoset som en kniv, och det är först då jag inser att jag har hittat honom. Han står framför mig, hans nötbruna ögon vidöppna av fasa och misstro när han tar in förödelsen som omger oss. "Du ... du dödar dem allihop."

"Declan ...", min röst darrar och raseriet börjar ebba ut och lämnar mig kall och tom. "Jag visste inte vad jag skulle göra annars. Jag var tvungen att rädda dig."

"Genom att bli ett monster?", fräser han och går förbi mig för att hjälpa en sårad vakt som knappt klamrar sig fast vid livet. Den metalliska smaken av blod hänger tungt i luften och min mage vänder sig vid synen av blodbadet jag har skapat.

"Är det vad jag är nu?", viskar jag, mitt hjärta värker vid tanken på hur djupt jag har fallit. "Ett monster?"

"Artemis, se dig omkring." Hans röst är hes av känslor, men det går inte att ta miste på besvikelsen i hans ord. "Det här ... det här är inte du. Du har gått för långt."

”För långt?”, ekar jag och kämpar för att hålla tillbaka tårarna. I det ögonblicket står jag inte ut med att möta hans blick – att se rädslan och avskyn som säkerligen måste finnas i hans ögon.

”Kom igen”, säger Declan tyst och vänder sig bort från mig. ”Vi drar härifrån innan de skickar förstärkning.”

”Vänta!”, ropar jag efter honom, men han stannar inte. Jag tvekar en minut, sliten mellan lusten att följa honom och behovet av att fly den mardröm jag har skapat.

”Adjö, Declan”, kväver jag fram, tvekar en plågsam sekund till innan jag vänder på klacken och flyr från platsen, och lämnar honom att hantera efterdyningarna.

”Artemis!”, ropar han, men jag stannar inte. Jag kan inte stanna. Inte när tyngden av mina handlingar pressar ner mig och hotar att krossa mig under sin oförlåtliga börda.

När jag rusar genom de mörka gatorna, med vinden som piskar mot mitt ansikte och svider i mina ögon, kan jag inte undkomma sanningen som förföljer mig: jag är ett monster, och det finns ingen återvändo från den väg jag har valt.

”Förlåt mig”, viskar jag ut i natten, men det finns ingen kvar som hör min vädjan – bara spökena från mitt förflutna och den ständigt närvarande elden som hotar att förtära mig helt.

Ekot av mina fotsteg är det enda ljudet i det tomma lagerhuset som har blivit mitt gömställe. Jag kan inte riskera att återvända till vår bas, till de människor jag har svurit att skydda. Jag står inte ut med tanken på att de skulle se på mig med samma rädsla och avsky som Declan måste ha känt.

”Artemis, vi måste prata”, skär hans röst genom tystnaden och får mig att hoppa till. Hur hittade han mig? Mitt hjärta bultar i bröstet när jag vänder mig om för att möta honom.

”Declan”, säger jag tonlöst, oförmögen att möta hans blick. ”Vad gör du här?”

”Försöker förstå allt det här”, svarar han, hans nötbruna ögon söker i mina efter svar jag inte har. ”Jag måste veta vad som hände där bak.”

”Inget att veta”, fräser jag och korsar armarna över bröstet i försvarsställning. ”Jag tappade kontrollen, det är allt.”

”Mer som att du ballade ur totalt”, skjuter han tillbaka, hans frustration uppenbar. ”Du utsatte oss alla för fara, Artemis. Du dödade mig nästan.”

”Bättre du än någon annan”, replikerar jag, orden ett ihåligt försök till humor som faller platt. Inombords skriker jag, för han har rätt – jag har blivit för farlig.

”Är det verkligen så du känner?”, frågar han, sårad blixtrar till i hans ansikte. För ett ögonblick vill jag nästan berätta sanningen för honom – att jag skulle ge vad som helst för att ta tillbaka allt, för att vara den person han en gång kände – men jag biter mig i tungan. Skadan är redan skedd.

”Hörru, bara gå”, morrar jag och vänder mig bort från honom. ”Det finns inget mer att säga.”

”Artemis, jag kan inte bara gå ifrån det här”, insisterar han och tar ett steg närmare. ”Vi är ett team, minns du?”

”Kanske vi inte borde vara det”, viskar jag och knyter händerna längs sidorna. ”Inte när jag tappar det så där.”

”Skulle du verkligen lämna oss?”, frågar han, smärtan i hans röst nästan outhärdlig.

”Absolut”, ljuger jag och blinkar bort tårarna. ”Om det innebär att ni alla är säkra.”

”Artemis –”, börjar han, men jag avbryter honom.

”Gå!”, skriker jag, elden inom mig hotar att antända själva luften mellan oss. ”Bara gå och glöm mig!”

”Okej då”, fräser han, hans ansikte förvridet av ilska och svek. ”Det kanske jag gör.”

När han stormar ut ur lagerhuset kan jag inte låta bli att undra om jag just har gjort mitt livs största misstag. Men det spelar ingen roll nu – jag har gjort mitt val, och det finns ingen återvändo från den väg jag har valt.

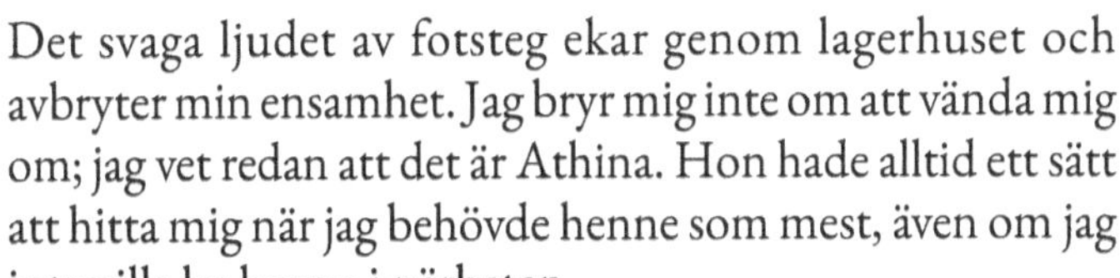

Det svaga ljudet av fotsteg ekar genom lagerhuset och avbryter min ensamhet. Jag bryr mig inte om att vända mig om; jag vet redan att det är Athina. Hon hade alltid ett sätt att hitta mig när jag behövde henne som mest, även om jag inte ville ha henne i närheten.

"Artemis, du kan inte fortsätta gömma dig så här", säger hon mjukt och lägger en hand på min axel. "Du är starkare än du tror."

"Stark?", fnyser jag och rycker undan min axel från hennes tröstande beröring. "Jag dödade nästan Declan för att jag inte kunde kontrollera mig. Om det är vad du kallar stark så är jag väl jävla Herkules, då."

"Sluta med sarkasmerna", fräser Athina, och jag rycker till av förvåning. Det är inte ofta hon tappar fattningen. "Jag vet att du är rädd, men att stöta bort alla kommer inte att lösa något."

"Vad kommer att göra det då?", kräver jag, frustrationen kokar över. "Jag är en tickande bomb, Athina. Det är bara en tidsfråga innan jag skadar någon annan, eller ännu värre, dödar dem."

"Lita på din inre styrka", uppmanar hon, hennes röst mjuknar igen. "Du har ställts inför så många utmaningar i ditt liv, och du har alltid klarat dig. Det här är inget annorlunda. Du behöver bara hitta balans inom dig själv."

"Balans?", fnyser jag och korsar armarna i försvarsställning. "Lätt för dig att säga."

”Nu räcker det med självömkan!”, höjer Athina rösten, fast besluten att bryta igenom min envishet. ”Se på fakta, Artemis. Ingen har lämnat dig. Vi bryr oss om dig, och vi vill hjälpa dig att återfå kontrollen över dina förmågor.”

”Även efter allt jag har gjort?”, frågar jag, min röst knappt hörbar.

”Särskilt efter allt du har gjort”, bekräftar hon, hennes ögon varma och förstående. ”Vi är ett team. Och vi håller ihop, oavsett vad.”

”Även om det innebär att riskera er egen säkerhet?”, frågar jag, mitt hjärta värker av skuld.

”Artemis”, säger Athina bestämt, ”vi har ställts inför värre situationer än den här. Lita på oss.”

Jag stirrar på henne en stund, släpper sedan ut en suck och känner hur en del av spänningen lämnar min kropp. Kanske har hon rätt. Kanske finns det ett sätt att återfå kontrollen och hitta balans. Men var ska jag ens börja?

”Malcolm har forskat om dina pyrokinetiska förmågor”, informerar Athina mig, som om hon läste mina tankar. ”Han tror att han har utvecklat ett potent dämpande serum som skulle kunna hjälpa dig.”

”Verkligen?”, frågar jag skeptiskt. ”Och när blev Malcolm plötsligt expert på eldslungande galningar?”

”Ge honom en chans, Artemis”, vädjar Athina. ”Han kan vara vår bästa chans att hjälpa dig.”

”Okej då”, går jag motvilligt med på, innerst inne vetande att hon har rätt. Det är värt ett försök, åtminstone. ”Men om han klantar till det och jag slutar med att bränna ner stället, säg inte att jag inte varnade dig.”

”Okej”, samtycker Athina med ett leende och sträcker ut sin hand. Jag tar den tveksamt och låter henne dra mig upp på fötter.

Den sterila lukten av kemikalier slår emot mig som en tegelvägg när vi kliver in i Malcolms labb, och jag kan inte låta bli att rynka på näsan i avsmak. Rader av laboratorieutrustning kantar rummet, metallbord belamrade med provrör och bägare fyllda med vem-vet-vad.

"Ah, Artemis", säger Malcolm med entusiasm i rösten, "jag är glad att du är här. Jag har arbetat på något som kanske kan hjälpa dig."

"Skippa skitsnacket", fräser jag och betraktar honom misstänksamt. "Vad behöver du av mig?"

"Tja, det är lite komplicerat", erkänner han och gnuggar sig fåraktigt i nacken. "Serumet jag har utvecklat behöver ett litet prov av ditt DNA för att kunna skräddarsy formeln specifikt för dig."

"Okej", suckar jag och sträcker fram armen. "Gör vad du än behöver göra."

"Faktiskt", tvekar Malcolm och sneglar nervöst på Declan, som står tyst vid dörren med armarna i kors över bröstet. "Jag behöver ett prov från er båda. Ser du, jag har upptäckt att Declans DNA skulle kunna fungera som en sorts ... stabiliserande agent för serumet."

"Absolut inte", morrar Declan, hans ögon smalnar farligt. "Jag kommer inte att svika Artemis på det sättet."

"Declan, det är inte ett svek om det hjälper mig!", utbrister jag, frustrationen bubblar under skinnet.

"Artemis, du vet inte vad det här serumet kommer att göra med dig", argumenterar han, hans röst låg och full av oro. "Jag kan inte bara villigt lämna över mitt DNA utan att veta konsekvenserna."

"Nu räcker det!", skriker jag, lågor flimrar runt mina knutna nävar. "Jag gör det själv."

"Artemis, vänta!", ropar Malcolm, men jag ignorerar honom, går fram till hans arbetsstation och rycker åt mig ett provrör med det oprövade serumet. Mitt hjärta rusar i bröstet, men jag vägrar att backa nu.

"Artemis, gör det inte!", vädjar Declan, men jag lyssnar inte. Med darrande fingrar sticker jag nålen i min arm och trycker ner kolven med en våldsam beslutsamhet. När serumet flödar in i mina ådror kan jag redan känna hur elden inom mig börjar avta.

”Helvete, Artemis”, svär Declan och rusar till min sida när jag svajar på fötterna, min syn börjar bli suddig i kanterna. ”Varför måste du vara så jävla dumdristig?”

”För att ...”, lyckas jag kväva fram, mina ben ger vika under mig. ”Jag kan inte ... låta den här elden ... kontrollera mig ... längre ...”

Declan fångar mig när jag kollapsar, hans armar sluter sig skyddande runt mig. Det sista jag ser innan mörkret slukar mig är de nötbruna ögonen fyllda med oro, frustration och något som ser ut som krossat förtroende.

”Artemis, vakna!”, rycker Declans röst mig ur mörkret, och mina ögonlock fladdrar upp. Min kropp känns som om den har blivit krossad av en lastbil och satt i brand på samma gång. Smärtan får mig att vilja skrika, men jag kan knappt flämta efter luft.

”Declan ... vad ...”, lyckas jag kraxa, min hals är torr och rå.

”Ta det lugnt”, mumlar han och hjälper mig upp i sittande ställning. ”Du dog nästan, Artemis. Det där serumet var en jävla chansning.”

”Fungerade det?”, frågar jag, rädd för att själv testa svaret. ”Är elden borta?”

”Det verkar så”, medger han, hans nötbruna ögon är grumlade av oro. ”Men du är inte i skick att göra någonting just nu. Du är allvarligt sjuk.”

”Strunt samma”, muttrar jag och försöker tränga undan skulden som hotar att kväva mig. ”Jag var tvungen att göra något.”

”Artemis, det måste finnas ett annat sätt”, insisterar Declan och griper hårt om mina axlar. ”Vi kan hitta en bättre lösning. En som inte innebär att du nästan dör.”

”Som vadå?”, snäser jag, frustrationen bubblar inom mig, men för en gångs skull åtföljs den inte av lågor. ”Har du några ljusa idéer, ditt geni?”

”Faktiskt, ja”, svarar han, hans ansikte bistert beslutsamt. ”Vi ska träna tillsammans, och vi ska hitta ett sätt att kontrollera dina krafter utan att ta till dumdristiga försök som detta.”

”Träna? Med dig?”, fnyser jag, omedelbart skeptisk. ”Vad får dig att tro att du kan hjälpa mig?”

”Därför, Artemis”, – han lutar sig närmare, hans blick stadig – ”att jag inte kommer att ge upp om dig, även om du har gett upp om dig själv.”

”Okej då”, fräser jag, för svag för att argumentera vidare. ”Men förvänta dig inga mirakel.”

”Mirakel är inte min specialitet”, säger han, ett litet leende leker i mungiporna. ”Men jag är jävligt bra på att improvisera.”

”Vad du vill”, muttrar jag igen, men det är svårt att förbli arg när han är så irriterande stöttande.

”Vila nu”, beordrar Declan och hjälper mig att lägga mig ner igen på den provisoriska sängen. ”Vi börjar imorgon, och vi tar det långsamt. En dag i taget. Tillsammans.”

”Okej”, viskar jag, mina ögon börjar redan bli tunga när utmattningen drar i mig. När jag glider in i en orolig sömn kan jag inte låta bli att undra om det kanske, bara kanske, finns en chans för mig att återfå kontrollen utan att förstöra mig själv i processen.

”Sov gott, hetsporre”, mumlar Declan när mörkret slukar mig än en gång, och trots allt känner jag en gnista av hopp tändas inom mig. Kanske är det inte för sent för mig trots allt.

KAPITEL SJUTTON

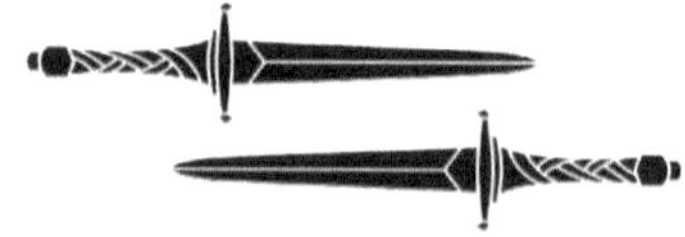

Jag iakttar Declan noga när vi vandrar genom den täta, skuggiga vildmarken, på min vakt för minsta tecken på att besten inom honom hotar att slita sig loss från sina bräckliga bojor. Ända sedan Dianas förvridna experiment har han befunnit sig i en ständig kamp, där han kämpar för att behålla sin mänsklighet medan paranormala instinkter för krig inom honom.

På sistone verkar förvandlingarna komma oftare, bli mer instabila, särskilt under högriskuppdrag som detta. De upptrissade känslorna och den dödliga faran fungerar som bränsle som hälls på en redan knappt kontrollerad eld.

Declan stannar tvärt på den smala hjortstigen med rynkad panna. Han skakar häftigt på huvudet, som för att fysiskt skaka av sig det rovdjursaktiga inflytande som smyger sig på.

"Mår du bra?", frågar jag mjukt och går närmare men rör honom inte än. Ibland förvärrar beröring de djuriska reaktionerna.

"Bra", muttrar han korthugget och undviker min sökande blick. Men den spända hållningen och de ryckande händerna avslöjar sanningen. Bra är det sista han är just nu.

Vi fortsätter i en olustig tystnad, med tyngden av outtalade bekymmer hängande tungt över oss. Jag märker hur Declan blir alltmer upprörd ju djupare in i den avlägsna vildmarken vi vandrar. Hans rörelser blir rovdjursaktiga, axlarna hopsjunkna som hos ett smygande kattdjur. Besten är farligt nära ytan nu, och ett enda felsteg skulle kunna släppa lös den helt.

Plötsligt fryser han till och höjer en knuten näve. "Det är något där ute", säger han, och hans röst kommer fram som en låg, djurisk morrning. Hans hyperförstärkta sinnen är nu långt bortom mina vanliga mänskliga sinnen.

"Säkert bara ett rådjur eller något", säger jag mjukt och försöker hålla rösten lugn trots den oro som maler inom mig. Men vi vet båda att mörkare, farligare ting lurar i dessa skogar än vanliga djur. Övernaturliga varelser förvridna av grymma experiment... inklusive Declan och jag.

Declans huvud rycker till, hans muskler spänns ännu hårdare när han intensivt lyssnar på ljud jag inte kan uppfatta. Den varma, stabila man jag känner förtärs snabbt av vildsinta instinkter jag knappt förstår. Det värker i hjärtat, jag vill desperat skydda honom, men vet att jag är maktlös mot denna fiende inom hans eget förändrade blod.

Plötsligt kastar han sig in i det skuggiga snåret med förbluffande hastighet, uppslukad av bestens primitiva drifter. Men lika snabbt ryggar han tillbaka, förvirring och chock etsade över hans nu mänskliga ansikte.

"Declan!", ropar jag innan jag kan hejda mig, rädslan för honom överväldigar min försiktighet.

Han ser tillbaka på mig, skam och rädsla virvlar i hans uppspärrade ögon. "Förlåt", mumlar han och slår armarna om sig själv som för att med ren viljestyrka hålla djuret inom sig i schack. "Jag trodde det var ... jag vet inte vad jag trodde."

Jag sväljer hårt och trycker undan mina känslor. De-clans förvandling kommer i vågor, var och en mer oförutsägbar och farlig än den förra i takt med att hans DNA stadigt muterar. De ögon jag en gång kände som varmt nötbruna skimrar nu i en kuslig, smältguld nyans, och hans rörelser är smygande med en rovdjursliknande smidighet, slingrande och dödliga.

Jag kan inte ignorera den fruktansvärda sanningen – han glider ifrån mig, bit för bit. Mannen förtärs millime-ter för millimeter när besten kämpar sig fri.

"Declan", ropar jag över den vinande vinden, min röst knappt hörbar. "Hör du mig därinne?"

Han kastar en blick bakåt, ögonen smalnar. För ett flyktigt ögonblick ser jag en glimt av igenkänning skära genom det virvlande, vildsinta vansinnet, som en drunk-nande man som kippar efter en sista nypa luft vid ytan.

"Artemis", väser han, ordet skrovligt och brutet på hans tunga. "Håll dig undan. Inte säkert."

"Du vet att jag inte kan göra det", svarar jag bestämt och griper efter minsta lilla uns av den verklige Declan som finns kvar i det skal av galenskap som Dianas serum har gjort av honom. "Vi måste prata om det här, innan det är för sent."

Jag stryker vindrufsigt hår ur ögonen och kisar mot den bitande kalla luften. "Du tappar kontrollen oftare nu. Det försätter oss båda i fara."

Hans ansikte förvrids, vånda och självförakt inristat i hans drag. "Tror du inte att jag vet det, för i helvete?", fräser han bittert, händerna knyts och öppnas vid hans sidor.

Jag tvingar mig själv att inte rygga tillbaka för de hårda orden, tyngden av rädsla och oro som en sten på mitt bröst. Det är besten som talar, påminner jag mig själv. Inte den Declan jag känner. Den Declan är fortfarande där inne någonstans, drunknandes.

”Låt mig hjälpa dig då”, vädjar jag desperat och tar ett försiktigt steg mot honom.

Han blottar tänderna, en omänskligt låg morrning mullrar i hans bröst. Jag höjer snabbt händerna med handflatorna utåt och försöker utstråla lugn och trygghet. ”Vi löser det här tillsammans, okej? Jag finns här för dig, oavsett vad.”

Hans febriga blick far mellan mig och de dystra skogsskuggorna som omger oss, sliten mellan tillit och vildsint galenskap. ”Kanske är det för sent för det”, väser han, våndan inristad i varje fiber av hans kropp.

Orden är som ett knivhugg i hjärtat, men jag vägrar att låta det synas och blinkar bort hjälplösa tårar. Nu är inte rätt tid för förtvivlan.

”Det är aldrig för sent”, säger jag istället bestämt och ber att den orubbliga övertygelsen i min röst ska kunna nå honom. ”Du måste bara komma ihåg vem du är, Declan. Komma ihåg oss.”

Han kastar huvudet bakåt, ett vilt, vansinnigt skratt sliter sig ur hans strupe. ”Oss? Det finns inget 'oss' längre, Artemis!” Han skakar bittert på huvudet, en plågad grimas förvrider hans ansikte. ”Det är bara jag och den här jävla besten som försöker kloa sig ut.”

”Säg inte så!”, protesterar jag desperat. Jag hatar hans ord men känner alltför väl till hopplöshetens förföriska lockelse. ”Vi kan ta oss igenom det här tillsammans. Jag tänker inte ge upp om dig!”

”Det kanske du borde!”, ryter han, bröstkorgen häver sig. Hans ögon flammar av vånda och instabilitet. ”Lämna mig bara ifred, Artemis. Jag vill inte skada dig också. Jag måste hantera det här på egen hand.”

Han vänder sig tvärt om, stövlar iväg och försvinner mellan de hotfulla träden innan jag hinner formulera ett svar.

Jag slår armarna om mig själv mot den kyliga vinden, ögonen bränner av hjälplösa tårar när jag ser honom gå. "Envisa jävel", muttrar jag för mig själv, även om mitt hjärta brister av oro för honom.

Varje skyddsinstinkt skriker åt mig att följa efter, att fortsätta kämpa för honom, men jag vet att om jag jagar honom nu kommer det bara att göra saken värre. Han behöver tid och utrymme för att brottas med monstret som försöker förtära honom, även om det är plågsamt för mig att ge honom det.

I slutändan måste han själv välja att klösa sig tillbaka från denna avgrund, så som jag en gång gjorde. Hur mycket jag än längtar efter att skydda honom från det stygiska mörker som hotar att sluka oss båda, är detta en strid som Declan i slutändan måste utkämpa ensam.

Jag kan bara be att mannen jag har kommit att bry mig om på något sätt fortfarande finns kvar under rovdjurets skinn... och att han hittar styrkan att återta sig själv innan besten tar över helt och inte lämnar något kvar av Declan utom ett skal.

"Artemis?"

Athinas milda röst drar mig ur mina mörka grubblerier, och jag vänder mig mot henne med en trött suck. Hennes varma bruna ögon utstrålar oro, och för ett ögonblick är jag oerhört tacksam för hennes stadiga, lugnande närvaro mitt i det kaos som mitt liv har blivit.

"Är han...?", säger hon men avbryter sig, hon behöver inte avsluta frågan som hänger tungt över oss båda.

Jag nickar stumt och sväljer hårt mot klumpen som river i min hals. "Det blir värre", erkänner jag, min röst spricker trots mina ansträngningar att förbli samlad. "Jag vet inte vad jag ska göra längre, Athina. Det är som att jag inte kan nå den riktiga Declan, oavsett hur hårt jag försöker."

Förtvivlan hotar att krossa mig när jag högt erkänner den fruktansvärda sanning jag har undvikit: jag håller på att förlora honom till mörkret som Dianas förvridna experiment har släppt lös inom honom. Och jag har ingen aning om hur jag ska dra honom tillbaka från randen.

Athina lägger en mild hand på min hopsjunkna axel. "Ha tillit, Artemis", uppmanar hon, hennes ton mjuk men beslutsam. "Declan har visat en anmärkningsvärd styrka hittills i sin kamp med dessa förändringar. Jag tror verkligen att han kommer att hitta sin väg genom skuggorna och tillbaka in i ljuset."

"Vad bra för dig och din orubbliga tro", muttrar jag bittert och torkar bort de heta, arga tårarna som bränner i mina ögon. "Det är inte så jävla lätt när man är den som hjälplöst ser på när han försvinner dag för dag."

Mitt utbrott bekommer henne inte. "Du har rätt, jag kan inte helt förstå din smärta och rädsla i den här situationen", instämmer hon jämnt. "Men kom ihåg att vi alla står inför våra egna demoner, våra egna prövningar. Dina må vandra i mörker nu, men en dag kommer solen att gå upp igen."

Jag biter mig i läppen, skäms över den milda tillrättavisningen men kan fortfarande inte släppa mina upprörda känslor. "Tålamod har aldrig direkt varit min starkaste sida, om du inte har märkt det", erkänner jag med ett hest, hjälplöst skratt.

Athina klämmer bara min axel igen, lugnande. "Jag vet. Men för er bådas skull måste du försöka. Och var snäll mot dig själv också. Ingen förväntar sig att du ska rida ut den här stormen ensam."

Jag tar ett djupt andetag, håller det innan jag långsamt släpper ut de stormiga känslorna. "Jag ska göra mitt bästa", lovar jag trött. "Det är allt jag kan göra nu, eller hur?"

"Det är allt någon av oss kan göra", instämmer hon. "Kom nu, låt oss återgå till arbetet. Ju förr vi slutför det här uppdraget, desto förr kan vi fokusera all vår energi på att hjälpa Declan genom detta eldprov."

Jag rätar på ryggen och biter ihop tänderna med förnyad beslutsamhet. "Det låter som en jävligt bra plan."

Om inget annat kan jag klamra mig fast vid denna orubbliga sanning – jag kommer aldrig, aldrig att ge upp om Declan. Oavsett hur djupt ner i skuggorna han sjunker, ska vi tillsammans hitta en väg tillbaka in i ljuset. Jag ska se till det, om det så är det sista jag gör.

Solen sjunker lågt på horisonten när jag tar mig fram genom de dystra, igenvuxna skogarna, som kastar kusliga skuggor som verkar sträcka sig efter mig med gripande, skelettliknande fingrar. En olustkänsla ligger som en sten i magen, nerverna på helspänn vid varje kvist som knäcks under mina kängor. Jag har letat i vad som känns som timmar nu efter något tecken på Declan, och blir alltmer frustrerad och orolig.

"Var fan är du?", muttrar jag för mig själv och torkar svidande svett ur ögonen med baksidan av en smutsig hand. Slutet på mitt sinande tålamod närmar sig snabbt.

Ett plötsligt, skarpt prassel i det täta snåret fångar min uppmärksamhet, och jag stelnar till, pulsen rusar. Jag vädrar försiktigt i luften som en blodhund – den svaga men omisskännliga mysken är han. Svett, jord och något obestridligt vildsint och farligt. Det är Declans doft nu, i den här formen. Jag skulle känna igen den var som helst.

"Declan?", ropar jag försiktigt, min röst knappt högre än en viskning. Jag smyger försiktigt framåt, de hyperalerta sinnena ansträngda för att uppfatta minsta ytterligare tecken på honom medan jag tar mig fram över knotiga rötter och förmultnande löv.

När jag rundar en krök på den smala, slingrande hjortstigen mullrar en olycksbådande låg morrning genom den tunga luften – den sortens bestialiska läte som ingen mänsklig strupe kan frambringa. Jag tappar andan, hjärtat stakar sig. Där, på stigen framför mig, tassar en enorm jaguar rastlöst fram och tillbaka, dess fläckiga päls böljar över spända muskler, onaturliga ögon glöder av primal vrede.

Declan, är jag säker på – eller vad som finns kvar av honom under monstret Dianas serum har förvandlat honom till. Den stora kattens brinnande blick låser sig vid min, och jag blir blickstilla, tankarna rusar.

"Fan", svär jag för mig själv. Minsta felsteg nu betyder döden.

"Declan", ropar jag bestämt men mjukt, som för att lugna ett skrämt och labilt barn. "Det är jag, Artemis. Jag tänker inte skada dig."

Jag fokuserar mina tankar och försöker desperat projicera lugnande energi mot jaguaren, och ber att det ska räcka för att hålla tillbaka dess dödsinstinkter. För ett kort ögonblick stillnar besten, det massiva huvudet lutar något som om den väger mina ord. Den mullrande morrningen avtar, och jag nästan snyftar av lättnad. Det fungerar. Jag når fram.

"Just det", tänker jag uppmuntrande, pulsen dånar. "Det här är inte du, Declan. Du är starkare än det här mörkret. Bekämpa det."

Men den bräckliga friden krossas på ett ögonblick. Med en rasande morrning gör jaguaren ett språng, klorna fullt utfällda och blänkande huggtänder blottade i väntan på varmt blod.

Jag hinner knappt få upp en psykisk skyddsbarriär i tid, kraften när besten kraschar in i den är nästan nog för att få mig att vackla. Som det är snubblar jag bakåt, flämtande.

"För i helvete, Declan!", skriker jag, ilska och smärta vrider sig inom mig som taggtråd. "Jag vet att du är där inne! Sluta låta den här besten kontrollera dig och vakna för fan!"

Mina desperata vädjanden har ingen effekt. Han drar sig tillbaka, skakar av sig kollisionen, musklerna böljar under den blanka pälsen när han cirklar. Beräknar sin nästa attackvektor. Inombords splittras mitt hjärta.

"Okej då", spottar jag fram mellan sammanbitna tänder, händerna knutna till vitknogade nävar. "Om du vägrar att lyssna på förnuft, får jag väl slå tillbaka det i dig."

Jaguaren anfaller igen, med inget annat än vildsint raseri i ögonen nu. Jag gör mig redo, beredd att släppa lös alla psykiska vapen jag har till mitt förfogande om det är vad som krävs för att nå fram till mannen som är instängd någonstans djupt inne i denna mardrömsvarelse.

"Jag tänker fan inte förlora dig till det här mörkret!", morrar jag, raseri och beslutsamhet ger styrka åt skyddsbarriärerna jag kastar upp. Jag kan känna min energi spraka, själva luften vibrerar av kraft.

Den stora katten studsar tillbaka igen med ett rasande vrål, ljudet får håren på min nacke att resa sig. Jag slår instinktivt tillbaka med ett piskrapp av psykisk kraft innan jag hinner tänka efter. Declan slår i ett närliggande träd tillräckligt hårt för att skaka löv från grenarna.

"Ligg kvar!", skriker jag med hävande bröstkorg, även om skulden vrider om mitt hjärta. Den kopparaktiga smaken av blod blommar i min mun där jag har bitit mig i läppen. Jag tränger undan det och blinkar bort svidande tårar från ögonen. Vilket annat val har jag?

Till min förfäran reser sig Declan nästan omedelbart igen, tydligt omtöcknad men inte avskräckt. Han smyger mot mig igen, med inget annat än rovdjursfokus i sin flammande blick nu.

Jag fortsätter att undvika hans våldsamma attacker, och vacklar nästan till när ett svep visslar förbi min hals så nära att vinddraget smeker min hud. Men jag kan inte hålla på så här för evigt. Min styrka sviker redan, jag förbereder mig på att släppa lös ännu ett psykiskt slag – ett som kanske kan hålla honom nere för gott.

”Snälla Declan... tvinga mig inte att göra det här”, snyftar jag, orden slits ur min strupe i desperation.

Otroligt nog tvekar han, näsborrarna vidgas som om han känner min doft under den överväldigande stanken av blod och rädsla. Under ett enda hjärtslag står han orörlig, den rasande stormen bakom hans ögon lugnar sig.

”Artemis”, hör jag honom väsa, ljudet skrovligt och brutet, förvrängt genom jaguarens strupe. Jag kollapsar nästan i yrande lättnad. Han sa mitt namn. Han är fortfarande där inne.

”Jag... kan... inte...”, Declans jaguargestalt snubblar till och krymper tillbaka till mänsklig form medan han kämpar för att tala. ”Hålla... ut...”

”Stanna hos mig, Declan”, viskar jag och låter min kärlek förankra honom medan vi kämpar mot mörkret som hotar att förtära oss båda. ”Vi hittar vår balans, sida vid sida. Lita bara på mig.”

Och på något sätt, mot alla odds, gör han det.

Hans mänskliga gestalt snubblar mot mig, hans nötbruna ögon är grumliga av förvirring och skräck. Han skakar på huvudet och morrar lågt i halsen som för att bli av med djuret inom sig.

När vår hud möts, förändras något inom honom. Det är som en damm som brister och släpper ut all den uppdämda känslan han har hållit tillbaka. Och i det ögonblicket kan jag känna kärleken som binder oss samman – en kärlek starkare än något mörker som hotar att slita oss isär.

”Artemis...”, kvävs han, tårarna strömmar ner för hans ansikte. ”Jag är så ledsen. Jag ville aldrig skada dig.”

”Schh”, lugnar jag, medan min hand försiktigt smeker hans kind. ”Vi hittar ett sätt att ställa det här till rätta. Tillsammans.”

Hans ögon söker mina, och för första gången på vad som känns som en evighet, ser jag en gnista av hopp i dem.

”Tack”, viskar han och lutar sig mot min beröring som om det är livlinan som håller honom bunden till sin mänsklighet.

”Det är bäst för dig att du är tacksam”, säger jag med ett litet flin och försöker lätta upp stämningen trots min bultande arm. ”Låt oss nu ta oss fan ut ur de här skogarna och reda ut den här röran.”

Vi tar oss fram genom den täta skogen, varje steg ett tyst vittnesbörd om den smärta vi båda känner – både fysiskt och känslomässigt. Träden tornar upp sig över oss som uråldriga väktare, deras grenar kastar kusliga skuggor på marken under våra fötter. Vår andning är ansträngd, avbruten av enstaka grymtningar eller svordomar när vi pressar våra kroppar att fortsätta framåt.

”Artemis?”, säger Declan mjukt och bryter tystnaden som har lagt sig mellan oss. ”Tack. För allt.”

”Äh”, svarar jag, min ton är lättsam men spetsad med uppriktighet. ”Det är väl det partners är till för, eller hur?”

”Precis”, instämmer han och nickar allvarligt.

När vi äntligen bryter igenom trädgränsen och kommer ut i skymningen kan jag se stadens avlägsna silhuett – en fyr av hopp mitt i det annalkande mörkret. Och i det ögonblicket, tilltufsade som vi är, vet jag att vi är redo att möta vilka utmaningar som än väntar. Tillsammans, med våra hybridnaturer sammanflätade, kommer vi att hitta den balans vi båda så desperat behöver.

Kapitel arton

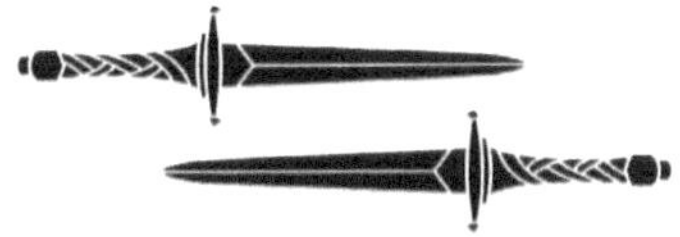

Blod droppar från Declans armar och de karmosinröda rännilarna samlas i pölar på det kalla betonggolvet. De söndertrasade resterna av hans skjorta klamrar sig fast vid honom som de döende andetagen från en verklighet som en gång varit hel.

"Här", säger jag och kastar en gammal handduk i hans knä. "Håll den här mot såren medan jag tittar."

Han lyder utan ett ord och ryser till när han pressar tyget mot huden. Jag kan känna spänningen i luften mellan oss – den råa, pulserande kraften från det han blev.

"Gör det ont?" frågar jag, knäböjer bredvid honom och undersöker de jack han rev i sitt eget kött när han förvandlades tillbaka från jaguaren till människa.

"Som fan", pressar han fram mellan sammanbitna tänder. Hans nötbruna ögon är stormiga, mörka av något långt mer skrämmande än smärta. Jag sväljer tungt och försöker tränga undan min egen rädsla för hans skull.

"Berätta för mig vad som hände", säger jag och tvingar mig själv att möta hans blick. Han tvekar ett ögonblick innan orden forsar ur honom som blod från ett öppet sår.

”Det var … Jag vet inte ens hur jag ska beskriva det, Artemis. Det kändes som om jag drunknade i mörker, som om jag förlorade allt som gjorde mig mänsklig. Det kändes som om jaguaren förtärde mig inifrån och ut, och allt jag kunde göra var att klösa på min hud och skrika.”

”Declan”, mumlar jag med värkande hjärta. ”Jag är så ledsen att du var tvungen att gå igenom det.” Jag rotar igenom vår provisoriska första hjälpen-låda och letar efter något, vad som helst, för att lindra hans lidande.

”Finns det något jag kan göra?” frågar jag, desperat över att kunna vara till någon hjälp.

”Bara … stanna hos mig”, vädjar han, med en röst som knappt är hörbar över ljudet av mina egna panikslagna hjärtslag. ”Snälla.”

”Självklart.” Jag nickar och beslutsamheten flammar upp inom mig som en nyantänd låga. ”Jag lämnar dig inte.”

När jag börjar rengöra hans sår, med stadiga händer trots tumultet inom mig, kan jag inte låta bli att tänka på Byrån för paranormala affärer och deras förvridna experiment, och på den där subban Diana Foxberry. De har förvandlat Declan till något han aldrig ville vara – en hybrid av människa och best, som kämpar för att hålla fast vid de sista spillrorna av sin mänsklighet.

”Artemis”, viskar Declan, hans röst sträv av smärta och utmattning. ”Lova mig en sak.”

”Vad som helst”, svarar jag utan att se upp från mitt arbete.

”Lova mig att om jag förlorar mig själv i det här … det här mörkret, så gör du vad som än krävs för att hämta tillbaka mig … eller göra slut på mig för gott.”

”Declan …” börjar jag, men han avbryter mig innan jag hinner avsluta.

”Lova mig, Artemis.” Det finns en desperation i hans ögon som får det att isas i märgen på mig.

"Jag lovar", säger jag till slut, med en röst som är föga mer än en viskning.

"Tack", viskar han, uppriktigt tacksam.

"Hör här, din envisa idiot", säger jag och griper tag i hans hand. "Du kämpar inte bara för dig själv. Du kämpar för mig, för oss. Jag kommer inte sluta släpa tillbaka ditt arsle från mörkret om du någonsin glider iväg."

Declans nötbruna ögon glänser av tillbakahållna tårar när han nickar och tar emot mitt vilda stöd. "Okej, Artemis. Så länge du är vid min sida kommer jag att kämpa. Jag ska hålla fast vid min mänsklighet och kontrollera den här saken inuti mig."

"Bra", fräser jag. "För om du tror att jag låter dig komma undan så lätt efter allt vi har gått igenom är du helt från vettet."

Han skrockar svagt och ryser till av smärtan det orsakar. Men ljudet är som musik i mina öron – ett tecken på att han fortfarande finns där inne någonstans och kämpar för att förbli mänsklig.

"Lova mig en sak också, Declan", säger jag och min röst mjuknar.

"Vad som helst", svarar han utan att tveka.

"Lova mig att du inte ger upp hoppet om dig själv. Att du fortsätter kämpa, även när det känns omöjligt."

Han tvekar ett ögonblick, söker i mina ögon innan han långsamt nickar. "Jag lovar. För din skull ska jag fortsätta kämpa."

"Bra", säger jag, nöjd med hans engagemang. Resan framför oss kommer att bli tuff, men tillsammans kommer vi att möta vilka utmaningar som än kommer i vår väg. Vi måste – det finns inget annat val.

"Låt oss vila lite", föreslår jag och hjälper honom att lägga sig ner på den provisoriska säng vi har skapat i vårt gömställe. "Imorgon börjar vi fundera ut hur vi ska tämja den här besten i dig."

Innan han hinner svara slås dörren upp och dr Malcolm Kastler kliver in med sina violetta ögon låsta på Declan.

”Declan måste hållas inspärrad”, förklarar han kallt med händerna i fickorna på sin labbrock. ”Vi kan inte riskera en till incident som den ikväll.”

”Absolut inte!” fräser jag och ställer mig beskyddande mellan dem. ”Han behöver stöd, inte fängelse.”

”Artemis har rätt”, flikar Athina in, hennes röst lugn men bestämd. ”Declan har utstått nog. Medkänsla är vad han behöver nu – inte ytterligare isolering.”

Malcolm smalnar av med ögonen och studerar oss ett ögonblick innan han suckar tungt. ”Bra. Men om han tappar kontrollen igen är det ert ansvar.”

”Uppfattat”, svarar jag med isig ton. Så fort Malcolm lämnat rummet vänder jag mig tillbaka till Declan, som sitter hopkurad på sängen med sänkt huvud och vägrar se på mig.

”Hallå”, säger jag mjukt och tar hans hand i min. ”Du finns fortfarande kvar där inne, Declan. Vi ska kämpa mot det här tillsammans, minns du?”

Han nickar. ”Ja ... tillsammans.”

”Artemis har rätt”, tillägger Athina och ger honom ett varmt leende. ”Du har redan visat en otrolig styrka i att motstå förvandlingen. Tillsammans kan vi hjälpa dig att återfå din mänsklighet.”

”Tack”, viskar Declan med bruten röst.

”Vila lite nu”, säger jag till honom och klämmer hans hand försiktigt innan jag släpper den. ”Vi börjar jobba på en plan imorgon.”

När Declan lägger sig tillrätta på sin brits sneglade jag på Athina, tacksam för hennes stöd. Vägen framför oss är osäker och fylld med faror, men med allierade som dessa vid vår sida är jag hoppfull om att vi kan dra tillbaka Declan från mörkrets avgrund – och kanske till och med hitta ett sätt att stoppa Diana en gång för alla.

Solen har gått ner och kastar kusliga skuggor längs basens väggar. Det har varit en lång dag, men jag tänker inte överge Declan för att möta sina mardrömmar ensam. Tillsammans sitter vi på golvet i hans rum, endast upplysta av det svaga skenet från en lampa.

”Försök att fokusera på din andning”, instruerar jag med låg och stadig röst. ”Andas in djupt genom näsan, och andas sedan ut långsamt genom munnen.”

Declans bröstkorg häver sig när han försöker följa mina instruktioner, och hans ögon far runt i rummet som på ett infångat djur. Hans händer darrar, och jag kan känna den råa kraften som pulserar under hans hud – en ständig påminnelse om vilddjuret som lurar inom honom.

”Artemis ...” viskar han, hans röst knappt hörbar över ljudet av hans ansträngda andning. ”Jag vet inte om jag klarar det här. Jaguaren ... den är så stark, och de här minnena ...”

”Hallå”, avbryter jag och lägger en hand på hans axel, känner spänningen i hans muskler. ”Du är starkare än du tror. Du har redan lyckats vända förvandlingen en gång, eller hur? Vi behöver bara hjälpa dig att återfå kontrollen över jaguaren, och det börjar med att bemästra dina egna tankar och känslor.”

”Just det”, nickar han och sväljer tungt. ”Kontroll.”

”Exakt”, säger jag och tvingar fram ett leende. ”Blunda nu och försök visualisera en plats där du känner dig trygg och i fred. Någonstans långt borta från allt det här kaoset.”

Declans ögonlock fladdrar till och stängs, och för ett kort ögonblick får jag en glimt av mannen jag en gång kände – innan serumet förvred honom till något monstruöst. En våg av ånger sköljer över mig, men jag tränger undan den och fokuserar på uppgiften framför mig.

"Bra", mumlar jag och ser hur hans andning gradvis blir lugnare. "Närhelst en tillbakablick eller en mardröm hotar att överväldiga dig, försök att återvända till den där trygga platsen i ditt sinne. Det får inte minnena att försvinna, men det hjälper dig att hantera dem."

"Tack, Artemis", andas han, hans röst stadigare nu. "Du har rätt, jag måste lära mig att kontrollera det här."

"Klart jag har rätt", säger jag med ett flin och försöker få in lite lättsamhet i situationen. "Kom bara ihåg, de där impulserna definierar inte dig. Du är fortfarande Declan – jaguaren eller inte."

Han öppnar ögonen och stirrar på mig ett ögonblick, sårbarhet flimrar över hans ansikte innan han stålsätter sig igen. "Jag tänker inte låta den kontrollera mig", svär han, med beslutsamhet brinnande i blicken.

"Nej, som fan att du inte gör", svarar jag och klämmer uppmuntrande hans axel. "Och jag kommer att vara här varje steg på vägen."

Medan vi fortsätter arbeta på tekniker för att dämpa jaguaren inom honom kan jag inte skaka av mig känslan av att vi kryper närmare en okänd avgrund. Men för varje liten seger håller jag fast vid hoppet – för Declan, för oss och för vår kamp mot mörkret som hotar att förtära oss alla.

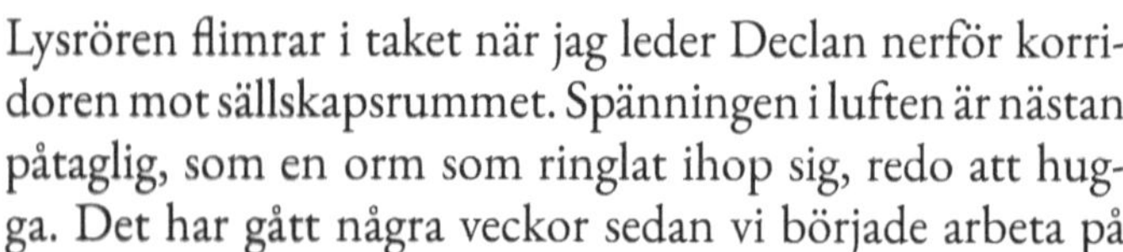

Lysrören flimrar i taket när jag leder Declan nerför korridoren mot sällskapsrummet. Spänningen i luften är nästan påtaglig, som en orm som ringlat ihop sig, redo att hugga. Det har gått några veckor sedan vi började arbeta på att kontrollera hans jaguarsida, men vårt team behandlar honom fortfarande som en granat som väntar på att explodera.

”Hallå, Artemis?” mumlar Declan och tvekar precis innan vi går in i rummet.

”Ja?”

”Tack för att du tror på mig”, säger han med ett snett leende som inte riktigt når ögonen.

”Självklart”, svarar jag och knuffar honom framåt med axeln. ”Du har kommit långt, Declan. Nu är det dags att visa resten av teamet att du inte kommer att tappa kontrollen.”

Han nickar med ett skakigt skratt. ”Okej, nu kör vi.”

När vi går in i rummet upphör samtalet mellan våra teammedlemmar tvärt, och deras kollektiva blickar smalnar av och fokuserar på Declan. Jag kan praktiskt taget känna misstänksamheten som strålar från dem, men istället för att krypa ihop under deras granskning rätar Declan på sig.

”Hörni”, tillkännager jag, korsar armarna över bröstet och möter deras blickar rakt på. ”Declan har jobbat arslet av sig för att kontrollera sin hybridsida. Han är inte en tickande bomb, så ni måste alla sluta behandla honom som en.”

Tystnaden sträcker ut sig mellan oss, endast bruten av enstaka nervösa blickar som utbyts mellan de andra. Till slut tar Sapphire till orda. ”Vi vill tro dig, Artemis, men vi har sett vad han är kapabel till när han tappar kontrollen.”

”Alla har sina demoner”, fräser jag tillbaka och knyter nävarna längs sidorna. ”Men han lär sig att möta sina rakt på. Han omfamnar vad han är utan att förlora vem han är. Hur många av oss kan säga detsamma?”

”Artemis har rätt”, insisterar Declan, hans röst stadig och beslutsam. ”Jag har kämpat med jaguaren, men den är en del av mig nu – en del som jag lär mig att kontrollera.

Och jag tänker fortsätta kämpa, för er alla och för mig själv.”

Rummet förblir tyst medan de bearbetar hans ord. Det känns som en evighet innan Malcolm slutligen talar.

”Bra”, muttrar Malcolm till slut, hans violetta ögon granskar Declan som om han letar efter sprickor i hans beslutsamhet. ”Ni kan återuppta era plikter – men under övervakning.”

”Uppfattat”, nickar Declan och accepterar villkoren utan att tveka.

”Håll ett öga på honom, Artemis”, tillägger han och vänder blicken mot mig. ”Se till att han inte tappar kontrollen.”

”Självklart”, svarar jag, och mina ögon möter hans med samma intensitet. ”Jag hjälper honom att hålla sig på rätt spår.”

”Bra”, säger han, tar ett steg tillbaka och korsar armarna. ”Låt oss nu återgå till vårt verkliga uppdrag: att stoppa Diana och sätta punkt för hennes förvridna experiment.”

”Äntligen något vi alla är överens om”, tänker jag för mig själv och känner hur det drar ihop sig i bröstet vid omnämnandet av Dianas namn.

”Okej, teamet”, säger jag, klappar ihop händerna och tvingar tillbaka tankarna till nuet. ”Vi måste samla in underrättelser om Dianas rörelser och lista ut hur vi kan montera ner hennes verksamhet. Kom ihåg, vi är starkare tillsammans – förenade med dem vi älskar.”

”Håller med”, instämmer Declan och ger mig ett stödjande leende som sänder en våg av värme genom mina ådror.

”Nu kör vi”, flikar en av de andra medlemmarna in och bryter tystnaden som hade lagt sig över gruppen som en tung dimma.

När vi alla dyker in i våra respektive uppgifter kan jag inte låta bli att snegla på Declan. Han rör sig målmedvetet, och tyngden av hans nya hybrid-jag verkar ha lättats av teamets acceptans och vårt gemensamma uppdrag.

”Fokusera, Artemis”, förmanar jag mig själv och tvingar min uppmärksamhet tillbaka till informationen om Dianas förehavanden. ”Vi har inte råd med några distraktioner.”

Trots den kvardröjande spänningen och misstron känner jag en gnista av hopp tändas inom mig. Med Declan återställd och teamet enat har vi en rimlig chans mot mörkret som hotar att förtära oss alla.

”Akta dig, Diana”, mumlar jag för mig själv, medan mina fingrar flyger över tangentbordet i jakt på ledtrådar om var hon befinner sig. ”Vi kommer efter dig – och vi slutar inte förrän du ställts inför rätta.”

Och med den beslutsamheten brinnande i mitt hjärta kastar jag mig huvudstupa in i den farliga värld av hemligheter, lögner och övernaturliga krafter som väntar oss.

KAPITEL NITTON

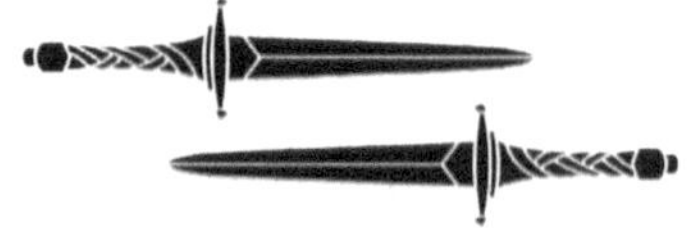

MULLRET FRÅN EN MOTOR skär genom tystnaden när en oansenlig sedan stannar utanför mitt sjaskiga gömställe med ett enda rum. Jag kikar ut i natten och ser Nadia och Athina stiga ur fordonet.

Nadia kliver ut först, klädd som en typisk förortsmamma i sin pastellfärgade blus och kortklippta khakibyxor. Men jag vet att jag inte ska döma henne efter utseendet. Bakom det oskyldiga yttre döljer sig en av de mest kraftfulla och farliga paranormal-mänskliga hybrider som hittills identifierats.

Athina kommer runt från förarsidan, klädd i sina vanliga vandringskläder med sin karaktäristiska vita hårknut. Hennes varma ögon genomsöker försiktigt omgivningen innan hon följer efter Nadia in.

"Artemis", hälsar hon mig med en nick. "Var är Declan?"

"Ute", säger jag kortfattat och vill inte prata om hans ökande behov av att tillbringa tid i sin jaguarhamn. Även om han har lättare att återgå till mänsklig form nuförtiden, måste han vara förvandlad åtminstone några timmar om dagen. Han är ute i skogen någonstans och kommer troligen inte tillbaka före gryningen.

"Vad för er hit oanmälda?" frågar jag vaksamt och lägger märke till deras oroliga kroppsspråk.

De utbyter spända blickar. "Vi har avslöjat något stort", säger Nadia. "Faktiska bevis på de experiment som Byrån har genomfört. Tillräckligt för att hålla i en domstol, förmodligen."

Jag blir för ett ögonblick stum av chock och kämpar med att bearbeta denna uppenbarelse. "Vad i helvete gör vi nu?" lyckas jag till slut fråga. "Ska vi offentliggöra det eller fortsätta utreda?"

"Att avslöja detta skulle kunna förlama Byrån", argumenterar Athina eftertänksamt. "Men allmänhetens reaktion är oförutsägbar. Och Byrån kan komma att hämnas."

Jag trummar oroligt med fingrarna på skrivbordet och känner tyngden av ett omöjligt beslut. "Pest eller kolera."

Nadia ändrar ställning och ser ovanligt nervös ut. "Min telekinesi låter mig infiltrera deras anläggningar osedd", förklarar hon. "Jag kan flytta föremål, till och med säkerhetskameror, bara genom att tänka på det. Det är så jag har samlat in så mycket information."

Det här är första gången jag hör talas om Nadias krafter. Hennes hjälp har varit ovärderlig, men den innebär uppenbarligen en stor personlig risk om hon blir upptäckt. Jag känner en våg av tacksamhet över hennes mod.

"Låt oss fokusera på doktor Graves", föreslår jag och återför diskussionen till ämnet. "Vilka konkreta bevis har vi på hans inblandning?"

Athina drar fram en mapp ur sin väska. "Med Nadias hjälp fick vi tag på finansiella register, dokument – vattentäta bevis på att Graves leder dessa experiment bakom kulisserna, och har gjort det från första början."

Min puls ökar när jag inser innebörden. Att avslöja honom skulle kunna få hela Byrån på fall. Men inte ens det kanske skulle stoppa de här oetiska experimenten.

Nadia tycks läsa min tvekan. "Jag vet att du är orolig för konsekvenserna", säger hon vänligt. "Men vi kan inte sitta och ruva på det här. Liv står på spel."

Athina nickar, med en blixt av ilska i ögonen. "Om inte vi stoppar Graves, vem ska då göra det? Vi har allt som behövs för att sätta dit honom."

"Vänta", säger jag och håller upp en hand. "Innan vi satsar allt på det här måste vi tänka på konsekvenserna."

Nadia höjer på ett ögonbryn. "Jag trodde att du var med på noterna, Artemis."

"Det är jag, men låt oss inte förhasta oss utan att tänka igenom det." Jag knäpper händerna och försöker samla mina tankar. "Att gå ut offentligt med det här har sina risker, och vi måste väga dem mot de potentiella fördelarna."

"Okej, låt oss diskutera då", säger Athina och korsar armarna.

"För det första skulle ett avslöjande av Byråns hemligheter kunna orsaka utbredd panik", påpekar jag. "Folk kommer att inse att deras regering har ljugit för dem och utfört fruktansvärda experiment på paranormala. Det skulle kunna bli upplopp, eller värre."

"Sant", medger Nadia, "men är det inte bättre att folk får veta sanningen? Att de förstår vad som verkligen pågår så att de kan kräva förändring?"

"Kanske", säger jag och biter mig i läppen. "Men tänk dig rädslan och misstron som skulle spridas bland paranormala om de visste vad Byrån gjorde. Det skulle kunna leda till ännu mer splittring mellan dem och människor. Är det verkligen vad vi vill?"

"Artemis har en poäng", erkänner Athina. "Det skulle kunna göra saker värre innan de blir bättre. Men å andra sidan innebär tystnad att vi låter doktor Graves fortsätta sina förvridna experiment. Vem vet hur många liv han kommer att förstöra under tiden?"

Jag gnuggar tinningarna och känner hur tyngden av vårt beslut pressar ner mig. "Om vi går ut offentligt måste vi vara beredda på motreaktionen. Byrån kommer inte att se med blida ögon på att vi hänger ut deras smutsbyk, och inte heller regeringen. Och vi har absolut ingen aning om vad Diana kommer att göra."

"Låt dem komma", säger Nadia argsint. "Vi har stått inför faror förut, och vi kommer att göra det igen. Vi kan inte låta rädsla hindra oss från att göra det som är rätt."

"Dessutom", tillägger Athina, "om vi visar en enad front och samlar stöd från andra paranormala kanske vi kan rida ut stormen tillsammans."

"Okej", säger jag och tar ett djupt andetag. "Låt oss säga att vi går ut offentligt. Vad tror ni att allmänhetens reaktion kommer att bli? Kommer de att ställa sig på vår sida, eller kommer de att köpa regeringens lögner?"

"Svårt att säga", medger Athina. "Men om vi presenterar våra bevis tydligt och övertygande tror jag att folk inte kommer att ha något annat val än att möta den fula sanningen."

"Även om de inte gör det", säger Nadia envist, "så vet vi åtminstone att vi gjorde allt i vår makt för att stoppa doktor Graves och Byrån."

Jag sluter ögonen och väger riskerna mot de potentiella belöningarna. Att gå ut offentligt skulle kunna rädda liv, men det skulle också kunna störta vår värld i kaos. Beslutet är tungt, och jag kan inte låta bli att undra om vi gör rätt val. "Innan vi kastar oss huvudstupa in i eventuell allmän panik", säger jag långsamt, "låt oss tänka på vad som händer om vi *inte* går ut offentligt. Vi måste väga alla våra alternativ här."

Nadia och Athina utbyter blickar innan de nickar instämmande.

"Okej då", säger Nadia med pannan i djupa veck. "Om vi håller den här informationen hemlig kommer regeringen att fortsätta sina fruktansvärda experiment okontrollerat. Fler liv kommer att gå förlorade, fler monster skapas."

"Plus", flikar Athina in, "det är stor chans att de så småningom får reda på att vi känner till deras smutsiga hemligheter. Och när det händer kommer de att komma efter oss med allt de har. De kommer inte att tveka att eliminera alla som utgör ett hot mot deras verksamhet."

Jag biter mig i läppen och begrundar deras ord. "Så, antingen avslöjar vi dem och riskerar allmänhetens vrede, eller så håller vi tyst och lever i rädsla för att bli jagade?"

"Ganska precis så", bekräftar Athina med bitter röst.

"Inget av alternativen är idealiskt", medger Nadia, med ögonen fyllda av oro. "Men vi kan inte bara sitta och se på. Liv står på spel."

"Just det." Jag tar ett djupt andetag och försöker samla mig. "Hörni, jag vet att det är riskabelt att gå ut med det här. Men vi måste tänka på de långsiktiga konsekvenserna av att inte göra det. Om vi låter Byrån fortsätta sitt vidriga arbete, hur många oskyldiga människor kommer att få lida? Hur många paranormala kommer att förvandlas till förvridna, plågade varelser?"

Mina händer darrar av ilska när jag föreställer mig de fasor som doktor Graves och hans kumpaner har begått. "Vi måste stoppa dem. Oavsett priset."

"Artemis, jag förstår din passion", säger Athina vänligt och lägger en tröstande hand på min axel. "Men vi måste också vara försiktiga. Vår fiende är mäktig, och vi har inte råd att vara dumdristiga."

”Försiktighet är överskattat”, muttrar Nadia och korsar armarna. ”Men jag fattar. Vi måste vara smarta med det här.”

”Exakt”, instämmer Athina. ”Så, låt oss tänka på hur våra personligheter och motiv spelar in i det här beslutet. Artemis, du är en våldsam beskyddare som alltid sätter andra före dig själv. Du vill rädda så många liv som möjligt, vilket gör det lockande att gå ut offentligt.”

”Sant”, medger jag, och bröstet dras ihop av tyngden från detta ansvar.

”Samtidigt”, fortsätter hon och vänder sig till Nadia, ”har du ett personligt intresse i det här. Byråns experiment tog allt ifrån dig.”

”Vilket är anledningen till”, säger Nadia jämnt, ”att jag anser att vi måste överväga varje alternativ noggrant. Min telekinesi kan vara användbar för att avslöja Byrån, men det betyder också att jag är ett mål. Vi måste vara beredda på vedergällning.”

”Just det”, nickar jag och känner hur trycket från detta monumentala beslut vilar på mig. ”Så, antingen går vi ut offentligt och tar konsekvenserna rakt på, eller så håller vi tyst och lever i ständig rädsla.”

”Låter ungefär rätt”, säger Athina dystert.

När jag ser mig omkring i rummet, ser deras ansikten – deras rädsla och beslutsamhet – kan jag inte låta bli att tänka på hur våra personligheter har fört oss till denna punkt. Athina, som alltid strategen, som alltid beräknar oddsen och överväger varje vinkel. Sedan har vi Nadia, vars raseri mot Byrån ger bränsle åt elden inom henne.

”Nadia”, säger Athina och bryter tystnaden, ”jag vet att du har blivit sårad av Byrån förut. Din ilska är berättigad, men låt den inte grumla ditt omdöme.”

”Lätt för dig att säga”, säger Nadia vasst tillbaka, med händerna knutna till nävar. ”Du kanske är ett mål, men de har inte tagit allt ifrån dig.”

"Sant", medger hon, och hennes röst mjuknar. "Men det betyder också att jag kan närma mig den här situationen med klart huvud. Vi måste väga riskerna och belöningarna här."

"Belöningar?" fnyser Nadia misstroget. "Vilka belöningar? Vi pratar om att avslöja regeringen och möjligen orsaka masspanik. Är det verkligen värt det?"

"Kanske det är det, om det hindrar Byrån från att skada fler människor", argumenterar jag och känner hettan stiga i bröstet. "Tänk på alla de oskyldiga paranormala som är fångade i deras klor."

"Nu räcker det!" Nadia höjer sin hand, och hennes telekinesi lyfter en tom kaffemugg från bordet som en varning. "Vi kommer ingen vart genom att bråka så här."

"Okej då", muttrar jag med spänd käke och tvingar mig själv att ta ett djupt andetag. "Så vad föreslår du?"

"Låt oss lista de möjliga utfallen, ett efter ett", föreslår hon. "Om vi går ut offentligt och tar konsekvenserna kan vi kanske rädda några liv. Men vi riskerar också att avslöja våra egna hemligheter och bjuda in till vedergällning från regeringen."

"Just det", instämmer jag, och magen vrider sig i knutar när jag tänker på tyngden av detta beslut.

"Eller", flikar Athina in med armarna korsade i försvarsställning, "så håller vi tyst, undviker det omedelbara efterspelet, men lever med vetskapen att vi kunde ha gjort något för att stoppa Byråns grymheter."

"Exakt", nickar Nadia och söker min blick efter förståelse. "Vi måste bestämma om vi är villiga att riskera allt för en chans till rättvisa, eller om vi hellre vill bevara vår säkerhet på bekostnad av vårt samvete."

"Herregud, när du uttrycker det så ..." min röst tonar bort, och jag känner vidden av valet framför oss.

"Hörni, jag vet att det inte är lätt", säger Athina, överraskande vänligt. "Men vi kan inte låta rädsla diktera våra handlingar. Vad vi än väljer måste vi vara säkra på att det är rätt väg."

"Håller med", tillägger Nadia, med en stadig och orubblig blick. "Låt oss ta lite tid att tänka över det. Imorgon är det tid nog att fatta beslutet."

När vi skingras rusar mina tankar av möjligheter, varje utfall mer skrämmande än det förra. Men en sak är klar: oavsett vad vi bestämmer oss för kommer våra liv aldrig att bli desamma igen.

Mitt hjärta bultar tungt i bröstet när vi samlas igen följande kväll, var och en av oss nedtyngd av allvaret i vårt beslut. Athinas ögon är rödkantade, hennes käke spänd, medan Nadia står med armarna i kors, en tyst storm som brygger bakom hennes blick.

"Okej", börjar jag och känner hur spänningen hänger tjock i luften. "Vi har alla haft lite tid att tänka. Var står vi?"

"Att gå ut offentligt skulle kunna förändra allt för paranormala, på gott och ont", säger Athina tveksamt, med en lätt darrning på rösten. "Men det skulle också kunna ge oss en chans att avslöja Byråns korruption och kämpa för rättvisa."

"Sant", invänder Nadia med pannan i djupa veck. "Men tänk om våra handlingar bara tjänar till att förstärka allmänhetens rädsla för oss? Tänk om vi gör mer skada än nytta?"

Jag andas ut och frustrationen växer. "Om vi inte gör någonting låter vi Byrån fortsätta sina förvridna experiment. Det handlar inte bara om oss – det handlar om varje paranormal de har plågat, och de som de kommer att rikta in sig på i framtiden.”

Athina nickar, och hennes beslutsamhet hårdnar. ”Du har rätt. Vi kan inte låta vår rädsla styra oss. Vi måste ta ställning.”

”Att ta ställning kan innebära att vi förlorar allt”, varnar Nadia, hennes gröna ögon mörka av oro. ”Våra liv, våra nära och kära ... Är ni båda villiga att riskera det?”

”Är du?” svarar jag vasst, med en skarpare röst än avsett. Nadia ryggar synbart tillbaka, men förblir tyst.

”Kolla”, suckar jag och försöker tygla min ilska. ”Det här är inget lätt val, men vi måste göra det tillsammans. Om vi går ut offentligt kommer saker och ting aldrig att bli desamma för någon av oss. Men kanske, bara kanske, kan vi göra skillnad.”

Rummet blir tyst, och var och en av oss är försjunken i sina tankar. Jag kan nästan känna tyngden av detta beslut pressa ner oss, hota att krossa oss under sin kraft.

”Okej”, säger Nadia slutligen, hennes röst låg och stadig. ”Låt oss göra det. Låt oss gå ut offentligt.”

”Är du säker?” frågar Athina vänligt och söker Nadias ansikte efter tecken på tvivel.

”Inget är säkert”, svarar Nadia och ler ett litet, beslutsamt leende. ”Men om vi ska ta ställning måste vi göra det tillsammans. Vi är skyldiga oss själva det, och de som aldrig fick en chans att slå tillbaka.”

”Då är det avgjort”, säger jag och känner en märklig blandning av fasa och lättnad skölja över mig. ”Vi ska avslöja Byrån och deras brott, oavsett vad det kostar.”

”Vi får hoppas att vi inte lever för att ångra det”, muttrar Athina dystert, men det finns en eld i hennes ögon som säger mig att hon är redo för vad som än komma skall.

”Eller dör på kuppen”, lägger jag till med ett glädjelöst skratt, mitt hjärta tungt men beslutsamt. När vi nu går vidare med vår plan är en sak klar: vi har passerat en punkt

utan återvändo, och det finns ingen som vet vad som vän-
tar oss på andra sidan.

KAPITEL TJUGO

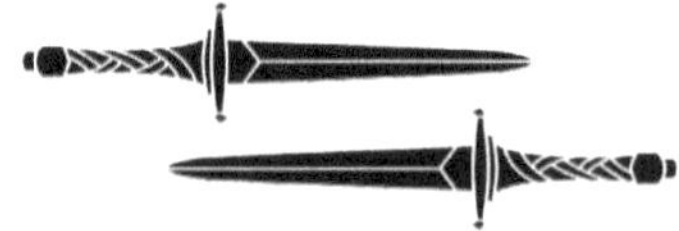

Jag kommer att vara frontfiguren här", tillkännager jag beslutsamt. "Vi ska sänka Byrån inifrån."

"Det där är farligt, Artemis", säger Athina med oro i blicken.

"Självklart är det farligt", svarar jag vasst. "Men det är nödvändigt om vi vill stoppa deras experiment."

Athina och Nadia utbyter oroliga blickar.

"Artemis har rätt. Vi behöver stöd från någon högt uppsatt för att kunna störta Byrån", säger Nadia till slut.

Jag nickar. "Låt oss ordna ett möte med en högt uppsatt regeringstjänsteman på en säker plats. Den här planen stannar mellan oss."

"Jag har några kontakter som kanske kan hjälpa till", erbjuder sig Athina. "Låt mig ringa några samtal."

Jag går av och an i rummet medan mina kängor klickar mot betongen och tankarna rusar i mitt huvud. Byrån måste betala för vad de har gjort. För alla dem som de har skadat.

Athina avslutar ett lågmält samtal. "Jag har bokat ett möte åt dig i morgon kväll på en hemlig plats", rapporterar hon.

”Bra. Förhoppningsvis är de allierade.” Jag knyter nävarna.

”Artemis, var försiktig med vem du litar på”, varnar Nadia.

”Lita på mig, jag litar inte på någon”, svarar jag bistert.

Vi lägger upp en strategi för mötet. Athina föreslår att doktor Kastler följer med mig för att presentera de vetenskapliga bevis vi har samlat in. Även om jag är motvillig till att blanda in någon annan, går jag med på att Malcolms expertis kan hjälpa till att övertyga tjänstemannen.

”Är du säker på det här?” frågar Nadia medan vi gör de sista förberedelserna.

Jag möter hennes blick stadigt. ”Jag är säker. Vad som än krävs ska vi avslöja Byråns grymheter.”

Mina vänners oro är rörande, men detta är min börda att bära. I morgon ska jag stå öga mot öga med den regering som tillät sådana fasor att ske.

Och jag kommer att göra vad som än krävs för att få dem att sona sina synder. Byrån ska falla, oavsett priset.

Regeringsbyggnaden tornar upp sig framför oss, en kall och imponerande struktur som tycks spegla just de byråkrater den hyser. Jag rättar till min röda skinnjacka och känner den välbekanta tyngden av mina dolda vapen mot kroppen. Malcolm står bredvid mig, och hans violetta ögon bedömer lugnt vår omgivning.

”Redo?” frågar han med sin vanliga avmätta röst.

”Nu kör vi”, svarar jag, och min beslutsamhet hårdnar som stål inom mig.

Vi kliver genom de sterila salarna, och den svaga doften av antiseptiska medel och polerat trä fyller mina näsborrar. Klickandet från mina stövlar ekar genom de tomma korridorerna, men jag märker det knappt. Mina tankar är fokuserade på uppgiften framför mig – att avslöja Byrån för de monster de verkligen är.

Till slut kommer vi fram till en anspråkslös dörr som vaktas av två strängt utseende män i svarta kostymer. De nickar åt oss, deras ögon avslöjar ingenting. Malcolm ger dem en kort nick tillbaka, och de öppnar dörren till ett svagt upplyst rum. Ett långt träbord dominerar rummet, med en högt uppsatt regeringstjänsteman sittande vid dess huvudända.

"Fröken Blackwell, doktor Kastler", hälsar tjänstemannen oss, hans röst len och övad. "Varsågoda och sitt."

Jag sätter mig mittemot honom, utan att släppa hans ansikte med blicken. Han ser ungefär lika pålitlig ut som en orm i gräset. Men det är vad man får när man har att göra med politiker.

"Tack för att ni träffar oss", inleder Malcolm med avvägda ord. "Vi har kommit hit idag eftersom vi nyligen har upptäckt en del oroande information om Byrån för paranormala affärer."

"Oroande?" Tjänstemannen höjer ett ögonbryn och låtsas vara förvånad. "På vilket sätt?"

"Istället för att skydda och hjälpa paranormala varelser har Byrån genomfört fruktansvärda experiment", avbryter jag, med en röst som dryper av förakt. "De skapar hybrid-monster av människor och paranormala."

Tjänstemannens ansikte förblir omsorgsfullt neutralt, men jag kan se något flimra i hans ögon. Rädsla? Avsmak? Svårt att säga med den här typen av människor.

"Vi kunde uppenbarligen inte låta detta fortgå", fortsätter Malcolm. "Så vi tog saken i egna händer och började samla bevis mot Byrån."

"Vilket är där ni kommer in i bilden", tillägger jag och lutar mig framåt. "Vi behöver er hjälp, och hjälpen från alla andra i regeringen som är villiga att ta ställning mot Byrån."

"Självklart", svarar tjänstemannen, hans röst silkeslen och oärlig. "Men jag måste varna er – att gå emot Byrån är ingen liten uppgift. De har mäktiga vänner och nästan obegränsade resurser."

"Tro mig, det är vi mycket medvetna om", fräser jag, och min ilska blossar upp. "Därför har vi förberett reträttpositioner. Om något händer oss eller våra allierade kommer informationen vi har samlat att släppas till allmänheten."

"En försäkring, om ni så vill", förklarar Malcolm med orubblig blick. "Vi är beredda att göra vad som än krävs för att skydda oss själva och de som står med oss."

Tjänstemannen lutar sig tillbaka i stolen, hans ansikte oläsligt. Luften i rummet blir tjock av spänning medan vi väntar på hans svar.

"Låt mig se till att jag förstår er rätt", säger han till slut, med en isande ton. "Ni hotar med att släppa denna fördömande information om doktor Graves inte avsätts och Byrån inte rensas upp?"

"Precis", svarar jag, min röst stadig trots hjärtklappningen. "Vi har sett alltför många oskyldiga liv förstöras av deras förvridna experiment. Vi kommer inte att stå och se på medan de fortsätter."

Malcolm nickar instämmande, hans violetta ögon lämnar aldrig tjänstemannens ansikte. "Vi har detaljerade register över deras grymheter. Om vi inte ser en verklig förändring kommer vi att se till att alla får veta sanningen."

Tjänstemannen verkar överväga våra ord, hans blick sveper över oss som en hök som granskar sitt byte. Hans käke spänns och hans axlar blir aningen stela – det är tydligt att vårt ultimatum har träffat en öm punkt. Men om det är av rädsla eller ilska kan jag inte riktigt avgöra.

Tjänstemannens ögon smalnar, och han knäpper ihop fingrarna och bedömer oss noggrant. "Okej", säger han försiktigt, ”jag ska diskutera era krav med mina kollegor, men jag kan inte garantera Graves avsättning. Däremot kan vi gå med på en extern utredning av Byråns metoder, ledd av en tredje part.”

”Fint”, svarar jag och försöker hålla rösten stadig. Det är inte allt vi ville ha, men det är en början. ”Men om den här utredningen inte ger resultat, går vi ut med det offentligt.”

”Överenskommet”, säger tjänstemannen med en kort nick. ”Och nu, om ni ursäktar mig, har jag andra ärenden att ta hand om.” Han reser sig och signalerar att vårt möte är över.

Malcolm och jag utbyter blickar när vi lämnar kontoret. Jag kan läsa samma beslutsamhet i hans ögon som jag känner brinna inom mig. Oavsett vad som händer ska vi skydda våra vänner och avslöja sanningen om Byråns förvridna experiment.

”Okej, här är planen”, säger jag när vi är på säkert avstånd från regeringsbyggnaden. ”Vi måste skapa säkra hus för våra allierade – platser där de kan gömma sig om Byrån kommer efter dem.”

”Låter som en solid idé”, instämmer Malcolm. ”Vi måste också se till att vi har folk på insidan som kan ge oss information om Byråns rörelser.”

”Exakt”, håller jag med, och mitt sinne rusar genom potentiella kontakter och resurser. ”Vi kontaktar alla vi känner och litar på. Vi behöver ögon och öron överallt.”

”Artemis”, börjar Malcolm, och oro ristar sig över hans ansikte. ”Är du säker på det här? Det kommer att göra oss till en enorm måltavla.”

”Jag vet”, erkänner jag och knyter nävarna. ”Men vi kan inte låta Byrån fortsätta skada oskyldiga människor. Något måste förändras, och om inte vi gör det, vem gör det då?”

”Precis”, säger han med ett beslutsamt uttryck. ”Då sätter vi igång.”

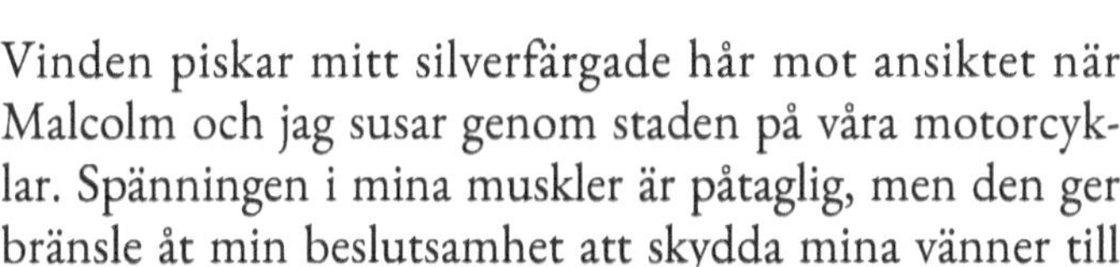

Vinden piskar mitt silverfärgade hår mot ansiktet när Malcolm och jag susar genom staden på våra motorcyklar. Spänningen i mina muskler är påtaglig, men den ger bränsle åt min beslutsamhet att skydda mina vänner till varje pris.

”Okej”, ropar jag över motorernas dån när vi är på säkert avstånd från nyfikna öron. ”Vi måste skapa nya säkra hus – platser där våra allierade kan gömma sig om Byrån kommer efter dem.”

”Låter bra”, ropar Malcolm tillbaka och kastar en blick över axeln på mig. ”Och vi kommer att behöva folk på insidan som ger oss information.”

”Exakt”, säger jag och går redan mentalt igenom min kontaktlista. ”Vi kontaktar alla vi litar på. Vi behöver ögon och öron överallt.”

”Artemis”, Malcolms röst är spänd av oro. ”Du vet att det här gör oss till en enorm måltavla, eller hur?”

”En ännu större?” svarar jag med sammanbiten käke. ”Men om vi inte står upp mot Byrån, vem gör det då?”

”Vi mot världen, alltså”, säger han med ett flin som inte riktigt når hans ögon.

”Skulle inte vilja ha det på något annat sätt.”

Vi kommer tillbaka till vår bas, och spänningen i luften är så tjock att man kan skära i den med en av mina knivar. Våra vänner är utspridda i rummet, med oroliga uttryck i ansiktena, i väntan på en uppdatering.

”Okej, lyssna nu”, tillkännager jag och bryter igenom det nervösa pratet. ”Vi har en plan.”

”På tiden”, muttrar Declan med armarna i kors över bröstet. Hans hållning skriker defensiv, men jag kan se oron i hans ögon. Han gillade inte att låta mig gå på mötet med bara Malcolm, men hans jaguar är alldeles för oförutsägbar just nu. Vi kunde inte riskera att han skiftade form framför tjänstemannen.

"Malcolm och jag håller på att sätta upp nya säkra hus", förklarar jag och går fram och tillbaka i rummet. "Platser ni kan gömma er på om Byrån börjar snoka runt."

"Toppen, så vi ska bara sitta och vänta medan ni två leker superhjältar?" fräser Sapphire, och hennes elektriskt blå ögon blixtrar till.

"Varsågod, du kan ta dig an Byrån själv om du vill", skjuter jag tillbaka, och mitt tålamod börjar tryta. "Men för tillfället är det här vår bästa chans att hålla alla säkra."

Tystnad fyller rummet, och tyngden av vår prekära situation lägger sig över oss alla. Ovissheten, faran, det övernaturliga – det är en explosiv cocktail som vi har vant oss vid att smutta på, men den lämnar fortfarande en bitter eftersmak.

"Okej", säger Sapphire till slut, med armarna i kors och pannan rynkad. "Vad behöver du från oss?"

"Förtroende", svarar jag helt enkelt. "Och alla kontakter ni har som kan hjälpa oss att hålla ett öga på Byråns förehavanden."

"Då sätter vi igång", säger Declan med ett beslutsamt uttryck, och jag är tacksam för hans lojalitet. "Vi backar dig, Artemis."

"Bra", säger jag och nickar. "För vi kommer att behöva varenda uns av styrka vi har för att klara det här."

Basens väggar verkar krypa närmare inpå oss när Athina kommer tillbaka in i rummet, hennes blick allvarlig och läpparna sammanpressade till ett tunt streck. Hon ser ut som om hon har åldrats ytterligare ett decennium på bara några minuter.

"Artemis", börjar hon med spänd röst. "Jag har spårat kommunikation in till Byrån. De vet exakt vad som sades på det där mötet idag."

"Vänta, vad?" frågar jag, och hjärtat hoppar över ett slag. "Är du säker?"

"Säker", svarar Athina och tar fram en liten enhet som projicerar en holografisk skärm fylld med avlyssnade meddelanden och tidsstämplar. Tänka sig att Graves skulle fastna i sitt eget nät av lögner.

"Fan också", muttrar jag och läser igenom meddelandena. Det kliar i mina fingrar att strypa jäveln som förrådde oss. "Vad gör vi nu?"

"Först och främst, ingen panik", säger Athina, även om hennes ögon avslöjar hennes egen oro. "Vi har bevis nu, vilket är både farligt och kraftfullt. Vi måste lista ut hur vi kan använda det till vår fördel."

"Just det", flikar Declan in och försöker låta självsäker men misslyckas kapitalt. "Vi kan jobba med det här."

"Kan vi?" frågar Sapphire, hennes röst drypande av sarkasm. "För det verkar som att vi bara gräver oss djupare ner i skiten."

"Hör här, vi visste att det här inte skulle bli lätt", fräser jag, och mitt tålamod tryter. "Men vi måste fortsätta framåt. Det är för mycket som står på spel."

"Håller med", säger Malcolm och kliver fram. "Vi hittar ett sätt att vända det här till vår fördel. Men först måste vi se till att alla är säkra."

"Okej", säger jag och nickar. "Låt oss återgå till planen. Vi tar itu med Graves när tiden är inne."

Medan vi diskuterar våra nästa steg kan jag inte skaka av mig känslan av att vi är iakttagna. Tanken gnager i mig, som en mask som slingrar sig genom min hjärna. Men jag tränger undan den och fokuserar på uppgiften framför mig.

"Okej, vi går igenom det här en gång till", säger Athina med rynkad panna i koncentration när hon justerar projektionen av vår plan. "Se till att alla är på det klara med sin roll."

"Förstått", svarar Declan och studerar den holografiska skärmen intensivt.

"Jag med", tillägger Sapphire med armarna trotsigt i kors.

Nadia nickar bara tyst.

"Bra", säger Malcolm, hans blick sveper över rummet. "Då kör vi."

Plötsligt får ett skrik någonstans inifrån basen oss alla att frysa till.

"Behåll lugnet", viskar Athina, men jag kan höra fruktan i hennes röst. "Det här kan vara ingenting."

"Eller så kan det vara allting", svarar jag, och mitt hjärta bultar i bröstet. "Oavsett vilket kommer vi snart att få veta."

I tystnaden känner jag hur rädslans kyla smyger sig på och sveper sig runt mig som en kall, fuktig filt. Och medan sekunderna tickar förbi vet jag att vad som än kommer härnäst kommer att förändra allt.

KAPITEL TJUGOETT

DEN SPÄNDA TYSTNADEN KROSSAS när Garnet stormar in i rummet, med ögonen uppspärrade av knappt kontrollerad panik.

”Vi har ett allvarligt problem”, meddelar hon, med bröstet som häver sig medan hon försöker hämta andan.

Jag motstår lusten att himla med ögonen. ”Problem? För oss? Jaha du, det var verkligen en chockerande utveckling”, säger jag med spydig sarkasm, trots den ångestvåg som skjuter genom mig. Våra liv tycks kastas från den ena krisen till den andra på sista tiden.

Garnet ger mig en het blick och uppskattar uppenbarligen inte min lättsinniga humor. ”Det här är inte läge för skämt, Artemis. Jag snappade precis upp underrättelser som vi måste ta itu med omedelbart.”

Jag blir snabbt allvarlig och pulsen går upp på högvarv. Garnet blir inte lättskrämd. Om hon är så här skakad måste det vara illa. ”Vad är det? Vad fick du reda på?” kräver jag brådskande, och huden knottrar sig av onda aningar.

Hon tar ett djupt andetag för att samla sig innan hon levererar dråpslaget. ”Byrån planerar en massiv förebyggande attack mot oss, och det snart. Vi har blivit ett för stort hot för att de ska kunna tolerera oss längre.”

Hjärtat sjunker ner i magen, samtidigt som mina händer ofrivilligt knyts till nävar. Må de sadistiska jävlarna brinna i helvetet. Vi visste att den här uppgörelsen var på väg, men jag hade hoppats att vi skulle ha lite mer tid först. Tid att samla tillräckligt med fällande bevis för att en gång för alla avslöja Byråns förkastliga paranormala hybridexperiment för världen.

Jag tvingar mig själv att trycka ner ilskan och rädslan. Vi behöver handling, inte drama. ”Vilka är våra alternativ? Flyr vi fältet eller försöker vi genskjuta dem först?” frågar jag kärvt.

Garnet skakar på huvudet och gnuggar trött nacken. ”Att fly kommer inte att rädda oss, inte från Byråns räckvidd. Och vi har inte resurserna för att genskjuta en attack av den här omfattningen i tid.” Hon suckar tungt och jag kan se hur tyngden av det här hotet vilar på henne.

”Det finns ett kort kvar vi kan spela”, flikar Athina in lugnt. Jag känner en irrationell våg av irritation över hennes lugn, även om hennes stadiga närvaro hjälper till att lugna mina egna darrande nerver. Vi kom till henne för att få hjälp, påminner jag mig själv. Hon har visat sig vara pålitlig hittills.

”Håll oss inte på halster då”, fräser jag vassare än menat. ”Vad är den här mirakulösa planen?”

Athina reagerar inte på min bitska ton, utan knäpper bara händerna framför sig på bordet. ”Vi tar ifrån Byrån deras fördel. Vi avslöjar deras brott själva först.”

Jag ryggar tillbaka en aning, överraskad. ”Gå ut offentligt? Avslöja allt vi har upptäckt hittills om hybridexperimenten och de påtvingade mutationerna?”

Det är lockande, utan tvekan. Avslöja hela den smutsiga konspirationen och låta Byrån försöka krångla sig ur den pr-mardrömmen. Men det är också en otrolig risk, för oss själva och för landets stabilitet. Om vi avslöjar statshemligheter på den nivån skulle nedfallet kunna bli apokalyptiskt.

Jag återvänder till nuet och ser Athina tålmodigt iaktta mig, uppenbarligen medveten om mina snabba mentala beräkningar. "Nå?" frågar hon. "Vad tycker du?"

"Jag tycker att det är ett djävulskt riskabelt drag", medger jag långsamt. "Men ärligt talat är jag inte säker på att vi har något bättre alternativ kvar." Jag vänder mig till Declan för att höra hans åsikt. "Tankar?"

Han drar en hand genom sitt ständigt rufsiga hår och funderar. "Det kommer att kasta allt i kaos, utan tvekan", säger han slutligen. "Men det kan också vara vår enda chans att hindra dem från att skada fler oskyldiga liv." Hans nötbruna ögon möter mina och speglar min egen oro. "Jag tror inte att vi kan spela säkert längre. Det är dags att ruska om saker och ting på riktigt."

De andra väger in medan vi debatterar varje vinkel av det osäkra förslaget och argumenterar sent in på natten. Men till slut når vi samma dystra slutsats: det enda sättet att stoppa den överhängande katastrofen som rusar mot oss är att själva dra ut sprinten på en ännu större.

När gryningens orangea strimmor kryper över horisonten är vägen framåt tydlig, om än fullkomligt skrämmande. Athina startar sin krypterade datahubb medan jag bläddrar igenom de belastande digitala filerna vi har kopierat, med hjärtat i halsgropen. Så många liv förstörda för all framtid, och det är bara de vi känner till. Hur kan vi vara tysta längre?

Jag tar på mig ett headset och stålsätter mig. "Redo att ställa till med ett helvete?" frågar jag Declan med påtvingad lättsamhet.

Han ger mig ett ansträngt leende, och våra blickar möts i en tyst överenskommelse om vad som måste göras. "Låt oss bränna ner hela det här korrupta systemet till grunden."

Som en enad front inleder vi informationsdumpningen och skickar ut noggrant sammanställda bevis vitt och brett genom varje mediekanal och mörka webbflöde vi kan komma åt. Under flera plågsamma minuter tittar vi bara på medan förloppsindikatorerna stadigt kryper framåt och håller andan kollektivt.

"Nu finns ingen återvändo", mumlar Athina dystert när den sista filen överförs, hennes glasögon reflekterar skärmens sterila sken. Det finns ingen tillfredsställelse i hennes ögon över den destruktiva kraft vi just har släppt lös, bara trött ånger. Men detta är vår dystra börda att bära.

"Så vad händer nu?" frågar Garnet spänt och uttrycker den fråga vi alla undrar över.

Jag rätar på ryggen och vägrar visa svaghet. "Nu förbereder vi oss för att rida ut den orkan vi just skapat. Och ber för att våra moraliskt bankrutta ledare inte lyckas slingra sig ur det här."

Declans axel snuddar vid min och jag lutar mig tacksamt mot honom, stärkt av hans solida närvaro. "Vad som än händer härnäst, så möter vi det", lovar han, med en brinnande övertygelse i sina nötbruna ögon.

Jag klamrar mig fast vid det löftet medan vår självförvållade domedagsklocka tickar ner, med vetskapen om att vad som än händer, kommer vi åtminstone att möta den kommande eldstormen tillsammans.

"Snyggt jobbat där inne, allihop", säger jag och försöker injicera självförtroende i min röst, även om magen vrider sig av oroligt tvivel över vad vi just har provocerat fram.

Athina ler mot mig och torkar svetten från pannan. "Tacka oss inte än. Vi har fortfarande en helvetes kamp framför oss bara för att försöka hindra Byrån från att helt tysta ner det här."

"På tal om det", flikar Declan in dystert och kikar över min axel på ett av skärmflödena. "Det verkar som att skadekontrollen redan är igång. De spinner på det för allt vad de är värda i nyheterna."

Jag kastar en blick på bilderna precis i tid för att se en PR-representant som med eftertryck förnekar anklagelserna mot Byrån trots de fällande bevisen. Min läpp krullar sig i avsmak.

Athina ger ifrån sig ett frustrerat ljud och korsar armarna argt över bröstet. "Självklart gör de det, jävlarna. Som om någon med en halv hjärna skulle köpa deras tunna förnekelser och ursäkter efter de bevis vi dumpade över världen."

"Patetiskt", spottar Nadia bittert ur sig, med flammande nötbruna ögon. "De fortsätter bara att sprida fler lögner, även när de är tagna på bar gärning. Jag kan inte fatta att jag någonsin tyckte att det var ädelt att arbeta för dem." Hon skakar på huvudet, med ett ansiktsuttryck härdat av förakt.

Jag nickar kärvt, med rusande puls när jag tar in det utbrytande kaoset över sociala medier och nyhetsflöden. "Fortsätt att övervaka allt noga", instruerar jag teamet. "Vi måste se exakt hur allmänheten reagerar och agera snabbt för att motverka Byråns undanflykter."

Mina händer knyts ofrivilligt till nävar vid sidorna. "Och var beredda på det värsta", tillägger jag mörkt. "Byrån har obegränsade resurser, och de kommer inte att vila förrän de har misskrediterat oss fullständigt och begravt sanningen för gott." Tanken på att de skulle undkomma verklig rättvisa får ilskan att koka hett i mina ådror.

"Låt dem försöka", fnyser Declan trotsigt och kavlar upp ärmarna för att avslöja tatueringarna som slingrar sig över hans vältränade underarmar. "Vi har några över-

raskningar i beredskap om de vill mäta sig med oss igen."
Hans ögon flammar av förväntan, och jag vet att han läng-
tar efter en returmatch efter allt de har gjort mot honom
och andra som oss.

"Övermod får dig dödad snabbare än något annat, De-
clan", påminner jag honom skarpt, även om jag önskar att
jag delade hans fräcka iver. Min blick är låst vid skärmarna,
fängslad av det utspelande kaos vi har släppt lös över hela
världen. Som att sprida bensin på en glödande kolbädd.
Låt den här skogsbranden bränna ut rötan helt och hållet,
ber jag tyst.

Det arga dånet från en samlad folkmassa sipprar svagt
genom de tunna källarväggarna, avbrutet av skrikande
däck och tjutande sirener. Min puls hamrar när jag ser
direktsända protestbilder på skärmarna – massiva folk-
massor som svärmar kring Byråns högkvarter och större
anläggningar, och kräver ansvar och reformer. Folkets ilska
över de avslöjade experimenten ger ett skimmer av hopp.

"Titta på den uppslutningen", anmärker Athina, med
ögon som vidgas av förvåning och vördnad över de sväl-
lande siffrorna. "De organiserar till och med en marsch
mot huvudstaden nu!"

"Bra", svarar jag illvilligt, en gnista av vild tillfredsstäl-
lelse flammar upp inom mig. "Det är på förbannade tiden
att allmänheten reser sig och börjar ifrågasätta sin älskade
Byrå efter de grymheter vi har fört fram i ljuset."

"Hörni, inte för att döda stämningen, men vi måste på
allvar se till att komma härifrån", flikar Nadia in bråd-
skande. "Byrån kommer att vara ute efter blod, och det
här är ett av de första ställena de kommer att leta på när de
återfår fotfästet."

Jag tvekar, ovillig att ge upp datahubben vi har arbetat
så hårt för att bygga. Men jag vet att Nadia har rätt. Vi har
retat upp ett hämndlystet getingbo, och att stanna på ett
ställe för länge är nu en dödsönskan.

”Fan. Okej, ta era flyktväskor allihop”, beordrar jag kärvt. ”Vi delar upp oss och håller låg profil separat tills saker och ting lugnar ner sig lite.” Mitt sinne snurrar vilt och försöker förutse Byråns nästa drag, även när jag motvilligt vänder mig om för att följa mina egna instruktioner.

”Artemis, vänta”, ropar Athina och stoppar mig innan jag kan gå. Oro rynkar hennes panna. ”Är du helt säker på att det här är den enda vägen? När vi väl skingras finns ingen återvändo.”

Jag grimaserar och önskar att jag kunde erbjuda henne någon tröst. Men vi har bundit oss nu, på gott och ont. ”Lita på mig, det fanns ingen återvändo i samma sekund som jag tryckte på 'skicka' för den där informationsdumpningen”, svarar jag rakt på sak. ”Nu sätter vi fart innan de spårar oss.”

Vi samlar våra viktigaste saker med snabba, övade rörelser innan vi glider iväg åt olika håll ut i den kaotiska staden. Bröstet värker när jag ser dem försvinna, och jag undrar om det här är slutet för Obsidiancirkeln som hade blivit min familj. En familj som nu skingrats för vinden av mina egna val.

Declans hand sluter sig om min handled, fast men mild, och drar mig ur mina spiralformade ånger. ”Vi håller ihop, oavsett vad”, påminner han mig högtidligt. Och trots allt känner jag den svagaste gnistan av hopp flamma till liv inom mig igen. Med Declan vid min sida kan jag rida ut vilken storm som helst.

Jag drar upp luvan runt mitt distinkta silverfärgade hår, vänder ryggen åt det förflutna och kliver framåt in i den osäkra framtiden. Men den här gången kommer jag inte att möta den ensam. ”Låt oss försvinna”, mumlar jag. Och tillsammans smälter vi in i den kaotiska staden och ett oskrivet öde som bara vi kan forma.

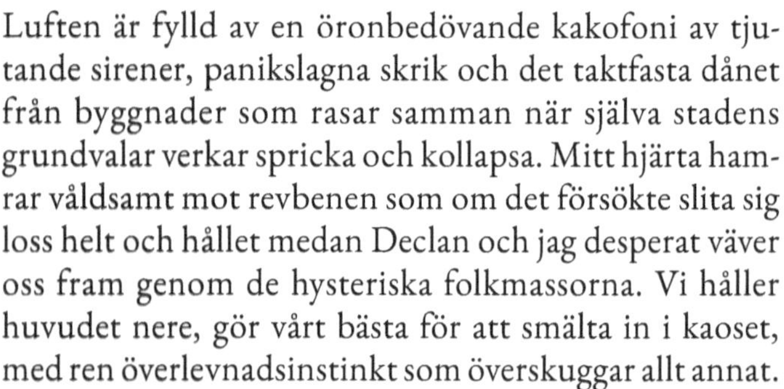

Luften är fylld av en öronbedövande kakofoni av tjutande sirener, panikslagna skrik och det taktfasta dånet från byggnader som rasar samman när själva stadens grundvalar verkar spricka och kollapsa. Mitt hjärta hamrar våldsamt mot revbenen som om det försökte slita sig loss helt och hållet medan Declan och jag desperat väver oss fram genom de hysteriska folkmassorna. Vi håller huvudet nere, gör vårt bästa för att smälta in i kaoset, med ren överlevnadsinstinkt som överskuggar allt annat.

Den skarpa stanken av rök bränner i halsen vid varje frenetiskt andetag. Det känns som om världen går under runt omkring oss, livet vi kände till bara timmar tidigare sönderfaller till aska och förlorad oskuld.

Declans hand sluter sig om min handled i ett järngrepp och drar in mig i en öde gränd. Han flämtar med hävande bröst, "Vi kan inte fortsätta springa blint så här, Artemis. Vi måste bort från gatorna och hitta ett riktigt skydd innan de spårar oss."

"Tror du inte att jag vet det?" fräser jag hetsigt och rycker loss min arm. Men jag vet att ilskan och rädslan som bubblar upp är riktad mot våra omständigheter, inte mot honom. Han möter min vilda blick stadigt, en trygg hamn i stormen.

Jag tvingar mig själv att ta ett långsamt andetag och släpper ut det skakigt. "Men var? Ifall du har glömt det är vi efterlysta flyktingar nu. Det är inte som att vi bara kan boka ett motellrum och däcka." Även när orden lämnar mina läppar slår utmattningen emot mig som en slägga. Vi har varit på flykt i timmar nu utan någon vila i sikte.

Declan spanar ut över den dystra gatan med sammanbiten käke. Sedan pekar han mot ett förfallet lager som tornar upp sig i slutet av kvarteret. "Där. Det är bättre än att stå här ute i det fria. Vi kan gömma oss där och tänka, åtminstone för en liten stund."

Mina axlar sjunker i nederlag och jag nickar trött, för utmattad för att argumentera. När vi närmar oss den övergivna byggnaden försöker jag ignorera den illavarslande känslan som vrider om i magen. Doften av mögel, förfall och misär verkar inbakad i själva tegelstenarna. Men Declan har rätt – det är vår bästa chans att hålla oss borta från gatorna och omgruppera.

Vi smyger in i den sönderfallande byggnaden, och mörkret sväljer oss som gapet på ett stort odjur. Det svaga ljudet av sirener och ropande demonstranter sipprar genom de smutsiga fönstren, en påminnelse om de våldsamma sammandrabbningarna och kaoset som våra handlingar har orsakat. Skuldkänslor gnager i mitt inre.

Declan leder oss uppför förfallna metalltrappor till ett tomt kontorsutrymme på andra våningen. Dammpartiklar hänger svävande i det bleka ljuset som sipprar in genom de smutsiga fönstren när vi försiktigt närmar oss för att kika ut.

"Okej, det första vi måste göra är att samla information och förnödenheter", säger Declan tyst och lägger upp en strategi medan han ser en pelare av kolsvart rök vrida sig mot himlen i fjärran. "Mat, vapen, medicin. Allt som kan hjälpa oss att överleva medan vi håller låg profil."

Jag biter oroligt på underläppen, tankarna snurrar till resten av Obsidiancirkeln som nu är skingrade för vinden. "Låt oss be att de andra klarade sig ut", mumlar jag, livrädd för att jag bara har lett mina vänner i fördärvet.

Som om han kände av min spiralformade skuld lägger Declan en hand på min axel. "Du tog ett tufft beslut av rätt anledningar, Artemis. Vi följde alla med dig villigt. Nu slutför vi det här, vad som än kommer." Hans röst klingar av tyst övertygelse.

Jag lyckas med en ryckig nickning, med en klump i halsen. "Vi kommer inte att ge oss utan en jäkla kamp", lovar jag, och raseriet brinner genom mina ådror. Efter allt Byrån har gjort förtjänar de att brinna. Men till vilket pris?

Medan vi kurar ihop oss i det dammiga mörkret vet jag att det här bara är början. Världen har oåterkalleligt förändrats nu tack vare våra handlingar. Och även om vägen framåt skrämmer mig, har vi passerat den punkt där det inte finns någon återvändo.

Min käke spänns i trotsig beslutsamhet. Tiden har kommit för att verkligen ta striden till Byrån och få dem att svara för sina synder. Och vi kommer inte att sluta förrän rättvisa har skipats eller de lägger oss i graven. Det kommer inte att finnas någon nåd den här gången. De visade ju trots allt aldrig oss någon.

Kapitel tjugotvå

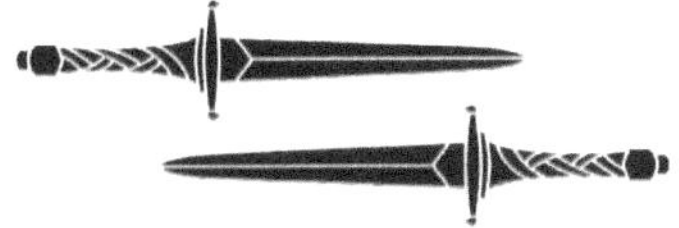

Silveraktigt månsken flödar över den isolerade stugan och kastar olycksbådande skuggor genom den omgivande skogen. Här har Declan och jag gömt oss, långt från Byråns nyfikna blickar efter deras chockerande svek. De skulle ha skyddat oss, men utförde istället grymma experiment. Nu är vi helt på egen hand.

"Var på din vakt", påminner jag Declan när han smyger ut och förvandlas sömlöst till den enorma jaguar som är hans andra skepnad. Han ger mig ett flin som blottar tänderna innan han ljudlöst smyger in i skuggorna.

Jag ser hans silhuett smälta samman med mörkret och en orolig knut vrider sig i magen på mig. "Vem behöver förstärkning när man har en vildsint djungelkatt?", muttrar jag sarkastiskt i ett försök att distrahera mig själv. Men inte ens den svaga humorn kan helt skingra den krypande fasa som har byggts upp i flera dagar.

Jag börjar vanka av och an över de knarrande trägolvsplankorna med handen vilande på ärret på min kind. Mina ögon söker obevekligt efter tecken på fara – en konstig skugga, en antydan till rörelse. Hittills har vi hållit oss undan Byråns radar, men det är bara en tidsfråga.

Ett lågt, varnande morrande ekar genom träden och får håren på min nacke att resa sig. Jag spänner mig, redo att slå till om det skulle behövas. Men det är bara Declan som signalerar att allt fortfarande är lugnt. Åtminstone för stunden. Jag andas försiktigt ut av lättnad.

"Tack för att du håller vakt, grabben", viskar jag ut i skuggorna. "Du är värd din vikt i kattmynta." Ett kort leende rycker i mina läppar innan det försvinner.

Att vänta hjälplöst går mig på nerverna. Det känns som om vi är möss som ett farligt rovdjur leker med. Byrån var vår fiende hela tiden, men nu har de blivit mycket listigare och mer svårfångade.

Min hand dras åt om ett knivfäste. "Vi ska få er att ångra att ni någonsin gett er på oss", svär jag tyst för mig själv.

Till slut hör jag Declans tunga fotsteg närma sig igen. Men mina axlar är fortfarande spända även efter att han har satt sig bredvid mig vid det ärriga bordet.

"Såg du något?", frågar jag kort och vet redan svaret.

Han skakar bistert på huvudet. "Inget än. Men de är där ute, jag känner det på mig."

Jag nickar och stirrar på det fladdrande stearinljuset mellan oss. "Det är bara en tidsfråga."

Vi faller in i en obehaglig tystnad. Skuggorna verkar levande, kryper närmare, kvävande. Jag gnuggar armarna mot den plötsliga kylan.

Declan sträcker sig fram för att klämma min hand. "Du, vad som än händer så klarar vi det här. De har inte en chans mot oss tillsammans."

Jag klamrar mig fast vid tryggheten i hans ton och låter den stärka mitt sviktande mod. Tillsammans är vi starka nog att motstå vad som helst. Jag måste bara fortsätta tro på det.

En varg ylar sorgset i fjärran, ackompanjerad av stugans knarrande och stönande. Andarna från tidigare invånare verkar trängas i det lilla rummet med oss.

"När det här är över, låt oss åka någonstans varmt och soligt", mumlar jag, bara halvt på skämt. En mental bild av en tropisk strand hjälper till att hålla skuggorna på avstånd.

Declans mun formar sig till ett trött leende. "Absolut. Jag skulle kunna behöva en semester när vi har lagt Byrån sex fot under jorden för gott."

Galghumorn lättar mitt humör en aning. Jag vet att han har rätt – vi kommer att begrava dem alla till slut. Men väntan och osäkerheten är en plåga.

Tystnadens tyngd i stugan pressar ner mig som en tjock dimma där jag sitter vid det ärriga träbordet, det svaga ljuset från ett enda stearinljus flimrar över ytan. Strålar av tidigt gryningsljus silar in genom det smutsiga fönstret när natten motvilligt ger vika för dagen. Den allmänna opinionen tvingade regeringen till handling. De var tvungna att sparka doktor Graves och i princip lägga ner hela Byrån – när nyheten spreds att den myndighet som skapats för att skydda och bevara paranormala varelser istället hade utfört fruktansvärda experiment på dem och på människor, finns det ingen återvändo. Men jag tror inte för en sekund att allt har upphört. Diana Foxberry är fortfarande där ute, och hennes galna far var den som startade Byråns korrupta experiment – och sedan lämnade för att fortsätta sin egen forskning när de tyckte att han gick för långt.

Diana är den verkliga fienden nu. Det är hon som injicerade Declan och mig med det där förbannade serumet och förvridit oss till något som inte längre är helt mänskligt. Jag blev distraherad av att montera ner Byråns koloss, men har aldrig förlåtit eller glömt hennes brott.

Jag vet att hon är där ute och fortsätter med sina depraverade experiment än i denna stund. Jag kan inte låta det fortgå längre.

Det finns bara två personer kvar som jag litar tillräckligt på för att dra in i den här striden – Athina och Malcolm. Jag är desperat nog nu för att kontakta dem båda.

Jag knäcker med knogarna och samlar mod innan jag skriver ett krypterat meddelande. "Dags att samla ihop gänget igen", muttrar jag.

Hej Athina, det är Artemis. Om du har något sätt att kontakta Malcolm så måste vi lägga upp en strategi för vårt nästa drag. Byrån är kanske neutraliserad för stunden, men Diana är fortfarande där ute. Vi måste prata snarast. Var försiktig.

Jag trycker på skicka innan jag hinner tänka om och ser orden försvinna ut i etern. Mina fingrar trummar oroligt mot bordet medan scenarier far genom mitt huvud, det ena farligare än det andra.

"Kom igen, Athina, tiden rinner ut för oss", mumlar jag och önskar mig ett snabbt svar.

Ett svagt knarrande i golvplankorna bakom mig får mitt hjärta att stanna. Jag griper tag i min kniv, musklerna spända för en konfrontation. Men det är bara Declan som smälter ut ur sin jaguarform och tillbaka till mänsklig gestalt efter ännu en patrullrunda. Lättnaden sköljer över mig, även om jag håller ansiktet noggrant uttryckslöst.

"Fick du någon användbar information på din patrullrunda?", frågar jag nonchalant.

Han skakar på huvudet. "Allt är lugnt än så länge. Men jag håller utkik efter ovälkomna besökare." Hans röst är fortfarande sträv efter röstförändringen.

"Bra. För vi kanske får förstärkning snart." Jag sneglade på den fortfarande tomma datorskärmen. "Förhoppningsvis."

Rastlös börjar jag vanka fram och tillbaka på de slitna golvplankorna tills ett svagt pling signalerar Athinas svar.

Artemis, käraste du, din timing är lika oklanderlig som alltid, börjar det varmt. *Och ja, jag har hållit ett vaksamt öga på vår svekfulla vän Diana.*

Hjärtat drar ihop sig vid omnämnandet av henne, men jag tvingar mig själv att fortsätta läsa Athinas meddelande.

Den kvinnans spioner har infiltrerat överallt, älskling, till och med de högsta regeringsposterna. Det är som om hon har sin egen hemliga klubb.

Jag muttrar en svordom. Om Dianas inflytande har spridit sig så djupt, hur kan vi då någonsin utrota alla hennes tentakler?

Declan känner av min stigande oro och flyttar sig närmare för att läsa meddelandena över min axel. Hans hand vilar lugnande på min rygg. "Hallå, andas. Vi klarar det här."

Jag skakar bittert på huvudet. "Gör vi? Det här avslöjar att Dianas makt sträcker sig långt bortom vad vi insåg."

"Spelar ingen roll. Vi hittar ett sätt." Beslutsamhet färgar Declans röst. "Tur att vi har Athina och Malcolm inkopplade nu också. Vi måste bara vara smarta."

"Det verkar som om varje gång vi gör ett drag så ligger Diana redan tre steg före", fortsätter Athinas meddelande bistert. "Som om hon läser våra tankar eller något. Superläskigt, eller hur?"

"'Läskigt' är bara förnamnet", muttrar jag tyst, med ilska och frustration sjudande precis under ytan. Vi måste hitta ett sätt att slå tillbaka mot Dianas vidsträckta nätverk, och det snabbt. Innan hon kväver alla våra chanser.

Athina avslutar med att uppmana till fortsatt vaksamhet och lovar att snart arrangera ett möte för att lägga upp en strategi. Jag lutar mig tungt mot stugväggen medan jag bearbetar den här oroväckande uppdateringen, och fingrarna följer frånvarande ärret på min kind. Oavsett hur hårt vi försöker finns det alltid ett nytt hinder eller bakslag som störtar mot oss.

Med käkarna spända av frustration utbrister jag sarkastiskt: "Toppen, precis vad vi behövde. Mer försiktighet och paranoia, som om det inte räckte med att gömma sig i den här läskiga stugan med de skuggiga skogarna."

Denna ständiga övervakning och rädsla är utmattande. Men jag kan inte låta de känslorna ta överhanden. Inte när Dianas agenter lyckas äventyra oss vid varje tillfälle. Vi måste hitta ett sätt att få ett slut på deras förräderi en gång för alla.

"Artemis?", Declans röst rycker mig ur mina grubblerier. Jag möter hans sökande gröna ögon.

"Dags att vässa klorna, Declan", säger jag bistert. "Vi ska ut på jakt."

Declan griper tag i min axel. "Jag vet att det är frustrerande, men vi hittar ett sätt. Diana är inte oövervinnerlig. Tillsammans är vi smartare och starkare."

Jag låter hans orubbliga tillförsikt stärka min egen skakade övertygelse. Han har rätt – Declan och jag är ett ostoppbart team. Och nu med Athinas och Malcolms hjälp tippar oddsen ytterligare till vår fördel.

"Diana gjorde ett stort misstag som lämnade oss vid liv", svär jag mörkt. "Nu ska vi få henne att ångra det."

Declan nickar, med hårda gröna ögon. "Vad som än krävs, hennes perversa verksamhet kommer att vara aska när vi är klara."

Hans orubbliga övertygelse tänder en gnista av hopp inom mig, som håller skuggorna på avstånd. Så länge vi står tillsammans kan ljuset inte släckas. Diana kommer att lära sig den läxan snart nog.

Jag ser mig rastlöst omkring i den trånga stugan och känner mig kvävd av det omslutande mörkret. Vi måste agera snart innan det uppslukar oss helt.

”Jag är så trött på att vänta här som råttor i en fälla”, brister jag ut argt och knyter händerna. ”Det är dags att vi tar striden till Diana för en gångs skull.”

Declan betraktar mig bistert. ”Spaning först, sen slår vi till. Inget mer blint reagerande. Vi gör det här smart.”

En bild av Dianas självbelåtna ansikte blixtrar förbi framför mina ögon och ger bränsle åt min beslutsamhet att avslöja hennes legion av spioner och sätta stopp för hennes vidriga experiment.

”Artemis”, säger Declan stadigt, även om jag hör en underton av oro. ”Jag vet att det är irriterande, men vi kan inte låta känslorna grumla vårt omdöme nu.”

”Lätt för dig att säga”, fräser jag irriterat. Men jag tvingar mig själv att ta ett djupt andetag, medveten om att han har rätt. ”Vi kan inte bara sitta här och göra ingenting. Vi måste montera ner hennes nätverk inifrån och ut, på något sätt.”

Beslutsamhet glimtar till i Declans ögon och matchar min egen. ”Håller med. Så var börjar vi?”

Ett skoningslöst leende rycker i mina läppar. ”Genom att spela lika fult som Diana gör. Vi infiltrerar hennes led och vänder hennes folk mot henne. När vi väl har fått in klorna kommer vi att slita hennes värdefulla nät i stycken.”

Declan höjer ett imponerat ögonbryn. ”Hade aldrig trott att jag skulle få se den dag då Artemis Blackwell omfamnar list.”

Jag rycker på axlarna, blodet sjuder fortfarande efter handling. ”Desperata tider kräver desperata åtgärder. Med Diana har vi inte råd med heder.”

Han nickar motvilligt. ”Sant, hon skulle utnyttja vilken svaghet som helst.” En eftertänksam paus. ”Så vad är vårt första drag?”

”Först identifierar vi hennes viktigaste regeringsagenter och kommer dem nära”, förklarar jag, medan hjärnan redan analyserar olika infallsvinklar. "Vinna deras förtroende, sedan vända dem till vår sida."

"Riskabelt", säger Declan försiktigt. "Men jag är med dig varje steg på vägen."

Hans orubbliga lojalitet berör mig. "Jag vet att det är farligt, som att gå rakt in i lejonets kula. Men vi har inget val om vi ska stoppa Diana och skydda Cirkeln."

"Vad som än krävs, eller hur?", ekar Declan mina tidigare ord bestämt.

"Vad som än krävs", bekräftar jag och stålsätter mig för den förrädiska vägen framför mig. Det kommer inte att finnas något utrymme för tvivel eller tvekan.

Declan känner av min tilltagande oro och flyttar sig närmare. "Hallå. Vi klarar det här. Diana har ingen aning om vem hon har att göra med."

Jag ger honom ett litet, tacksamt leende. "Låt oss se till att det förblir så. Överraskningsmomentet är vårt största vapen nu."

Declan nickar. "Håller med. Så vad är vårt nästa steg?"

Jag börjar snabbt samla in information och utrustning. "Vi spårar upp de där nyckelagenternas nuvarande positioner och rutiner. När vi har identifierat svagheter tar vi kontakt och börjar arbeta med att vända dem."

Medan jag skisserar strategin växer självförtroendet. Vi är vana vid omöjliga odds vid det här laget. Och den här gången har vi övertaget – Diana tror att vi är neutraliserade. Hennes arrogans kommer att bli hennes fall.

Declan lyssnar intensivt och avbryter bara ibland för att ställa insiktsfulla frågor eller erbjuda kloka råd. Jag slås återigen av hur perfekt våra olika färdigheter kompletterar varandra. Tillsammans ökar våra odds exponentiellt.

Snart surrar stugan av förnyad beslutsamhet. Den förrädiska vägen framför oss verkar inte längre lika avskräckande med Declan vid min sida.

När skymningen närmar sig gör vi oss redo att ge oss ut och börja diskret spåra våra mål. Innan vi ger oss av stoppar Declan mig med ett allvarligt uttryck.

"Oavsett vad som händer, eller vilka gränser vi måste korsa, så ser vi efter varandra." Hans ögon borrar sig in i mina. "Lova mig det."

Jag griper tag i hans arm. "Jag lovar. Vi tar oss igenom det här tillsammans, eller inte alls."

Declan drar in mig i en hård kram. De outtalade orden lämnar vi tryggt osagda för tillfället.

Vi skiljs åt och smyger ut i de tilltagande skuggorna. Ett farligt spel har börjat, men att misslyckas är inte ett alternativ. För mycket beror på vår seger.

Vilka moraliska gränser som än måste suddas ut, så får det vara. Vissa monster kan bara förgöras inifrån. Det är jag nu säker på. Dianas gift har spridit sig för djupt och brett.

Det enda motgiftet är att fullständigt utrota varje spår från existensen.

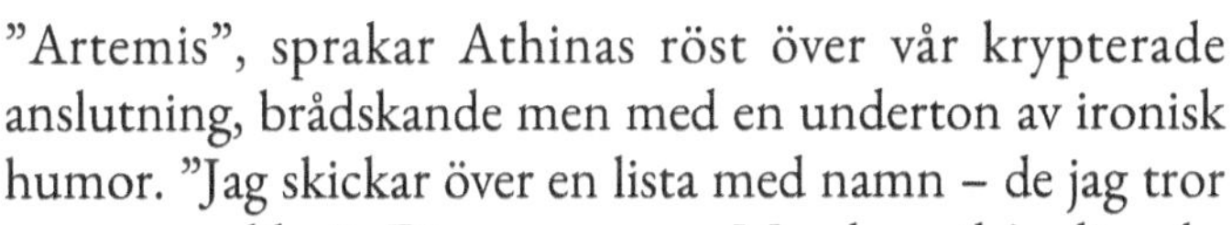

"Artemis", sprakar Athinas röst över vår krypterade anslutning, brådskande men med en underton av ironisk humor. "Jag skickar över en lista med namn – de jag tror mest sannolikt är Dianas agenter. Men kom ihåg, lita absolut inte på någon."

"Tro mig, det kommer inte att bli ett problem", muttrar jag och skannar namnen när de dyker upp på skärmen. Hjärtat bultar och nerverna är spända till bristningsgränsen. Men beslutsamheten brinner också inom mig – en brutal vilja att överlista Diana till varje pris.

"Bra", svarar Athina, hennes röst både varm och stålsatt. "Det här kommer inte att bli lätt, men om vi är listiga och påhittiga kan vi vända spelet mot Diana. Vi måste ha tålamod, spela det här perfekt."

Jag tar ett lugnande andetag. "Okej, låt oss spika tid och plats för att träffas och lägga upp en strategi, någonstans diskret."

Athina föreslår ett övergivet lager vid floden som har stått tomt i åratal – perfekt för ett hemligt möte.

"Det funkar", bekräftar jag och kartlägger redan rutten i huvudet. "Låt oss sikta på om tre dagar, precis efter solnedgången. Det ger oss tid att förbereda oss."

"Perfekt", instämmer Athina. "Jag tar med Malcolm också, han längtar efter att få ge sig in i leken igen. Vi kommer att hitta ett sätt att avslöja Dianas nätverk, oroa dig inte."

"Det kan du ge dig fan på att vi ska", konstaterar jag bestämt innan jag kopplar ner. Beslutsamhetens eld brinner het i min mage. Dianas välde upphör nu.

Försjunken i tankar blir jag uppskrämd av ett plötsligt knarrande i golvplankorna bakom mig. Jag virvlar runt, händerna blossar instinktivt upp med flammande blå eld, musklerna spända för att attackera.

"Oj, lugna dig!", ropar Declans välbekanta röst när han kliver in i det svaga ljuset med händerna uppsträckta. "Bara jag."

Jag pustar ut darrande och tvingar elden att falna. "Declan. Smyg inte på mig så där!"

Han ler fåraktigt, med glimten i sina gröna ögon. "Förlåt, kattreflexer. Kunde inte låta bli."

Jag himlar med ögonen irriterat, men känner mig lugnad av hans närvaro. Tillsammans är vi starkare, och vi kommer att behöva varenda uns av styrka för vad som komma skall.

Declans munterhet försvinner snabbt när han ser min uppenbara oro. Han kommer närmare, med rynkad panna av oro. "Hallå, vad är det som händer? Du verkar nervös."

Jag drar en hand genom håret i agitation och informerar honom snabbt om Athinas plan. Han lyssnar uppmärksamt och nickar med.

"Det är riskabelt, helt klart", instämmer Declan allvarligt när jag är klar. "Men vi har slut på alternativ, och ingen känner till Dianas nät bättre än Athina. Om någon kan nysta upp det, så är det hon."

Jag biter mig osäkert i läppen. "Jag hoppas du har rätt. För om det här går snett är vi alla döda." Att uttala rädslan högt får den att kännas mer verklig på något sätt.

Declan griper tag i mina axlar. "Det kommer det inte att göra. Du och jag, vi har gått igenom helvetet och tagit oss ut på andra sidan förr. Vi gör det igen, vad som än krävs."

Hans orubbliga tro stärker min egen skakade övertygelse. Tillsammans har vi redan uppnått det omöjliga. Jag måste tro att vi kan göra det igen.

Våra blickar möts i fullkomlig förståelse. Sida vid sida kan vi klara vilken storm som helst. Och vi kommer inte att vila förrän Diana och alla hennes sjuka fasor är aska spridd för vinden.

Löftet klingar tyst mellan oss. Med Declan bredvid mig verkar vägen framåt mindre mörk. Hoppet finns kvar.

Jag tar ett djupt, centrerande andetag och rätar på axlarna. "Då går vi på jakt."

Kapitel tjugotre

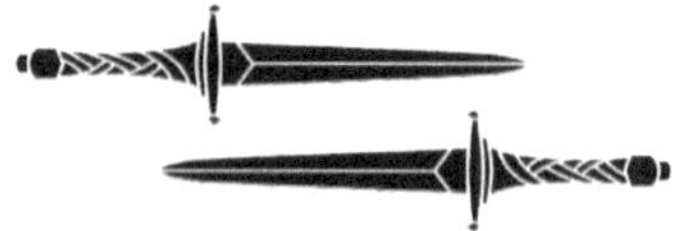

Når Declan och jag står i den dunkelt upplysta gränden och våra andetag bildar små moln i den kalla luften kan jag inte bli av med känslan av att vi är iakttagna. Trots att vi har varit extremt försiktiga gillar jag inte att vi ger oss på det här uppdraget utan att be Athina om hjälp och vägledning, men vi har inte kunnat träffa henne och resten av Obsidiansällskapet än, och hon svarar inte på meddelanden.

"Okej", säger jag och försöker tränga undan paranoian. "Vi har alltså ett spår om var Diana kan befinna sig. Men med tanke på att hon är hal som en ål måste vi vara snabba och grundliga."

Declan nickar, och hans nötbruna ögon sveper över området, som om han väntar sig att någon ska hoppa fram när som helst. "Håller med. Vi har inte råd med fler misstag, Artemis. Om vi inte hittar henne snart, vem vet vad hon hittar på härnäst?"

"Tro mig, jag vet", muttrar jag och spänner fingrarna. Jag känner den ständigt närvarande hettan som sjuder under huden. Det är i sådana här stunder som pyrokinetiska förmågor kommer väl till pass.

”Vi rör på oss”, säger Declan med låg, spänd röst. Tillsammans tar vi oss mot den övergivna byggnaden och följer spåret av ledtrådar som lett oss hit.

Byggnaden tornar upp sig framför oss, en monolitisk struktur med spruckna och väderbitna betongväggar. Fönstren är krossade och lämnar efter sig taggiga glaständer som glimmar hotfullt i månskenet. Den kusliga stämningen förstärks bara av stanken av förruttnelse som hänger tung i luften och får mig att undertrycka en rysning.

”Charmigt ställe”, viskar jag sarkastiskt och min hand söker sig instinktivt till kniven som är fastspänd vid mitt lår.

”Man känner sig verkligen välkommen, eller hur?”, replikerar Declan, men jag kan se spänningen i hans axlar.

Jag stålsätter mig och kliver fram och trycker upp den knarrande dörren med tån på min känga. Den stönar i protest, och ljudet ekar genom den tomma byggnaden som ett spöklikt klagorop. Mörkret där inne är tryckande, och jag känner hur det sipprar in i märgen.

”Håll dig skärpt”, muttrar jag till Declan, som nickar till svar. Vi kliver in, med sinnena på helspänn, och påbörjar vårt sökande efter tecken på Diana eller hennes skruvade verksamhet.

Jag sveper blicken över den förfallna korridoren och letar efter något som inte stämmer. Den jämna rytmen av våra fotsteg ekar i mina öron, blandat med ljudet av mina egna hjärtslag. Jag märker att Declan är lika spänd som jag, med sammanbiten käke och händerna knutna till nävar.

Ju djupare in i byggnaden vi kommer, desto mindre kan jag skaka av mig känslan av att vi är iakttagna. Den är som en tyngd på bröstet som blir tyngre och tyngre för varje steg vi tar. Vi kommer till ett dammigt förråd med hyllor fyllda av gamla, skrynkliga dokument. Ett av dem fångar min blick – en ritning över anläggningen, markerad med en röd cirkel runt ett dolt rum djupt nere i byggnadens inre. Oron jag har känt förstärks och vrider sig i magen som en orm redo att hugga.

"Titta här", säger jag och visar ritningen för Declan. "Tror du vi borde kolla upp det? Det kan vara ett säkerhetsrum eller något liknande."

"Det verkar vara vårt bästa alternativ", svarar han med blicken fäst på dokumentet.

Vi följer ritningen och tar oss fram genom de slingrande korridorerna och smala passagerna. För varje steg blir känslan av att vara iakttagen starkare, och jag kan inte låta bli att snegla över axeln i jakt på något tecken på den okända betraktaren.

"Var på din vakt", viskar Declan och ekar mina egna tankar.

"Det är jag alltid", svarar jag, med spänd och kortfattad röst. Ju närmare vi kommer vårt mål, desto mer känner jag faran som omger oss, hur den dras åt runt min hals som en snara.

"Hallå." Declans röst bryter igenom mina tankar, och jag ser honom nicka mot en dörr i slutet av korridoren. "Här är det."

"Redo?", frågar jag, medan förväntan spänner sig hårt i bröstet.

"Nu hittar vi Diana", säger han, med beslutsamhet etsad i sina anletsdrag.

Vi trycker upp dörren och kliver in i mörkret bortom den, ovetande om vad som väntar oss men redo att möta det rakt på.

Mörkret i rummet är tjockt och kvävande, som en tung filt som pressas ner över oss. Luften luktar fukt och förruttnelse, en skarp kontrast till de sterila korridorerna vi just navigerat. Jag kan nästan smaka bitterheten från det svek som hänger i luften.

”Se dig för”, mumlar Declan, och hans ögon sveper över rummet som om han kunde se genom skuggorna. Kanske kan han det; han fick helt andra förmågor än jag när vi båda injicerades med det experimentella serumet. Katter kan se i mörker, så kanske han också kan det i mänsklig form.

”Tack för det hjälpsamma rådet”, fräser jag, med nerverna på helspänn av den ständiga anspänningen. ”Jag ska se till att lägga till det i min 'hur man överlever ett bakhåll'-handbok.”

”Artemis”, börjar han, men innan han hinner fortsätta fylls rummet plötsligt av ljus, bländande starkt.

”Överraskning!”, ljuder Dianas röst, drypande av illvillig skadeglädje.

”Jävlar ...” Jag kisar genom det skarpa ljuset och försöker fokusera på vår omgivning. Gestalter dyker upp från gömställen, alla med vapen riktade mot oss. Vi är omringade och sitter riktigt i klistret.

”Trodde du verkligen att du kunde hitta mig utan att jag visste om det?”, flinar Diana med giftig förtjusning. Det är första gången vi ses öga mot öga på flera månader, och hon ser irriterande nog oförändrad ut, med prydligt stylat rött hår, hon har till och med läppglans. Medan jag vet att både Declan och jag är smalare, smutsiga och slitna i kanterna efter månader av flykt och strid.

”Man kan ju inte klandra en tjej för att hon försöker”, svarar jag och döljer min rädsla med övermod. Instinktivt frammanar jag lågor som dansar längs mina fingertoppar, redo att slå till.

”Attackera”, beordrar Diana, med en röst som är kall och utan känslor.

Våra motståndare närmar sig oss, men Declan och jag är redan i full gång. Han förvandlas till sin jaguarform, morrande och snappande efter alla som vågar komma för nära. Jag skickar en våg av eld mot närmaste angripare och ser hur de snubblar bakåt och desperat försöker släcka lågorna.

"Dra dig tillbaka!", ropar jag till Declan när jag inser att vi är i gravt underläge. Han morrar instämmande och river en annan angripare med rakbladsvassa klor.

"Att springa iväg kommer inte att rädda er", hånar Diana från sitt säkra avstånd, med ett grymt leende på läpparna.

"Inte heller att stå kvar här och få stryk", tänker jag för mig själv medan vi slåss mot den ena angriparen efter den andra. Mitt hjärta bultar i bröstet, och adrenalin och rädsla gör det svårt att andas.

"Artemis, fokusera!", dånar Declans morrande över kaoset och påminner mig om att vi är i det här tillsammans. Det är dags att tänka om och bli kreativ.

"Skydda mig", skriker jag och dyker ner bakom Declans hoppande kattgestalt medan han avvärjer två motståndare till. Jag tar ett djupt andetag, samlar all energi jag kan uppbåda och släpper sedan lös den i en massiv explosion av eld.

"Spring!", skriker jag, tar en näve av Declans päls och drar honom med mig.

"Snyggt drag", morrar han med munnen full av huggtänder, och rösten är konstigt förvrängd.

"Spara komplimangerna tills vi inte blir jagade av en armé av mordiska galningar!", fräser jag, medan mina ögon letar efter en möjlig flyktväg.

"Okej, okej", muttrar han och förvandlar sig tillbaka till människa medan vi spurtar genom den kollapsande byggnaden. "Vi ser bara till att komma härifrån och listar ut vad som händer sen."

"Fan ta dig, Diana!", svär jag tyst när jag ser den första fällan – en snubbeltråd spänd över vår väg. "Det verkar som att hon har haft fullt upp med att bygga en liten hinderbana åt oss."

”Hon menade aldrig att vi skulle komma härifrån. Kan du bränna av den?”, frågar Declan med ansträngd röst.

”För riskabelt”, svarar jag och kliver försiktigt över tråden. ”Man vet aldrig vad den kan utlösa.”

Vi fortsätter att slingra oss fram genom den övergivna byggnaden och undviker med nöd och näppe fällor vid varje sväng. Luften är tjock av doften av förruttnelse och desperation, vilket får bröstet att dra ihop sig vid varje ansträngt andetag.

”Se upp!”, ropar Declan och drar mig tillbaka precis när en dold lucka i golvet öppnas och avslöjar en grop fylld med vässade pålar.

”Tack”, flämtar jag med bultande hjärta. ”Jag är skyldig dig en.”

”Vi kan väl säga att vi är kvitt”, flinar han, trots den spända situationen. ”Håll bara ögonen öppna. De här fällorna blir alltmer intrikata.”

”Förstått”, nickar jag och sveper blicken över den dunkelt upplysta korridoren framför oss. ”Jag tar täten. Du håller koll bakåt.”

”Uppfattat”, instämmer Declan, och hans djuriska sinnen är på helspänn.

Allt eftersom vi fortsätter blir fällorna alltmer dödliga, och det står klart att Diana inte har några planer på att låta oss lämna hennes skruvade lekplats levande. Vi undviker svingande klingor, kliver undan tryckplattor som avfyrar förgiftade pilar och hoppar över gropar som verkar dyka upp från ingenstans.

”Artemis, se upp!”, varnar Declan och knuffar undan mig när en spikförsedd vägg plötsligt far fram och snuddar vid min arm.

”Aj! Fan!”, väser jag och håller om min blödande arm. ”Det där var för nära.”

”Är du okej?”, frågar han, med oro i ansiktet.

”Jag mår bra”, fräser jag, med nerverna på helspänn. ”Fortsätt bara framåt. Vi måste hitta en väg ut ur den här dödsfällan.”

”Inga invändningar här.” Han är också skadad, inser jag, och stödjer sig på ett ben. Blod fläckar hans byxben. Han kommer att läka snabbt – snabbare om han får tid att förvandlas till jaguaren och tillbaka igen, men jag behöver honom i mänsklig form och tänkande just nu, för att hjälpa oss båda ut ur den här dödliga fällan.

”Okej, vi behöver en plan”, säger jag genom sammanbitna tänder, med hjärtat bultande i bröstet. ”Något som kan distrahera Diana och hennes team tillräckligt länge för att vi ska kunna fly.”

Declan nickar och sveper blicken över den dunkelt upplysta korridoren. ”Just det. Så, vad har vi att jobba med här?”

Jag ser mig omkring, på de smutsiga väggarna och högarna av bråte. ”Inte mycket”, medger jag. ”Men jag kan fortfarande använda mina pyrokinetiska förmågor. Kanske starta en brand någonstans, dra deras uppmärksamhet bort från oss?”

”Låter bra”, säger Declan och grimaserar när han flyttar vikten från sitt skadade ben. ”Jag håller koll bakåt.”

När vi rundar ett hörn ser jag en stapel trälådor, perfekt tändmaterial för en distraktion. Lågorna hoppar ivrigt från mina fingertoppar och antänder träet med ett väsande och ett sprakande. Rök fyller luften, svider i mina ögon och får mig att hosta.

”Artemis!”, ropar Declan från någonstans i närheten. ”Nu!”

Av ljudet att döma har han släppt lös sitt inre odjur igen och skapat kaos bland Dianas hantlangare. Jag utnyttjar kaoset, pilar genom den rökfyllda korridoren och hoppas att det ska vara tillräckligt för att hålla dem borta från vårt spår.

”Artemis, Declan!”, ropar en röst, och jag tvärstannar med hjärtat i halsgropen. Det är inte Diana, utan någon annan – någon oväntad.

”Nadia?”, flämtar jag och kisar genom dimman. Den medelålders kvinnan med extraordinära telekinetiska krafter står framför oss, hennes bruna ögon vidöppna av oro.

”Snabbt, följ med mig!”, uppmanar hon och vinkar oss mot sig. ”Jag kan hjälpa er att fly!”

När vi stapplar efter henne höjer Nadia händerna och fokuserar sin enorma kraft på de sönderfallande lagerlokalsväggarna. Med ett öronbedövande brak kollapsar en del av strukturen och skapar en barriär mellan oss och våra förföljare.

”Tack”, flåsar jag och lutar mig mot en vägg för stöd. ”Du anar inte hur tacksamma vi är.”

Nadia nickar med ett allvarligt uttryck. ”Vi sitter alla i samma båt”, säger hon mjukt, innan hon försvinner nerför en annan passage och lämnar Declan och mig att hitta vår egen väg ut ur den rökfyllda labyrinten.

”Vänta!”, ropar jag efter Nadia och jagar efter henne längs den dunkla passagen. ”Varför är du här?”

Hon vänder sig om mot oss, med ögon fyllda av en blandning av beslutsamhet och rädsla. ”Jag följde samma spår som ni två”, medger hon. ”Men det var uppenbarligen en fälla.”

”Toppen”, muttrar jag tyst, och känner hur hjärtat rusar i bröstet. ”Vi är åtminstone inte ensamma om att ha gått på den.”

”Kom igen”, morrar Declan, med kattögonen smalnad av brådska. ”Vi måste fortsätta röra på oss.” Jag sträcker instinktivt ner handen och söker trösten i hans päls, och han trycker sig kort mot mitt ben.

Tillsammans tar vi tre oss fram genom de mörka, smala korridorerna i den övergivna lagerlokalen. Stanken av förruttnelse är nästan överväldigande, men vi fortsätter framåt, medvetna om att Diana och hennes hantlangare fortfarande är oss hack i häl.

"Artemis", viskar Nadia, hennes röst knappt hörbar över ljudet av våra ansträngda andetag. "Jag har en idé."

"Kör på", svarar jag, inte direkt på humör för konversation, men desperat efter en plan som kan få oss härifrån.

"När vi väl når huvudingången kommer jag att använda min telekinesi för att skapa en avledningsmanöver. Ni två borde kunna smita iväg obemärkt", säger hon med ett beslutsamt uttryck.

"Är du säker?", morrar Declan. "Du kan bli skadad."

Nadia ler, även om leendet inte riktigt når hennes ögon. "Det är en risk jag är villig att ta", svarar hon. "Nu rör på er."

När vi når ingången tar Nadia ett djupt andetag och fokuserar sin energi. Med en plötslig krafturladdning får hon taket bakom oss att rasa samman och skapar ett fullständigt kaos när hela byggnaden kollapsar.

"Stick!", skriker hon, och Declan och jag tvekar inte.

"Tack!", ropar jag tillbaka till Nadia när vi flyr ut i natten. "Var försiktig!"

"Detsamma", svarar hon, hennes röst knappt hörbar över ljudet av fallande bråte. Och sedan, precis så, försvinner hon ur sikte, ensam igen.

"Vi drar härifrån", mumlar Declan när han återigen förvandlas till människa, och jag nickar, utan att behöva bli tillsagd två gånger. Vi är mörbultade, blåslagna och långt ifrån säkra, men för tillfället, åtminstone ... har vi undkommit.

KAPITEL TJUGOFYRA

JAG TRYCKER UPP DÖRREN till vårt isolerade gömställe och min kropp sjunker ihop av lättnad när vi kliver in. Det har varit en helvetesdag, och jag är inte säker på hur mycket mer jag orkar med. Stugan ligger gömd djupt inne i den täta skogen, miltals från alla tecken på civilisation. Den är perfekt för att hålla sig under radarn – särskilt när man är på flykt från folk som Diana Foxberry och Byrån för paranormala affärer. Vad som nu finns kvar av dem, i alla fall.

”Äntligen”, muttrar jag för mig själv när jag tar in den välbekanta synen av det spartanska rummet. En liten brasa sprakar i den öppna spisen och ger en bräcklig känsla av värme och trygghet. Jag känner hur spänningen rinner av mig och ersätts av ren utmattning.

”Artemis, låt mig se på dina skador”, säger Declan med en röst präglad av oro. Jag tittar ner på min blodiga arm och grimaserar. Jag har ett djupt skärsår på underarmen, och otaliga blåmärken blommar ut på min bleka hud. Min vänstra fotled bultar där jag vrickade den under vår flykt.

”Sätt dig ner”, beordrar han och leder mig försiktigt till en trästol. Jag lyder, tacksam över chansen att få vila mina trötta ben.

”Dina skador då?”, frågar jag och tittar upp på honom. Han ger mig ett sammanbitet leende.

”Redan läkta. Hamnskiftarförmåner.” Såklart. Jävla lyckost.

Medan Declan sköter om mina sår kan jag inte låta bli att känna tyngden av vår situation pressa ner oss. Vi måste hålla oss gömda här tills vi har kommit på vad vårt nästa drag ska bli. Vi har med nöd och näppe undkommit med livet i behåll, och det står klart att Diana och hennes hejdukar inte kommer att sluta förrän de får vad de vill ha. Att lita på någon utanför detta rum känns som en omöjlig uppgift.

”Declan”, säger jag och biter ihop tänderna mot svedan från det antiseptiska medlet på min arm. ”Vi kan inte lita på någon. Inte längre.”

”Artemis, vi kan inte stänga ute alla. Vi behöver hjälp för att stoppa Diana”, svarar han mjukt och lindar ett bandage hårt runt min underarm.

”Du kanske har rätt”, medger jag motvilligt. ”Men just nu, låt oss bara fokusera på att läka och planera vårt nästa drag.”

Spänningen i gömstället är påtaglig när jag sitter på kanten av ett rangligt träbord, med fötterna oroligt studsande. Declans blick lämnar mig aldrig; han kan känna min växande oro.

”Artemis”, säger han mjukt och bryter tystnaden som har lagt sig mellan oss som en tjock dimma. ”Du kan inte skylla på dig själv för att du gick i Dianas fälla. Hon är manipulativ och listig.”

”Exakt”, fräser jag och blänger på honom. ”Och jag svalde det med hull och hår. Så, vad säger det om mig?”

”Hörru.” Hans röst får en sträng ton, som om han tillrättavisar ett barn. ”Det säger att du är mänsklig. Vi gör alla misstag.”

”Mänsklig?”, fnyser jag. ”Knappast. Tack vare de där byråjävlarna.”

”Sluta med självömkan”, insisterar Declan, tydligt frustrerad. ”Vi måste ta reda på varifrån information-släckan kom. Var det någon i vår cirkel eller en extern spion placerad av Diana? Det är frågan vi borde fokusera på.”

”Visst, för att lita på fel person gick ju så bra för oss förra gången”, muttrar jag för mig själv. Jag kan känna ilskan bubbla under ytan, hotande att koka över.

”Hör här”, säger Declan och tar ett djupt andetag. ”Jag fattar. Det är svårt att lita på folk just nu, men vi måste börja någonstans.”

”Okej.” Jag korsar armarna och kisar skeptiskt med ögonen. ”Så, vem tycker du att vi kan lita på? För jag börjar tvivla på allt jag trodde att jag visste.”

”Låt oss ta ett steg i taget”, föreslår han och trummar med fingrarna på bordet. ”Vem hade tillgång till den informationen? Vem kände till vår plan?”

”Alla i Obsidiancirkeln”, svarar jag motvilligt. ”Men varför skulle någon av dem förråda oss? Vi arbetar ju alla mot samma mål.”

”Någon kanske kom åt dem”, spekulerar Declan. ”Eller så var de en spion från början. Vi kan inte utesluta någonting.”

”Toppen”, fnyser jag. ”Så, lita inte på någon och miss-tänk alla. Låter som en solid plan.”

”Artemis, vi måste vara försiktiga”, insisterar han. ”Du vet lika väl som jag att Diana inte är vår enda fiende. Det finns andra som vill se oss misslyckas.”

”Okej då.” Jag suckar och gnuggar tinningarna frustr-erat. ”Men om vi får reda på att någon har förrått oss...”

”Då hanterar vi det”, avbryter han med fast röst. ”Tillsammans.”

”Jaså”, medger jag. ”Jag antar att det är det bästa vi kan göra för tillfället.”

”Bra.” Han nickar, nöjd med mitt svar. ”Låt oss nu vila lite. I morgon börjar vi gräva i den här röran och ta reda på vilka vi verkligen kan lita på.”

”Låter jättekul”, muttrar jag, men innerst inne vet jag att han har rätt. Förtroende är svårt att få tag på nuförtiden, men utan det har vi ingen chans mot Diana och hennes allierade.

Nästa morgon vaknar jag och känner mig mer utmattad än någonsin. Declan är redan uppe och böjer sig över en karta över staden. Jag sätter mig mittemot honom och gnuggar mig i ögonen.

”Dags att ta tjuren vid hornen”, säger han, inte osympatiskt, och skjuter min laptop mot mig.

Jag suckar. Han har rätt. Men vi vet båda att det här inte kommer att bli bekvämt. Vi agerade förhastat, fick betala priset, och nu kommer vi med rätta att få en utskällning för att vi tog dumma risker.

Jag öppnar en säker kanal och skickar ett kort meddelande till Athina där jag uppdaterar henne om bakhållet.

Hennes svar kommer snabbt, krypterade pixlar som avkodas till ord på min skärm: ”Mår ni båda bra? Vad hände?”

Jag ger fler detaljer och förklarar hur vi följde ett spår rakt in i Dianas fälla. Jag återberättar vår skrämmande flykt, hjälpta av Nadias lägliga assistans.

Athinas svar utstrålar frustration. "Ni borde ha verifierat informationen innan ni följde upp den. Diana är listig – självklart skulle hon mata er med falsk information för att snärja er."

Jag känner mig ordentligt tillrättavisad när jag skriver tillbaka defensiva ursäkter. Men innerst inne vet jag att Athina har rätt. Jag var för ivrig och vårdslös.

"Vi måste träffas tidigare än planerat", slår Athina fast. "Jag kallar samman resten av cirkeln i kväll för att analysera den här nya informationen och bestämma våra nästa steg."

Jag går genast med på det, ödmjukad av mina misstag. Enade igen kan vi kanske hitta ett sätt att överlista Dianas invecklade nät av svek.

Declan läser över min axel och nickar. "Säg att vi kommer. Och Artemis..." Han klämmer min axel. "Var inte så hård mot dig själv. Vi är i det här tillsammans."

Trots mina kvardröjande tvivel håller Declans stadiga närvaro mig grundad. Jag bekräftar mötesdetaljerna med Athina innan jag loggar ut.

Jag sjunker tillbaka, och utmattningen tar slutligen över. Men vi måste härda oss för att möta teamet och återfå deras förtroende. Med Declan vid min sida känner jag mig redo att möta vilken utmaning som helst – till och med Dianas machiavelliska planer. Vi måste arbeta tillsammans, lita på varandra och fatta smartare beslut.

Låt oss bara hoppas att vi inte är för sent ute.

Vinden viner runt oss när vi närmar oss den dolda mötesplatsen, ett förfallet lagerhus undangömt i ett bortglömt hörn av staden. Jag kan inte låta bli att rysa, både från den bitande kylan och den kvardröjande paranoia som har bosatt sig i min mage.

"Är du säker på att det här är säkert?", muttrar jag och sneglar på Declan i ögonvrån när vi tar oss igenom den bråtefyllda ingången.

"Ingenting är någonsin helt säkert", svarar han med en antydan till bitterhet i rösten. "Men det är vår bästa chans just nu."

Knappt har vi kommit in förrän Athina, Malcolm, Nadia, Sapphire och Garnet dyker upp från olika gömställen. Deras lättnad över att se oss levande är påtaglig, och det räcker för att jag ska svälja tillbaka klumpen i halsen.

"Gudskelov att ni båda är okej", säger Athina och slår armarna om mig i en hård kram medan de andra samlas runt och erbjuder sina egna ord av tacksamhet och oro.

"Låt oss inte bli gråtmilda än", säger jag till dem och försöker injicera lite lättsamhet i den spända atmosfären. "Vi har större problem att ta itu med."

"Som hur Diana gillrade den där fällan för er", inflikar Malcolm, hans violetta ögon smalnar i tankfullhet. "Vi måste lista ut hennes mål och se till att hon inte överrumplar oss igen."

"Håller med", säger Sapphire, hennes genomträngande blå ögon granskar ansiktena omkring henne. "Vi har inte råd med ett till sådant felsteg."

"Då slösar vi ingen mer tid", förklarar Athina, och vi sätter oss alla på provisoriska möbler utspridda i lagerlokalen. "Vad vet vi hittills?"

"Hennes information var bra, åtminstone på ytan", säger jag och knyter händerna frustrerat. "Det var därför vi gick på det. Men det måste ha funnits något vi missade."

"Eller någon", tillägger Nadia tyst, hennes blick flackar mellan oss alla. "Det är möjligt att Diana har en informant inom våra led."

Alla ser chockade ut, ryggar tillbaka och sneglar på varandra. Innerst inne tror jag inte på det. Jag har gått igenom för mycket med dessa människor, spillt för mycket blod i kampen mot Byrån och Dianas monster. Till och med Malcolm, som jag aldrig riktigt har litat på, hatar Diana.

”Eller så kan hon ha snappat upp vår kommunikation”, föreslår Malcolm och knackar på en surfplatta i sin hand.

”Hursomhelst måste vi vara mer försiktiga med vem och vad vi litar på”, säger jag, min röst hård av beslutsamhet. ”Vi har inte råd med fler misstag.”

”Då ska vi utarbeta en plan”, säger Athina, och hennes ögon möter var och en av våra i tur och ordning. ”En som tar hänsyn till riskerna och fördelarna med varje alternativ vi överväger.”

”Vi börjar med hur vi ska röka ut eventuella förrädare bland oss”, tillägger Nadia, och jag känner hur tyngden av misstänksamhet lägger sig över rummet som en tjock dimma.

”Förtroende är en oberäknelig sak, särskilt i vår bransch”, funderar Declan, hans nötbruna ögon mörka av oro. ”Men vi kommer att ta oss igenom det här. Tillsammans.”

”Bra”, säger Athina, hennes bruna ögon sveper över gruppen. ”Okej, låt oss sätta igång.”

Medan vi fördjupar oss i vår situation kan jag inte låta bli att känna en förnyad känsla av beslutsamhet. Vi må vara tilltygade och blåslagna, men tillsammans är vi fortfarande en kraft att räkna med. Och om Diana tror att hon kan slita isär oss, kan hon tro något annat.

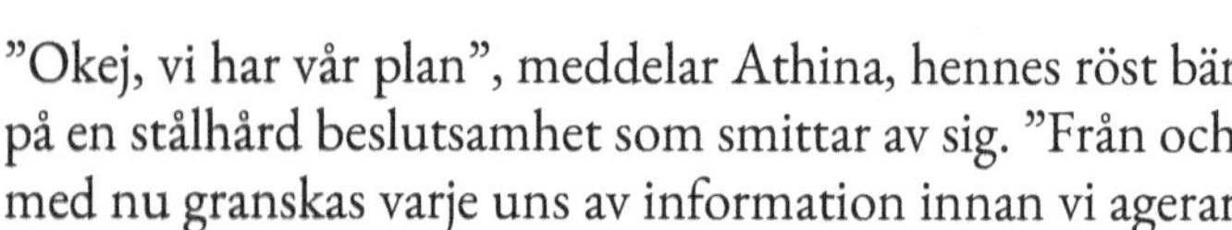

”Okej, vi har vår plan”, meddelar Athina, hennes röst bär på en stålhård beslutsamhet som smittar av sig. ”Från och med nu granskas varje uns av information innan vi agerar på den.”

”På tiden”, muttrar jag för mig själv, min kropp värker fortfarande från Dianas fälla.

”Låt oss gå igenom våra roller en sista gång”, säger Nadia och hennes mörka ögon sveper över gruppen. ”Athina och jag kommer att arbeta tillsammans för att samla information, medan Malcolm använder sina kontakter för att dubbelkolla dess giltighet.”

”Declan, du kommer att fortsätta använda dina hamnskiftarförmågor för att hålla oss informerade om all misstänkt aktivitet runt våra gömställen”, tillägger Athina, hennes blick dröjer kvar på Declan ett ögonblick längre än nödvändigt. Det är tydligt att hon är orolig för att han ska ta på sig en så farlig uppgift, men han nickar bara stoiskt som svar.

”Uppfattat”, svarar Declan bestämt, med käken spänd av beslutsamhet. ”Jag kommer inte låta Dianas gorillor överrumpla oss igen.”

”Och Sapphire och Garnet?”, frågar jag och sneglar på de två tysta gestalterna som kurar ihop sig i hörnet av rummet.

”Spaning och understöd”, svarar Athina, hennes röst stadig trots tyngden av det ansvar som vilar på oss alla. ”De är våra extra ögon och öron på fältet.”

”Slutligen, Artemis”, säger hon och vänder sig mot mig, ”du kommer att arbeta nära Malcolm för att säkerställa att informationen han får in är korrekt och tillförlitlig.”

”Förstått”, svarar jag och tvingar min röst att förbli stadig trots ilskan som sjuder under ytan. ”Inga fler tvivelaktiga källor att lita på.”

”Bra”, säger Athina och hennes bruna ögon sveper över gruppen en sista gång. ”Okej, låt oss sätta igång. Vi har en förrädare att fånga, och det finns ingen tid att förlora.”

Vi skingras, och var och en av oss fokuserar på våra respektive uppgifter. Jag kan inte låta bli att känna en blandning av hopp och oro när vi börjar genomföra vår nya plan. Kan vi verkligen lita på varandra efter allt svek vi har utsatts för?

Medan jag arbetar med Malcolm och går igenom den senaste informationen, kommer jag på mig själv med att ständigt ifrågasätta våra källor. Är detta spår äkta eller en ny fälla? Insatserna har aldrig varit högre, och ett felsteg skulle kunna innebära en katastrof.

”Artemis”, säger Malcolm, hans röst skär igenom mina snurrande tankar. ”Jag vet att det är svårt att lita på någon just nu, men vi måste förlita oss på varandra om vi ska kunna besegra Diana.”

”Jag vet”, svarar jag och möter hans blick. ”Det är bara... hur vet vi vem vi kan lita på?”

”Genom att hålla ihop”, svarar han enkelt, ett svagt leende flimrar över hans ansikte. ”Enade är vi starkare än något Diana kan kasta på oss.”

”Låt oss hoppas att du har rätt”, säger jag och besvarar leendet. Vi gräver ner oss i vårt arbete igen, drivna av insikten att vårt gemensamma mål är inom räckhåll – om vi kan hålla oss fokuserade och enade.

Kampen mot Diana är långt ifrån över, men vi är redo att sätta stopp för hennes skräckvälde. Och ve den som försöker slita isär oss.

KAPITEL TJUGOFEM

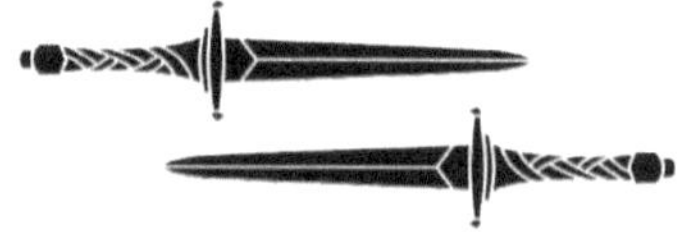

LUFTKONDITIONERINGENS KONSTANTA SURRANDE TRÄNGER igenom mina öron och fyller tystnaden i det dunkla rummet. Mina fingrar dansar snabbt över tangentbordet och lämnar ett spår av ord och siffror i sitt kölvatten. Tiden rinner iväg medan jag går igenom varje uns av information jag kan hitta om Dianas vidsträckta nätverk.

"Artemis, du borde vila lite", föreslår en röst bakom mig. Jag behöver inte ens vända mig om för att veta att det är Declan. Han känner mig tillräckligt väl för att se när jag är på gränsen till att bränna ut mig, men vet också att det är då jag gör mitt bästa arbete.

"Vila är för de svaga", replikerar jag utan att se upp från skärmen. "Dessutom är jag något på spåren här."

"Jaså, verkligen?", frågar Declan skeptiskt. Men han kommer inte att försöka stoppa mig, det vet jag.

"Japp. Vår kära vän Diana har varit ganska upptagen", bekräftar jag och sammanställer omsorgsfullt omfattande filer om hennes kända medarbetare och tidigare operationsbaser. Pusselbitarna faller sakta på plats.

”Några säkra ledtrådar om var hon kan gömma sig nu?”, frågar Declan, oförmögen att dölja sin nyfikenhet trots de tidigare tvivlen.

”Inget konkret än, men jag närmar mig”, svarar jag, med fingrarna flygande obevekligt över tangenterna. Jag sträcker ut dem med jämna mellanrum för att avvärja kramper som hotar att sätta in. Klockans envetna tickande påminner mig om hur länge jag redan har hållit på.

”Okej, då lämnar jag dig ifred”, säger Declan efter en sista blick på min hopsjunkna gestalt. ”Kom bara ihåg att vi har ett gruppmöte direkt på morgonen.”

”Tack, pappa”, muttrar jag tyst för mig själv medan dörren klickar igen och himlar med ögonen. Jag skakar av mig det och återgår med fullt fokus till uppgiften. Vårt möte kan vänta – jag måste beväpna oss med så mycket information som möjligt innan dess.

Timme efter timme förflyter i en dimma av dataanalys och krypteringsknäckande. Luftkonditioneringsaggregatets monotona surrande hotar att invagga mig i trans, men jag tvingar mina grumliga ögon att fortsätta söka efter ledtrådar. Någonstans i denna digitala höstack finns nålen vi behöver – ett enda slarvigt misstag från Dianas sida, en enda liten spricka i hennes rustning. Det är allt som krävs.

Medan mina ögon flackar från skärm till skärm skickar varje ny avslöjande om Dianas räckvidd en isande kyla längs min ryggrad. Hon har spunnit ett nät som är mycket större än vi någonsin kunnat föreställa oss. Hur lyckades hon undvika oss så länge?

”Otroligt”, viskar jag för mig själv och känner en underlig blandning av motvillig beundran och avsky. ”Vad för slags monster har du blivit, Diana?”

Mörkret utanför fönstret ger sakta vika för de första antydningarna av morgonljus, men jag märker det knappt, uppslukad av att nysta upp Dianas förvridna nätverk och äntligen ställa henne inför rätta.

”Sömnen får vänta”, muttrar jag beslutsamt. ”Vi kommer för att hämta dig, Diana. Du kan inte gömma dig för evigt.”

Solen stiger gradvis och dess strålar kikar in genom persiennerna i mitt provisoriska kontor. Jag går på ångorna men att ge upp är inget alternativ. Precis när jag överväger att svepa i mig ännu en kopp bittert kaffe hörs en lätt knackning på dörren. Den knarrar upp och Athina kliver in, hennes välbekanta närvaro en välkommen respit från det mörker jag har drunknat i.

”Artemis”, säger hon mjukt. ”Jag har något som kan hjälpa.”

”Hjälp” är ett relativt begrepp när det gäller att montera ner Dianas vidsträckta imperium, men jag tar tacksamt emot allt som erbjuds. Jag ger Athina en trött nickning och hon går fram och lägger ner flera slitna mappar på bordet med en dämpad duns.

”Var lyckades du gräva fram de här?”, frågar jag och bläddrar snabbt igenom sidorna.

”Låt oss bara säga att jag har mina egna kontakter”, svarar Athina finurligt, och hennes mungipor dras upp i ett vetande leende.

Jag himlar med ögonen i frustration. ”Självklart har du det.” Hennes lekfulla sarkasm är märkligt tröstande, även nu.

”Kom igen”, manar Athina och drar fram en stol bredvid mig. ”Låt oss se vad vi har.”

Vi går igenom filerna tillsammans medan morgonljuset gradvis fyller det trånga kontorsutrymmet. Athinas handskrivna anteckningar täcker marginalerna, stryker under viktiga detaljer och drar linjer mellan sammankopplade punkter. Jag känner hur min energi börjar återvända med denna nya infusion av underrättelser, och mina grumliga ögon återfår sitt skarpa fokus.

”Titta här”, säger Athina och knackar på en textsektion. ”Det verkar som om Diana gjorde täta resor till den här staden under förevändning av 'forskning'. Men registren visar inga officiellt sanktionerade byråprojekt där.”

Jag skannar snabbt reseloggen. ”Du har rätt, något stämmer inte. Det här skulle kunna vara en okänd operationsbas.” Jag känner en gnista av spänning. ”Låt oss korsreferera datumen med hennes ekonomi, se om något dyker upp.”

Athina ger mig en gillande blick när jag tar fram Dianas olagligt erhållna bankutdrag på en andra bildskärm. Tillsammans letar vi efter mönster, ett spår av brödsmulor som pekar på Dianas dolda aktiviteter.

När vi sållar igenom filerna blir det snabbt uppenbart att Athina har hittat en guldgruva. Foton, e-postmeddelanden, ekonomiska register – allt målar en skrämmande bild av den enorma räckvidden av Dianas operation. Min puls ökar när vi lägger pusslet och lägger till det trassliga nätet jag har nystat upp i timmar.

”Titta på det här”, säger Athina och pekar på ett diagram över företag och individer som alla är kopplade tillbaka till Diana. ”Det är som ett invecklat spindelnät.”

”Mer som en hydra”, kontrar jag bistert. ”Hugger man av ett huvud växer två nya fram i dess ställe.”

Athina nickar allvarligt. ”Sant, men låt oss fokusera på vad vi kan kontrollera. Vi måste hitta var hon gömmer sig och sätta stopp för dessa experiment en gång för alla.”

”Håller med”, svarar jag bestämt, med förnyad beslutsamhet. ”Låt oss kartlägga allt detta, leta efter mönster eller svagheter vi kan utnyttja.”

Vi spenderar nästa spända timme med att minutiöst granska dokumenten och koppla ihop punkterna mellan anläggningar, agenter och skalbolag som används för att finansiera Dianas förvridna arbete. Rummet är kusligt tyst förutom det tillfälliga skrapandet av en penna på white-boarden när vi skisserar det vidsträckta nätet.

”Artemis, titta”, säger Athina plötsligt, med spänd röst. Hon pekar på ett kluster av platser på kartan, och mitt hjärta bultar. Det är som att stirra in i ögonen på ett monster – ett som vi måste möta rakt på för att stoppa Diana.

”Gudarna hjälpe oss”, viskar jag och griper hårt om pennan för att stadga min skakande hand. ”Vi kommer att behöva varje fördel vi kan få.”

”Verkligen”, instämmer Athina bistert. ”Men kom ihåg, vi har mött mörker förut. Och vi har alltid kommit ut starkare.”

Jag tar ett djupt andetag och försöker tro på hennes ord. ”Låt oss hoppas att det stämmer den här gången. Vi kommer att behöva all styrka vi kan uppbåda.”

Under de följande dagarna fortsätter vi att analysera den enorma mängden underrättelser och letar efter varje tråd vi kan dra i för att nysta upp Dianas nätverk. Mina ögon svider och ryggen värker av att hänga över dokumenten, men jag tvingar mig själv att fortsätta. För mycket beror på att vi hittar en spricka i hennes rustning.

Gradvis sammanställer vi en lista över kända medarbetare att undersöka, säkra hus att övervaka, skalbolag att spåra betalningar genom. Det är ett mödosamt arbete, men varje datapunkt för oss ett steg närmare att avslöja roten till detta onda.

”Jag tror jag hittade något lovande”, anmärker Athina en sen kväll och knackar upphetsat på de ekonomiska registren. ”Återkommande betalningar till ett ospårbart off-shore-konto, men från hennes personliga medel. Det kan vara något hon vill hålla utanför böckerna även för sitt eget folk.”

Mitt adrenalin skjuter i höjden när jag snabbt verifierar upptäckten. ”Athina, du är fantastisk! Det här kan vara precis den sårbarhet vi behöver.”

Vi utbyter ett vilt leende, och jaktens spänning tar över. De trassliga trådarna dras åt runt Diana för varje tråd vi nystar upp. Hon kan inte undgå rättvisan för evigt. Hennes förvridna välde tar snart slut.

Stärkta av ny optimism fördubblar vi våra ansträngningar. Vägen framåt är fortfarande oklar, men vi går den tillsammans – två jägare som närmar sig ett farligt byte. Men vi trampar inte slarvigt. Liv hänger på en skör tråd, och ett misslyckande väntar om vi vacklar.

För tillfället är det att nysta upp varje tråd i Dianas nät som håller oss igång. Men snart kommer tiden då vi måste konfrontera spindeln i mörkrets hjärta. När den gör det kommer vi att stå redo, enade och orubbliga.

*

Det svaga skenet från datorskärmen kastar kusliga skuggor över rummet och framhäver de mörka ringarna under Athinas ögon. Hon ser ut som om hon har åldrats ett decennium under de senaste timmarna, men det brinner en eldig beslutsamhet i hennes blick som säger mig att hon är långt ifrån besegrad.

”Artemis”, säger hon, med en röst som knappt är mer än en viskning. ”Jag hittade något. Något stort.”

”Berätta”, kräver jag, med pulsen bultande av förväntan.

”En av Dianas dolda anläggningar för hybridexperiment. Den finns inte på några av våra kartor än, men jag är säker på att det är den.” Hon pekar på en isolerad plats djupt inne i skogens hjärta.

”Fan”, flämtar jag, och adrenalinet rusar vid tanken på de fasor som kan lura innanför de väggarna. ”Vi måste infiltrera den. Ta reda på vad de kokar ihop där inne.”

”Håller med”, säger Athina bestämt. ”Men vi kommer att behöva förstärkning. Obsidiancirkeln måste få veta om det här.”

Jag tvingar med ansträngning ner mina reservationer. Att lita på andra har inte fungerat bra för mig tidigare, men om Athina tror på dem är det kanske dags att jag också försöker. "Okej då. Låt oss ge dem en guidad tur i Dianas förvridna nät."

Minuter senare har vi samlat Cirkeln, och alla lyssnar uppmärksamt när jag presenterar våra oroande upptäckter. Luften är tjock av spänning, och jag kan nästan känna smaken av den blandade rädslan och beslutsamheten.

"Titta på den här trassliga härvan", säger jag och gestikulerar mot nätet av kopplingar. "Dianas räckvidd är mycket större än väntat. Vi pratar om skalbolag, hemliga labb och vem vet hur många dolda anläggningar som den Athina upptäckte."

"Dolda anläggningar?", frågar Sapphire skeptiskt. "Hur kan ni vara säkra på att det här inte är en fälla?"

"Eftersom Athinas underrättelser är solida", fräser jag, med rest ragg. "Tror du att vi inte har övervägt fällor? Vi är inte idioter."

"Det räcker", flikar Athina in, bestämt men lugnt. "Vi har en värdefull chans här att få information om Dianas planer och potentiellt stoppa hennes grymheter. Vi skulle vara dumma om vi ignorerade den."

Malcolm nickar allvarligt. "Håller med. Riskabelt, men den potentiella belöningen uppväger faran."

"Vi kan inte bara valsa in blint", invänder Declan spänt. "Vi måste veta exakt vad vi står inför."

"Självklart inte", instämmer Athina. "Men vi kan inte heller sitta och se på medan Diana fortsätter ohejdat."

Alltid den försiktiga vetenskapsmannen lutar sig Malcolm eftertänksamt tillbaka. "Hur mycket jag än hatar att erkänna det, behöver vi mer information. Men låt oss inte vara dumdristiga i jakten på den."

"Dumdristiga?", fnyser jag bittert. "Vi har jagat den här kvinnan i månader. Vad föreslår du, Malcolm, att vi ska sitta och rulla tummarna medan folk lider?"

”Artemis”, varnar han. ”Att rusa in oförberedda kan förstöra allt vi har arbetat för.”

Jag biter ihop tänderna, träffad av sanningen i hans ord. Hur mycket det än smärtar mig kan vi inte riskera liv på ett infall. Insatserna är alldeles för höga.

”Okej då”, biter jag fram och tvingar mig själv att fokusera på problemet. ”Vi kommer att gå fram med extrem försiktighet, men vi måste agera snart. Detta tillfälle kommer inte att vara öppet för evigt.”

”Håller med”, säger Athina jämnt, med blicken flackande mellan mig och Malcolm. ”Vi samlar så mycket användbar information som möjligt innan vi agerar. Och om det visar sig vara för riskabelt att infiltrera, hittar vi ett annat sätt att slå till mot Diana.”

Malcolm gnuggar trött tinningarna. ”Vi bör också överväga möjligheten att skapandet av supersoldater inte är Dianas yttersta mål. Hon kan vara ute efter något mycket mer ondskefullt.”

”Som vad?”, frågar jag, med nyfikenheten väckt trots den olust som kröker sig i min mage.

”Din gissning är lika bra som min”, suckar Malcolm med en axelryckning. ”Men vad det än är kan vi inte underskatta hennes list. I samma ögonblick som vi gör det är vi så gott som döda.”

”Munter tanke”, muttrar jag för mig själv, med fingrarna trummande en oregelbunden rytm på bordet.

”Lyssna, vi vet att detta är otroligt farligt”, flikar Athina in bestämt innan spänningen kan uppsluka oss igen. ”Men vi vet också att Diana måste stoppas med alla medel. Om en infiltration av hennes anläggning ger oss informationen för att fälla henne, då är det en risk vi måste ta.”

Jag möter hennes allvarliga blick och nickar. ”Håller med. Nu kör vi.”

Vi spenderar de följande spända timmarna med att analysera vår smärtsamt begränsade information och försöker pussla ihop någon fungerande plan som inte kommer att få oss alla dödade. För varje ögonblick som går känner jag den förkrossande tyngden av vårt förestående uppdrag pressa sig på ytterligare.

Men när jag ser mig omkring på mitt team, dessa modiga själar som är villiga att stå vid min sida mot ofattbara faror, påminns jag om att vi inte bara kämpar för oss själva. Vi kämpar för varje övernaturligt offer, varje oskyldigt liv som hänger på en skör tråd.

Och om det innebär att försöka det omöjliga, så får det vara så. Vi kommer att möta vilka nya fasor som än väntar inne i Dianas lya och komma ut starkare för det. Oavsett kostnaden.

Under de följande dagarna fortsätter vi att samla varje fragment av information vi kan. Planritningar, säkerhetslistor, strukturella skanningar – allt som kan ge oss en fördel när vi väl är inne. Väntan tär på mina nerver, men jag tvingar mig till tålamod. Vi får bara en chans på det här – det måste utföras felfritt.

Sent en sömnlös natt kommer Athina fram till mig, med ansiktet fårat av bisterhet. "Vi snappade upp kommunikation om en fångtransport av högt värde till anläggningen imorgon. Det kan vara den öppning vi behöver."

Jag känner en gnista av spänning trots uppdragets monumentala risk. "Om de förstärker säkerheten för transporten kan det skapa döda vinklar som vi kan utnyttja för att smyga oss in oupptäckta."

Athina nickar. "Då är det bestämt. Vi agerar i gryningen."

När jag försöker vila under de få timmar som återstår maler mina tankar på med möjligheter, scenarier, eventualiteter. Jag vet att vi balanserar på en knivsegg mellan framgång och förintelse. Men att vända tillbaka nu skulle vara det största misslyckandet av alla.

Innan solen går upp över horisonten samlas Cirkeln en sista gång. Deras ögon glimtar av ordlöst mod i halvmörkret. Tärningen är kastad – dags att kliva ut ur skuggorna och in i elden.

Förenade av plikt och orubblig lojalitet står vi redo att trotsa helvetets portar om det är vad uppdraget kräver. Det finns ingen återvändo nu, bara att gå framåt. Rättvisans ljus lockar genom mörkret. Och vi kommer att följa det, oavsett vart stigen leder.

Kapitel tjugosex

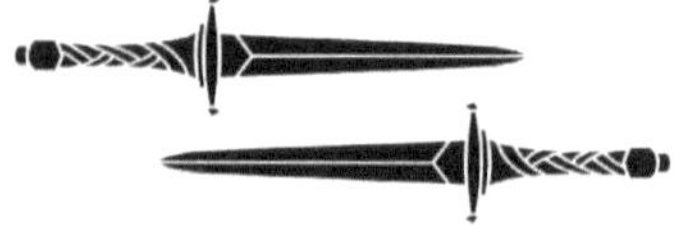

Månen är en hemlighetsfull skärva som knappt lyser upp Dianas hemliga anläggning. Fara sipprar ut från betongväggarna, och jag känner det i märgen när vi närmar oss. Stället liknar en korsning mellan ett fängelse och en galen vetenskapsmans laboratorium, omgivet av ett tre och en halv meter högt taggtrådsstängsel.

”Declan, skifta”, viskar jag och spanar efter hot.

”Fixar det”, svarar han korthugget. Jag hör ett dovt morrande när han förvandlas till den smäckra, fläckiga jaguaren med gyllene, glimtande ögon.

”Håll dig lågt”, säger jag medan vi smyger framåt. Declans smidiga kattgestalt rör sig ljudlöst vid min sida, nästan osynlig i natten. De andra följer tätt bakom och smälter in i skuggorna.

Att undvika de patrullerande yttre vakterna visar sig vara enkelt nog – några snabba slag gör dem medvetslösa. Men att inaktivera sensornätet i smyg kommer att kräva fingertoppskänsla. Jag pekar ut en smal glipa nere vid marken för Declan. Han slinker igenom med utfällda klor för att skära av snubbeltrådarna, osedd underifrån.

”Sidoingång”, signalerar jag och får syn på en diskret dörr insvept i mörker. Väl inne böljar Declans jaguargestalt tillbaka till hans råbarkade mänskliga form.

”Endast övervakning, ingen strid”, påminner jag dem bestämt. Declans käkar spänns, men han nickar.

Vi delar upp oss och placerar ut dolda kameror och mikrofoner i de sterila, vita korridorerna. Jag kollar till Declan och hör ansträngningen i hans dämpade röst när han kämpar med att hålla den vilda besten inom sig i schack. ”Håll fokus”, påminner jag honom mjukt. Att bli upptäckta innebär ett misslyckande, oavsett priset.

Den skarpa, antiseptiska stanken blir överväldigande när vi smyger mot forskningsflygeln. En kuslig tystnad vilar över anläggningen, endast bruten av våra försiktiga fotsteg. De sterila vita väggarna omger oss olycksbådande och får mina nerver att stå på helspänn. Faran lurar någonstans i dessa klaustrofobiska korridorer, men vi tar god tid på oss och planterar metodiskt varje övervakningsenhet vi har tills det slutligen är dags att dra oss tillbaka.

”Declan, ta täten”, viskar jag i kommunikationsenheten. Han måste använda sina förstärkta sinnen för att spana framåt.

”Fixar det, chefen”, kommer hans korthuggna svar. Jag kan höra anspänningen i hans röst – det här stället påverkar oss alla.

Jag ser Declan smyga framåt, med rörelser spända som en fjäder, beredd att anfalla eller försvara sig på ett ögonblick. Han lutar huvudet lätt åt sidan och uppfattar något ohörbart ljud. ”Inkommande patrull”, varnar han.

”Göm er, snabbt!” beordrar jag. Vi smälter in i skuggorna precis när tunga stövlar rundar hörnet. Soldaten ser mer ut som en best än en människa, svällande av muskler och översållad med vapen. Han smyger med rovdjurslik precision, varje steg utstrålar dödligt uppsåt.

Innan han hinner bli upptäckt kastar sig Declan mot den väldiga gestalten men blockeras med chockerande snabbhet, och bestens massiva grepp är uppenbart förkrossande. En vild slagväxling följer, där Declan kämpar för att matcha sin motståndares obevekliga anstormning av förödande slag.

Han undviker med nöd och näppe ett våldsamt slag, och hans benknotor förskjuts subtilt för att öka hans flexibilitet. Jag kan se Declan kämpa mot impulsen att släppa lös sin dödliga alternativa form. Men han håller tillbaka, ovillig att helt avslöja sina förmågor.

”Är det allt du har?” hånar Declan mellan sammanbitna tänder och får in en rejäl träff mot soldatens käke. Men den resliga figuren verkar bara bli irriterad av smällen.

”Ett allvarligt misstag”, morrar besten medan hans ögon smalnar med illvilligt fokus. Han fördubblar sitt hänsynslösa angrepp och tvingar Declan helt på defensiven.

Jag knyter nävarna och kämpar mot lusten att ingripa. Just nu är det här enbart Declans strid. Jag kan bara se på hjälplöst medan han uthärdar de dånande slagen i sökandet efter en öppning för att vända striden.

De två verkar låsta i en urtida kamp mellan två jämbördiga rovdjur. Men jag vet att Declan håller på att nå sin gräns. Hans järnhårda kontroll över besten inom honom hotar att brista när som helst.

Precis när det ser ut som om hans självbehärskning ska ge vika samlar Declan en sista kraftansträngning och slår ner sin motståndare med en smäll som skakar i märgen. Den väldiga gestalten sjunker ihop mot väggen, slutligen neutraliserad.

”Rapport”, beordrar jag spänt, med hjärtat bultande.

”Fortfarande här”, väser Declan ansträngt. ”Vi måste dra, nu. Dags att försvinna.”

”Kör, kör!” skriker jag brådskande när anläggningens larm börjar tjuta och jag kastar mig in i en panikartad spurt. Våra fotsteg ekar som pistolskott genom de kala, vita korridorerna medan vi rusar för att undkomma. Det öronbedövande larmet förstärker vår panik och hotar att dränka allt rationellt tänkande.

Hjärtat hamrar vilt när vi följer våra steg tillbaka genom de labyrintliknande korridorerna. Adrenalinet flödar i mina ådror och begränsar mitt fokus till att bara nå säkerhet. Jag spanar frenetiskt bakom oss, men ser inga spår av Garnets välbekanta, späda gestalt.

”Garnet är borta!” skriker jag över larmet, och fasa snör åt strupen. I kaoset måste hon ha kommit ifrån oss. Vilka nya fasor kan hon nu möta ensam på denna sterila, oförlåtande plats?

”Vi måste vända om!” ropar Declan desperat. Hans ögon bönfaller mig att vända, att vägra överge vår lagkamrat.

”Det finns ingen tid!” fräser jag bittert och hatar orden redan när de lämnar mina läppar. Att vända tillbaka nu skulle döma oss alla. ”Garnet är påhittig, hon hittar en annan väg ut!” Jag ber att min självsäkerhet låter äkta.

Declans nötbruna ögon förmörkas av ångest, men han nickar och fortsätter springa. Jag vet att jag ber honom ignorera varje skyddsinstinkt som brinner inom honom. Men att stanna nu skulle offra allt vi har arbetat för.

Vi rusar vidare med en bitter smak av skuld på tungan. Varje slingrande korridor ser likadan ut, och mitt lokalsinne försvinner i en dimma av panik. Hur länge dröjer det innan Dianas styrkor fångar oss här?

”Den här vägen!” ropar Declan och svänger in i en dunkel sidopassage. Hans luktsinne är vår bästa vägvisare nu. Jag vinkar åt teamet att följa efter, och klamrar mig fast vid det svaga hoppet att den här vägen leder till frihet. Men varje sekund som går skilda från Garnet tynger mig som en sten. Vi skulle aldrig ha lämnat henne, oavsett risken.

Våra ansträngda andetag och bultande steg ekar genom de fönsterlösa korridorerna. Labyrinten verkar oändlig, utformad för att hålla oss fångna här. Men precis när förtvivlan sätter in ser jag den svagaste antydan till månsken glimta framför oss – en väg ut!

"Nästan där!" manar jag på de andra, och lättnaden sköljer över mig. När vi väl är fria kan vi klura ut hur vi ska gå tillbaka för Garnet. Jag klamrar mig fast vid den desperata tanken och försöker tysta skuldkänslorna som skriker inom mig.

Till slut kommer vi ut i den öppna nattluften, och det tomma mörkret omsluter oss beskyddande. Bakom oss tornar anläggningens imponerande silhuett upp sig, ett kallt monument över det val jag gjorde att överge Garnet till sitt öde. Bilden bränner sig fast i mitt minne, ofrånkomlig.

"Nu drar vi", beordrar jag spänt och tvingar bort blicken. Vi smälter in i skuggorna, och det avtagande tjutandet från larmen ersätts av en djup tystnad.

Mina ben bränner av ansträngning när vi flyr in i vildmarken. Men mitt hjärta värker av en djupare smärta – vetskapen att jag lämnade en vän att utstå outsägliga fasor innanför de där steriliserade väggarna. Garnets frånvaro förföljer mig, en ständig påminnelse om den moraliska kostnaden för dagens uppdrag.

Jag kastar en enda blick bakåt, precis innan skogen slukar anläggningen ur sikte. "Jag kommer tillbaka för dig, Garnet", viskar jag intensivt. "Jag svär."

Den bittra vinden skär genom mig när vi stapplande stannar och kippar efter andan. På avstånd lyser anläggningens ljus kalla och orubbliga – en hånfull påminnelse om att Garnet fortfarande är fången där inne. Mitt hjärta bultar, men inte bara av fysisk ansträngning. Den förkrossande skulden över att ha övergett henne håller mig nu fastnaglad vid marken.

”Fan också!” svär jag ilsket. ”Vi kan inte bara lämna henne där inne!”

”Artemis, vi hade inget val”, säger Athina mjukt. ”Larmen-”

”Jag skiter i larmen!” fräser jag, och ilskan bränner inom mig. ”Garnet är utlämnad åt Dianas nåd nu. Vi måste gå tillbaka!”

Declan kliver fram, med ett ansikte fårat av oro. ”Tänk igenom det här först. Vi kom knappt undan. Vad är oddsen att vi överlever ännu en infiltration?”

Hans pragmatism får mitt temperament att flamma upp ytterligare. ”Så du föreslår att vi bara överger henne?”

”Självklart inte”, svarar Declan jämnt, även om jag hör ansträngningen när han kämpar för att förbli lugn. ”Men vi behöver en riktig plan innan vi stormar in igen.”

Jag tvingar mig själv att ge med mig, medveten om att han har rätt. ”Okej då. Idéer, någon?”

Athina funderar i tystnad innan hon svarar. ”Låt oss gå tillbaka samma väg först. Det kan finnas ett tystare sätt att ta sig in.”

Jag griper tag i detta bräckliga hopp. ”Vi rör oss snabbt och försiktigt den här gången. Inga misstag.”

Vi mumlar vårt samtycke och smälter tillbaka in i de skyddande skuggorna, spöklika gestalter i mörkret. Varje steg tar oss närmare den hotfulla anläggningen, vars imponerande närvaro är förtryckande och vaksam. Det kryper i skinnet på mig när jag föreställer mig vilka nya fasor som väntar därinne.

Declan känner av min oro och lutar sig närmare, med en röst som knappt är en viskning. ”Vi får tillbaka henne. Och får Diana att betala för allt hon har gjort.”

Jag stålsätter mig med hans ord. ”Det ska vi. Oavsett vad som krävs.”

Vi närmar oss stängslet, hypervaksamma på patrullerande vakter. Men en onaturlig stillhet hänger över området. Jag utbyter en orolig blick med Declan. Var är vaktposterna?

Varje sinne skriker att vi går rakt i en fälla. Men tanken på att lämna Garnet här en enda sekund längre är outhärdlig. Vi måste försöka, oavsett risken.

Declan ger mig en bister nick. Han vet lika väl som jag – det finns ingen återvändo nu.

Vi hittar en sårbar del av stängslet och klipper försiktigt igenom det. Den öppna gårdsplanen bortom ligger kusligt tom. Jag vinkar fram Declan och Athina medan Malcolm och jag täcker dem bakifrån.

När vi återigen bryter oss in svär jag att släppa lös ett brinnande helvete över alla som står mellan mig och Garnet. Hon litade på oss, och jag svek henne. Det misstaget ska få ett slut i natt.

Vi glider in, hypermedvetna om varje andetag, varje dämpat fotsteg. Den sterila luften, med en anstrykning av kemikalier, bränner i min hals. Ett enda ögonblicks bristande fokus kan döma oss alla.

Varje identisk korridor flyter ihop till en mardrömslik labyrint. Men gradvis blir formerna bekanta igen när vi följer våra steg tillbaka. Vägen framträder ur röriga minnen. Jag ber bara att vi inte är för sent ute.

När vi närmar oss den sista platsen där vi såg Garnet höjer jag en knuten näve och signalerar stopp. Är det ... röster? Jag smyger fram, och blodet isas i mina ådror när en fasansfull möjlighet slår mig. Tänk om Diana vet att vi är på väg?

Jag vinkar åt Declan och Athina att flankera ingången till korridoren. Jag tar ett djupt andetag och kikar runt hörnet. Tomt. Lättnaden brottas med förvirring. Men var-?

En dånande explosion krossar tystnaden, omedelbart följd av tjutande sirener. ”Det är en fälla!” skriker jag över kakofonin. Vi kom för Garnet men gick rakt tillbaka i Dianas klor. Hur kunde jag låta det här hända igen?

Adrenalinet kör över tvivlet. Ingen tid för självömkan nu. "Spring!" vrålar jag och leder mitt team bort från de annalkande fotstegen. Vi rusar genom sterila korridorer, förföljda av våra fiender och min egen skam över detta katastrofala misslyckande.

På något sätt undkommer vi Dianas styrkor igen och stapplar kippande ut i den döljande natten. Medan vi flyr svär jag tyst en ed till Garnet: *Jag ska hitta dig, syster. Och nästa gång lämnar vi platsen tillsammans, eller inte alls.*

Väl i säkerhet stannar jag slutligen, med hävande bröstkorg. De andra samlas försiktigt runt omkring mig.

"Artemis-" börjar Declan mjukt.

"Gör det inte", fräser jag med knutna nävar. "Jag sabbade det här, jag vet."

"Det gjorde vi alla", säger Athina. "Det viktiga nu är att utforma en ny strategi."

Jag drar båda händerna genom håret i frustration. Hon har rätt, självförebråelser är meningslösa. Men smaken av nederlag är bitter.

"Idéer?" frågar jag korthugget och försöker samla mig.

Vi överlägger spänt och analyserar exakt var allt gick fel. Gradvis lättar känslornas dimma och det rationella tänkandet återvänder.

"De har genomskådat våra metoder nu", säger Malcolm. "Vi behöver ett nytt tillvägagångssätt som de inte kommer att förutse."

Declan nickar. "Slå till mot dem där och när de minst anar det."

"Håller med." Jag känner hur ett nytt syfte rotar sig. Att deppa löser ingenting. "Vi lär oss av den här katastrofen och försöker sedan igen, smartare. Tredje gången gillt."

De andra lyckas med ett par bleka leenden åt mitt försök till tapperhet. Vårt självförtroende ligger i spillror, men det kan byggas upp igen. Och vi kommer att lyckas – alternativet är otänkbart.

När de första gryningsstrålarna kryper över horisonten rätar jag på ryggen. Vägen framåt är fortfarande oklar, men vi kommer att vandra den tillsammans. Garnets liv beror på vår uthållighet.

Vi kan stöta på motgångar, men att bli besegrade är inget alternativ. Vi behöver bara utvecklas förbi varje hinder. Och Dianas fall kommer närmare för varje dag, oavsett om hon accepterar den sanningen eller inte.

KAPITEL TJUGOSJU

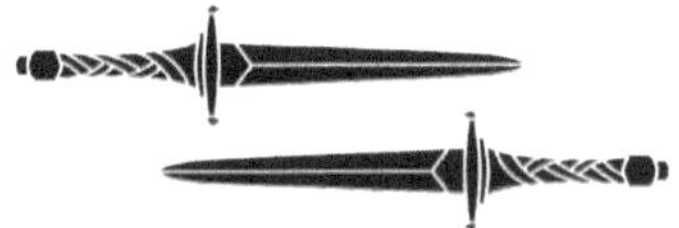

SKULDKÄNSLOR GNAGER I MIG medan vi outtröttligt böjer oss över kartor och scheman, desperat sökande efter någon ledtråd till var Diana tog Garnet efter det misslyckade uppdraget. Jag skulle aldrig ha lämnat henne, oavsett risken. Nu kan hon utsättas för obeskrivlig pina i Dianas händer, och allt är mitt fel.

– Det måste finnas något vi har missat, muttrar jag och skannar samma dokument för hundrade gången. Någon strimma av hopp, en ledtråd för att hitta och frita Garnet innan det är för sent.

Jag vet alltför väl vad som händer med Dianas fångar. Förvridna experiment och hybridmonster hemsöker mina tankar. Klockan tickar – hur lång tid tar det innan Garnet blir injicerad med det där avskyvärda serumet? Kommer vi ens att känna igen min vän när vi hittar henne?

Nej. Jag kan inte tänka så. Garnet är en kämpe, motståndskraftig. Hon kommer att hålla ut tills vi kan nå henne. Det måste hon. Jag vägrar att överväga något annat alternativ.

– Vi får tillbaka henne, säger Declan mjukt, när han ser ångesten i mina ögon. Hans röst stabiliserar mig, påminner mig om att denna börda inte är min ensam. Vi drog in Garnet i denna kamp tillsammans, och tillsammans ska vi föra henne hem.

Med förnyat fokus analyserar jag varje uns av data, i jakt på mönster eller inkonsekvenser. Vilken ledtråd som helst för att hjälpa vårt sökande. Diana gjorde ett misstag när hon tog Garnet. Nu ska vi få henne att betala för det misstaget. När vi väl hittar den avgörande ledtråden kommer jag omedelbart att leda fritagningsoperationen. Vi har redan svikit Garnet en gång genom att retirera utan henne. Aldrig mer. Jag gav henne mitt ord på att jag skulle skydda henne. Ett löfte jag tänker hålla, oavsett priset.

– Något skvaller om nya, inofficiella anläggningar? frågar jag Athina enträget. – Fångar eller försökspersoner som anländer?

Athinas blick är klistrad vid hennes laptopskärm. – Krypterade meddelanden refererar faktiskt till en nyligen byggd, hemlig anläggning. Och fångar som anländer för "behandling".

Det vrider sig i magen på mig. – Behandling för experiment, menar du.

Declans knytnäve slår i bordet. – Vi måste slå till mot det stället nu! Vem vet vad de redan har gjort mot de stackars själarna. Eller Garnet ... Hans käke spänns.

Jag möter hans flammande blick med samma intensitet. – Vi går in. I natt. Och vi befriar alla vi hittar, inte bara Garnet. Med på det?

De andra nickar allvarligt. Malcolm börjar protestera, men min blick tystar honom. Saken är avgjord – vi gör en räd mot anläggningen och lämnar ingen kvar.

Medan vi gör oss redo att ge oss av drar Athina mig åt sidan, med ett ansikte fyllt av oro. – Artemis, var försiktig. Detta räddningsförsök ... det kan vara precis vad Diana har förväntat sig.

Jag griper hennes händer hårt. – Jag gav Garnet mitt ord på att jag skulle skydda henne. Jag tänker inte svika henne igen, oavsett priset.

Athina söker min beslutsamma blick, sedan drar hon in mig i en hård kram. – Du har ett så ädelt hjärta, min kära. Jag ber att det inte leder dig vilse.

Jag vänder mig om och ansluter mig till Declan vid det tomgångskörande transportfordonet, och andas långsamt ut för att samla mig. Han ger mig en nick fylld av ett tyst löfte – vi står enade i natt i denna rättfärdiga sak.

Medan vi rusar mot det okända brottas tvivel och fasa inom mig. Vilka nya fasor väntar oss i natt? Och kommer jag än en gång att svika dem som litar på mig?

Bredvid mig verkar Declan känna av min inre oro. Utan ett ord lägger han sin hand över min på ratten. En påminnelse om att jag inte vandrar ensam in i skuggornas dal.

Tärningen är kastad. Nu fullföljer vi detta, oavsett vad som händer.

– Lyssna noga, mumlar jag och håller rösten låg i fängelsets tryckande skuggor. – Inga misstag den här gången. Vi hittar Garnet och fritar henne, kosta vad det kosta vill.

De kala väggarna tornar upp sig hotfullt och utmanar oss att trotsa deras mörka djup. Men vi har inget val – att lämna Garnet i Dianas ondskefulla händer längre hemsöker mig långt mer än något fysiskt hot denna natt kan utgöra.

Declans nötbruna ögon är grumlade av samma skuld som vrider sig i min mage över att ha övergett henne tidigare. – Någon aning om hur vi hittar henne i den här labyrinten?

– Jag har hackat deras system och hittat en ritning med listor över nya fångar, svarar Athina lågt och håller upp en surfplatta som visar en komplex karta. – De är alla i samma cellblock. Det finns en väg, om vi är försiktiga.

Jag nickar bestämt. – Då kör vi. Att misslyckas i natt är inte ett alternativ. Garnets liv hänger på vår framgång.

Vi smyger in, hypervaksamma på alla faror. Men de sterila korridorerna förblir kusligt tysta, vilket gör mig ännu mer på spänn. Vilka ondskefulla överraskningar väntar djupare in i denna imponerande gravkammare?

Athina leder oss skickligt runt varje hörn, hennes viskande röst vägleder oss genom den identiska labyrinten. Men gradvis närmar vi oss vårt mål.

Slutligen pekar hon mot en tjock ståldörr märkt Cellblock G med kalla, kliniska bokstäver. Inget avslöjar det lidande och den rädsla som pulserar bakom dess oberörda fasad. Jag stålsätter mig och leder teamet igenom.

Den fönsterlösa korridoren bortom utstrålar en påtaglig aura av fasa. – Sök snabbt och tyst, viskar jag. – Ingen oönskad uppmärksamhet. Vi sprider ut oss och finkammar noggrant varje isolerad cell. Alla förblir förbryllande tomma, vilket får mitt lugn att rämna ytterligare. Var är hon?

Då ropar Athinas dämpade röst: – Artemis, här! Jag skyndar till en cell som står lite på glänt och vågar knappt hoppas. När jag kikar in fastnar andan i halsen på mig – Garnet, levande och till synes oskadd.

Declan andas ut i djup lättnad. – Tack gode Gud. Är du okej?

Hon nickar stumt, ögonen fortfarande uppspärrade av kvardröjande skräck. Det hugger till i hjärtat när jag föreställer mig hennes prövning, ensam i detta fruktansvärda tomrum.

– Vi tar ut dig härifrån nu, lovar jag och hjälper hennes skakiga ben att bära hennes vikt. När Garnet öppnar munnen för att tala avbryter jag henne snabbt. – Ingen tid att förlora, vi rör på oss.

Vi går tillbaka samma väg och fortsätter i spänd tystnad. Varje tom korridor hånar oss och drar åt ångestens skruvstäd ytterligare. Men till slut kommer vi ut i den öppna nattluften, där mörkret omfamnar oss beskyddande.

– Kom, vi åker hem, mumlar jag och stöttar fortfarande Garnet tätt intill mig. Hennes hemsökta ögon reflekterar ärr jag inte kan se, men som jag delar i mitt eget hjärta – ärr lämnade av valet jag gjorde att överge henne. Aldrig mer.

När vi försvinner in i de täta skogarna vet jag att lättnaden över denna lilla seger är flyktig. Ett längre krig tornar fortfarande upp sig mot de krafter som smyger omkring i denna anläggning och andra som den. Men återförenade har vi nu en verklig chans att vinna denna kamp. I natt firar vi hårt vunna strider. I morgon fortsätter det verkliga kriget.

Och vi kommer att vara redo för det.

Det iskalla regnet bildar en dyster ridå medan vi kurar ihop oss i de skyddande skuggorna, hämtar andan och undviker en passerande säkerhetspatrull. Våra andetag går i spända, skakiga flämtningar. Jag kastar en blick på Garnet och ser att hennes vanligtvis klara blick nu är frånvarande och glasartad, som om hon är fångad i en mardröms grepp.

– Hallå, säger jag mjukt och försöker hålla rösten stadig trots adrenalinet som pulserar genom mig, – är du okej? Du är väldigt tyst.

Garnet blinkar långsamt och vänder sig för att möta min sökande blick. När hon slutligen talar är hennes röst bräcklig, knappt en viskning. – Jag var i den där cellen hela tiden. Kom inte ut. Såg ... saker.

En kyla sveper genom mig. – Vad för slags saker? frågar jag lågt. Declans hand dras omedvetet åt hårdare runt min.

– Fruktansvärda saker, ryser Garnet och slår armarna hårt om sig själv. – Skapelser som inte borde existera. Experiment. Hon sväljer tungt och skakar på huvudet i små, ryckiga rörelser. – Bara fasor ...

Det vrider sig i hjärtat när jag föreställer mig det trauma och den rädsla hon måste ha uthärdat ensam. – Lyssna, inget av detta är ditt fel, säger jag bestämt men mjukt. – Vad som än hände där inne ligger skulden hos Diana och hennes sjuka planer, inte hos dig.

Garnet ser bara bort, käken spänd mot någon osynlig känsla. – Om jag inte hade blivit tillfångatagen–

– Nu räcker det, avbryter Declan, med blixtrande ögon. – Det som är gjort är gjort. Allt vi kan kontrollera nu är att få dem att betala för sina brott. Jag vet att hans ilska kommer från omsorg, inte dömande.

– Han har rätt, instämmer jag, förvånad över min egen övertygelse. – Garnet, fokusera på att läka själv först, inte på felplacerad skuld. Tillsammans ska vi krossa Byrån för detta.

Garnet lyckas få fram ett svagt men tacksamt leende. – Tack, verkligen. Jag tror bara jag behöver lite tid.

– Ta all tid du behöver, försäkrar jag henne. – Vi kommer att finnas här när du är redo. Jag hoppas att min röst låter starkare än jag känner mig.

Medan vi fortsätter genom de regnvåta skogarna kastar jag ofta blickar på Garnet, slagen av den hemsökta frånvaro som nu dröjer sig kvar i hennes ögon. Hon verkar förminskad på något sätt, nedtyngd av minnen och skuld. Men åtminstone för nu är hon i säkerhet bland vänner.

Och så länge vi står enade mot mörkret som försöker förtära oss alla, vet jag att vi kommer att fortsätta kämpa.

Skuggorna må sluta sig om oss, men om vi klamrar oss fast vid hoppet och varandra kan vi överleva denna natt. Och vi kommer att leva för att se gryningen.

Declans hand finner min och klämmer den hårt. Jag möter hans ståndaktiga, nötbruna blick och hämtar styrka från den. På min andra sida sticker Athina sin arm genom min i tyst försäkran.

Omgiven av vänskapens värme känner jag hur ljuset inom mig flammar upp starkare och driver tillbaka skuggornas kvävande tyngd. Vi kommer att rida ut den här stormen, och många fler som kommer. Det är jag säker på nu.

Framför oss lockar löftet om en fristad – en gömd stuga djupt inne i vildmarken. Där kan vi hämta andan, sköta om sår och påbörja den långa läkningsprocessen.

För Garnet är vägen längre och svårare. Men hon kommer inte att vandra den ensam. Tillsammans ska vi hjälpa henne att återta det som togs ifrån henne. Och när hon är redo kommer vi att återuppta vårt korståg med förnyad övertygelse.

Regnet kan inte släcka vår inre eld. Och den långa natten måste till slut ge vika för gryningens ljus. Med det smala hoppet håller vi fast vid varandra och tränger framåt genom mörkret.

Regnets kalla, tunga droppar slår en enträgen rytm mot gömställets tak och understryker att vi är här tillsammans, vid liv trots allt. Men inte ens skyfallet kan helt dränka de dämpade orosviskningar som gnager i mig.

– Artemis, säger Declan tyst och vänder sig för att möta min blick, – vi behöver en plan för att hjälpa Garnet genom det här. Hon kan inte återhämta sig ensam.

Jag nickar bestämt, medan beslutsamheten växer inom mig. – Du har rätt. Jag ska se till att hon får allt stöd hon behöver. Vi låter henne inte lida i tysthet.

De andra mumlar instämmande, med lättnad blandad med oro i sina ansikten. Vi bryr oss alla djupt om Garnet, men ingen har sett henne reducerad till detta urholkade skal. Prövningen har släckt hennes inre ljus på ett sätt som skakar mig. Vi ger oss ut på okänd mark, vilse tillsammans.

– Vi finns här för dig, vad det än är, säger jag till Garnet och håller kvar hennes hemsökta blick. – Tveka inte att be om hjälp.

– Tack, mumlar hon frånvarande. – Jag vet inte vad jag skulle göra utan er.

– Låt oss inte ta reda på det, okej? säger jag med ett försök till lättsamhet. Men det värker i bröstet att se henne så förminskad, nedtyngd av trauma.

– Vi skyddar dig, alltid, lovar jag och fyller min röst med styrka. Garnet lyckas le ett litet leende åt det, men hennes ögon förblir grumliga, hemsökta.

Regnet hamrar mot fönsterrutan, varje droppe tävlar om uppmärksamhet, medan värmen från vänskapen omsluter oss inomhus. Vi kretsar skyddande kring Garnet, desperata att skärma av henne från stormens raseri.

– Prata med oss, snälla, uppmanar jag mjukt. – Vi vill förstå vad du utstod.

Men Garnet stirrar bara ner i sin ångande mugg, knogarna vitnar av hennes grepp. – Jag minns inte mycket, viskar hon. – Allt är en dimma.

– Det är vanligt efter ett trauma, säger Declan lugnande. – Vi finns här för dig, oavsett vad.

Garnets huvud rycker upp, ögonen blixtrar till. – Gör ni verkligen det? Eller kommer ni att springa iväg igen?

Jag ryggar till för anklagelsen. – Vi gjorde allt som stod i vår makt för att komma tillbaka till dig, svarar jag spänt. – Att lämna dig där var olidligt för oss.

– Det kändes inte så när jag satt inlåst ensam, svarar hon bittert.

– Nu räcker det! avbryter Athina, bestämt men vänligt. – Vi är här för att stödja återhämtning, inte för att fördela skuld.

Vi sitter i obekväm tystnad sedan, medan regnet understryker kvardröjande sår. Jag vill trösta Garnet, men hon har barrikaderat sig bakom murar som jag är osäker på hur jag ska bryta igenom.

– Ta all den tid du behöver, säger jag till sist och klämmer hennes hand. – När du är redo kommer vi att finnas här.

Garnet nickar, och en del av hårdheten lämnar hennes ögon. Vi må vara vilse, men vi kommer att möta det okända tillsammans. Regnet påminner oss om att vi fortfarande lever. Och så länge vi gör det, finns det hopp.

Medan vi sitter i högtidlig tystnad är regnets obevekliga trummande en ständig påminnelse om den inre storm som fortfarande rasar inom vår vän. Jag kan inte skaka av mig känslan av att vi går som på nålar, i väntan på att nästa spricka ska uppstå. Men vi kommer att stå vid Garnets sida, i vått och torrt – även om det innebär att vi måste konfrontera våra egna demoner längs vägen.

När allt kommer omkring är det vad en familj är till för. Och vi måste klamra oss fast vid det bandet nu mer än någonsin om vi ska ta oss igenom denna långa natt och finna gryningen på andra sidan.

Kapitel tjugoåtta

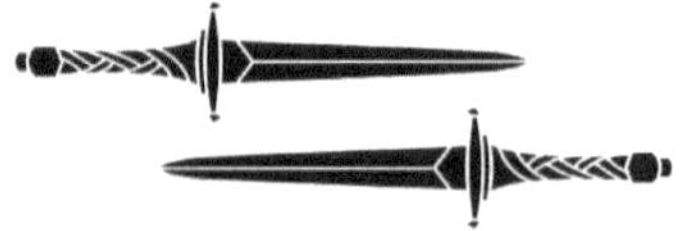

Rummet luktar gammalt kaffe och den bittra stanken av rädsla, men jag är för upptagen med att stirra på kartorna som ligger utspridda över bordet för att bry mig. Det är då det händer.

”Fan!”, utropar Athina när larm tjuter genom vårt gömställe, dränker det strategiska mumlet och ersätter det med panik. ”Vi blir anfallna!”

”Behåll lugnet!”, ryter jag, och hjärtat bultar i bröstet, samtidigt som mina händer griper tag i kartorna och trycker ner dem i papperskorgen bredvid bordet. ”Alla håller sig till planen. Vi visste att den här dagen kunde komma.”

”Artemis, vi förväntade oss det inte så här snart”, säger Malcolm med sina blå ögon grumlade av oro. ”Diana måste ha hittat oss snabbare än vi trodde.”

”Fokusera på nuet, Malcolm”, fräser jag och kämpar för att behålla fattningen. ”Vi tar hand om Diana senare. Just nu måste vi försvara vårt hem.”

”Artemis har rätt”, flikar Garnet in med en ovanligt darrig röst. ”Låt oss se till att vi alla kommer ut levande.”

Jag hinner inte ifrågasätta den oroliga tonen i hennes röst innan jag tvingas till handling. Athina trycker redan på tangenterna på datorerna och startar en förutbestämd sekvens som kommer att förvandla varje hårddisk i gömstället till slagg. Jag kastar en näve blå eld på pappersarbetet i papperskorgen, tacksam över att vi har säkerhetskopierat allt till det krypterade molnet och kommer att kunna återskapa allt senare ... om vi nu får uppleva ett senare.

Jag griper ett vapen från den närliggande vapengömman och springer mot ingången med adrenalinet forsande genom ådrorna.

"Fan också", tänker jag, medan pulsen rusar och jag mentalt förbereder mig för strid. "Hur kunde Diana ha hittat oss så snabbt?"

Medan jag väjer för spillror och hukar mig runt hörn, ser jag skymtar av Garnet i ögonvrån. Hon verkar ... konstig. Hennes rörelser är ryckiga och hennes ansiktsuttryck är frånvarande, nästan som om hon inte är helt där. Jag kan inte skaka av mig känslan av att något är väldigt fel.

"Skärp dig, Artemis", tillrättavisar jag mig själv och tvingar mitt fokus tillbaka till den överhängande faran vid vår tröskel. "Nu finns det ingen tid för misstänksamhet. Lita på ditt team."

"Artemis, vi blir övermannade!", skriker Athina genom kaoset, hennes röst ansträngd under tyngden av hennes rädsla. "Vi måste omgruppera och hitta en väg ut!"

"Uppfattat", svarar jag, och hjärtat sjunker vid tanken på att överge vårt gömställe. "Alla drar sig tillbaka till flykttunneln. Vi omgrupperar där och kommer på vårt nästa drag."

"Vänta!", skriker Declan, hans röst knappt hörbar över kakofonin som omger oss. "Var är Garnet? Hon var precis här med oss."

"Fan också", svär jag och söker av slagfältet efter tecken på vår försvunna lagkamrat. "Jag visste att det var något som inte stämde med henne."

Medan jag frenetiskt letar efter Garnet bildas en isande knut i maggropen. Varje instinkt skriker att något har varit fel ända sedan vi fick ut henne ur det där fängelset, men jag kan inte skaka av mig rädslan att jag är på väg att förlora ännu en medlem i mitt team.

"Hitta henne", tänker jag och min beslutsamhet hårdnar som stål. "Sedan tar vi hand om Diana en gång för alla."

"Gör er redo!", skriker jag och biter ihop tänderna när Dianas styrkor strömmar in i vårt gömställe. Obsidiancirkeln är i stort numerärt underläge, och vi kämpar för att hålla dem tillbaka.

"Slå tillbaka dem! Låt dem inte vinna någon mark!", ryter jag order till mitt team, med adrenalinet pumpande genom ådrorna. Vi har inte råd att vackla nu.

"Artemis, vi behöver förstärkning!", skriker Declan, hans röst ansträngd av ansträngningen att avvärja en hord av hybridvarelser. Jag kan känna rädslan i hans ögon, men han gör allt han kan för att behålla fattningen.

"Jag jobbar på det!", fräser jag tillbaka och avfyrar skott mot den framryckande svärmen. Varje träff ger mig en våg av tillfredsställelse, men det är inte tillräckligt. Vi förlorar mark, och det går snabbt.

"Var fan är Garnet?", skriker Athina, hennes röst knappt hörbar över kaoset. Jag ser mig omkring i rummet och letar efter tecken på henne. Det är då jag får syn på henne, stående längst bak i rummet.

"Hallå, Garnet!", morrar jag, och ilskan byggs upp inom mig. "Vad sägs om att du hjälper till istället för att stå och hänga som ett jävla spöke?"

Hon vänder sig mot mig med ett underligt leende på läpparna. Det är ett lömskt flin som får en kår att löpa längs ryggraden. Något är definitivt inte rätt här.

Mitt i kaoset blir Garnets leende bredare när hon lyfter händerna mot ansiktet och rör dem i en underlig gest. Till min fasa smälter hennes ansikte bort, som om hon tar av sig en mask, och avslöjar ett ansikte som inte tillhör min vän. Det är en fullständig främling. Hjärtat sjunker som en sten, och jag känner ilskan koka inom mig som smält lava.

”Överraskning”, hånler bedragaren och kastar masken åt sidan. ”Det här såg du inte komma, eller hur, Artemis?”

”Vem fan är du?”, spottar jag ur mig och kastar mig mot henne med varje uns av ilska som forsar genom mina ådror. Men hon är snabb och väjer för min attack med fulländad lätthet.

”Åh, var inte så hård mot dig själv”, hånar bedragaren med ett flin medan jag kämpar för att återfå balansen. ”Du hade aldrig en chans mot mig. Jag är ju den perfekta kopian.”

”Var är hon?”, kräver jag och biter ihop tänderna. ”Vad har du gjort med Garnet?”

”Sådan oro för din lagkamrat”, hånar hon och tar ett steg närmare mig. ”Men vad spelar det för roll? Hon är borta sedan länge, raring. Död och begraven, tack vare mig.”

”Död?” Ordet känns som syra på tungan. Rädsla och raseri strömmar genom mig som ett vilt inferno och tänder något ursprungligt inom mig. ”Din lögnaktiga jävla skitstövel!”

”Tro vad du vill”, replikerar bedragaren med en vårdslös axelryckning och en ondskefull glimt i ögonen. ”Men vet detta: jag tog hennes plats mitt framför näsan på dig, och du misstänkte inte ens någonting.”

”Håll käften!”, skriker jag och kastar mig mot henne igen med förnyad beslutsamhet. Vår duell är brutal, varje slag drivet av hat och det desperata behovet av hämnd.

”Patetiskt”, väser bedragaren och parerar mina attacker med irriterande lätthet. ”Du är precis lika svag som hon var.”

”Nu räcker det!” Hjärtat bultar vilt i bröstet, adrenalinet pumpar genom mina ådror som en drog. Jag kan inte låta detta monster vinna – inte efter allt vi har gått igenom.

Med ett rasande rytande tvingar jag tillbaka bedragaren, och hennes ögon vidgas i förvåning när hon inser att jag inte kommer att ge mig utan strid. Slutligen får jag tillräckligt med kontroll över mitt raseri för att kanalisera min kraft, och den blå elden flammar upp vid mina fingertoppar.

”Säg adjö”, morrar jag, min röst drypande av gift. Och sedan slungar jag en blå flamma, hetare än napalm, rakt i hennes flinande, lögnaktiga, förrädiska ansikte.

När bedragaren faller ihop på golvet står jag över henne och andas tungt. Men det finns ingen tillfredsställelse i denna seger – bara den förkrossande tyngden av svek, sorg och förlust.

Jag stirrar på förödelsen med darrande händer, men känner ingen tillfredsställelse. Skadan är skedd, och ekot av hennes skratt förföljer mig. En förrädare gick bland oss, och jag såg det inte.

”Artemis!” Athinas rop rycker mig tillbaka till verkligheten. ”Vi måste ge oss av! Nu!”

”Declan”, mumlar jag och söker igenom kaoset efter tecken på honom. ”Jag kan inte ge mig av utan Declan.”

”Hitta honom, men skynda dig! Vi förlorar mark snabbt!” Hennes röst har en angelägen ton jag sällan hört.

Jag tränger mig igenom röken och spillrorna och ropar hans namn. Mitt hjärta rusar med växande fasa när varje desperat rop förblir obesvarat. Var fan är han?

”Artemis!” Det är Sapphires närmaste man, Topaz, med ögonen uppspärrade av fasa. Han pekar dit där Sapphire ligger hopkrupen på golvet.

”Fan”, svär jag tyst för mig själv. Vi måste få ut henne härifrån, nu, innan vi förlorar henne också.

”Hjälp mig med henne”, säger jag till Topaz, och vår gemensamma rädsla driver oss när vi lyfter hennes kropp tillsammans.

”Var är Declan?”, kräver jag, och min röst spricker av rädsla.

Topaz skakar på huvudet, hans ansikte är blekt. ”Jag vet inte. Jag har inte sett honom sedan attacken började.”

”Declan! Declan, svara mig!”, skriker jag och ignorerar den brännande känslan i mina lungor. Men det enda svaret kommer från stridens dån, som hånar min desperation.

”Artemis, vi måste dra oss tillbaka!”, ropar Athina igen, hennes ansikte spänt av sorg. ”Nu!”

”Ge er av! Jag hittar honom och kommer ikapp!”, skriker jag, ovillig att lämna utan honom.

”Artemis, vi har inte tid!” Hennes röst drunknar nästan i kaoset runt omkring oss. ”Vi måste ge oss av!”

”Fan också”, svär jag igen, och tårarna hotar att rinna när verkligheten sluter sig kring mig som ett skruvstäd. Declan är inte här, men vi kan inte stanna längre. Tyngden av Sapphires slappa kropp i mina armar är en dyster påminnelse om att ett stanna här innebär en säker död för oss alla. Hon lever, men hon kommer inte att göra det länge till om vi inte kommer härifrån.

”Okej!”, skriker jag tillbaka, och mitt hjärta brister. ”Nu kör vi!”

När vi drar oss tillbaka från gömstället kan jag inte skaka av mig känslan av att jag har lämnat en del av mig själv kvar. För varje steg växer skulden och ilskan sig starkare och hotar att förtära mig. Men en sak är säker: jag kommer att hitta Declan, och jag ska fan se till att inget liknande någonsin händer igen.

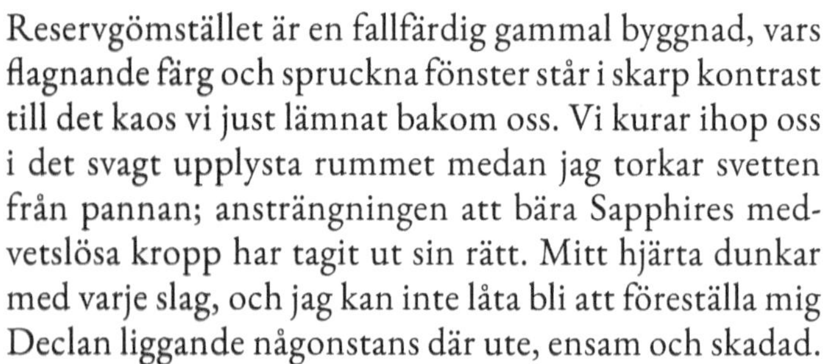

Reservgömstället är en fallfärdig gammal byggnad, vars flagnande färg och spruckna fönster står i skarp kontrast till det kaos vi just lämnat bakom oss. Vi kurar ihop oss i det svagt upplysta rummet medan jag torkar svetten från pannan; ansträngningen att bära Sapphires medvetslösa kropp har tagit ut sin rätt. Mitt hjärta dunkar med varje slag, och jag kan inte låta bli att föreställa mig Declan liggande någonstans där ute, ensam och skadad.

”Declan ...”, viskar jag och knyter nävarna så hårt att det gör ont. ”Han är fortfarande försvunnen.”

Athina lägger en mild hand på min axel, hennes ögon fyllda av medlidande. ”Artemis, vi kommer att hitta honom. Jag lovar.”

”Fan också.” Orden slinker ur mig som gift, bittra och smärtsamma. ”Vi borde inte ha gett oss av utan honom.”

”Artemis”, avbryter Athina, hennes röst fast men lugnande. ”Vi hade inget val. Vi kunde inte stanna där längre.”

”Är det inte det du sa när vi lämnade Garnet?”, fräser jag tillbaka, och ilskan pulserar genom mina ådror. Hur kunde jag ha varit så blind? Hur kunde jag inte se bedragaren mitt framför näsan på mig?

”Nu räcker det”, säger Athina, och hennes stränga ton skär genom mina tankar. ”Nu är det inte tid för anklagelser. Vi måste fokusera på att hitta Declan och överleva.”

”Just det”, muttrar jag och försöker trycka ner det brinnande raseriet inom mig. ”Överleva. Hitta Declan. Uppfattat.”

"Lyssna, Artemis", – hon fäster sina varma bruna ögon i mina – "jag kommer att övervaka alla kanaler efter tecken på Declan. Vi vilar inte förrän han är hittad."

"Bra." Min röst är kall, utan känslor. "Och vi ska se till att detta aldrig händer igen. Vi ska rensa ut alla andra spioner, alla förrädare. Ingen annan ska förråda oss."

"Håller med", svarar Athina, hennes ögon brinnande av beslutsamhet. "Vi kommer att omgruppera och komma tillbaka starkare än någonsin. Diana kommer inte att veta vad som träffade henne."

"Det kan du ge dig fan på att hon inte kommer", säger jag, och min beslutsamhet hårdnar som stål. Mitt hjärta må vara tungt av förlusten av Garnet, men det är också fyllt av ett nyfunnet raseri. Jag tänker inte låta hennes död vara förgäves.

"Okej, team", tillkännager jag, och min röst ljuder av pondus. "Nu sätter vi igång. Vi har en försvunnen vän att hitta och en hämnd att utkräva."

Gömstället är tyst nu, de andra är upptagna med sina uppgifter. Men i mitt rum kan jag inte undkomma den förkrossande skulden som ligger tungt på mitt bröst som ett klippblock. För varje andetag hotar den att kväva mig.

Jag svek dem. Garnet ... Declan. Tanken på att han fortfarande är försvunnen får mig att rysa. Och bedragaren – herregud, hur kunde jag ha varit så blind? Hur många gånger såg jag rakt in i de där förrädiska ögonen utan att se sanningen?

"Fan också", muttrar jag tyst för mig själv och pressar handflatorna mot mina slutna ögon. Slutältat. Jag måste göra något – vad som helst – för att hedra vännerna vi har förlorat.

Med beslutsamhet smyger jag ut ur gömstället och tar mig till den lilla kyrkogården i närheten. Det är en plats där några av Obsidiancirkelns medlemmar som inte klarat sig genom åren är begravda, deras gravar märkta med enkla träkors.

Solen har sjunkit under horisonten och lämnat efter sig ett kusligt mörker som verkar passande för denna dystra uppgift. När jag närmar mig den färska jordhögen kramar jag buketten med blommor hårt i min hand och känner taggarna sticka mig i huden.

"Hej där", viskar jag och knäböjer framför Garnets grav – tom, eftersom vi troligen aldrig kommer att få veta vad som hände med hennes kropp. Jag tar ett darrande andetag. "Garnet ... förlåt att jag inte kunde se igenom förklädnaden. Bedragaren lurade oss alla, men jag borde ha vetat. Jag borde ha ..." Rösten brister och jag kan inte fortsätta.

"Artemis?" Malcolms röst skrämmer mig, och jag vänder mig om för att se honom stå några meter bort med ett allvarligt ansiktsuttryck. "Det var inte meningen att störa."

"Malcolm", säger jag och tvingar mig själv att låta samlad. "Vad gör du här?"

Han suckar och till min förvåning sätter han sig ner på marken framför graven och betraktar gravstenen. "Jag borde ha vetat", sa han tyst, innan han såg tillbaka på mig. "Vi hade hållit det hemligt för resten av Cirkeln, men Garnet och jag var ... involverade."

Jag känner hur mina ögonbryn åker upp, och jag sätter mig bredvid honom på den kalla marken. "Jag hade ingen aning."

"Efter att hon kom tillbaka ville hon inte ha något med mig att göra." Malcolm skrattar bittert. "Jag trodde att det var posttraumatisk stress, eller något sådant. Misstänkte inte för ett ögonblick att det inte var Garnet alls."

Jag vet inte ens vad jag ska säga. "Jag är ledsen", mumlar jag, men det känns otillräckligt. "Garnet – den *riktiga* Garnet – var cool. Du måste vara förkrossad."

”Vi hade inte lovat varandra evig kärlek eller något.” Malcolms blick från sidan var ironisk. ”Hur skulle det ens se ut, i den här världen, i våra liv?”

Jag har undrat det en eller två gånger själv. Declan sa till mig att han älskade mig, en gång, och även om jag inte har kunnat säga det tillbaka till honom än, är det först nu när han inte är här som jag inser hur absolut beroende jag har blivit av att ha honom i närheten. Av hans lojalitet, hans lugna, stadiga pålitlighet. Inte för att vi aldrig bråkar – hans lojalitet är det mest avlägsna man kan tänka sig från att vara reservationslös – men jag vet att när det verkligen gäller, kommer han att vara där för att backa upp mig.

Att inte veta vad som har hänt honom äter upp mig inifrån. Det finns ett Declan-format hål i mitt universum och jag kommer att göra vad som helst för att få honom tillbaka.

Vad som helst.

Vi sitter länge framför Garnets tomma grav, och till slut är det Malcolm som suckar först och reser sig.

”Det sista hon skulle ha velat var att vi skulle ge upp nu. Vi har en chans att ställa allt till rätta, att hitta Declan och låta de ansvariga betala. Och vi ska göra det tillsammans, som ett team.”

”Just det”, instämmer jag och torkar mig i ögonen med handryggen. ”Tillsammans.”

”Kom nu”, säger han och erbjuder en hand för att hjälpa mig upp. ”Låt oss återgå till arbetet.”

Solen kastar långa skuggor över kyrkogården när jag reser mig. Garnets färska grav stirrar tillbaka på mig och utmanar mig att titta bort. Men det tänker jag inte. Det är jag skyldig henne.

Med ett djupt andetag stålsätter jag mig och går tillbaka till gömstället.

Skärpning – det är dags för handling.

Kapitel tjugonio

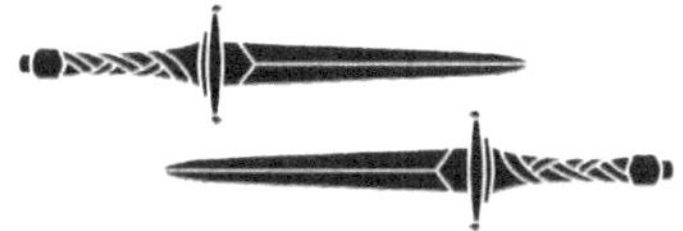

Två veckor. Fjorton dagar av elände och rastlösa nätter, allt utan ett enda tecken från Declan. Min ångest är som en klåda jag inte kan klia, den gnager i mig varje sekund på dagen.

"Artemis, du måste äta något", säger Malcolm och skjuter en tallrik mot mig. Men magen knyter sig bara vid åsynen av mat.

"Kan inte. Är inte hungrig." Min röst är knappt hörbar, ens för mig själv. Han suckar, men pressar mig inte mer. Det är inte som om han inte vet varför jag är så här.

"Artemis, du borde verkligen vila lite", flikar Athina in, hennes vanligtvis svala uppsyn vacklar av oro. Som om sömn var något jag bara kunde bestämma mig för att få.

"Sova? Vad är det?" fräser jag tillbaka och försöker dölja min desperation med sarkasm. Jag ångrar det omedelbart när jag ser Athinas sårade min. "Förlåt, jag ... jag kan bara inte."

"Artemis, vi är alla oroliga för Declan också, men du gör inte dig själv några tjänster genom att köra slut på dig själv", säger hon mjukt och lägger en hand på min axel. Jag rycker undan den, oförmögen att ta emot tröst just nu.

”Tack, men jag klarar mig”, muttrar jag, fullt medveten om att det är en lögn.

Mina känslor är på bristningsgränsen, och hur mycket jag än vill hålla ihop kan jag inte dölja den inverkan det har på mina krafter. Blå eld flimrar till när jag sträcker mig efter gaffeln och ett glas splittras tvärs över rummet när telekinetisk energi slår ut bortom min kontroll.

”Fan också”, svär jag tyst för mig själv och skyndar mig att städa upp röran innan någon annan märker något. Det sista jag behöver är att alla tror att jag håller på att tappa greppet om verkligheten tillsammans med mina krafter.

”Artemis, det är okej. Vi förstår”, säger Malcolm och försöker hjälpa mig att städa upp, men jag viftar bort honom.

”Låt bli. Jag tar hand om det”, fräser jag, och min ilska och frustration kokar över. De förstår inte. Hur skulle de kunna det? Om det var någon av dem som saknades skulle jag vara precis lika orolig och desperat.

”Artemis, vi finns här för dig”, erbjuder Athina igen, med mjuk och försiktig röst. Jag vet att hon menar väl, men det är svårt att ta emot hjälp när allt jag vill ha är den enda personen som inte är här.

”Tack”, säger jag och biter ihop tänderna. ”Men jag behöver bara vara ifred ett tag.”

”Okej, men kom ihåg att vi finns här om du behöver oss”, säger Malcolm tyst, innan han och Athina lämnar mig ensam med mina tankar och det krossade glaset.

Två veckor utan Declan är ett helvete på jorden. Men jag svär, jag kommer inte sluta leta förrän jag hittar honom, även om det tar livet av mig.

Rastlös vandrar jag av och an på golvet i mitt lilla rum som ett djur i en bur. Ljusskenet från stadens lampor utanför det smutsiga fönstret kastar kusliga skuggor på väggarna och plågar mig med minnen av Declans beröring. Sömn har blivit en omöjlig lyx, och mina nerver är på helspänn.

”Kom igen, Declan”, viskar jag ut i det tomma rummet med sprucken röst. ”Var är du?”

Min mobil surrar till på sängen, och jag sliter nästan sönder den i min iver att svara. Skärmen visar ett nummer jag inte känner igen, men jag svarar utan att tveka, desperat efter minsta uns av nyheter.

”Artemis”, kraxar en skrovlig röst i luren. Mitt hjärta hoppar upp i halsgropen.

”Declan?” får jag hest fram, och vågar knappt tro det.

”Hallå, Artie”, säger han, med en röst som är svag men omisskännlig. ”Saknat mig?”

”Är det verkligen du?” kräver jag och kramar telefonen så hårt att mina knogar vitnar.

”Senast jag kollade, ja.” Han lyckas få fram ett svagt skratt. ”Jag lyckades rymma från Dianas helveteshål. Kan vi hoppa över småpratet och få ut mig härifrån?”

”Var är du?” Min röst darrar, men min beslutsamhet är solid som stål. Inte ens helvetet självt kommer att hindra mig från att få tillbaka honom.

”I gränden bakom Frankie's Bar”, svarar han med ansträngd andning. ”Men du måste skynda dig.”

”Stanna där. Jag kommer”, säger jag, slänger ner telefonen och griper tag i min jacka.

”Artemis!” ropar Malcolm och dyker upp i dörröppningen. ”Vad är det som händer?”

”Declan lever. Han har rymt från Diana, och jag ska hämta honom”, svarar jag, utan att släppa Malcolms violetta blick.

”Vänta”, varnar han och tar ett steg fram, med oro ristad i sina drag. ”Vi kan inte bara lita på hans ord. Kommer du ihåg vad som hände med Garnet?”

”Malcolm, det här är Declan”, fräser jag, och mitt tålamod börjar sina. ”Jag känner igen hans röst.”

”Ändå måste vi vara säkra”, insisterar han med fast ton. ”Vi har arkiverade prover av hans DNA. Vi kan verifiera hans identitet innan vi tar honom hit.”

”Varje sekund han är där ute kan Diana fånga honom igen, och du vill att jag ska slösa tid på ett jävla vetenskapsprojekt?!” Min ilska kokar över, men Malcolm ryggar inte tillbaka.

”Artemis, vi måste vara försiktiga. Förtroendet har krossats, och insatserna är för höga. Låt oss hämta honom, göra testerna, och sedan vet vi säkert.”

”Okej då”, morrar jag, trots att det känns som ett svek. ”Men om du har fel, Malcolm, då svär jag ...”

”Då tar jag fullt ansvar”, svarar han lugnt. ”Nu åker vi och hämtar Declan.”

”Hur lång tid kommer testerna att ta?” vädjar jag.

Malcolm grimaserar. ”Längre än jag skulle önska. Vi förlorade mycket utrustning när Diana invaderade våra labb. Två dagar, kanske?”

Två dagar för länge. Jag hoppas bara att Declan kommer att förstå varför vi måste göra det här – för hur mycket jag än hatar det, har Malcolm rätt. Vi kan inte riskera en till bedragare.

Det vrider sig i magen när jag ser Declan föras bort, med handlederna bundna i kalla järnbojor. Hans blick möter min, hans nötbruna ögon fyllda av en blandning av smärta och förståelse. Men rädslan som gnager i mitt inre vill inte försvinna.

”Artemis”, ropar han mjukt och försöker lugna mig. ”Det är okej. Det här är nödvändigt.”

”Är det?” muttrar jag för mig själv. Ljudet av hans röst lugnar mina slitna nerver men gör lite för att lindra skulden. Det gör fysiskt ont att se honom så här.

”Artemis.” Malcolm lägger en hand på min axel och klämmer den försiktigt. ”Du gör det rätta.”

”Gör jag?” Jag rycker mig loss från hans beröring, och indignationen flammar upp. ”Han riskerade allt för att kontakta oss, och vi återgäldar det genom att låsa in honom som ett djur?”

”Artemis”, säger Malcolm bestämt, ”vi har blivit brända förut. Vi måste vara säkra. När vi får DNA-resultaten vet vi säkert, och då kan vi ställa allt till rätta.”

”Okej då”, fräser jag och borstar förbi honom. ”Sätt igång med din vetenskap då.” Mina fotsteg ekar i den sterila korridoren när jag marscherar mot Declans tillfälliga cell. Den metalliska doften av desinfektionsmedel fyller mina näsborrar och får mig att vilja kräkas.

Jag sätter mig på det kalla golvet utanför hans cell och känner kylan tränga in i benen. Timmar kryper förbi, bara markerade av de flimrande lysrören i taket. Tiden förlorar all betydelse när jag lyssnar på hans ansträngda andning, de enstaka rörelserna. Hans röst blir min livlina i dessa tröstlösa stunder.

”Artemis”, mumlar han genom stålstängerna. ”Du behöver inte stanna här.”

”Aldrig i livet”, svarar jag hest. ”Jag lämnar dig inte ensam på den här platsen.”

”Tack”, viskar han, även om jag hör ansträngningen i hans röst. Det här tär lika mycket på honom som på mig.

”Declan, jag är så ledsen”, får jag fram med darr på rösten och knyter händerna så hårt att naglarna skär in i handflatorna.

”Nej, gör inte så mot dig själv”, säger han mjukt. ”Det är inte ditt fel.”

”Är det inte?” Min röst spricker. ”Om jag bara hade varit mer försiktig, om jag inte hade låtit den där bedragaren komma mig inpå livet –”

”Artemis, du visste inte”, avbryter Declan med bestämd ton. ”Ingen av oss visste. Och vi kommer att fixa det här, tillsammans.”

”Lova mig”, kräver jag och söker efter visshet i hans ögon. ”Lova mig att det här inte är något grymt trick.”

”Artemis”, andas han, och råa känslor gör hans röst tjock. ”Jag lovar. Det är verkligen jag.”

”Då väntar jag”, säger jag, och beslutsamhet stålsätter min ryggrad. ”Jag väntar på de där jävla resultaten, och sedan ställer vi allt till rätta. Tillsammans.”

”Tack”, viskar Declan igen, och jag kan nästan känna tyngden av hans tacksamhet omsluta mig som en varm omfamning.

Mina ben är bortdomnade av att sitta på det kalla betonggolvet, och min rygg värker av att luta mig mot de fuktiga väggarna i den underjordiska cellen. Trots obehaget vägrar jag att flytta mig en millimeter från Declans tillfälliga fängelse. Luften är fuktig och unken, men jag kan inte förmå mig att lämna hans sida, inte ens för ett ögonblick.

”Artemis”, ekar Athinas röst nerför korridoren, med oro inpräntad i varje ord. ”Du har varit här i timmar. Du behöver vila, mat ... något.”

”Lämna mig ifred, Athina”, fräser jag, utan att släppa stålstängerna som skiljer mig från Declan med blicken. ”Jag mår bra.”

”Uppenbarligen inte”, kontrar hon med sin vanliga sarkasm och korsar armarna över bröstet. ”Men jag förstår varför du gör det här. Kom bara ihåg att du inte är till någon nytta för honom om du kollapsar av utmattning. Jag hämtar lite soppa till er båda.”

”Tack för pepptalket”, muttrar jag och himlar med ögonen. Men innerst inne vet jag att hon har rätt. Trots det kan jag inte slita mig från den här platsen.

”Artemis”, når Declans röst mig, mjuk och lugnande, som balsam för mina söndertrasade nerver. ”Athina har en poäng. Du borde ta hand om dig själv också.”

”Berätta vad som hände medan jag var borta”, säger han och byter ämne när han känner min motvilja. ”Jag vill veta allt.”

”Okej då”, medger jag, medveten om att det kan hjälpa till att fördriva tiden. Jag återberättar händelserna från de senaste två veckorna och ryggar tillbaka när jag minns bedragaren som dödade Garnet och lurade oss alla innan hon ledde Diana rakt till vårt gömställe. Jag berättar om hur Malcolm öppnade sig för mig framför Garnets grav, och jag erkänner att jag har spenderat de senaste två veckorna med att falla samman utan Declan vid min sida. Medan jag talar känner jag hur en tyngd sakta lyfter från mitt bröst och blottar de råa känslorna därunder.

”Jag borde ha varit där för dig”, säger han mjukt. ”Jag är så ledsen.”

”Declan, du var inlåst”, påminner jag honom bittert. ”Du kunde inte ha hindrat något av den där skiten från att hända.”

”Ändå”, suckar han och drar en hand genom sitt rufsiga bruna hår. ”Känns det inte rätt för mig.”

”Ingenting med hela den här situationen känns rätt för mig heller”, muttrar jag för mig själv med vitnande knogar när jag knyter nävarna.

”På tal om att vara inlåst”, säger Declan och lutar sig närmare cellgallret, med spänd uppsyn. ”Diana var fullkomligt rasande över att vi inte blev fast tidigare. Jag hörde henne prata om hur Malcolms behandlingar stabiliserade våra krafter tillräckligt för att vi skulle kunna undkomma hennes grepp. Hon trodde att vi skulle ha kommit krypande till henne för flera veckor sedan och bett om hennes hjälp. Det är så hon kontrollerar hybriderna hon skapar. De kan inte fungera utan hennes hjälp.”

”Utan Malcolms behandlingar skulle vi vara utlämnade åt Dianas nåd”, muttrar jag och ryser vid tanken på att våra krafter skulle spåra ur och lämna oss sårbara för hennes förvridna experiment. "Hon skulle ha haft oss båda på ett silverfat."

"Sant", medger Declan med en tankfull blick. "Men det betyder inte att vi är säkra nu. Medan jag var i hennes klor nämnde hon något om ett nytt experimentellt serum." Hans röst är spetsad med oro, och jag anar att han håller tillbaka något.

"Ur med språket", kräver jag, och min otålighet flammar upp. "Vad för slags serum? Injicerade hon dig med det?"

Declan tvekar, och hans nötbruna ögon flackar bort från mina. "Det var ... annorlunda", säger han kryptiskt. "Jag kan inte förklara det än, men jag lovar att jag ska berätta allt så fort jag kan."

"Fan också, Declan!" fräser jag, med hjärtat bultande i bröstet. "Du döljer bäst inget som kan utsätta oss alla för fara!"

"Artemis, lita på mig", vädjar han, med en röst som knappt är mer än en viskning. "Jag skulle inte undanhålla något från dig som kan utsätta dig eller de andra för risk. Men just nu kan jag bara ... inte prata om det."

"Okej då", grymtar jag och försöker svälja min frustration. "Men du berättar bäst allt så fort det där testet kommer tillbaka. Jag bryr mig inte om du är fri eller ej."

"Avtalat", instämmer han och ger mig ett svagt leende. "Låt oss bara hoppas att det är förr snarare än senare, eller hur?"

"Sannerligen", säger jag och trummar med fingrarna mot låret, varje nervände skriker efter handling. "Ju förr vi får det här överstökat, desto förr kan vi fokusera på att krossa Diana och hennes förvridna experiment."

"Håller med", nickar Declan, och hans uttryck hårdnar. "Vi ska slita hennes värld i stycken, bit för bit, tills det bara återstår aska."

"Ljuv musik i mina öron", flinar jag och känner en förvriden känsla av tillfredsställelse vid tanken på Dianas fall.

Men för tillfället kan vi bara vänta. Vänta på resultaten som kommer att avgöra vårt nästa drag – och vår framtid tillsammans. Och hur mycket jag än hatar att vänta, vet jag att det är nödvändigt. För utan förtroende har vi ingenting – och om Declan inte är den han utger sig för att vara, då kommer helvetet att bryta lös.

De skarpa lysrören ovanför labbet flimrar och kastar ett hårt sken över Malcolms ansikte när han går igenom DNA-testresultaten. Mitt hjärta rusar, min kropp är spänd och redo att agera, beroende på vad han säger.

"Artemis", säger han till slut, med stadig och säker röst. "Det är han. Ingen tvekan om saken."

"Verkligen?" andas jag, och en känsla av lättnad sköljer över mig som en flodvåg. Innan någon hinner reagera springer jag tillbaka mot Declans cell, med tankarna fulla av ursäkter och förklaringar. Den metalliska smaken av järnstänger och unken luft drabbar mina sinnen när jag rundar hörnet och sladdar till ett stopp framför hans tillfälliga fängelse.

"Declan!" utbrister jag och fumlar med cellnycklarna. "Det är du – det är verkligen du. Jag är så ledsen, jag –"

"Artemis", avbryter han, med en röst som är lugnande och bekant när han sträcker sig mellan stängerna för att vidröra min hand. "Det är lugnt. Du var tvungen att vara säker. Men du behöver inte dem där."

Med en graciös rörelse kliver Declan in i en skugga som kastas av cellstängerna. På ett ögonblick försvinner han, bara för att dyka upp igen några meter bort, framträdande ur en annan skugga som en fantom. Jag tappar hakan, med ögonen vidgade av denna nya uppvisning av kraft.

"Teleportering", viskar jag i vördnad, medan min hjärna kämpar för att förstå innebörden. "Du ... kunde ha rymt hela tiden?"

"Japp", svarar han, med ett flin på läpparna. "Men det skulle inte ha gett mig ditt förtroende, eller hur?"

"Fan också, Declan", svär jag, och ilska och lättnad blandas i mitt bröst som olja och vatten. "Du kunde ha besparat dig själv så mycket besvär."

"Besvär är mitt mellannamn", skämtar han, men hans ögon är allvarliga, med en antydan till sorg lurande under ytan. "Jag behövde att du skulle lita på mig, Artemis. Och ibland innebär det att man måste göra uppoffringar."

"Som att låta dig bli inlåst av dina egna vänner?" utmanar jag och korsar armarna över bröstet.

"Exakt", bekräftar han med fast röst. "Så du ser, jag är fortfarande samma envisa idiot du föll för från första början."

"Du är otrolig", muttrar jag för mig själv och skakar på huvudet i misstro. Insikten om att Declan enkelt hade kunnat fly från sin cell när som helst slår mig hårdare än ett godståg. Mina ögon fylls av tårar när jag kämpar för att bearbeta djupet av hans tro på oss, särskilt efter hur jag tvivlade på honom.

"Declan", får jag fram med darr på rösten, tjock av outgråtna tårar. "Litade du verkligen så mycket på oss?"

"Alltid, Artemis", svarar han mjukt, med sina gröna ögon fyllda av uppriktighet och förståelse. "Jag visste att vi skulle möta utmaningar, men jag tvivlade aldrig ett ögonblick på dig eller de andra."

"Även när jag var redo att kasta dig under bussen?" frågar jag bittert och hatar mig själv för hur snabbt jag misstänkte honom.

"Särskilt då", säger han, med orubblig blick. "För jag vet att du bara ser till allas säkerhet. Det är den Artemis jag älskar, hon som skulle göra vad som helst för att skydda sina vänner."

Jag ger ifrån mig ett vattnigt skratt och torkar mig i ögonen med handryggen. "Ja, du har ett jävla pokeransikte, Mr Pålitlig."

"Tack", flinar han, och mungiporna rycker av munterhet. "Jag gör mitt bästa."

"Det gör du sannerligen", säger jag ilsket, plötsligt överväldigad av ett behov att ge honom ett löfte. "Från och med nu, Declan, kommer jag alltid att stå vid din sida, oavsett vad. Vilka krafter du än har, vilka hemligheter du än döljer ... det spelar ingen roll. Vi kommer att möta dem tillsammans."

"Artemis ..." Han ser på mig med en blandning av överraskning och tacksamhet, och hans min rycker i mina hjärtesträngar som aldrig förr. "Tack. Det betyder mer för mig än du någonsin kommer att förstå."

"Bra", fräser jag och försöker återfå någon form av min vanliga sarkastiska attityd. "Kom hit med ditt skugghoppande arsle och kyss mig."

"Låter som en plan", flinar han, och hans ögon gnistrar av illvilja när han kliver ut ur skuggorna och in i ljuset och sträcker ut armarna för att omfamna mig.

I natt är det bara han och jag.

Våra fiender kan vänta.

KAPITEL TRETTIO

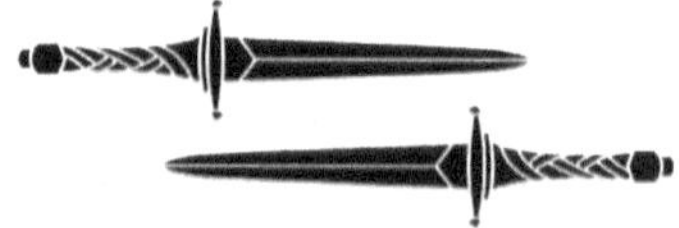

DET DOVA SKENET FRÅN ljusen flimrar mot väggarna i mitt lilla rum och kastar långa skuggor som dansar i hörnen. Jag kan knappt andas när Declan pressar sina läppar mot mina och hans händer följer min ryggrad.

"Artemis", mumlar han mot min mun, och bara att höra honom säga mitt namn får en rysning att löpa längs ryggraden.

"Declan", viskar jag tillbaka och sträcker mig upp för att trassla in fingrarna i hans rufsiga bruna hår. Det är en intim stund, en som vi har längtat efter sedan vår värld vändes upp och ner av Byrån för paranormala affärer.

Våra kyssar blir mer enträgna, drivna av adrenalinet från de senaste striderna och det överväldigande behovet av att känna oss levande. Jag kan inte låta bli att tänka på hur mycket som har förändrats för oss båda, på gott och ont. Förr kämpade vi sida vid sida mot övernaturliga hot; nu är vi de övernaturliga hoten, och vi är fast i ett trassligt nät av fara och misstro.

"Är du säker på det här?", frågar jag och drar mig undan precis tillräckligt för att se in i hans nötbruna ögon.

”Jag har aldrig varit säkrare på något”, svarar han med låg, hest röst.

Jag drar honom närmare igen och finner tröst i värmen från hans kropp mot min. Det är lätt att glömma det övernaturliga kaos som omger oss när jag är omsluten av Declans armar, men innerst inne vet jag att det aldrig är långt borta.

Medan vi förlorar oss i varandra verkar skuggorna på väggen anta olycksbådande former och påminner mig om mörkret som lurar bortom denna fristad. Kanske är det bara min överaktiva fantasi, men jag kan inte skaka av mig känslan av att något lurar runt varje hörn – något ännu läskigare än de monster vi har mött tidigare.

”Hallå”, viskar Declan med het andedräkt mot mitt öra. ”Nu övertänker du igen.”

”Jag erkänner”, medger jag med ett snett leende. ”Jag kan inte hjälpa det – du känner mig, jag planerar alltid för det värsta.”

”Låt oss bara fokusera på nuet”, föreslår han, och hans händer vandrar över min kropp på ett sätt som får mitt hjärta att slå snabbare. ”Vi förtjänar lite lugn och ro, eller hur?”

”Lugn och ro?”, fnyser jag. ”I den här staden? Lycka till med det.”

Han skrattar lågt, och jag kan inte låta bli att le. Kanske kommer vi aldrig att få ett normalt liv, men stunder som dessa gör kampen värd besväret.

Declans fingrar ritar mönster på min hud och skickar rysningar längs ryggraden medan vi utforskar varandra i det svagt upplysta rummet. Mina händer glider över de grova ärren som korsar hans armar, vart och ett ett bevis på de strider han har utkämpat, både fysiska och känslomässiga.

”Artemis”, mumlar han mot min hals och hans andning hakar upp sig när jag trycker mig närmare. Ljudet av våra bultande hjärtan är nästan öronbedövande i tystnaden.

”Declan”, viskar jag tillbaka, fylld av en överväldigande känsla av tacksamhet för den här mannen som har blivit min klippa i en galen värld.

När vi ligger tillsammans i värmen från efterglöden kan jag inte låta bli att tänka på hur mycket vi har gått igenom tillsammans. I synnerhet hur Dianas handlingar har satt sina spår i Declan – och inte i form av ärr. Han läker nu på några minuter från sår som skulle döda en vanlig man, och han får inga ärr.

”Berätta mer om vad som hände när Dianas styrkor tillfångatog dig”, säger jag med knappt hörbar röst. ”Jag vill förstå.”

För ett ögonblick verkar det som om Declan ska avfärda min fråga, men sedan suckar han och drar mig ännu närmare. ”Det var som att leva i en mardröm, Artemis”, erkänner han och hans ögon söker mina som om han letade efter syndernas förlåtelse. ”Det sista jag minns från striden var att jag förvandlades till min jaguargestalt ... och sedan vaknade jag som människa med en bedövningspil som fortfarande stack ut ur rumpan.”

Trots stundens allvar kan jag inte riktigt hålla tillbaka en fnysning, och han flinar och erkänner det komiska i det, innan hans ögon blir mörka och plågade igen.

”Jag vaknade i en laboratorieanläggning. Diana var inte där ... men hennes far var det.”

Mina ögon vidgas av chock. Vi har inte kunnat bekräfta om dr Foxberry var död eller levande. Declan nickar.

”Han är en fullständig psykopat. Jag satt i en cell, fastspänd – han ville inte komma för nära eftersom jag förvandlades till jaguaren och försökte klösa honom, så han bara stod på avstånd och sköt mig med en bedövningspistol. Fast det var inte bedövningsmedel i pilarna.”

”Vad var det?”, frågar jag, förskräckt vid tanken på att Declan varit instängd och mot sin vilja injicerats med vem vet vad.

”Jag är inte ens säker.” Han rycker på axlarna. ”Dr Foxberry var inte direkt på humör att i detalj redogöra för sin vetenskapliga process för sin försökskanin. Det bästa jag kunde uppfatta var något mummel om sekundära förmågor. Hursomhelst, ett par dagar senare försökte han skjuta mig med något annat, jag väjde undan in i en skugga och ... ramlade liksom ut ur en annan skugga i ett annat rum i anläggningen.”

”Herregud”, flämtar jag, halvt skrattande. ”Fångade de dig igen?”

”Nej.” Han skakar på huvudet och det rufsiga håret faller ner i hans nötbruna ögon. ”Då hade de sett till att jag aldrig mer såg en skugga. Jag hoppade från skugga till skugga, lärde mig förmågan allt eftersom, tills jag hittade en skugga som var utanför byggnaden. Fortsatte tills jag hittade en plats jag kände igen.”

”Declan”, säger jag och min oro bubblar upp till ytan. ”Vilken påfrestning är allt det här för dig? Det här kan inte vara normalt, inte ens för någon med övernaturliga förmågor.”

Han sträcker ut handen och tar min, hans grepp är fast och lugnande. ”Jag ska inte ljuga, det var skrämmande i början. Men nu när jag har kontroll får det mig att känna mig starkare. Jag är inte rädd för vad som händer med mig längre.”

”Verkligen?” Min skepsis är uppenbar, men han nickar.

”Verkligen”, insisterar han. ”Jag vet att det låter galet, men de här krafterna är en del av mig nu. Och om de kan ge oss ett övertag mot Diana och hennes sjuka experiment, då är det kanske värt det.”

”Kanske”, medger jag, medan oron för honom fortfarande gnager i utkanten av mitt medvetande. Men jag tvingar fram ett leende och försöker matcha hans självförtroende. "Lova mig bara att du är försiktig, okej?"

"Alltid", svarar han och drar mig in i sina armar igen.

När vi står där, omslutna av varandras värme i det fladdrande stearinljusskenet, kan jag inte låta bli att undra om det finns ett ännu högre pris för att bemästra dessa mörka krafter – ett som varken Declan eller jag kan förutse.

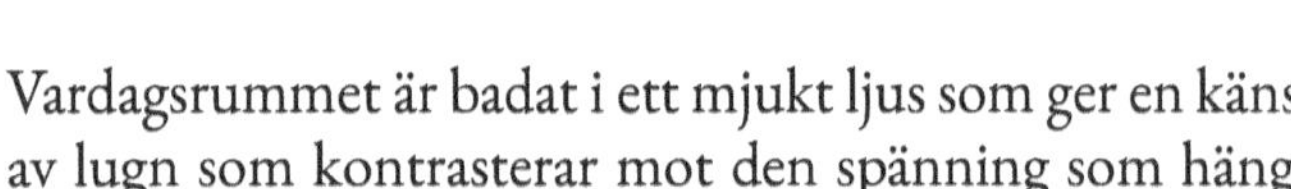

Vardagsrummet är badat i ett mjukt ljus som ger en känsla av lugn som kontrasterar mot den spänning som hänger tungt bland oss. Jag ser Declan kliva in i en skuggfläck i rummets bortre hörn, hans kropp försvinner och återuppstår tvärs över rummet i en annan mörk vrå. De andra stirrar på honom med ögon vidgade av misstro.

"Jävlar", muttrar Topaz, hans vanligtvis stoiska uttryck utbytt mot förvåning. Till och med den evigt oberörda Turquoise ser imponerad ut, med armarna i kors över bröstet, otåligt trummande med foten men oförmögen att dölja vördnaden i sina ögon.

"Okej, så vi har sett vad Declan kan göra." Min röst känns som om den krossar glas när jag bryter tystnaden. "Vi måste prata om det här." Jag vinkar åt alla att samlas runt det slitna soffbordet, som är nedlusat med tomma takeaway-lådor och strategiska anteckningar.

"Finns det ens något att debattera om?", frågar Malcolm och rynkar pannan. "Vi står inför Diana och hennes sjuka experiment. Det vore dumt att inte använda varje fördel vi har."

"Även om det innebär att vi rättfärdigar allt hon har gjort?", kontrar Athina, med pannan rynkad av oro. "Dessa krafter kom ju trots allt från hennes serum."

"Hör här, jag bad inte om det här", avbryter Declan, med frustration som pyser under hans ord. "Men det är en del av mig nu. Och om det hjälper oss att stoppa henne, varför inte använda det?"

Jag studerar mina vänners ansikten, där oro och osäkerhet är inristat i varenda ett. Det här handlar inte bara om Declans nya förmågor – det handlar om tillit och rädslan för att bli något vi aldrig ville vara.

"Declan har en poäng", säger jag till slut och knyter nävarna hårt. "Vi godkänner inte Dianas handlingar genom att använda hans krafter. Vi tar kontroll över vårt eget öde."

"Artemis, är du säker?", frågar Athina med mjukare röst. "Tänk om det tär på honom? Tänk om han förlorar kontrollen?"

"Då hanterar vi det", svarar jag, och övertygelsen i mina ord förvånar till och med mig själv. "Tillsammans."

Det blir tyst en stund medan vi alla väger de potentiella konsekvenserna, det etiska dilemmat som tornar upp sig över oss som ett stormmoln.

"Okej då", suckar Malcolm och nickar instämmande. "Vi litar på Declans omdöme. Men låt oss inte glömma vad vi kämpar för, och låt oss inte låta Dianas förvridna vision fördärva oss."

"Enig", säger jag och kastar en blick på Declan, som ger mig ett tacksamt leende. Som ett team har vi bestämt oss för att gå vidare, acceptera riskerna och stå enade mot mörkret.

Men innerst inne undrar en liten del av mig fortfarande om vi verkligen har besegrat våra rädslor – eller om vi bara har gett dem nytt liv i skuggorna.

Gymmet är ett töcken av slag, sparkar och muttrade svordomar när teamet finslipar sina färdigheter inför vår slutgiltiga uppgörelse med Diana. Jag iakttar Declan ur ögonvrån, hans smidiga gestalt skär utan ansträngning genom luften och landar kraftfulla slag mot boxningssäcken. Synen borde få mig att känna mig självsäker, men i stället löper en kyla längs ryggraden.

"Artemis", ropar han och stannar upp för att torka svett från pannan. "Är du okej?"

"Japp", svarar jag och tvingar fram ett ansträngt leende. "Jag beundrar bara din ... teknik."

"Just det", flinar han, uppenbarligen utan att köpa det. Men han pressar mig inte, utan återgår till träningspasset.

När jag kliver fram till den tunga säcken lovar jag tyst att stå vid Declans sida oavsett vad. Det är inte bara hans förmågor som har förändrats; det finns ett mörker i honom nu, utan tvekan en gåva från dr Foxberrys sjuka experiment.

"Okej, allihop, samlas!" ropar jag och tystar stridens larm. "I dag ska vi se precis vad Declans nya krafter kan göra."

Mumlade farhågor fyller rummet när de motvilligt samlas. Jag kan inte påstå att jag klandrar dem; att se jaguar-hamnskiftare förvandlas till skuggor är inte direkt vardagsmat.

"Är du säker på det här?", frågar Declan tyst, och oro flimrar över hans ansikte.

"Absolut", svarar jag och injicerar falskt självförtroende i min röst. "De måste se vad du är kapabel till."

"Okej", nickar han, och den svagaste antydan till ett flin rycker i hans mungipor. "Dags för show."

"Titta noga", meddelar jag gruppen, med blicken fäst på Declan. "Och försök att inte flippa ur för mycket."

Declan tar ett djupt andetag, hans kropp spänns som en hoprullad fjäder. I ett ögonblick förvandlas han till sin jaguargestalt, och rummet ekar av ett kollektivt flämtande. Men det är vad som händer sedan som får rysningar att löpa längs min ryggrad.

"Redo?", morrar han, lågt och gutturalt.

"Redo", svarar jag och sväljer hårt.

Med en snärt med svansen upplöses Declan i skuggor och försvinner ur sikte. Ett hjärtslag senare materialiseras han bakom mig, och hans päls stryker mot mitt ben när han cirklar runt mig som ett byte.

"Herrejävlar", muttrar en medlem i gruppen, med uppspärrade ögon. "Det är som jävla magi."

"Mer som en mardröm", viskar en annan med darrande röst.

"Nog", fräser jag, och ilskan bubblar upp inom mig. "Det här är vår verklighet nu. Vi måste anpassa oss och hitta ett sätt att använda det till vår fördel."

"Lätt för dig att säga", replikerar Turquoise, med ögon som brinner av raseri. "Det är inte du som har förvandlats till något slags ... skuggmonster."

"Hallå där!" ropar jag, med knutna nävar vid sidorna. "Declan är fortfarande en av oss, fattat? Och vi kommer att stå vid hans sida, oavsett hur läskiga hans nya krafter är."

"Okej då", ger hon med sig och korsar armarna i en fnysning. "Men förvänta dig inte att jag blir exalterad över det."

"Ingen av oss är överlycklig", medger jag, med mjukare röst. "Men vi kan inte slösa tid på att tjafsa när vi har ett krig att vinna."

"Precis", mumlar Declan och återgår till sin mänskliga form. "Vi har jobb att göra."

Tysta återupptar vi träningen, och luften är tung av outtalad spänning. Och även om jag tvingar mig själv att fokusera på uppgiften, förföljer bilden av Declan som tonar bort i mörkret mig i varje rörelse.

"Fokusera!" ropar jag, och min röst ekar mot lagerlokalens väggar medan teamet kämpar för att hålla jämna steg med Declans nyvunna förmågor. Det är som att försöka spika fast gelé på en vägg, men vi har inget annat val. Det här är krig.

”Lätt för dig att säga”, muttrar en av dem, medan svetten droppar nerför hans ansikte. ”Det är inte du som försöker fånga en jävla skugga.”

”Kom över det”, fräser jag tillbaka och biter ihop tänderna medan jag ser Declan utan ansträngning undvika attacker från alla håll. Mitt hjärta rusar, och jag kan inte skaka av mig den olustiga känslan av att Dianas serum har förvandlat honom till något ... onaturligt.

”Artemis”, ropar han och stannar upp i sina flytande rörelser för ett ögonblick. ”Kanske borde vi ta en paus.” Hans nötbruna ögon möter mina, och oro ristar linjer över hans stiliga ansikte.

”Okej”, ger jag med mig, även om jag vet att vi inte har råd att slösa mer tid. Vi samlas runt ett provisoriskt bord, och jag tvingar mig själv att tränga undan min instinktiva rädsla. ”Lyssna nu, allihop. Ja, Declans krafter är läskiga som fan. Men vi måste komma ihåg varför vi gör det här: för att stoppa Diana.”

”Vi kan inte låta vår rädsla för det okända hålla oss tillbaka.” Det är Athinas röst när hon ställer sig vid min sida, och hennes lugna auktoritet stärker mitt argument.

”Dessutom”, lägger jag till, knyter nävarna och ser varje medlem i teamet i ögonen, ”har Declan bevisat sitt värde gång på gång. Han är hängiven vår sak, och det har inte förändrats bara för att han nu kan försvinna upp i rök.”

”Sant”, medger Sapphire med knappt hörbar röst. ”Men det är fortfarande svårt att greppa.”

”Hantera det”, morrar jag, frustrerad över deras tvekan. ”Vi har inte tid för tvivel eller rädsla. Vi måste lita på Declan och arbeta tillsammans om vi ska ha en chans mot Diana.”

”Okej, okej”, suckar Topaz och lyfter händerna i kapitulation. ”Vi fattar. Låt oss bara ... gå vidare.”

"Bra", säger jag och nickar bestämt. "Då återgår vi till träningen."

När vi återupptar vår övning kan jag inte låta bli att känna en gnutta stolthet när jag ser teamet pressa sig förbi sin rädsla och arbeta tillsammans. Och även om en del av mig fortfarande oroar sig för vad Dianas serum har släppt lös inom Declan, vet jag en sak med säkerhet: vi kommer att möta vilka utmaningar som än väntar, tillsammans.

Kapitel trettioett

ETT LÅGT SURRANDE HÖRS från den beslagtagna utrustningen där Athina och jag kurar ihop oss i den övergivna lagerlokalen, vår senaste provisoriska bas. Det svaga skenet från skärmarna kastar kusliga skuggor på hennes åldrade ansikte och framhäver rynkor som vittnar om ett innehållsrikt men aldrig enkelt liv.

Medan vi går igenom den uppsnappade kommunikationen, dechiffrerar Dianas ondskefulla avsikter och spårar hennes rörelser, far mina tankar tillbaka till vad hon redan har gjort mot mig – den instabila kraften som surrar i mina ådror är en ständig påminnelse om det enorma hot hon utgör. Men den här gången är det inte bara jag som är i fara. Det är hela den paranormala världen, och alla de som är beroende av Byråns beskydd.

"Artemis, är du okej?" frågar Athina när hon märker mina knutna nävar och snabba andning.

"Har aldrig mått bättre", tvingar jag fram ett ansträngt leende. "Jag tänker bara på hur tillfredsställande det kommer att bli att sparka Diana på röven."

"Samma här", instämmer Athina bistert, med en vild glimt i ögonen. "Men först måste vi samla mer information om exakt vad vi står inför."

Jag tar ett långsamt andetag, fast besluten att inte visa rädslan som virvlar inom mig. "Just det. Kunskap är ju makt. Då sätter vi igång."

Jag ser Athinas flinka fingrar dansa över den beslagtagna utrustningen, med pannan fårad i koncentration. Maskinernas surrande fyller rummet, ett olycksbådande soundtrack som understryker de fasansfulla sanningar som snart kommer att avslöjas.

"Jag har det", meddelar Athina kortfattat. "Det här är ... värre än vi trodde."

"Självklart är det det", muttrar jag bittert. "För saker och ting var ju inte tillräckligt illa redan."

Athina ger mig en skarp blick men nappar inte på betet. Istället pekar hon på skärmen där rader av krypterad text rullar förbi. "Diana planerar att använda Byråns makt och inflytande för att iscensätta en kupp, störta regeringen och installera sig själv som högsta ledare."

Jag tvingar fram ett hårt skratt för att dölja fasan som virvlar inom mig. "Naturligtvis. Varför nöja sig med att förstöra våra liv när man kan förstöra allas?"

"Artemis, snälla du", fräser Athina, vars tålamod börjar tryta. "Det här är bortom allvarligt. Den här kommunikationen tyder på att Diana har sovande agenter redo att kompromettera regeringen inifrån."

Jag bleknar och min sarkastiska humor försvinner. "Vänta, menar du att folk inom regeringen i hemlighet är lojala mot henne?"

"Exakt", bekräftar Athina bistert. "När de väl aktiveras kommer de att underminera ledarskapet och bana väg för Dianas maktövertagande."

”Gudar, det är som en hydra”, muttrar jag, medan hjärnan arbetar för högtryck för att bearbeta detta. ”Hugger man av ett huvud växer två nya ut.”

”Förutom att huvudena är människor som är villiga att förstöra allt vi har byggt upp”, tillägger Athina tungt. ”Om Diana lyckas står den paranormala världens framtid på spel.”

Jag stålsätter mig och förklarar: ”Då ser vi fan till att hon inte lyckas, oavsett vad som krävs.”

”Håller med”, säger Athina och möter min blick med vild intensitet. ”Men först måste vi neutralisera hennes sovande agenter. Om vi avvärjer det hotet kan vi stoppa hennes kupp innan den ens börjar.”

Jag tvingar mig själv att fokusera på uppgiften. ”Okej, då sätter vi igång.”

Vi analyserar informationen från alla vinklar och letar efter mönster och ledtrådar. Ögonen svider av trötthet, men jag tvingar mig själv att fortsätta skanna de krypterade meddelanden som blinkar förbi. För mycket hänger på att vi avslöjar Dianas nätverk av sovande agenter innan det är för sent. Vi får inte misslyckas.

Gradvis börjar vi sammanställa en lista över potentiella agenter baserad på digitala fotspår och kommunikation. Det är ett tråkigt och mödosamt arbete, men sakta men säkert tar en bild form – pseudonymer, kodord, mötesplatser.

”Titta här”, säger Athina och knackar upphetsat på skärmen. ”Det här namnet dyker upp hela tiden men han har ingen officiell position inom regeringen. Han måste vara en sovande agent på hög nivå.”

”Bra upptäckt”, säger jag och korsrefererar snabbt. Mina ögon vidgas. ”Han har varit i kontakt med över ett dussin misstänkta. Definitivt en toppkoordinator.”

Vi utbyter en spänd men triumferande blick. Äntligen en konkret ledtråd att följa upp. Om vi kan få den här

agenten att byta sida, eller åtminstone neutralisera hon-
om, skulle det kunna underminera Dianas planer rejält.

"Vi gräver djupare i den här personens kontakter och
aktiviteter", bestämmer jag. "Se vilka andra kopplingar
vi kan avslöja."

Athina nickar, med ny energi. "Jobbar på det. Vi
kartlägger hela nätet och tar sedan fram en strategi för
att montera ner det."

Mitt bröst lättar en aning nu när vi har ett tydligt mål.
Kanske kan vi faktiskt förhindra Dianas kupp trots allt,
hur omöjligt det än verkar.

Det finns fortfarande hopp, så länge vi står enade.
Och ett misslyckande är helt enkelt inte ett alternativ,
inte när så många oskyldiga liv hänger på en skör tråd.

"Chock och fasa" är inte ens förnamnet på vad jag
känner när Athina är klar med att avkoda de där ondske-
fulla meddelandena. Pulsen rusar och det rycker i mina
fingrar av en våldsam lust att krossa något – helst Dianas
strupe. För tillfället kan jag bara sucka och tvinga fram
ett sardoniskt flin. "Nå, det här var ju toppen, eller hur?"

"Artemis", tillrättavisar Athina mig skarpt, och
hennes varma bruna ögon borrar sig in i mina. "Det här
är inget att skratta åt."

"Tro mig, jag skrattar inte", svarar jag mellan sam-
manbitna tänder och knyter nävarna längs sidorna. "Jag
trodde bara inte att gammaldags stormannagalna mak-
tövertaganden fortfarande var på modet. Vad kommer
härnäst, ett hemligt vulkanfort och en katt att klappa
hotfullt?"

"Sluta skämta. Fokusera", fräser Athina och drar mig
tillbaka till den bistra verkligheten. "Vi måste hitta ett
sätt att stoppa de här sovande agenterna och förhindra
att Diana får kontroll över regeringen."

Jag andas ut hårt och försöker tygla min exploderande
sarkasm – även om det visar sig vara svårare för varje min-

ut med tanke på hur surrealistisk vår situation är. "Okej. Några geniala idéer om hur vi ska lyckas med det?"

"Först måste vi identifiera agenterna hon har planterat", säger Athina allvarligt. "När vi väl vet vilka de är kan vi arbeta med att neutralisera dem."

"Strålande plan!" muttrar jag för mig själv. "För att identifiera djupt inbäddade dubbelagenter är ju så enkelt, eller hur? Särskilt när de bokstavligen kan förvandla sig till vem som helst. Vi kan ju bara promenera rakt in i Dianas högkvarter och vänligt be henne sluta vara en makthungrig psykopat."

"Artemis", varnar Athina, som känner min stigande frustration. "Jag vet att det här verkar omöjligt, men oskyldiga liv står på spel, för att inte tala om själva grunden för vårt samhälle."

Jag tvingar mig själv att ta ett djupt andetag och försöker för tillfället tränga undan mina spydiga kommentarer. "Okej, så hur avslöjar vi de här sovande agenterna?"

"Vi börjar med att gräva i Byråns register", föreslår Athina och går målmedvetet mot sin bärbara dator. "Diana var agent för Byrån i flera år. Genom att analysera hennes kontakter kan vi kanske hitta ledtrådar till vem som har blivit komprometterad."

Hon börjar snabbt hacka sig in i resterna av Byråns databaser. "Vi spårar också de som stod närmast Diana – vänner, kollegor, älskare. Vem som helst som kan ha sett något de inte borde."

Jag hör en antydan till tvivel i Athinas röst. Hon vet att det här inte kommer att bli lätt. Men vi har inga andra alternativ.

"Låter som ett jäkla party", skämtar jag och försöker lätta på den tryckande stämningen. "Kanske får vi till och med krascha en flott paranormal gala när vi ändå håller på."

"Fokusera, Artemis", tillrättavisar Athina mig, men nu finns det en antydan till ett leende. "Ingen tid för sarkasmer."

"Du är en riktig tråkmåns", suckar jag dramatiskt, innan jag tvingar mig själv att bli allvarlig. Liv står på spel. Vi måste stoppa Dianas förvridna vision från att släppas lös.

"Nu kör vi", förklarar jag bestämt och stålsätter mig för de monumentala ansträngningar som väntar.

Det är ett långsamt, mödosamt arbete att sålla igenom datafragment och leta efter mönster eller ledtrådar som kan identifiera förrädarna som gömmer sig bland oss. De flesta av Byråns register raderades, men Athina lyckas rädda några korrupta snuttar – tillräckligt för att börja sammanställa en lista över Dianas kända tidigare medarbetare. Det är inte mycket, men det är en början.

Alltmedan timmarna flyter ihop turas vi om att analysera data, korsreferera namn, platser, kommunikation. Allt som kan peka på en dold koppling till Diana. Ögonen svider av trötthet, men jag tvingar mig själv att fortsätta skanna de svindlande informationsströmmarna som blinkar över skärmarna. För mycket hänger på att avslöja dessa förrädare innan det är för sent. Vi får inte misslyckas.

Gradvis börjar vi sammanställa en profil över Dianas aktiviteter och kontakter under hennes sista år på Byrån, innan hon blev en avfälling. Mönster framträder långsamt, antydningar om hemliga möten och krypterad kommunikation som pekar på ett osynligt nätverk som lurade under ytan redan då. Vi måste bara fortsätta gräva.

"Här, det här namnet dyker upp hela tiden men han var bara en junioranalytiker", muttrar Athina och knackar på skärmen. "Ingen anledning för Diana att kontakta honom så ofta om inte ..."

"Han redan var en sovande agent", avslutar jag upphetsat. "Bra upptäckt. Låt oss gräva djupare i den här, se vad mer som är kopplat till honom."

Vi utbyter en spänd men triumferande blick. Det är den första konkreta ledtråden bland bergen av data. Om vi kan få den här agenten att byta sida kan det allvarligt underminera Dianas planer. Än finns det hopp.

"Vi måste stoppa Diana, oavsett vad som krävs", förklarar jag när Obsidiancirkeln samlas för att diskutera Dianas ondskefulla kupplaner. "Om hon lyckas kommer allt vi har kämpat för att vara förlorat."

Ett instämmande mummel sprider sig i rummet. Vår kurs är tydlig – vi måste underminera denna komplott med alla nödvändiga medel. Slutspelet har börjat.

Declan skruvar oroligt på sig. "Att offentligt avslöja hennes plan skulle kunna orsaka masspanik", påpekar han allvarligt. "Det kan spela henne rakt i händerna och låta henne framställa oss som statens fiender. Kom ihåg vad som hände när vi avslöjade Byrån? Vi hade tur att den allmänna opinionen gick vår väg. Men Diana kommer att vara mer förberedd på att vrida saker och ting mot oss."

Efter en intensiv debatt beslutar vi försiktigt att hemligt sabotage av Dianas anläggningar och hybridstyrkor är vårt bästa alternativ, tillsammans med att identifiera och neutralisera hennes allierade inom regeringen. Om vi i hemlighet kan försvaga hennes armé och avlägsna viktiga strategiska spelare, kommer det att erodera grunden för hennes planerade maktövertagande.

"Det är otroligt riskabelt", medger Declan. "Men vi börjar få ont om tid och alternativ nu. Att slå till där det verkligen känns, i skuggorna, kan vara vår enda framkomliga väg kvar."

"Då måste vi vara smartare med det", svarar Athina, och hennes ansiktsuttryck hårdnar av beslutsamhet. "Hitta ett sätt att befria de stackars försökspersonerna och montera ner Dianas nätverk utan att orsaka för mycket kaos i processen."

"Ingen press eller så", muttrar jag bittert för mig själv.

Jag tvingar mig själv att ta ett djupt andetag och försöker fokusera bortom min ilska och misstro. Att tappa kontrollen nu hjälper ingen.

"Okej", säger jag med mer självförtroende än jag faktiskt känner. "Nu gör vi det här. Men yttersta försiktighet krävs – om Diana upptäcker vad vi håller på med är det kört för oss alla."

"Förstått", nickar både Athina och Declan högtidligt, med bister min.

"Gör er redo för en helvetesresa då", varnar jag dem och knyter nävarna hårt. Om jag har lärt mig något sedan denna mardröm började, är det att inget som involverar Diana Foxberry någonsin är enkelt.

Och trots våra bästa avsikter kanske vi bara spelar henne rakt i händerna. Men vi tänker inte ge oss utan en vildsint kamp. Inte så länge oskyldiga liv fortfarande står på spel.

En efter en uttrycker vi högtidligt vårt samtycke till att fortsätta med den hemliga sabotagekampanjen. För mycket står på spel nu för att tveka. Liv hänger på en skör tråd, och vi får inte vackla.

Jag stålsätter mig och möter var och en av deras blickar i tur och ordning. "Det är dags att ta den verkliga striden till Diana innan hon kan påtvinga världen sin förvridna vision. Är ni fortfarande med mig?"

Deras beslutsamma ansiktsuttryck förmedlar ordlöst djupet av deras engagemang för denna sak. Vi står nu enade i vårt syfte – att underminera denna kupp med alla medel, oavsett kostnad.

Tärningen är kastad och vår kurs är tydlig. Endast två utfall är nu möjliga: seger eller undergång.

Under de följande dagarna planerar vi minutiöst våra hemliga attacker, analyserar ritningar och säkerhetsmönster för att maximera skadan och samtidigt minimera risken för exponering. Sömnen blir sparsam medan vi debatterar strategi, reservplaner, nödprotokoll. Misslyckande är inte ett alternativ, men försiktighet är avgörande – ett snedsteg kan döma allt till undergång.

Men gradvis tar en fungerande plan form. Vår tillgång till Dianas hemligstämplade dataströmmar visar sig vara ovärderlig och avslöjar svagheter och luckor att utnyttja. Hennes arrogans gör henne blind för det hot som växer fram precis under näsan på henne. Ett misstag vi har för avsikt att få henne att bittert ångra.

När vi äntligen känner oss förberedda kallar jag samman Cirkeln en sista gång. Runt om i rummet ser jag samma beslutsamma engagemang lysa i varje par ögon. Vi är få mot de styrkor som är uppställda mot oss, men vi står enade och redo för de prövningar som väntar.

”Ingen återvändo nu, mina vänner”, säger jag högtidligt till dem. ”När vi väl har bundit oss till denna kurs, kommer vi antingen att störta Diana eller så kommer hon att begrava oss alla. Är ni verkligen beredda?”

En kör av instämmanden ljuder utan tvekan. Dessa modiga själar kommer att följa mig vad som än händer, även om det leder oss alla ner i glömskans avgrund. Deras mod och lojalitet rör mig djupt i denna mörka stund.

Jag rätar på ryggen och förbereder mig för att ge order om att inleda vår första attack i skydd av mörkret. Dianas förvridna styre tar slut nu, oavsett priset.

Kapitel Trettiotvå

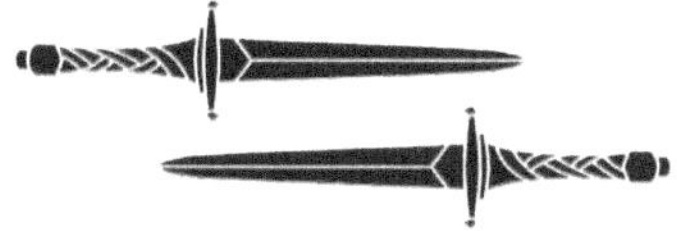

Okej, låt oss prata om riskerna", säger jag och går fram och tillbaka i det dunkelt upplysta rummet. Tyngden från vår situation vilar över mig, pressar som ett skruvstäd runt bröstet. "Vilken sorts knäppa paranormala säkerhetsåtgärder har det här stället?"

"Av vad jag minns fanns det övervakningskameror som bevakade varenda centimeter av labbet", säger Declan och drar fingrarna genom sitt ovårdade hår. "Och antagligen några infraröda sensorer också."

"Toppen. Så att smyga in obemärkt kommer att vara ungefär lika lätt som att stjäla godis från en galen varulv", muttrar jag, oförmögen att dölja oron som mal inom mig med min sarkastiska kvickhet.

"Artemis, jag ska göra allt i min makt för att få oss igenom obemärkta", försäkrar Declan mig, hans röst är fast men med en underton av samma rädsla som gnager i mitt inre. "Jag har jobbat på min nya gåva. Jag kan ta med mig någon genom skuggorna nu."

"Låt oss hoppas att ditt minne är så bra som du tror", svarar jag och försöker låta självsäker trots den kvävande fasan som smyger sig på mig. "Och att de inte har lyst upp stället som mitt på dagen i öknen." Jag fnyser, med sarkasmen uppvriden till elva. "Men serumvalvet då? Var tror du att de skulle gömma guldgruvan med livräddande sörja?"

"Sist jag var där låg Foxberrys labb i ett kraftigt bevakat rum på den nedre våningen. Biometriska lås, förstärkta ståldörrar, hela baletten", säger han med bister min. "Jag skulle aldrig ha kommit ut utan mina skuggförmågor. Och de kan ha ändrat på saker sedan dess – gjort det ännu svårare att ta sig in och ut."

"Självklart. För varför skulle någonting någonsin vara enkelt för oss?" muttrar jag och knyter nävarna. Tanken på att möta fler okända hinder får mig att vilja skrika.

"Artemis", Declan lägger en tröstande hand på min axel och grundar mig. "Vi löser det här. Vi har inget annat val."

"Det kan du ge dig fan på att vi inte har", instämmer jag och tar ett djupt andetag för att lugna mig. "Så låt oss gå igenom planen en gång till, från början. Varenda detalj, varje tänkbar eventualitet. Om vi ska göra det här måste vi vara beredda på allt."

"Håller med", nickar han, och beslutsamhet hårdnar hans drag. "Nu kör vi. För bådas vår skull."

När vi återigen dyker ner i planeringen av vårt fasansfulla inbrott kan jag inte låta bli att undra om denna desperata chansning verkligen är vår enda chans till räddning. Men för varje slag mitt hjärta slår tickar klockan ner, och jag har inget annat val än att fortsätta framåt in i mörkret, hand i hand med Declan, och mot alla odds hoppas att vi kommer ut oskadda och segrande.

”Declan, jag kan inte nog betona det här”, säger jag och knäpper händerna så att knogarna vitnar. ”Vi måste få tag på de där serumen. Det finns ingen plan B här. Antingen lyckas vi, eller ... eller så vill jag inte ens tänka på det.” Vi sitter hopkurade i mitt rum, omgivna av handskrivna pappersplaner där vi sitter på sängen. Vi vågar inte spara något i elektronisk form ifall Athina skulle hitta det och förstå vad vi har för oss. Vi ska bränna planerna innan vi ger oss av.

Han griper tag i mina axlar, hans nötbruna ögon är fyllda av oro. ”Jag vet. Och jag svär, jag kommer att göra vad som än krävs för att få dem. Jag låter inget hända dig.”

Jag nickar, med en klump som växer i halsen. ”Du nämnde något om en insättningspunkt?”

”Just det.” Han drar fram en hopskrynklad papperslapp ur fickan och viker upp den, vilket avslöjar en grov skiss av byggnadens planlösning. ”Det här är vad jag minns från min tid där, och vad jag kan pussla ihop från ritningarna och de olika platserna jag såg när jag skugghoppade mig ut. Huvudentrén är kraftigt bevakad, men det finns en lastkaj på baksidan som leder direkt till den nedre våningen och som inte är väl upplyst. Det kan vara vår bästa chans.”

Jag lutar mig framåt och studerar kartan. ”Och serumvalvet är där nere också?”

”En våning längre ner, tror jag. Kanske två.” Han rycker på axlarna. ”Skugghoppandet var nytt då. Mer slumpmässigt. Jag vet att jag hamnade på vissa ställen mer än en gång, det var förvirrande.”

”Fantastiskt”, muttrar jag. Jag sväljer tungt och försöker att inte avslöja rädslan som maler inom mig. ”Så om allt går enligt planerna smyger vi in via skuggorna, tar serumen och drar åt helvete innan någon märker att vi är där. Lätt som en plätt, eller hur?"

"Låt oss inte lura oss själva, Artemis. Det här kommer att bli farligt. Vi bryter oss in på stället jag nätt och jämnt lyckades fly från, och de har troligtvis skärpt säkerheten sen dess."

"Visst, gnid in det bara, varför inte?" fräser jag och känner hur hjärtat rusar vid tanken på vad vi är på väg att göra. "Det spelar ingen roll. Vi har inga andra alternativ. Vilka risker vi än står inför så måste vi försöka."

"Tro mig, jag vet", säger han och hans röst mjuknar. "Och jag är med dig hela vägen."

"Bra att veta", svarar jag och försöker svälja klumpen i halsen. "Låt oss gå igenom planen igen nu. Och den här gången, låt oss försöka förutse allt som kan gå fel."

"Som vadå?" frågar han med rynkad panna.

"Övervakningskameror, larm, vakter, fler hybrider – allt möjligt. Vi måste vara förberedda på allt och lite till."

"Okej, vi behöver en solid reträttstrategi", säger Declan och gnuggar hakan eftertänksamt. "Om vi stöter på några hybrider är vi körda utan en reservplan."

"Århundradets underdrift", muttrar jag och mitt hjärta dunkar vilt i bröstet. Bara tanken på att möta dessa monstruösa skapelser får det att isa sig längs ryggraden. "Några snilleblixtar?"

Declan studerar den råa kartan vi har ritat på golvet med en kritisk blick. "Vi skulle kunna placera ut några avledande explosioner här och här", föreslår han och pekar på två punkter nära labbentréerna. "Det borde dra till sig alla hybriders uppmärksamhet, och elden kommer att skapa skuggor jag kan använda för att hoppa."

"Låter riskabelt, men det skulle kunna fungera", medger jag och biter mig i läppen. Mina handflator är svettiga, och jag kan inte sluta fingra på saker. "Men tänk om de fångar oss innan vi hinner ut?"

"Då slåss vi för våra liv", svarar han bistert och hans ögon möter mina. "Du är mer än kapabel att hålla stånd, Artemis. Och jag kommer att vara precis där med dig. Du vet att jag aldrig skulle lämna dig."

"Tack för förtroendet", säger jag och tvingar fram ett leende på läpparna. Men inombords skriker jag. Insatserna är högre än de någonsin varit, och jag har inte råd att klanta till det här. Om jag inte får tag på det där serumet kommer jag inte att klara mig. Malcolm antydde ganska starkt att jag inte har mycket tid kvar.

"Hörru, jag vet att du är rädd", säger Declan mjukt och lägger en hand på min axel. "Men vi håller varandra om ryggen, okej? Vi kommer att trotsa oddsen och gå ut från det där labbet med botemedlet."

"Det kan du ge dig fan på att vi ska", svarar jag, min röst spricker en aning. Jag tar ett djupt andetag och försöker samla mig. "Låt oss gå igenom allt en gång till, bara för att vara säkra."

"Okej", instämmer han. "Insättningspunkten är här, vägen genom labbet är här, och serumvalvet bör finnas någonstans i det här området."

"Explosioner för avledning placeras ut här och här", lägger jag till och pekar på de utsedda platserna på vår provisoriska karta. "Och om allt går åt helvete kämpar vi oss ut."

"Exakt", nickar Declan. "Vi fixar det här, Artemis. Kom bara ihåg att vi är ett team, och det finns inget vi inte kan hantera tillsammans."

"Jag ska försöka komma ihåg det", säger jag och tvingar fram ännu ett leende. Men djupt inom mig slingrar sig räd- slan fortfarande som en orm runt mitt hjärta och hotar att strypa allt hopp jag har kvar. Det finns inget utrymme för misstag, inte när insatserna är så höga. Men vem försöker jag lura? Med min vanliga tur kommer något garanterat att gå fel.

"Okej, så vi går in genom lastkajen på baksidan, undviker övervakningskamerorna här och här ..." rabblar Declan tyst och hans finger följer vår väg på papperet.

"Just det, och sedan når vi serumvalvet. Gud vet vad vi kommer att hitta där inne", muttrar jag och ryser vid tanken på de monstruositeter som lurar innanför de där väggarna. Hjärtat rusar, men jag tvingar mig själv att förbli lugn. Panik kommer inte att rädda mig nu.

"Artemis", säger Declan plötsligt, hans röst mjuk och enträgen. "Vad som än händer där inne, kom bara ihåg: vi är ett team. Vi kan klara det här."

Jag nickar, men rädslan gnager fortfarande i kanterna av min beslutsamhet. I jakt på mod drar jag in Declan i en hård omfamning och känner det stadiga slaget av hans hjärta mot mitt bröst. Det finns något tröstande i att veta att vi båda fortfarande är mänskliga – åtminstone, för det mesta.

"Tillsammans har vi en liten chans", viskar jag i hans öra, min röst knappt hörbar över det bultande blodet i mina öron. "Ensam ... är jag dödsdömd."

"Hörru", mumlar Declan och drar sig tillbaka för att se mig i ögonen. "Tänk inte så. Vi kommer att ta oss igenom det här. Du och jag mot världen."

"Eller åtminstone mot ett jävligt läskigt labb", försöker jag skämta, men det kommer ut svagt och ihåligt.

"Exakt", säger han med ett litet, beslutsamt leende. "Kom nu, så räddar vi ditt liv."

"Låter som en plan", instämmer jag, trots att varje cell i min kropp skriker åt mig att springa åt andra hållet. Men det finns ingen återvändo nu. Det är allt eller inget, och jag tänker sannerligen inte dö.

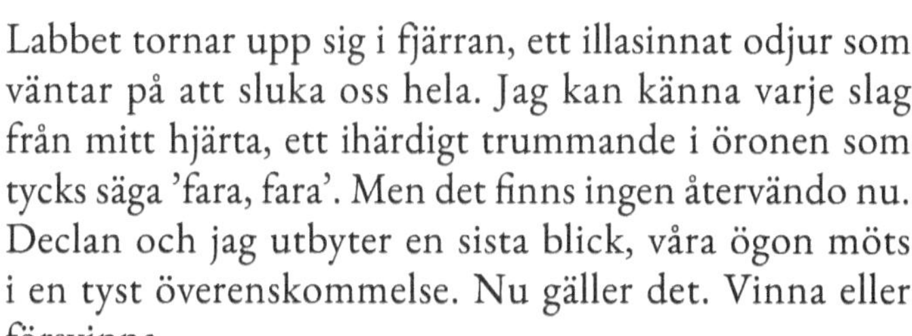

Labbet tornar upp sig i fjärran, ett illasinnat odjur som väntar på att sluka oss hela. Jag kan känna varje slag från mitt hjärta, ett ihärdigt trummande i öronen som tycks säga 'fara, fara'. Men det finns ingen återvändo nu. Declan och jag utbyter en sista blick, våra ögon möts i en tyst överenskommelse. Nu gäller det. Vinna eller försvinna.

"Redo?" frågar han, hans röst knappt mer än en viskning. Spänningen mellan oss är påtaglig, en strömförande ledning som sprakar av rädsla och beslutsamhet.

"Aldrig", säger jag spydigt och tvingar fram ett snett leende på läpparna. "Men låt oss göra det här ändå."

"Håll dig nära", varnar han och hans grepp om min hand hårdnar. "Och kom ihåg planen. Vi tar oss in, tar serumen och drar."

"Lätt som en plätt", ljuger jag. Mina handflator är klibbiga, och jag kan inte skaka av mig bilden av de där monstruösa hybriderna som lurar i skuggorna, bara väntandes på en chans att slita oss i stycken.

"Artemis", säger Declan plötsligt, hans röst mjuk och enträgen. "Kom ihåg: vi är ett team. Vi kan klara det här."

"Det kan du ge dig fan på att vi kan." Jag nickar och försöker utstråla mer självförtroende än jag känner. Dags att bekänna färg.

Solen sjunker under horisonten och sveper in världen i ett dunkelt skymningsljus. I det falnande ljuset rör vi oss som skuggor och glider genom mörkret mot labbet. Varje steg känns som att vada genom kvicksand – långsamt och kvävande, men jag tvingar mig själv framåt, driven av ren desperation.

"Nästan där", mumlar Declan och stannar vid kanten av ett trasigt kedjestängsel. Bortom det ligger vårt mål: en låg betongbyggnad badande i ett sjukligt gult ljus. Utsidan är oansenlig, nästan löjligt så, men jag vet bättre än att låta mig luras av skenet.

"Kom ihåg planen", påminner jag mig själv och sväljer tungt mot gallan som stiger i halsen. "In och ut. Inget hjältemod."

"Just det." Declan nickar, hans nötbruna ögon är mörka och allvarliga. "Nu kör vi."

Med ett sista djupt andetag kliver vi genom stängslet och lämnar den relativa säkerheten i världen utanför bakom oss. Medan vi smyger mot labbets ingång kan jag inte låta bli att tänka på vad som väntar oss där inne – och vad som kommer att hända om vi misslyckas. Mitt liv hänger på en skör tråd, och för varje ögonblick som går blir oddsen sämre.

"Artemis." Declan lägger en hand på min axel, hans beröring är varm och stadig även när mina nerver hotar att brista. "Vi kommer att ta oss igenom det här. Du och jag mot världen."

"Eller åtminstone mot ett jävligt läskigt labb", lyckas jag få fram, ett försök till lättsamhet för att dölja skräcken som river i mitt inre.

"Exakt." Han flinar, ett uttryck som är vilt och beslutsamt. "Kom nu, så räddar vi ditt liv."

"Låter som en plan", instämmer jag och stålsätter mig för det kommande eldprovet.

Kapitel trettiotre

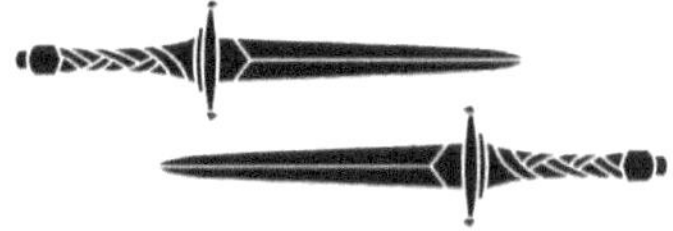

Månen kastar ett kusligt sken över det övergivna magasinsområdet när Declan och jag närmar oss labbet, och våra kängor knastrar dovt på gruset under oss. Nu gäller det. Dags att infiltrera valvet och lägga vantarna på det där serumet.

Precis när vi ska göra vårt drag dyker en grupp gestalter upp ur skuggorna från de närliggande gränderna. Med bultande hjärta sträcker jag mig instinktivt efter min pistol, men sedan känner jag igen dem. Athina, Nadia, Malcolm och resten av Cirkeln. Vad i helvete gör de här?

"Malcolm", morrar jag, "du har då mage."

"Artemis, förlåt", säger han och rycker ursäktande på axlarna. "Jag kunde inte låta dig och Declan försöka göra det här ensamma. Jag berättade för de andra, mot din vilja."

"Du kan ge dig fan på det, mot min vilja." Mina knytnävar knyts vid mina sidor. "Du hade ingen rätt."

"Hörru", suckar han och drar en hand genom sitt rufsiga svarta hår. "Vi sitter alla i samma båt. Ni två behöver förstärkning."

”Förstärkning? Ha!”, fnyser jag, och ilskan stiger inom mig. ”Jag kan inte minnas att jag bett om någon.”

”Artemis”, säger Athina med mild röst och lägger en hand på min axel. ”Du kan inte fortsätta försöka göra allting själv. Vi är ett team.”

”Okej då”, biter jag ihop och tvingar mig själv att slappna av lite. ”Men om någon av er klantar till det här, då svär jag—”

”Slappna av”, avbryter Nadia med ett snett leende. Hon ser ut som den gulligaste fotbollsmorsan, men hon är kanske den farligaste personen jag någonsin har mött. ”Vi håller dig om ryggen.”

”Toppen”, muttrar jag och himlar med ögonen. ”Precis vad jag alltid har önskat mig.”

”Spara sarkasmerna till senare, Artemis”, säger Declan tyst, med sin nötbruna blick fäst på den hotfulla laboratoriebyggnaden. ”Vi har ett jobb att göra.”

”Just det”, medger jag och tar ett djupt andetag. Jag kan inte låta bli att känna en gnutta tacksamhet för mitt brokiga gäng. De må vara en plåga i arslet, men de håller i alla fall mig om ryggen. ”Nåväl, ni är här nu, så ni kan lika gärna stanna. Så, vad är den briljanta planen?”

Nadia kliver fram och stryker sitt alldagliga bruna hår bakom örat. ”Vi genomför en frontalattack mot labbet som en avledningsmanöver. Det borde ge dig och Declan den öppning ni behöver för att smyga in bakvägen och ta er till serumvalvet mitt i kaoset.”

”Frontalattack?”, höjer jag på ett ögonbryn. ”Låter riskabelt.”

Nadia bara ler, och jag blir återigen påmind om hur farlig hon är bakom den där ack så normala fasaden. ”De kommer inte veta vad som träffade dem.”

”Visst.” Jag suckar och sveper med blicken över de mörka gatorna runt omkring oss. Staden känns levande ikväll, den vibrerar av förväntan. "Så när drar vi igång det här lilla kalaset?"

"Om tio minuter", säger Nadia och tittar på sin klocka. "Alla är på plats och redo."

En klump bildas i min hals när jag ser Cirkeln göra sig redo för strid, deras ansikten präglade av bister beslutsamhet. Det är överväldigande att inse att de skulle riskera så mycket bara för min skull, och det krävs all min självkontroll för att inte bryta ihop i en pöl av tacksamhet där och då.

"Åh, säg inte att du blir känslosam nu, Artemis?", retas Nadia, och hennes leende är varmt trots situationen. "Jag trodde inte att vår orädda ledare hade en mjuk sida."

"Hallå, även de tuffaste har känslor, fotbollsmorsan", kontrar jag och tvingar fram ett snett leende. Hjärtat rusar i bröstet på mig, men det har jag inte råd att visa. Vi har ju trots allt ett jobb att sköta.

Nadia småskrattar och skakar på huvudet. "Vet du, det är på tiden att vi återgäldar tjänsten. Du har kastat dig in i faran fler gånger än jag kan räkna sedan vi slog oss samman. Nu är det vår tur att hålla dig om ryggen."

"Tack, Nadia. Se bara till att ni är försiktiga, okej? Jag vill inte att någon ska bli skadad på grund av mig."

"Slappna av, det kommer gå bra för oss", försäkrar hon mig, och hennes ögon glittrar av illmarighet. "Dessutom blir det en trevlig omväxling att vara den som orsakar kaoset istället för att städa upp efter dina röror."

"Hallå där!", protesterar jag, men jag kan inte låta bli att le åt hennes lekfulla pik. "Okej, okej, jag fattar. Men allvarligt, var försiktiga där ute."

"Självklart", svarar hon och klappar mig på axeln innan hon ansluter sig till de andra.

"Redo?", frågar Declan med låg, stadig röst medan han kontrollerar sitt vapen en sista gång.

”Nu kör vi”, svarar jag och sväljer hårt. Tiden för sentimentalitet är över – åtminstone för nu. Vi har ett labb att infiltrera och ett serum att stjäla.

”Kom ihåg, Artemis”, viskar Athina när jag kramar henne, hennes ord nästan drunknar i vindens tjut. ”Du behöver inte bära den här bördan ensam. Vi finns här för dig.”

”Tack, Athina”, mumlar jag, tacksam för hennes orubbliga stöd.

”Då sätter vi igång”, säger Nadia, klappar mig på ryggen och ler brett. Hennes ögon lyser av spänning, och jag kan inte klandra henne; det är något berusande med att stå på randen till fara, redo att kasta sig huvudstupa in i striden.

”Okej, gott folk”, skäller Declan, kliver fram och fångar vår uppmärksamhet. ”Nu gäller det. Gör era sista kontroller, synkronisera era klockor, och kom ihåg – det här är ett precisionsanfall. Inget utrymme för misstag.”

”För ingenting går ju någonsin fel i såna här situationer, eller hur?”, muttrar jag för mig själv och får ett snett leende från Nadia. Hur mycket jag än hatar att erkänna det har hon rätt; vi har gått igenom helvetet och tillbaka tillsammans – vad spelar en strid till för roll?

När vi skingras för sista minuten-förberedelser ser jag min improviserade familj beväpna sig och finjustera sina krafter. Athina skärper sitt mentala fokus, medan Sapphire pillar med en rad sprängladdningar, hennes fingrar dansar vigt över detonatorer och kablar. Malcolm, den ständigt stoiske, står som en vaktpost nära en grändöppning, med blicken stadigt fäst på labbets imponerande fasad. Nadia bara står där, tomhänt, med ett lugnt ansikte. I väntan på att släppa lös helvetet så som bara hon kan.

”Två minuter”, ropar Declan, hans röst kort och effektiv. Spänningen i luften är påtaglig, en strömförande ledning som väntar på att brista.

”Vi håller dig om ryggen, oavsett vad som händer”, säger Athina tyst till mig när jag går förbi henne för att ställa mig bredvid Declan.

”Låt oss få dem att ångra att de någonsin jävlas med oss”, säger jag och nickar beslutsamt mot henne.

”Du kan ge dig fan på det”, ler hon.

”Trettio sekunder”, meddelar Declan med brådskande ton. Vi samlas, våra blickar låsta på labbet som rymmer nyckeln till vår räddning – eller vår undergång.

”Dags att köra”, viskar jag, och orden faller från mina läppar som en bön. Och när vi stormar framåt, med dragna vapen, laddade krafter och bultande hjärtan, kan jag inte låta bli att tänka att vi kanske, bara kanske, inte är så ensamma trots allt.

Världen tycks sakta ner när en pansarbil svävar upp i luften, styrd av Nadias osynliga hand. Med ett svep med handleden slungas den mot de främre grindarna och krossar dem som om de vore gjorda av papper.

”Helvete!”, stirrar jag chockat. Jag har sett Nadia göra en del spektakulära saker förut, men det där var på en helt ny nivå. Ett larmande oväsen bryter ut, men vi har inte tid att begrunda kaoset – vi har ett jobb att sköta.

”Släpp inte taget”, instruerar Declan, griper min hand och kliver in i en skugga, och plötsligt står vi bredvid den enorma rullporten vid de bakre lastkajerna. Hans skugghoppande är desorienterande till en början, och en våg av illamående sköljer över mig. Men jag biter ihop käkarna och pressar mig igenom det, medveten om att det inte finns något utrymme för svaghet här.

”Häng med”, retas han med ett snett leende på läpparna. Jag himlar med ögonen och fokuserar på uppdraget. Vi rör oss snabbt, smiter förbi lådor och containrar, medan ljudet av våra vänners strid ekar i fjärran.

”Nästan där”, viskar jag och tvingar min andning att förbli jämn och långsam. Mina nerver är på helspänn, och jag känner adrenalinet forsa genom ådrorna. Jag kan inte låta bli att oroa mig för de andra – för deras säkerhet, men också för om vår plan ska lyckas.

”Lita på dem”, mumlar Declan, till synes läsande mina tankar. ”De vet vad de gör.”

”Lätt för dig att säga”, fräser jag tillbaka, min ton fientlig. ”Det är jag som drog in dem i den här röran.”

”Artemis”, suckar han, och hans röst mjuknar. ”Vi sitter alla i samma båt. Låt oss nu avsluta det vi påbörjade.”

”Visst”, samtycker jag och stålsätter mig för vad som komma skall. Och när vi fortsätter, glider genom skuggorna och närmare vårt mål, kan jag inte låta bli att tänka att vi kanske, bara kanske, har en chans.

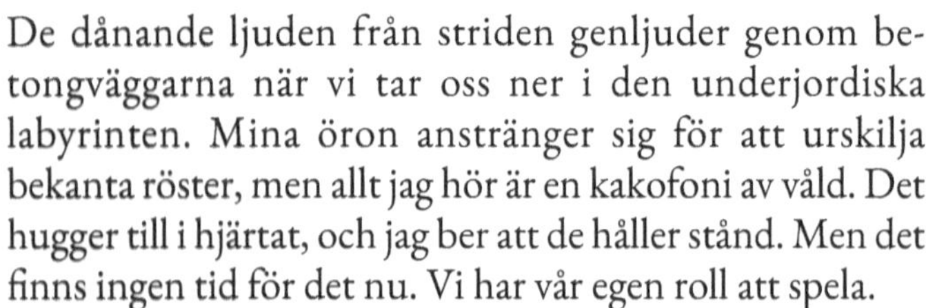

De dånande ljuden från striden genljuder genom betongväggarna när vi tar oss ner i den underjordiska labyrinten. Mina öron anstränger sig för att urskilja bekanta röster, men allt jag hör är en kakofoni av våld. Det hugger till i hjärtat, och jag ber att de håller stånd. Men det finns ingen tid för det nu. Vi har vår egen roll att spela.

”Fokusera, Artemis”, manar Declan, hans ord punkterade av det skarpa ljudet av skottlossning ovanifrån.

”Jag är fokuserad”, kontrar jag, min röst spänd och kort. ”Men om du inte har märkt det så får våra vänner spö för vår skull.”

”Vilket är anledningen till att vi inte får klanta till det här”, replikerar han. ”Vi är skyldiga dem att göra det här rätt.”

Jag sväljer hårt, medveten om att han har rätt. ”Okej, låt oss bara hitta det där jävla valvet.”

Vi navigerar genom de svagt upplysta korridorerna, glider genom skuggor, osedda och ohörda. Stanken av kemikalier angriper mina näsborrar, en giftig påminnelse om de fasor som har ägt rum här. Mitt grepp om vapnet hårdnar, knogarna vitnar av raseri.

”Här”, viskar Declan och stannar tvärt framför en oansenlig metalldörr. ”Här är det.”

”Vi får hoppas att dina krafter fungerar på den här saken”, säger jag och synar de formidabla säkerhetsanordningarna som vaktar vårt byte. Det finns inga skuggor i den här korridoren, bara starka, bländande lampor i taket.

”Det är där du kommer in i bilden.” Han pekar uppåt. ”Släck några lampor, blixtflickan.”

”Det är inte blixtar”, protesterar jag, men känner mig dum som inte tänkt på det tidigare. Blå eld far från min fingertopp när jag pekar, och den första lampan exploderar och sprider glassplitter över golvet.

Ett halvdussin lampor senare börjar skuggorna sprida sig.

”Det räcker!”, Declan griper min lediga hand, kliver in i en skugga, och plötsligt är vi inne i skräckhuset.

Valvrummet är kallt som en isvak, och luften känns tung som om den har varit orörd i åratal. Jag försöker att inte titta på cellerna på ena sidan, medveten om att Declan satt inspärrad just här under de ändlösa dagar då vi letade efter honom.

”Här borta.” Declan har gått förbi mig, förbi bänkarna fulla av laboratorieutrustning till kylskåpet på den bortre väggen. ”Det var härifrån han hämtade serumen han gav mig.”

”Hur vet vi vilka som är vilka?”, säger jag och ansluter mig till honom, och ser på raderna av ampuller med inget mer hjälpsamt än till synes slumpmässiga alfanumeriska koder på sina etiketter.

Declan rycker på axlarna. ”Ingen aning. Men ta den där.” Han pekar på en laptop på en bänk. ”Doktor Foxberry använde den där mycket. Om det finns en nyckel någonstans så är den där.”

”Vi har inte tid att knäcka den nu!”

”Så vi tar bara allt och låter Malcolm lista ut det!”, Declan tar en vadderad ampullväska från en hylla. ”Börja lasta!”

I takt med att vikten av våra ryggsäckar ökar kan jag inte låta bli att tänka på de uppoffringar mina vänner gör ovanför oss. De riskerar sina liv för att ge oss den här möjligheten, och jag tänker inte svika dem. Hjärtat drar ihop sig i en blandning av tacksamhet och rädsla, men jag tränger undan det och fokuserar på uppgiften.

”Snart klar här”, meddelar Declan och drar igen blixtlåset på sin ryggsäck. ”Hur går det för dig?”

”Samma”, svarar jag, skjuter in den sista ampullen i en väska och säkrar den i min packning. ”Låt oss dra härifrån.”

”Håller med”, säger han, och hans blick fladdrar mot utgången. ”Jag vill inte vara här längre än nödvändigt.”

”Visa vägen, skuggpojke”, säger jag till honom och gestikulerar mot dörren. Vi har kommit så här långt, men vi är inte i säkerhet än – inte förrän vi är tillbaka med våra vänner och serumet är i tryggt förvar.

”Ligger steget före”, ler han och försvinner redan in i mörkret bortom.

KAPITEL TRETTIOFYRA

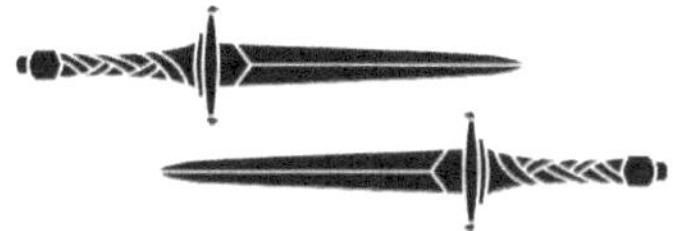

NÄR JAG SKA FÖLJA efter Declan ut ur valvet slår den tunga ståldörren plötsligt igen rakt framför näsan på mig med ett rungande metalliskt *klonk* och skiljer mig från Declan. Jag hoppar bakåt och hjärtat slår en volt.

”Declan?”, ropar jag, men min röst sväljs av de tjocka stålväggarna. ”Declan!”, skriker jag, rusar fram till dörren och rycker fruktlöst i handtaget. Inget svar kommer, och den vägrar att rubbas. Skräck snör åt mitt bröst.

Innan jag hinner reagera mer tänds rader av aktiniska lampor längs väggarna och i taket abrupt och översvämmar rummet med ett bländande ljus. Jag blinkar bort efterbilderna och svär tyst för mig själv. Det finns inte en skugga kvar som Declan skulle kunna hoppa tillbaka in i.

”Nej, nej, nej”, muttrar jag med stigande panik. Jag snurrar runt i en cirkel och slänger iväg skurar av blå eld mot lamporna för att försöka förstöra några och skapa skuggor igen.

Mina fingrar bränner av ansträngningen, men jag hinner inte med. Varje gång jag släcker en lampa flimrar en annan till liv och hånar mig. Det är som ett sjukt spel där man ska slå ner mullvadar, och jag håller på att förlora. Rummet förblir badande i det där fruktansvärda, skugglösa ljuset. Jag kan knappt ens se, och ögonen tåras i det skarpa skenet.

”Varsågod”, muttrar jag för mig själv med ord som dryper av sarkasm. ”Det här är vad du får för att du har en ljusshow i din arsenal.”

Det är en fälla. Insikten slår mig som ett slag i magen. Jag rusar tillbaka till valvdörren, bankar på den och försöker slita upp den med ren viljestyrka. Men det tunga stålet vägrar att ge vika.

Jag är instängd.

Tanken får blodet att isa sig i mina ådror.

”Artemis!”, Declans röst är mer än en aning panikslagen i min öronsnäcka. ”Jag kan inte komma in till dig!”

”Det är bländande ljust här inne, och jag kan inte få lamporna att slockna!”, fräser jag tillbaka och känner hur paniken stiger i bröstet. Ljuset är så bländande att det är svårt att se något annat, men jag tvingar mig själv att koncentrera mig på valvdörren.

”Helvetes-”, dörren rubbas inte. Jag rycker igen, mina muskler spänns, men den är förseglad. Fångad. Precis som ett djur i en bur.

”Declan”, säger jag, och håller med nöd och näppe tillbaka darrningen i rösten. ”Dörren är låst. Jag kan inte komma ut.”

”Fortsätt försöka!”, hans röst är spänd, och jag hör att han är lika rädd som jag.

”För att det har fungerat så bra hittills?”, frustar jag och slår en knytnäve mot den orubbliga dörren. Stöten sänder smärta upp genom armen, men det är ingenting jämfört med den växande rädslan som gnager i mina inälvor.

”Artemis”, säger Declan, tystare nu, hans tonfall nästan vädjande. ”Du måste hålla dig fokuserad. Det måste finnas en annan väg ut. Spräng de där lamporna, precis som du gjorde med dem här ute. Allt jag behöver är en enda skugga.”

"Verkligen?", skäller jag fram ett skratt, ljudet bittert och med en kant av hysteri, samtidigt som jag återupptar sprängandet av lampor. Det fungerar inte. Rummet blir ännu ljusare. "För från där jag står ser det ut som att jag är fullständigt körd."

"Artemis, snälla", vädjar han. "Vi hittar ett sätt. Det gör vi alltid."

"Senaste nytt, Declan", morrar jag genom sammanbitna tänder när en ny våg av yrsel hotar att slå mig av fötterna, "tiden håller på att rinna ut här. Och det här är inte en av dina serietidningar där hjälten mirakulöst räddar dagen i sista sekunden."

"Då skapar vi våra egna mirakel, Artemis", säger han med eftertryck, och hans ord skär igenom dimman som hotar att kväva mig. "Håll bara ut med mig, okej? Vi löser det här tillsammans."

"Det är bäst att det blir snart", muttrar jag för mig själv och försöker ignorera det bländande ljuset och den krypande fasan som säger mig att den här gången kanske det inte finns någon utväg.

Mina ögon bränner under ljusattacken, och mina andetag kommer i korta, panikslagna flämtningar. Varför kan jag inte tänka klart? Luften känns tung, som om den pressas ner över mig. Och då slår det mig – gas. De pumpar in gas i rummet.

"Declan", kvävs jag fram, min röst knappt hörbar genom dimman. "Gas. Sövande gas."

"Artemis!", panik genomsyrar hans röst. "Du måste hitta ett sätt att stänga av den eller blockera den på något sätt."

Det är fruktlöst, den kväljande gasen omsluter mig redan när jag försöker kasta eld mot ventilerna. Mina ögon börjar tåras och jag känner mig vimmelkantig. Det känns bekant – precis som den sövande gasen Diana använde första gången hon fångade mig.

Minnet träffar mig som en slägga. Det var då hon injicerade mig med den första dosen av det där förbannade serumet.

Rädsla och panik hotar att överväldiga mig. Jag är i samma mardrömsscenario igen. Och den här gången suger gasen snabbt ur mig all styrka. Mina knän viker sig, och jag sjunker mot golvet medan allt blir suddigt. Vilken ny fasa kommer att vänta när jag vaknar nu?

Mina knän slår i det kalla betonggolvet. Jag kämpar för att hålla mig upprätt, men mina lemmar känns som bly. Den väsande gasen omsluter mig när min syn börjar tunnlas.

"Declan", säger jag, min röst darrar trots mina ansträngningar att låta stark. "Om jag inte klarar mig härifrån, måste du veta-"

"Artemis, gör det inte", avbryter han mig, hans röst ansträngd. "Vi ska få ut dig härifrån, okej? Du måste bara hålla ut lite till."

Min kind pressas mot det iskalla golvet, mina fingrar skrapar svagt. Medan mörkret kryper in i kanterna av mitt synfält rusar skräckslagna tankar genom mitt huvud.

"Ge dig av", kraxar jag fram med mina sista krafter. "Lämna mig! Rädda dig själv!"

På avstånd hör jag jaguarens rytande. *Ge dig av*, tänker jag desperat, oförmögen att få fram ett enda ljud ur min mun nu. *Kom undan innan de fångar dig också.*

En annan dörr längst bak i valvet väser och öppnas. Genom dimman ser jag skugglika figurer komma in, klädda i taktisk utrustning och gasmasker. Jag försöker resa mig, att krypa iväg, men mina lemmar är värdelösa nu. Händer griper tag i mig hårdhänt, och jag är maktlös att göra motstånd när de släpar iväg med mig.

Mina ögonlock faller igen mot min vilja. När medvetslösheten tar över mig är mina sista tankar om Declan, och ångesten över att ha svikit honom.

Över att ha svikit alla.

SLUT

(på bok 2)
Läs den spännande avslutningen på Chimera-projek-
tet-trilogin i bok 3, Laglös evolution.
Förbeställ nu för att vara säker på att du inte missar att få
reda på om Artemis kan ta sig ur den här röran och besegra
Foxberrys en gång för alla!

FLER BÖCKER AV CARYSSA COLE

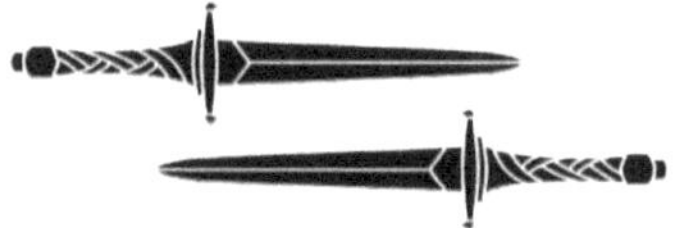

Chimera-projektet

Mörkt ursprung
   Onaturligt urval
   Laglös evolution

Den fallna ängeln

En fallen ängel
   Den trotsiga ängeln

Atlantis uppgång

En tron av korall och ben
   Ett hov av tidvatten och stormar

En krona av malströmmar och minnen

Fristående titlar

Svarta vingar i snön: En insnöad paranormal julromance

Alkemistens lärling: En romantasy om hovintriger, dödligt gift och förbjuden magi

En Önskan som Blev För Mycket (endast för nyhetsbrevsprenumeranter)

Upptäck alla Shenanigans Press-utgivningar på vår we bbplats(https://www.shenaniganspress.com/se) !

Eller följ oss på sociala medier – vi finns på Facebook och Instagram (@ShenanigansPressSvenska).

Och glöm inte att prenumerera på vårt nyhetsbrev för att få veta mer om nya släpp, erbjudanden, utlottningar och mycket mer!

www.ingramcontent.com/pod-product-compliance
Lightning Source LLC
Chambersburg PA
CBHW030557170726
48283CB00002B/364